afgeschreven

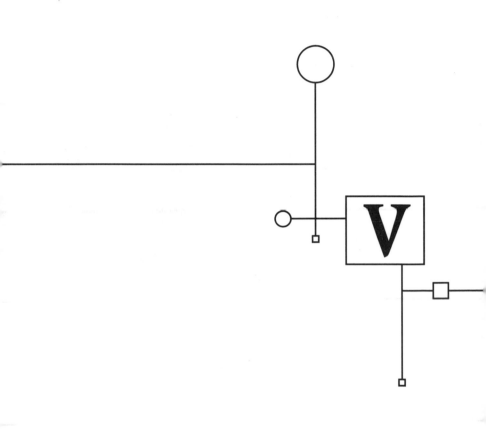

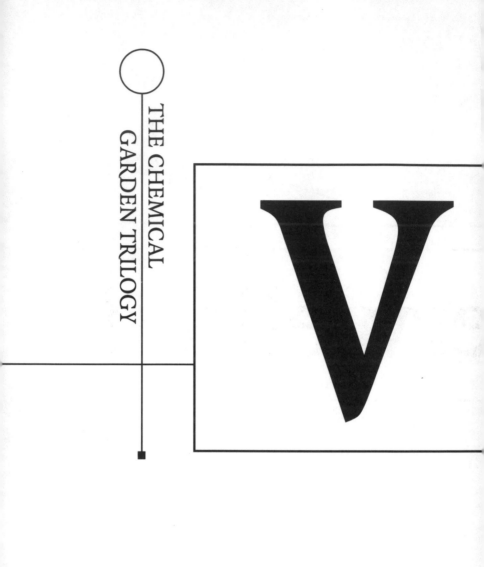

THE CHEMICAL
GARDEN TRILOGY

V

LAUREN
DESTEFANO

erwelken

Vertaald door Esther Ottens

Van Holkema & Warendorf

ISBN 978 90 475 1668 2
NUR 285
© 2011 Van Holkema & Warendorf
Uitgeverij Unieboek | Het Spectrum bv,
Postbus 97, 3990 DB Houten

www.unieboekspectrum.nl

Oorspronkelijke titel: The Chemical Garden Trilogy: Wither
Oorspronkelijke uitgave: © 2011 Lauren DeStefano
Uitgegeven in overeenstemming met de auteur, C/O BAROR INTERNATIONAL,
INC., Armonk, New York, USA

Tekst: Lauren DeStefano
Vertaling: Esther Ottens
Omslagontwerp: Lizzy Bromley
Omslagfoto's: Ali Smith
Zetwerk binnenwerk: ZetSpiegel, Best

Voor mijn vader, die me op een dag aankeek en zei:
'Ooit, meid, zul jij grote dingen doen.'

ZO KOMT DE WERELD AAN HAAR EIND

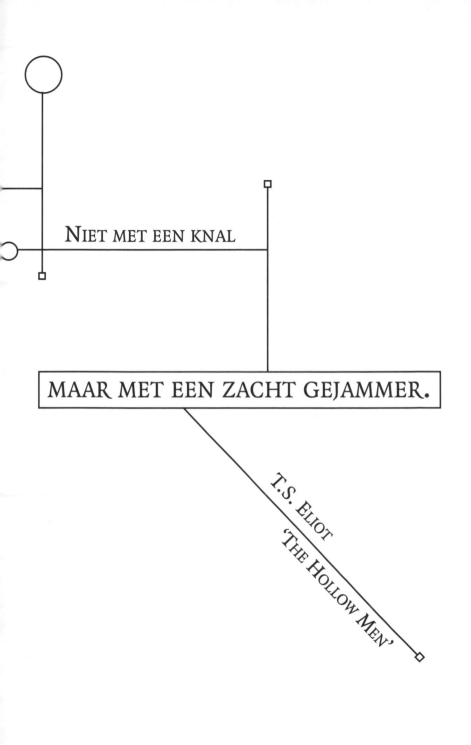

NIET MET EEN KNAL

MAAR MET EEN ZACHT GEJAMMER.

T.S. ELIOT
'THE HOLLOW MEN'

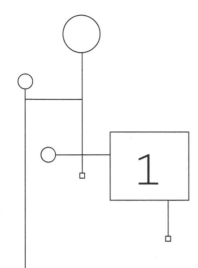

IK WACHT. Ze laten ons zo lang in het donker zitten dat we onze oogleden niet meer voelen. We slapen als ratten op een kluitje, met open ogen, en dromen dat we vallen.

Ik weet het als er een meisje bij een wand komt. Ze begint te bonzen en te schreeuwen – er zit metaal in het geluid – maar geen van ons helpt haar. We hebben te lang niets gezegd, en alles wat we doen is ons dieper begraven in het donker.

De deuren gaan open.

Het licht is beangstigend. Het is het licht van de wereld door het geboortekanaal, en tegelijkertijd de oogverblindende tunnel die bij de dood hoort. Ontzet trek ik me met de andere meisjes terug tussen de dekens, want ik wil niet dat het begint of eindigt.

We struikelen bijna als ze ons naar buiten laten; we zijn vergeten hoe we onze benen moeten gebruiken. Hoe lang heeft het geduurd? Dagen? Uren? De wijde lucht wacht op zijn vaste plaats.

Ik sta met de andere meisjes op een rij, en mannen in grijze jassen onderzoeken ons.

Ik heb hiervan gehoord. Waar ik vandaan kom verdwijnen al heel lang meisjes. Ze worden uit hun bed gehaald of opgepikt langs de kant van de weg. Het gebeurde met een meisje uit mijn buurt. Even later was haar hele familie verdwenen, vertrokken om haar te zoeken of omdat ze wisten dat ze haar nooit terug zouden krijgen.

Nu is het mijn beurt. Ik weet dat er meisjes verdwijnen, maar daarna kan er van alles gebeuren. Word ik afgekeurd en vermoord? Verkocht aan een bordeel? Die dingen komen voor. Er is maar één andere mogelijkheid. Ik word bruid. Ik heb hen gezien op televisie, onwillige maar mooie tienerbruiden, aan de arm van een rijke man die de dodelijke leeftijd van vijfentwintig nadert.

De andere meisjes halen de televisie nooit. Meisjes die niet door de inspectie komen, worden afgevoerd naar bordelen in de rosse buurten. Af en toe vonden we er een vermoord langs de kant van de weg, rottend, met wijd open ogen in de verschroeiende zon omdat de Verzamelaars geen zin hadden gehad om haar op te ruimen. Sommige meisjes verdwijnen voorgoed, en hun familie blijft in onzekerheid achter.

Meisjes worden soms al meegenomen op hun dertiende, als ze rijp genoeg zijn om kinderen te baren, en het virus eist alle vrouwen van onze generatie op als ze twintig zijn.

De mannen meten onze heupen op om te bepalen hoe sterk we zijn en wrikken onze mond open om aan ons gebit onze gezondheid te kunnen aflezen. Een van de meisjes moet overgeven. Misschien was zij degene die schreeuwde. Trillend en doodsbang veegt ze haar mond af. Ik geef geen krimp, vastbesloten om anoniem te blijven, onbenaderbaar.

Ik voel me te levend in deze rij zieltogende meisjes met hun ogen halfopen. Ik voel dat hun hart nauwelijks nog klopt, terwijl het mijne bonkt in mijn borstkas. Na al die tijd in de pikdonkere laadruimte zijn we samengesmolten. We zijn één naamloos wezen in deze bizarre hel. Ik wil niet opvallen. Ik wil niet opvallen.

Maar het heeft geen nut. Iemand heeft me opgemerkt. Een man loopt heen en weer langs de rij. Hij kijkt toe terwijl de mannen in grijze jassen ons betasten. Hij heeft een oplettende en tevreden uitdrukking op zijn gezicht.

Zijn ogen, groene uitroeptekens, ontmoeten de mijne. Hij glimlacht. Er flitst iets gouds in zijn mond, een teken van rijkdom. Dit is ongewoon, want hij is te jong voor uitvallende tanden en kiezen. Hij loopt door en ik staar naar mijn schoenen. Stom! Ik had nooit moeten opkijken. De vreemde kleur van mijn ogen is altijd het eerste wat mensen opvalt.

Hij zegt iets tegen de mannen in grijze jassen. Ze bekijken ons een voor een, en dan lijken ze het eens te zijn. De man met de gouden tanden glimlacht nog een keer naar me en wordt naar een andere auto gebracht, die grind opwerpt terwijl hij achteruit de weg op draait en wegrijdt.

Het meisje dat moest overgeven wordt teruggebracht naar de vrachtauto, en met haar nog twaalf andere meisjes. Een van de grijze mannen gaat achter hen aan naar binnen. We zijn met drie meisjes over en staan daar met de ruimte die de anderen daarstraks nog innamen tussen ons in. De mannen zeggen iets tegen elkaar, en dan tegen ons. 'Ingerukt,' zeggen ze, en we gehoorzamen. We kunnen nergens anders heen dan naar de limousine die met zijn achterportieren open in de berm staat. We zijn buiten de bewoonde wereld, niet ver van de snelweg. Ik hoor het verkeer in de verte. Ik zie de eerste lichtjes van de stad verschijnen in de verre purperen mist. Ik ben hier nooit eerder geweest; zo'n uitgestorven plek is ver weg van de overvolle straten thuis.

Ingerukt. De andere twee uitverkoren meisjes komen eerder in beweging dan ik, en ik stap als laatste in de limousine. Tussen ons en de chauffeur zit een getinte ruit. Vlak voordat iemand het portier dichtgooit hoor ik iets in de vrachtwagen.

Het is het eerste van wat uiteindelijk dertien schoten zullen worden.

Ik word wakker in een bed van satijn, misselijk en rillend van het zweet. Ik trek me naar de rand van de matras, buig me erover en geef over op het dieprode tapijt. Ik ben nog aan het spugen en kokhalzen als iemand de rommel met een vaatdoek begint op te ruimen.

'Iedereen reageert anders op het slaapgas,' zegt hij zacht.

'Slaapgas?' sputter ik, en voor ik mijn mond aan mijn witkanten mouw kan afvegen geeft hij me een doekje – ook dieprood.

'Het komt uit de ventilatieroosters in de limo,' zegt hij. 'Zodat je niet ziet waar je heen gaat.'

Ik herinner me de ruit tussen ons en de voorkant van de auto. Luchtdicht, neem ik aan. Vaag herinner ik me het ruisen van lucht die door roosters aan de zijkant kwam.

'Een van de andere meisjes,' zegt de jongen, terwijl hij wit schuim spuit op de plek waar ik heb overgegeven, 'sprong bijna uit haar slaapkamerraam, zo gedesoriënteerd was ze. Het raam zit dicht, natuurlijk. Veiligheidsglas.' Ondanks de vreselijke dingen die hij zegt klinkt zijn stem zacht, meelevend misschien zelfs.

Ik kijk over mijn schouder naar het raam. Het zit potdicht. De wereld erachter is fris groen en blauw, frisser dan bij mij thuis, waar we alleen maar vuiligheid hebben en de resten van mijn moeders tuin, die ik niet meer tot leven heb weten te wekken. Ergens begint een vrouw te gillen. De jongen verstrakt even. Dan gaat hij verder met poetsen.

'Ik kan wel helpen,' zeg ik. Net voelde ik me er nog niet schuldig over dat ik wat dan ook in dit huis verpest had; ik ben hier tegen mijn wil. Maar ik weet ook dat deze jongen daar niets aan kan doen. Hij kan niet een van de Verzamelaars in het grijs zijn die me hierheen gebracht hebben; hij is nog te jong, van mijn leeftijd misschien. Misschien is hij hier ook tegen zijn wil. Ik heb nog nooit gehoord van jongens die verdwijnen, maar tot vijftig jaar geleden, toen het virus ontdekt werd, waren meisjes ook veilig. Toen was iedereen veilig.

'Niet nodig. Al klaar,' zegt hij. En als hij de vaatdoek weghaalt is er geen vlekje meer te zien. Hij trekt aan een hendel aan de muur en er komt een klep uit, hij gooit de doeken erin, laat de hendel los en de klep valt dicht. Hij stopt de bus met wit schuim in de zak van zijn schort en gaat verder met waar hij mee bezig was. Hij pakt een zilveren dienblad van de vloer op en zet het op mijn nachtkastje. 'Als je je wat beter voelt, is hier wat te eten voor je. Niets waar je weer van in slaap valt, dat beloof ik je.' Hij kijkt alsof hij naar me zou kunnen lachen. Bijna. Maar zijn blik blijft geconcentreerd terwijl hij een metalen deksel van een soepkom haalt en een ander van een klein bord vol dampende groenten en een berg aardappelpuree met een meertje van jus in het midden. Ik ben ontvoerd, verdoofd, in deze kamer opgesloten, en toch krijg ik een feestmaal voorgezet. De opzet is zo walgelijk dat ik bijna weer moet overgeven. 'Dat andere meisje, dat uit het raam wilde springen – wat is er met haar gebeurd?' vraag ik. Ik durf niet te vragen naar de gillende vrouw verderop. Ik wil niet weten wat er met háár aan de hand is.

'Ze is alweer wat gekalmeerd.'

'En het andere meisje?'

'Vanmorgen wakker geworden. Ik geloof dat de Huisheer haar de tuinen laat zien.'

De Huisheer. Mijn vertwijfeling is terug en ik laat me achterover in de kussens vallen. Huisheren bezitten landhuizen. Ze kopen bruiden van de Verzamelaars, die de straten afschuimen op zoek naar geschikte kandidaten die ze kunnen ontvoeren. De meer barmhartige Verzamelaars verkopen de afgekeurde meisjes aan bordelen, maar de mannen die mijn pad kruisten dreven hen de vrachtwagen in en schoten hen dood. In mijn gedrogeerde dromen hoorde ik dat eerste pistoolschot telkens opnieuw.

'Hoe lang ben ik hier al?' vraag ik.

'Twee dagen,' zegt de jongen. Hij geeft me een dampende beker, en ik wil al nee zeggen als ik het touwtje van het theezakje over de rand zie bungelen, de kruiden ruik. Thee. Mijn broer Rowan en ik dronken het elke ochtend bij het ontbijt en elke avond bij het avondeten. Het ruikt naar thuis. Mijn moeder stond altijd neuriënd bij het fornuis te wachten tot het water kookte.

Met tranen in mijn ogen ga ik rechtop zitten om de thee aan te pakken. Ik houd de beker vlak voor mijn gezicht en adem de stoom in door mijn neus. Ik moet moeite doen om niet te gaan huilen. De jongen merkt waarschijnlijk dat de schok van wat er gebeurd is nu pas echt tot me doordringt. Hij merkt waarschijnlijk dat ik op het punt sta iets dramatisch te doen, zoals in huilen uitbarsten of uit het raam springen zoals dat andere meisje, want hij is al op weg naar de deur. Stilletjes, zonder achterom te kijken laat hij me alleen met mijn verdriet. Maar als ik mijn gezicht in het kussen druk, komt er in plaats van een huilbui een verschrikkelijke, primitieve schreeuw. Iets waarvan ik niet wist dat ik het in me had. Een razernij die ik nooit eerder heb gekend.

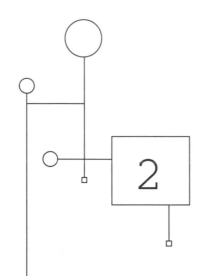

VOOR MANNEN is vijfentwintig de fatale leeftijd. Voor vrouwen is dat twintig. We vallen met z'n allen, als vliegen. Zeventig jaar geleden perfectioneerde de wetenschap de kunst van het kinderen maken. Er waren geneesmiddelen tegen een epidemie die bekendstond als kanker, een ziekte die elk deel van het lichaam kon aantasten en vroeger miljoenen levens eiste. Versterking van het immuunsysteem van de nieuwe generatie kinderen maakte een einde aan allergieën en seizoensziekten, en bood zelfs bescherming tegen seksueel overdraagbare virussen. In plaats van zwakke natuurlijke kinderen werden er kinderen verwekt met deze nieuwe technologie. Een generatie van volmaakte, in het laboratorium gemaakte kinderen garandeerde een gezonde, succesvolle bevolking. Die generatie is grotendeels nog in leven en wordt op een prettige manier oud. Dit is de onbevreesde 'eerste generatie', zo goed als onsterfelijk.

Niemand had kunnen voorzien wat voor gruwelijks er ná die robuuste generatie zou komen. Terwijl de eerste generatie floreerde, en nog steeds floreert, ging er iets mis met hun kinderen, en de kinderen van hún kinderen. Wij, de nieuwe generaties, worden gezond en sterk geboren, misschien zelfs gezonder dan onze ouders, maar onze levensduur stopt bij vijfentwintig voor mannen en twintig voor vrouwen. De wereld is al vijftig jaar in paniek, terwijl haar kinderen sterven. De rijkere families weigeren hun nederlaag te erkennen. Verzamelaars verdienen hun geld met het bijeenbrengen van potentiële bruiden die verkocht worden om nieuwe kinderen te baren. De kinderen die binnen deze huwelijken geboren worden, zijn een experiment. Dat zegt mijn broer in elk geval, en altijd met walging in zijn stem. Er was een tijd dat hij alles wilde weten over het virus dat ons doodt; hij achtervolgde onze ouders met vragen die niemand kon beantwoorden. Maar de dood van onze ouders brak zijn nieuwsgierigheid. Mijn analytische broer, die ervan droomde de wereld te redden, lacht nu iedereen uit die het probeert.

Maar we wisten geen van beiden precies wat er gebeurde na een ontvoering.

Het lijkt erop dat ik daar nu achter zal komen.

Urenlang ijsbeer ik in die kanten nachtjapon door de kamer. De kamer is volledig gemeubileerd, alsof hij op mijn komst gewacht heeft. Er is een inloopkast vol kleren, maar ik kom er alleen om te kijken of er een vlieringluik is – in de kast van mijn ouders zit er een – maar dat is er niet. De donkere, glanzende houten ladekast past bij de toilettafel en de ottomane, aan de muren hangen anonieme schilderijen – een zonsondergang, een picknick op het strand. Op het behang staan verticale ranken met ontluikende rozen die me doen denken aan de tralies van een gevangeniscel. Ik vermijd het naar mijn spiegelbeeld in de spiegel boven de toilettafel te kijken, bang dat ik gek zal worden als ik mezelf hier zie.

Ik probeer het raam open te krijgen, maar als dat vergeefs blijkt, neem ik het uitzicht in me op. De zon gaat onder in geel en roze, en in de tuin bloeien ontelbare bloemen. Er zijn klaterende fonteinen. Het gras is gemaaid in stroken groen en donkerder groen. Dichter bij het huis vormt een heg de afscheiding van een gedeelte met een verzonken zwembad, onnatuurlijk hemelsblauw. Dit is, denk ik, de botanische hemel die mijn moeder zich voorstelde toen ze lelies in de tuin plantte. Haar lelies werden altijd gezond en sterk, gedijden ondanks de woestenij van vuil en stof. In onze buurt bloeiden alleen bloemen toen zij nog leefde. Behalve mijn moeders bloemen zijn er de verlepte anjers die de winkeliers in de stad verkopen, roze en rood geverfd voor Valentijnsdag, en rode rozen die altijd rubberachtig of verdord voor de ramen staan. Net als de mensheid zijn dit kunstmatige replica's van wat ze horen te zijn.

De jongen die mijn lunch kwam brengen vertelde dat een van de andere meisjes in de tuin aan het wandelen was, en ik vraag me af of de Huisheer zo genadig is om ons vrij naar buiten te laten gaan. Ik weet niet veel van Huisheren, behalve dat ze óf jonger zijn dan vijfentwintig óf tegen de zeventig lopen – in dat geval zijn ze van de eerste generatie, en dat komt niet vaak voor. De eerste generatie heeft inmiddels genoeg van haar kinderen vroegtijdig zien overlijden en voelt er niets voor om op wéér een andere generatie te experimenteren. Ze doen zelfs mee aan protestacties, gewelddadige rellen die onherstelbare schade aanrichten.

Mijn broer. Hij zal onmiddellijk geweten hebben dat er iets mis was toen ik niet thuiskwam van mijn werk. En ik ben al drie dagen weg. Hij is natuurlijk buiten zichzelf. Hij waarschuwde me altijd voor die onheilspellende grijze vrachtauto's die dag en nacht door de straten van de stad kruipen. Maar ik ben helemaal niet door zo'n auto meegenomen. Ik kon dit niet zien aankomen.

De gedachte aan mijn broer, alleen in dat lege huis, dwingt me mijn zelfmedelijden opzij te zetten. Het is contraproductief. Denk na. Er móét een manier zijn om te ontsnappen. Het raam kan duidelijk niet open. De kast leidt alleen naar nog meer kleren. De koker waar de jongen de vuile vaatdoek in gooide is maar centimeters breed. Als ik bij de Huisheer in de gunst weet te komen, krijg ik misschien genoeg vertrouwen om alleen de tuin in te mogen. Vanuit mijn kamer lijkt er geen einde aan te komen. Maar ergens moet een einde zijn. Misschien vind ik een uitgang als ik door een heg kruip of over een hek klim. Misschien word ik zo'n publieke bruid met wie de mannen pronken op feesten die op televisie uitgezonden worden en krijg ik de kans ongemerkt in de menigte te verdwijnen. Ik heb zo veel onwillige bruiden op televisie gezien, en ik heb me altijd afgevraagd waarom die meisjes niet vluchtten. Misschien laten de camera's het beveiligingssysteem dat hen gevangenhoudt niet zien.

Maar nu ben ik bang dat ik misschien nooit de kans krijg om naar zo'n feest te gaan. Het kan wel jaren duren om het vertrouwen van een Huisheer te winnen. En over vier jaar, als ik twintig word, ga ik dood.

Ik voel aan de deurkruk, en tot mijn verbazing zit de deur niet op slot. Krakend gaat hij open, en erachter ligt een gang. Ergens tikt een klok. Er komen verschillende deuren op de gang uit, waarvan de meeste dicht zitten en vanbuiten op slot kunnen. Die van mij kan ook vanbuiten op slot, maar hij is open.

Ik sluip door de gang, en mijn blote voeten hebben als voordeel dat ik op het dikke groene tapijt bijna niet te horen ben. Bij de deuren luister ik of ik iets hoor, een teken van leven. Maar het enige geluid komt van de deur die aan het eind van de gang op een kier staat. Ik hoor gekreun, snakken naar adem.

Ik blijf stokstijf staan. Als de Huisheer bezig is een van zijn vrouwen zwanger te maken, maak ik het voor mezelf alleen maar erger als ik binnen kom lopen. Ik heb geen idee wat er dan zou gebeuren. Ze zouden me vast executeren of vragen mee te doen, en ik weet niet wat erger zou zijn.

Maar nee, ik hoor alleen een vrouw, en er is niemand bij haar. Voorzichtig tuur ik door de kier, dan duw ik de deur open.

'Wie is daar?' mompelt de vrouw, en dit veroorzaakt een gierende hoestbui.

Ik ga de kamer in en zie dat ze alleen in een satijnen bed ligt. Maar deze kamer is veel meer aangekleed dan de mijne, met foto's van kinderen aan de muren en een open raam met opbollende gordijnen. Deze kamer ziet eruit alsof er in geleefd wordt, gezellig, helemaal niet als een gevangenis.

Op haar nachtkastje staan pillen, flesjes met druppelaars, lege en bijna lege glazen met gekleurde vloeistoffen. Ze richt zich op haar ellebogen op en kijkt me aan. Ze heeft net zulk blond haar als ik, maar door haar ziekelijk bleke huid lijkt dat van haar matter. Haar ogen staan koortsig. 'Wie ben jij?' 'Rhine,' zeg ik zacht, want ik ben te zenuwachtig om te liegen. 'Zoiets moois,' zegt ze. 'Heb je er foto's van gezien?' Ik denk dat ze ijlt, want ik begrijp niet waar ze het over heeft. 'Nee,' zeg ik dus maar.

'Je hebt mijn medicijnen niet bij je,' zegt ze, en met een zucht laat ze zich sierlijk in haar zee van kussens zakken. 'Nee,' zeg ik. 'Moet ik iets halen?' Nu weet ik zeker dat ze ijlt, en als ik een reden kan verzinnen om weg te gaan, kan ik misschien terug naar mijn kamer en vergeet ze dat ik bij haar geweest ben.

Ze klopt op de rand van haar bed. 'Blijf,' zegt ze. 'Ik ben zo moe van al die middeltjes. Kunnen ze me niet gewoon dood laten gaan?'

Staat dit mij als bruid te wachten? Zo geketend te zijn dat zelfs de vrijheid om dood te gaan me wordt ontzegd?

Ik ga naast haar zitten, overweldigd door de geur van medicijnen en verval, en daarnaast iets prettigs. Potpourri – geparfumeerde, gedroogde bloemblaadjes. De melodieuze geur hangt om ons heen en doet me aan thuis denken.

'Je bent een leugenaar,' zegt de vrouw in bed. 'Je kwam me mijn medicijnen helemaal niet brengen.'

'Dat zei ik ook niet.'

'Wie ben je dan wel?' Ze steekt een trillende hand uit en voelt aan mijn blonde haar. Ze inspecteert een lok, en dan komt er een afschuwelijke pijn in haar ogen. 'O. Jij bent mijn vervangster. Hoe oud ben je?'

'Zestien,' zeg ik, alweer eerlijk van de schrik. Vervangster? Is zij een van de vrouwen van de Huisheer?

Ze kijkt een tijdje naar me, en de pijn maakt plaats voor iets anders. Iets moederlijks bijna. 'Vind je het heel erg hier?' vraagt ze.

'Ja,' zeg ik.

'Dan zou je de veranda eens moeten zien.' Ze glimlacht en doet haar ogen dicht. Haar hand glijdt van mijn haar. Ze hoest, en bloed spat uit haar mond op mijn nachtjapon.

Ik droom wel eens dat ik een kamer binnen kom waar mijn ouders vermoord zijn en in een verse plas bloed liggen, en in die nachtmerries blijf ik een eeuwigheid in de deuropening staan, te bang om weg te rennen. Nu voel ik dezelfde angst. Ik wil weg, overal zijn behalve hier, maar ik krijg mijn benen niet in beweging. Ik kan alleen maar kijken hoe zij hoest en vecht, en intussen wordt mijn nachtjapon steeds roder. Ik voel de warmte van haar bloed op mijn handen en gezicht.

Ik weet niet hoe lang dit zo doorgaat. Uiteindelijk komt er iemand aangerend, een oudere vrouw, een eerste generatie, met een metalen bakje waarin schuimig water klotst. 'O, lady Rose, waarom hebt u niet op het knopje gedrukt als u zo'n pijn had?' vraagt ze.

Ik kom gauw overeind en haast me naar de deur, maar de vrouw met het bakje ziet me niet eens. Ze helpt de hoestende vrouw overeind, trekt haar nachtjapon uit en begint haar af te sponzen.

'Medicijnen in het water,' kreunt de hoestende vrouw. 'Ik ruik het. Overal medicijnen. Laat me toch gewoon doodgaan.'

Ze klinkt zo ziek en gekwetst dat ik, ondanks mijn eigen situatie, medelijden met haar krijg.

'Wat doe jij nou?' fluistert een scherpe stem achter me. Ik draai me om en zie de jongen die me eerder mijn lunch bracht. Hij kijkt zenuwachtig. 'Hoe ben je je kamer uit gekomen? Ga terug. Schiet op, wegwezen!' Dit komt in mijn nachtmerries nooit voor, dat iemand me dwingt om in actie te komen. Ik ben er dankbaar voor. Ik ren terug naar mijn slaapkamer, maar onderweg bots ik tegen iemand op.

Ik kijk op en herken de man die me de weg verspert. Zijn glimlach blinkt van het goud.

'Hé, hallo,' zegt hij.

Ik weet niet hoe ik die glimlach moet opvatten, of hij dreigend is of vriendelijk. Het duurt maar heel even voor hij het bloed op mijn gezicht en mijn nachtjapon ziet, en dan duwt hij me opzij. Hij rent naar de slaapkamer van de vrouw, die nog steeds de longen uit haar lijf hoest.

Ik hol mijn slaapkamer in. Ik ruk mijn nachtjapon uit en gebruik de schone stukjes om het bloed van mijn huid te boenen, daarna kruip ik onder de sprei op mijn bed, sla mijn handen voor mijn oren en probeer me af te sluiten voor die afschuwelijke geluiden. Dit hele afschuwelijke huis.

Deze keer word ik wel wakker van het geluid van de deurkruk. De jongen die eerder mijn lunch bracht, heeft nu weer een zilveren dienblad in zijn handen. Hij ontwijkt mijn blik. Hij loopt de kamer door en zet het blad op mijn nachtkastje.

'Avondeten,' zegt hij plechtig.

Vanonder mijn dekens kijk ik toe, maar hij kijkt niet naar mij.

Ook niet als hij de besmeurde nachtjapon, bevlekt met het bloed van Rose, van de grond opraapt en in de koker gooit. Dan draait hij zich om naar de deur.

'Wacht,' zeg ik. 'Alsjeblieft.'

Met zijn rug naar me toe blijft hij staan.

En ik weet niet wat het is – dat hij ongeveer even oud is als ik, dat hij zo tactvol is, dat hij hier niet gelukkiger lijkt te zijn dan ik –, maar ik wil dat hij bij me blijft. Al is het maar een minuutje of twee.

'Die vrouw,' zeg ik, in een wanhopige poging een gesprek te beginnen voor hij weggaat. 'Wie is dat?'

'Dat is Rose,' zegt hij. 'De eerste vrouw van de Huisheer.' Alle Huisheren nemen een eerste vrouw. Het getal slaat niet op de volgorde van de huwelijken, maar is een teken van macht. Eerste vrouwen zijn aanwezig bij sociale gelegenheden, verschijnen in het openbaar met hun Huisheer en hebben, kennelijk, recht op een raam dat open kan. Zij zijn favoriet.

'Wat heeft ze?'

'Het virus,' zegt hij, en als hij zich omdraait ligt er een oprecht verbaasde blik in zijn ogen. 'Heb je nog nooit iemand met het virus gezien?'

'Niet van dichtbij,' zeg ik.

'Ook je ouders niet?'

'Nee.' Mijn ouders waren van de eerste generatie, al dik in de vijftig toen mijn broer en ik geboren werden, maar ik weet niet of ik hem dat wel wil vertellen. Daarom zeg ik maar: 'Ik doe heel hard mijn best om niet aan het virus te denken.'

'Ik ook,' zegt hij. 'Ze vroeg naar je, toen je weg was. Je heet toch Rhine?'

Nu kijkt hij me wel aan, dus knik ik bevestigend, me er opeens van bewust dat ik naakt ben onder mijn dekens. Ik trek ze dichter om me heen. 'En jij?'

'Gabriel,' zegt hij. En daar is het weer, dat bijna-lachje, tegengehouden door de zwaarte van alles. Ik wil hem vragen wat hij doet in dit afschuwelijke huis met zijn mooie tuinen, helderblauwe zwembad en symmetrische groene heggen. Ik wil weten waar hij vandaan komt en of hij van plan is terug te gaan. Ik wil hem zelfs vertellen over mijn ontsnappingsplan – als ik tenminste ooit een plan bedenk. Maar dat zijn gevaarlijke gedachten. Als mijn broer bij me was, zou hij zeggen dat ik niemand moest vertrouwen. En hij zou gelijk hebben.

'Welterusten,' zegt de jongen, Gabriel. 'Eet maar wat en ga slapen. Morgen is een grote dag.' Uit zijn toon maak ik op dat ik zojuist gewaarschuwd ben voor iets vreselijks wat me te wachten staat.

Hij draait zich om, en als hij wegloopt zie ik dat hij een beetje mank loopt, wat vanmiddag nog niet zo was. Onder de dunne witte stof van zijn uniform zie ik vaag het begin van blauwe plekken. Komt dit door mij? Is hij gestraft omdat hij mij uit mijn kamer heeft laten ontsnappen? Nog meer vragen die ik niet stel.

Dan is hij weg. En ik hoor het klikken van een slot dat dichtgedraaid wordt.

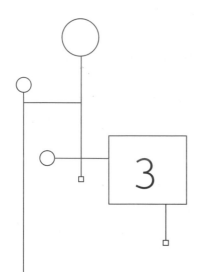

3

NIET GABRIEL maakt me de volgende ochtend wakker, maar een hele stoet vrouwen. Aan hun grijze haar te zien zijn ze van de eerste generatie, maar in hun ogen sprankelt de levendigheid van de jeugd. Ze kwebbelen vrolijk met elkaar terwijl ze de dekens van me af trekken.

Een van de vrouwen bekijkt mijn naakte lichaam en zegt: 'Nou, deze hoeven we tenminste niet uit haar kleren te pellen.'

Deze. Na alles wat er gebeurd is, was ik bijna vergeten dat er nog twee meisjes zijn. Gevangen in dit huis, achter andere gesloten deuren.

Voor ik kan reageren hebben twee vrouwen me bij mijn armen gepakt en sleuren ze me naar de badkamer die aan mijn kamer vastzit.

'Stribbel maar liever niet tegen,' zegt een van de twee opgewekt. Ik val bijna omdat ik ze niet bij kan houden. Een andere vrouw blijft achter om mijn bed op te maken.

In de badkamer zetten ze me op de klep van de wc, die bedekt is met een soort roze bont. Alles is roze. De gordijnen zijn ragfijn en onpraktisch.

Thuis hingen we 's avonds jute voor de ramen om de indruk van armoede te wekken en de nieuwsgierige blikken van nieuwe wezen op zoek naar onderdak en aalmoezen buiten te houden. Het huis van mij en mijn broer heeft drie slaapkamers, maar 's nachts lagen we op veldbedden in de kelder en sliepen we om de beurt voor het geval de sloten het niet zouden houden, met het jachtgeweer van mijn vader om ons te verdedigen.

Mooie frutsels hebben voor de ramen niets te zoeken. Niet waar ik vandaan kom.

Er komt geen eind aan de kleurenstroom. Een van de vrouwen laat het bad vollopen terwijl de ander een kastje openmaakt met daarin een regenboog aan kleine zeepjes in de vorm van hartjes en sterren. Ze gooit er een paar in het badwater en ze vallen bruisend uit elkaar en vormen een roze met blauwe laag schuim. Zeepbellen spatten uiteen als kleine vuurpijltjes.

Ik protesteer niet als ik het bad in moet. Ik voel me opgelaten in mijn blootje tussen deze vreemden, maar het water ziet er aanlokkelijk uit, en zo ruikt het ook. Het is iets heel anders dan het troebele, gelige water dat in het huis waar ik met mijn broer woonde uit de roestige leidingen kwam.

Woonde. Verleden tijd. Hoe kon ik mezelf zo laten denken?

Ik lig in het geurige water, de bellen spatten uit elkaar op mijn huid en geven vleugjes kaneel en potpourri vrij, en de geur die ik me voorstel bij echte rozen. Maar ik weiger me te laten hypnotiseren door deze kleine wonderen. Opstandig denk ik aan het huis waar ik woon met mijn broer, het huis waar mijn moeder op de drempel van de nieuwe eeuw geboren werd. Op de bakstenen muren zie je nog de contouren van de klimop die al lang geleden dood is gegaan. Er is een brandtrap waarvan één ladder kapot is, en de huizen in de straat staan zo dicht bij elkaar dat ik als kind mijn armen uit mijn slaapkamerraam kon steken om de handjes van het meisje dat naast ons woonde vast te houden. We spanden een touwtje met twee kartonnen bekertjes eraan en giechelden met elkaar over de kloof heen.

Dat meisje werd jong wees. Haar ouders waren van de nieuwe generatie. Haar moeder had ze nauwelijks gekend, haar vader werd ziek, en toen ik op een ochtend mijn hand naar haar uitstak was ze weg.

Ik was ontroostbaar, want dat meisje was mijn eerste echte vriendin geweest. Soms denk ik nog wel eens aan haar heldere blauwe ogen, aan de pepermuntjes die ze naar mijn slaapkamerraam gooide om me wakker te maken voor het spelletje met de bekertjestelefoon. Toen ze weg was pakte mijn moeder het touwtje dat we voor ons telefoonspel gebruikt hadden en vertelde dat het vliegertouw was, dat zij als kind uren in het park gevliegerd had. Ik vroeg haar om nog meer verhalen uit haar kindertijd, en op sommige avonden vertelde ze die. Verhalen over torenhoge speelgoedwinkels en bevroren vijvers waarop ze sierlijk als een zwaan achtjes draaide, over alle mensen die langs de ramen van ditzelfde huis waren gelopen toen het nog jong was en bedekt met klimop, toen de auto's in keurige, glanzende rijen langs de stoep stonden, in Manhattan, New York.

Toen zij en mijn vader stierven hingen mijn broer en ik juten aardappel- en koffiebonenzakken voor de ramen. Al mijn moeders mooie spullen, al mijn vaders belangrijke kleren stopten we in koffers die op slot konden. De rest begroeven we in de tuin, 's avonds laat, onder de kwijnende lelies.

Dit is mijn verhaal. Dit is mijn verleden, en dat laat ik niet wegpoetsen. Ik zal een manier vinden om het terug te veroveren.

'Ze heeft zulk gewillig haar,' zegt een van de vrouwen, terwijl ze kom na kom warm, schuimend water over mijn hoofd giet. 'En zo'n mooie kleur ook. Zou die natuurlijk zijn?' Natuurlijk is die natuurlijk. Wat anders?

'Ik denk dat ze de Huisheer daarom zo beviel.'

'Laat eens kijken,' zegt de andere vrouw. Ze neemt mijn kin in haar hand en draait mijn hoofd. Ze bestudeert mijn gezicht, slaakt een kreetje en klopt opgewonden met haar hand op haar hart. 'O Helen, moet je de ogen van dat meisje zien!'

Ze onderbreken mijn badbeurt lang genoeg om naar me te kijken. Echt naar me te kijken, voor het eerst.

Mijn ogen zijn meestal het eerste wat de mensen opvalt, want het linker is blauw en het rechter bruin, net als bij mijn broer. Heterochromie; mijn ouders waren genetici, en dat was het woord dat ze voor mijn afwijking gebruikten. Als ik de kans had gekregen zou ik hun er later vast meer over gevraagd hebben. Ik dacht altijd dat die heterochromie een nutteloze genetische vergissing was, maar als die vrouwen gelijk hebben en het inderdaad mijn ogen waren die de Huisheer opvielen, dan heeft heterochromie me het leven gered.

'Zouden ze echt zijn?' vraagt een van de vrouwen.

'Wat zouden ze anders moeten zijn?' Deze keer zeg ik het hardop. Eerst schrikken ze, maar dan zijn ze opgetogen. Hun pop kan praten. En opeens beginnen ze vragen op me af te vuren. Waar kom ik vandaan, weet ik waar ik ben, vind ik het uitzicht niet mooi, houd ik van paarden – ze hebben hier een prachtige stal –, draag ik mijn haar liever los of opgestoken? Op geen van die vragen geef ik antwoord. Hoe goed ze het misschien ook bedoelen, deze vreemden, die bij dit huis horen, vertel ik niets. De vragen komen trouwens zo snel achter elkaar dat ik toch niet zou weten waar ik moest beginnen. Dan wordt er zachtjes op de deur geklopt.

'We maken haar klaar voor de Huisheer,' zegt een van de vrouwen.

De gedempte stem aan de andere kant van de deur klinkt zacht, vriendelijk en jong. 'Lady Rose wil haar graag nu meteen spreken.'

'We zijn nog niet eens klaar met baden! En haar nagels...'

'Neem me niet kwalijk,' zegt de stem geduldig, 'ik heb opdracht haar nu meteen mee te nemen, in welke toestand dan ook.'

Lady Rose is kennelijk iemand die het laatste woord heeft, want de vrouwen trekken me overeind, deppen me droog met een roze handdoek, borstelen mijn natte haar en helpen me in een peignoir die aanvoelt als golvende zijde. Wat er ook in dat badwater zat, het heeft mijn zenuwcellen op scherp gezet, waardoor ik me afgepeld en onbeschermd voel. Het is nog steeds alsof de zeepbellen op mijn huid uit elkaar spatten.

Als de deur opengaat zie ik dat de stem bij een klein meisje hoort, amper half zo groot als ik. Ze is echter net zo gekleed als de oudere vrouwen, in de vrouwelijke versie van de witte bloes van Gabriel, met een zwarte strookrok eronder, waar Gabriel een zwarte pantalon droeg. Haar haar zit in een vlecht rond haar hoofd, en haar wangen worden bol als appeltjes als ze naar me lacht. 'Ben jij Rhine?'

Ik knik. 'Ik ben Deirdre,' zegt ze, en ze legt haar hand in de mijne. Hij voelt koel en zacht aan. 'We zijn er zo.' Ze voert me mijn kamer uit en de gang in waardoor ik gisteren even was ontsnapt.

'Goed,' zegt het meisje. Ze knikt ernstig en houdt haar blik strak vooruit gericht. 'Alleen praten als je iets gevraagd wordt; zelf houdt ze helemaal niet van vragen, dus stel ze ook maar liever niet. Spreek haar aan met lady Rose. Boven haar nachtkastje zit een knop, een witte, druk daarop als ze ziek wordt. Zij is hier de baas. De Huisheer doet precies wat ze wil, dus jaag haar liever niet tegen je in het harnas.'

Voor de deur blijven we staan, en Deirdre legt nog even een perfecte strik in de ceintuur van mijn peignoir. Ze klopt op de halfopen deur en zegt: 'Lady Rose? Ik heb haar bij me, zoals u wilde.'

'Nou, laat haar binnen dan,' snauwt Rose. 'En ga je ergens anders nuttig maken.'

Terwijl ze zich omdraait legt Deirdre beide handen om een van de mijne. Haar ogen zijn zo rond als manen. 'En alsjeblieft,' fluistert ze, 'begin niet over de dood.'

Als ze weg is duw ik de deur verder open, maar op de drempel blijf ik stofstijf staan. Ik kan de medicijnen waar Rose gisteren over klaagde al ruiken. Ik zie de batterij zalfjes, pillen en potjes op haar nachtkastje.

Ze is op vandaag en zit op een met zijde overtrokken divan bij het raam. Haar blonde haar is gevangen in het zonlicht en haar huid lijkt wat minder vaal. Ze heeft kleur op haar wangen, waardoor ik eerst denk dat het beter met haar gaat, maar als ze me naderbij wenkt zie ik het vreemde, bijna neonroze op haar wangen en weet ik dat het make-up moet zijn. Ook het rood van haar lippen is waarschijnlijk niet echt. Wat wel echt is, zijn haar ogen – onwaarschijnlijk bruine kijkers waar gevoel uit spreekt, en jeugd. Ik probeer me een wereld vol natuurlijke mensen voor te stellen, toen twintig jaar gewoon jong wás, decennia verwijderd van een doodvonnis.

Natuurlijke mensen leefden minstens tachtig jaar, vertelde mijn moeder. Soms wel honderd. Ik geloofde haar niet.

Nu begrijp ik wat ze bedoelde. Rose is de eerste twintigjarige die ik wat uitgebreider spreek, en hoewel ze een hoestbui moet smoren en het bloed op haar vuist spat, is haar huid glad en zacht. Uit haar ogen straalt licht. Ze ziet er niet eens zo heel anders, of zoveel ouder uit dan ik.

'Ga zitten,' zegt ze. Ik neem een stoel tegenover haar.

Om haar heen liggen papiertjes op de grond en op de divan staat een schaal met snoepjes. Als ze iets zegt zie ik dat haar tong felblauw is. Haar lange vingers spelen met een snoepje, brengen het vlak bij haar mond, bijna alsof ze het wil kussen. In plaats daarvan laat ze het weer op de schaal vallen.

'Waar kom je vandaan?' vraagt ze. In haar toon zit niets van het venijn dat Deirdre bij de deur te verduren kreeg. Ze slaat haar dikke wimpers op. Met haar blik volgt ze een insect dat even om haar heen fladdert en dan wegvliegt.

Ik wil haar helemaal niet vertellen waar ik vandaan kom. Ik moet beleefd zijn, maar hoe doe ik dat? Hoe doe ik dat terwijl ik gedwongen word toe te kijken hoe zij sterft, waarna ze mij aan haar man zullen geven en dwingen kinderen te baren die ik nooit heb gewild?

Daarom zeg ik: 'Waar woonde jij toen ze je meenamen?'

Het is niet de bedoeling dat ik haar vragen stel, en zodra ik het gedaan heb weet ik dat ik op een landmijn ben gestapt. Straks begint ze te gillen dat Deirdre of haar man, de Huisheer, me bij haar weg moet halen. Me voor de komende vier jaar in een kerker moet stoppen.

Tot mijn verbazing zegt ze: 'Ik ben in deze staat geboren. In deze stad zelfs.' Ze haalt een foto van de muur achter haar en steekt hem naar me uit. Ik buig me naar voren om te kijken.

Het is een foto van een jong meisje dat naast een paard staat. Ze heeft de teugels vast en lacht zo breed dat haar gebit haar hele gezicht domineert. Ze knijpt haar ogen bijna dicht van verrukking. Naast haar staat een grotere jongen met zijn handen op zijn rug. Zijn lach is bescheidener, verlegen, alsof hij niet wil lachen maar er niets aan kan doen.

'Dat was ik,' zegt Rose over het meisje op de foto. Dan volgt ze met haar vinger de contouren van de jongen. 'Dit is mijn Linden.' Even lijkt ze zich te verliezen in de aanblik. Om haar gestifte lippen verschijnt een klein lachje. 'We zijn samen opgegroeid.'

Ik weet niet zo goed wat ik hierop moet zeggen. Ze gaat zo op in deze herinnering en is zo blind voor mijn gevangenschap. Maar toch heb ik met haar te doen. In een andere tijd, onder andere omstandigheden, had ze niet vervangen hoeven worden.

'Kijk,' zegt ze, wijzend naar de foto. 'Dit is in de sinaasappelboomgaard. Mijn vader had er hectaren van. Hier in Florida.' Florida. De moed zakt me in de schoenen. Ik ben in Florida, helemaal onder aan de oostkust, meer kilometers van huis dan ik tellen kan. Ik mis mijn huis met de sporen van klimop. Ik mis het geluid van de forenzentreinen in de verte. Hoe moet ik daar ooit terugkomen?

'Ze zien er heerlijk uit,' zeg ik over de sinaasappels. Want dat is ook zo. Alles lijkt te gedijen hier. Ik had nooit kunnen vermoeden dat het levenslustige meisje naast haar paard in de sinaasappelboomgaard nu stervende is.

'Ja hè?' zegt ze. 'Al houdt Linden meer van de bloemen. In de lente zijn er oranjebloesemfestivals. Die vindt hij het leukst. 's Winters zijn er sneeuwfestivals en zonnewendebals, maar daar houdt hij niet van. Te veel lawaai.'

Ze pakt een groen snoepje uit en stopt het in haar mond. Even zit ze met haar ogen dicht, kennelijk genietend van de smaak. De snoepjes hebben allemaal verschillende kleuren, en dit groene snoepje verspreidt een pepermuntgeur die me terugvoert naar mijn kindertijd. Ik denk aan het meisje dat pepermuntjes mijn kamer in gooide, aan de geur die het kartonnen bekertje vulde als ik reageerde op haar stem.

Als Rose weer iets zegt heeft haar tong de smaragdkleur van het snoepje aangenomen. 'Maar hij kan heel goed dansen. Ik snap niet dat hij zo'n muurbloempje is.'

Ze zet de foto in een zee van snoeppapiertjes op de divan. Ik weet niet wat ik moet denken van deze vrouw, die zo moe is en zo verdrietig, die Deirdre afsnauwt maar mij als een vriendin behandelt. Voor het moment beteugelt mijn nieuwsgierigheid mijn verbittering. In deze vreemde wereld vol mooie dingen, bedenk ik, bestaat er misschien toch een beetje menselijkheid.

'Weet je hoe oud Linden is?' vraagt ze. Ik schud mijn hoofd.

'Hij is eenentwintig. We wilden al trouwen toen we kinderen waren, en ik geloof dat hij dacht dat al die medicijnen me wel vier extra jaren in leven zouden houden. Zijn vader is een vooraanstaand arts, van de eerste gencratic. Altijd maar op zoek naar een antiserum.' Dat laatste zegt ze op een grappige manier, wapperend met haar handen. Ze denkt niet dat er ooit een antiserum gevonden zal worden. Veel mensen geloven dat wel. Waar ik vandaan kom melden hordes nieuwe wezen zich bij de laboratoria om zich voor een paar dollar aan te bieden als proefkonijn. Maar een antiserum komt er nooit en grondige analyse van onze genenpool heeft geen afwijkingen aan het licht gebracht die een verklaring zouden kunnen zijn voor de dodelijkheid van dit virus.

'Maar jij,' zegt Rose. 'Zestien is perfect. Jullie kunnen de rest van jullie leven bij elkaar zijn. Hij hoeft niet alleen achter te blijven.'

Opeens wordt het koud in de kamer. Buiten zoemt en tjirpt er van alles in de eindeloze tuin, maar die is miljoenen kilometers ver weg. Ik was bijna, heel even maar, vergeten waar ik was. Vergeten hoe ik hier gekomen ben. Deze prachtige plek is gevaarlijk, net als witte oleander. De weelderige tuin is bedoeld om mij binnen te houden.

Linden steelt bruiden om niet alleen te hoeven sterven. En mijn broer dan, in zijn eentje in dat lege huis? En die andere meisjes, die zijn doodgeschoten in die vrachtauto? Mijn woede is terug. Ik bal mijn vuisten en wou dat iemand me hier kwam weghalen, ook al word ik dan weer ergens anders opgesloten. Ik kan de aanwezigheid van Rose geen moment langer verdragen. Rose met haar open raam. Rose die op een paard gezeten heeft en tot voorbij de sinaasappelboomgaarden gereden is. Rose die van plan is haar doodvonnis aan mij door te geven zodra zij er niet meer is.

Tot overmaat van ramp komt mijn wens nog uit ook. Deirdre komt terug en zegt: 'Neem me niet kwalijk, lady Rose, de dokter is er om haar klaar te maken voor Huisheer Linden.'

Ik word weer meegenomen de gang door, en een lift in die bediend wordt met een sleutelkaart. Deirdre staat stijfjes en zorgelijk naast me. 'Straks maak je kennis met Meester Vaughn,' fluistert ze. Het bloed is uit haar gezicht getrokken, en de manier waarop ze naar me kijkt herinnert me eraan dat ze nog maar een kind is. Haar mond vertrekt van... Waarvan? Medelijden? Angst? Ik kom er niet achter, want de liftdeuren gaan open en ze wordt zichzelf weer, leidt me door een volgende, donkerdere gang, die naar ontsmettingsmiddel ruikt, naar een volgende deur.

Ik vraag me af of ze ook nu goede raad voor me heeft, maar voor ze de kans krijgt om haar mond open te doen zegt een man: 'Welke is dit?'

'Rhine, meneer,' zegt Deirdre zonder haar ogen op te slaan. 'Die van zestien.'

In een flits vraag ik me af of dit de Meester is, of de Huisheer die straks mijn man zal worden, maar voor ik hem kan bekijken voel ik een stekende pijn in mijn arm. Ik heb alleen de tijd om mijn omgeving in me op te nemen: een steriele, raamloze kamer. Een bed met een laken erop, en banden waar armen en benen mee vastgebonden zouden kunnen worden.

In overeenstemming met de sfeer in dit huis vult de kamer zich met glinsterende vlinders. Ze sidderen en spatten dan uit elkaar, net als die vreemde zeepbellen. Bloed in hun kielzog. Dan duisternis.

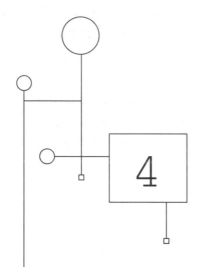

HET IS MIJN beurt om de wacht te houden. We hebben de ramen en deuren op slot gedaan en ons voor de nacht ingesloten in de kelder. Het mini-ijskastje zoemt in de hoek, de klokt tikt, de gloeilamp bungelt aan zijn draad en doet vreemde dingen met het licht. Ik geloof dat ik in het donker een rat hoor scharrelen, op zoek naar kruimels.

Rowan ligt te snurken op zijn veldbed, wat raar is, want dat doet hij nooit. Maar ik vind het niet erg. Het is fijn om een ander mens te horen, om te weten dat ik niet alleen ben. Dat hij in een tel wakker zou zijn als er problemen waren. Als tweeling vormen we een goed team. Hij heeft de spierballen en schiet altijd raak met het geweer, maar ik ben kleiner en sneller, en soms let ik beter op.

We hebben maar één keer een gewapende dief gezien, in het jaar dat ik dertien werd. Meestal zijn het kleine kinderen die een raam inslaan of een slot proberen open te breken, en als ze beseffen dat er niets te eten is en niets te stelen valt vertrekken ze weer. Ze zijn vooral lastig, en ik zou ze het liefst te eten geven, zodat ze gauw weer weggaan. We hebben genoeg. Maar Rowan vindt het niet goed. Als je er één te eten geeft, moet je ze allemaal te eten geven, zegt hij, en die rottige stad is niet van ons. Daar hebben we weeshuizen voor. Daar hebben we proefpersonengeld voor. En hoe zit het met de eerste generatie? zegt hij; laat die maar eens wat doen aan de puinhoop die ze ervan gemaakt hebben.

De gewapende dief was een man die twee keer zo groot was als ik en zeker in de twintig. Op een of andere manier had hij zonder geluid te maken het voordeurslot opengekregen, en hij begreep al snel dat de bewoners van dit huisje zich ergens verstopt hadden, mét al hun waardevolle spullen. Rowan moest dat uur de wacht houden, maar hij was in slaap gevallen na een lange dag zwaar lichamelijk werk. Hij neemt werk aan waar en wanneer hij maar kan, en zwaar is het altijd; aan het eind van de dag heeft hij altijd pijn. Lang geleden werd het fabriekswerk van Amerika uitbesteed aan andere industrielanden. Nu de import stilligt zijn de meeste wolkenkrabbers in New York verbouwd tot fabrieken, die van alles maken, van diepvriesmaaltijden tot bladmetaal. Ik vind meestal wel werk in de groothandel, waar ik aan de telefoon orders aanneem. Rowan vindt makkelijk werk als lader en losser, en het put hem meer uit dan hij wil toegeven. Maar we worden altijd contant betaald en we kunnen altijd meer eten kopen dan we nodig hebben. Winkeliers zijn zo blij met betalende klanten – anders dan de berooide wezen die altijd eten proberen te stelen – dat ze ons korting geven op extraatjes zoals isolatie-band en aspirine.

We lagen dus allebei te slapen. Ik werd wakker met een mes op mijn keel en keek recht in de ogen van een man die ik niet kende. Ik maakte een geluidje, heel zachtjes maar, het was niet eens een zucht, maar mijn broer schoot al overeind, met het geweer in de aanslag.

Ik was hulpeloos, verlamd. Kleine diefjes kon ik aan, en de meesten wilden ons helemaal niet vermoorden, niet als het niet echt hoefde. Ze uitten alleen halfzachte dreigementen in de hoop iets te eten of een sieraad los te peuteren, en als ze kleiner waren dan jij renden ze gewoon weg als je ze betrapte. Ze probeerden alleen maar zo goed en zo kwaad als het ging te overleven.

'Als je schiet snijd ik haar keel door,' zei de man.

Er klonk een langgerekt geluid, net als die keer dat een van onze leidingen sprong, en toen zag ik een streepje bloed over het gezicht van de man lopen. Het duurde een seconde voor ik besefte dat er een rood kogelgat in zijn voorhoofd zat, en toen gleed het mes van mijn keel. Ik pakte het, schopte de man van me af. Maar hij was al dood. Hijgend en met uitpui-lende ogen ging ik rechtop zitten. Rowan stond al naast me en controleerde of de man echt dood was, want hij wilde geen tweede kogel gebruiken als het niet nodig was. 'Verdorie,' zei hij, en hij gaf de man een schop. 'Ik was in slaap gevallen. Verdorie!'

'Je was moe,' zei ik troostend. 'Het geeft niet. Als we hem te eten hadden gegeven was hij wel weggegaan.'

'Doe niet zo naïef.' Rowan tilde nadrukkelijk de arm van de

dode op. Toen pas zag ik dat hij een grijze jas aanhad. Het duidelijke kenmerk van een Verzamelaar die aan het werk is. 'Hij kwam voor...' begon Rowan, maar hij kon zijn zin niet hardop afmaken. Het was de eerste keer dat ik hem zag beven.

Vóór die nacht dacht ik altijd dat Verzamelaars jonge meisjes van straat oppikten. Dit gebeurt ook, maar lang niet altijd. Soms houden ze een meisje in de gaten, volgen haar naar huis en wachten op een kans. Als ze tenminste denken dat ze de moeite waard is, dat ze een goede prijs voor haar zullen krijgen. En dat is wat er gebeurd is. Daarom heeft die man toen bij ons ingebroken. Nu mag ik van mijn broer nergens meer heen zonder dat hij erbij is. Hij kijkt steeds achterom, kijkt in steegjes waar we langslopen. We hebben extra grendels op de deur gezet. We hebben een doolhof van vliegertouw en lege blikjes boven de keukenvloer gespannen, zodat we met veel kabaal gewaarschuwd worden vóór een indringer op het idee kan komen de kelderdeur in te trappen.

Nu hoor ik nog iets anders, iets waarvan ik eerst denk dat het een rat is die boven rondscharrelt. Alleen een rat is klein genoeg om zich een weg door ons doolhof te banen. Maar dan begint de deur boven aan de trap te rammelen. De grendels springen een voor een open.

Achter me is Rowan opgehouden met snurken. Ik fluister zijn naam. Ik zeg dat ik denk dat er iemand aan het inbreken is. Hij geeft geen antwoord. Ik draai me om en er ligt niemand op het veldbed.

Boven aan de trap vliegt de kelderdeur open. Maar in plaats van het donker van ons huis is er zonlicht, en de meest adembenemende tuin die ik ooit gezien heb. Ik heb nauwelijks de tijd om het allemaal in me op te nemen voordat de deuren voor mijn neus dichtgaan. De deuren van een grijze vrachtauto, een vrachtauto vol bange meisjes.

Ik schiet overeind. 'Rowan,' roep ik hijgend.

Wakker. Ik ben wakker en probeer mezelf te troosten. Maar de werkelijkheid is geen veilige haven. Ik ben nog steeds in dit landhuis in Florida, nog steeds de aanstaande bruid van de Huisheer, en verderop in de gang hapt Rose naar leven met sussende stemmen om zich heen.

Mijn benen en heupen doen pijn als ik me tussen de satijnen lakens uitstrek. Ik sla het beddengoed terug, bekijk mezelf. Ik heb een effen witte onderjurk aan. Mijn huid tintelt, en er zit geen haartje meer op. Mijn nagels zijn rond gevijld en gelakt.

Ik lig weer in mijn slaapkamer, met het raam dat niet opengaat en de badkamer die zo roze is dat hij bijna licht geeft.

Precies op dat moment gaat mijn deur open. Ik weet niet wat ik moet verwachten. Gabriel, geslagen en mank, met een dienblad vol eten; oude vrouwen die wat er nog van mijn huid over is komen scrubben, poederen en parfumeren; een arts met een naald en weer een andere enge tafel, dit keer op wieltjes. Maar het is Deirdre, met een zwaar wit pak in haar kleine armpjes.

'Hallo,' zegt ze, zo zachtaardig als alleen kinderen kunnen zijn. 'Hoe voel je je?'

Mijn antwoord zou niet vriendelijk klinken, daarom zeg ik niets.

Ze fladdert door de kamer in een teer wit jurkje in plaats van haar gewone uniform.

'Ik heb je japon bij me,' zegt ze. Ze legt het pak op de toilettafel en maakt de strik los. De jurk, die langer is dan zij, sleept over de grond als ze hem voor me ophoudt. Hij glinstert van de diamanten en de parels.

'Hij zou moeten passen,' zegt Deirdre. 'Ze hebben je maten genomen terwijl je buiten westen was, en ik heb voor de zekerheid nog wat veranderingen aangebracht. Pas maar.'

Het laatste wat ik wil is passen wat duidelijk mijn trouwjurk moet voorstellen, om er later in te verschijnen voor Huisheer Linden, de man die verantwoordelijk is voor mijn ontvoering, en Meester Vaughn, wiens naam alleen al Deirdre in de lift deed verbleken. Maar ze houdt de jurk voor me op en kijkt er zo meelevend en onschuldig bij dat ik het haar niet moeilijk wil maken. Ik stap in de japon en vind het goed dat ze hem dichtritst.

Deirdre klimt op de poef voor de toilettafel om de halsband voor me te strikken. Haar vaardige handjes maken perfecte lussen. En de japon zit als gegoten. 'Heb jij deze gemaakt?' vraag ik, zonder mijn verbazing te verbergen. Een blos verspreidt zich over haar appelwangetjes, en met een knikje stapt ze van de poef.

'Het duurde het langst om al die diamanten en parels vast te zetten. De rest was een makkie,' zegt ze.

De jurk heeft een strapless lijfje, in de vorm van de bovenkant van een hart. De sleep heeft de vorm van een V. Van bovenaf gezien zou ik als een wit satijnen hart naar het altaar schrijden. In elk geval kan ik me niets mooiers voorstellen om aan te hebben op weg naar levenslange opsluiting.

'Heb je helemaal in je eentje drie trouwjurken gemaakt?' vraag ik.

Deirdre schudt haar hoofd en leidt me voorzichtig naar de poef, zodat ik kan gaan zitten. 'Alleen die van jou,' zegt ze. 'Jij bent mijn meesteres, ik ben jouw bediende. De andere vrouwen hebben andere bedienden.'

Ze maakt een van de laatjes van de toilettafel open, dat helemaal vol zit met make-up en haarspeldjes. Met een rougekwast in haar hand wijst ze naar de knopjes in de muur boven mijn nachtkastje. 'Als je iets nodig hebt druk je op het witte knopje; zo bereik je mij. Blauw is de keuken.'

Ze begint mijn gezicht op te maken, mengt kleuren en brengt ze aan op mijn huid, tilt mijn kin op om me te bekijken. Haar grote ogen staan ernstig. Als ze tevreden is begint ze aan mijn haar. Ze borstelt het en wikkelt het rond krullers en kletst intussen honderduit over dingen die ik volgens haar moet weten.

'De bruiloft vindt plaats in de rozentuin. Het gaat naar leeftijd, de jongste eerst. Er komt dus een bruid voor je en een bruid na je. Er worden natuurlijk geloften uitgesproken, maar die van jullie worden voorgelezen, je hoeft zelf niets te zeggen. Dan worden de ringen uitgewisseld, en even denken, wat nog meer...'

Haar stem verdrinkt in een zee van beschrijvingen, van drijvende kaarsen, de tafelschikking voor het diner en zelfs hoe zacht ik dien te praten.

Maar alles wat ze zegt vervaagt tot één gruwelijke warboel. De bruiloft is vanavond. Vanavond. Voor die tijd kan ik onmogelijk ontsnappen. Ik heb nog niet eens een raam open kunnen krijgen, ik heb de buitenkant van dit rottige huis nog niet eens gezien. Ik voel me onpasselijk, benauwd. Ik zou al blij zijn als ik het raam open kreeg, niet om te ontsnappen, maar om frisse lucht in te ademen. Ik doe mijn mond open om diep adem te halen, en Deirdre stopt een rood snoepje in mijn mond.

'Daar gaat je adem lekker van ruiken,' zegt ze. Het snoepje smelt meteen, en ik wordt overweldigd door de smaak van iets als aardbeien met te veel suiker. In het begin is hij veel te sterk, dan wordt de smaak flauwer, natuurlijker, en mijn zenuwen komen er zelfs een beetje van tot rust.

'Goed zo,' zegt Deirdre, kennelijk tevreden met zichzelf. Ze geeft me een duwtje, waardoor ik voor het eerst recht tegenover de spiegel kom te staan.

Ik sta versteld van de aanblik.

Mijn ogen zijn opgemaakt met roze, maar niet het weerzinwekkende roze van de badkamer. Het is de kleur tussen het rood en het geel bij zonsondergang. Het glinstert alsof er sterretjes in zitten en loopt naar de randen uit in lichtpaars en zachte wittinten. Mijn lippen hebben dezelfde behandeling gekregen en mijn huid glanst.

Voor het eerst zie ik eruit alsof ik geen kind meer ben. Ik ben mijn moeder in haar feestjurk, op de avonden dat ze met mijn vader door de woonkamer danste als mijn broer en ik al in bed lagen. Later kwam ze dan mijn slaapkamer in om me een zoen te geven terwijl ze dacht dat ik sliep. Ze was bezweet en geurig en uitzinnig van liefde voor mijn vader. 'Tien vingers, tien tenen,' fluisterde ze in mijn oor, 'mijn meisje is veilig in haar dromen.' Als ze wegging had ik het gevoel dat ze me betoverd had.

Wat zou mijn moeder zeggen tegen dit meisje, deze bijnavrouw, in de spiegel?

Zelf ben ik sprakeloos. Met haar gevoel voor kleur heeft Deirdre mijn blauwe oog helderder gemaakt en mijn bruine oog bijna net zo gevoelvol als de blik van Rose. Ze heeft me gekleed en opgemaakt voor mijn rol; nog even en ik word Huisheer Lindens tragische bruid.

Ik denk dat het wel duidelijk is, maar in de spiegel zie ik Deirdre achter me in haar handen wrijven, benieuwd naar wat ik van haar werk vind. 'Prachtig,' is alles wat ik kan uitbrengen.

'Mijn vader was schilder,' zegt ze met een zweem van trots. 'Hij heeft zijn best gedaan om het mij te leren, maar ik weet niet of ik ooit zo goed zal worden. Hij zei altijd dat alles als doek kon dienen, dus eigenlijk ben jij nu mijn doek.'

Meer vertelt ze niet over haar ouders, en ik vraag er niet naar.

Ze verbetert nog wat aan mijn haar, dat in lange krullen gedraaid is en door een eenvoudige witte haarband in model wordt gehouden. Dit gaat zo door tot het horloge om Deirdres pols begint te piepen. Dan helpt ze me in mijn onpraktische hoge hakken en draagt de sleep van mijn jurk de gang door. We gaan met de lift naar beneden en zigzaggen door een doolhof van gangen, en net als ik begin te denken dat er geen eind komt aan dit huis, staan we voor een hoge houten deur. Deirdre opent de deur op een kier en steekt haar hoofd naar binnen. Zo te horen praat ze met iemand.

Deirdre doet een stap achteruit en een klein jongetje gluurt naar me door de kier. Hij is net zo groot als zij, of iets kleiner. Zijn ogen flitsen over me heen, van boven naar beneden. 'Mooi,' zegt hij.

'Dank je, Adair. Ik vind de jouwe ook mooi,' zegt Deirdre. Haar jonge stem klinkt zo professioneel. 'Kunnen we bijna beginnen?'

'Wij zijn er klaar voor. Vraag nog even aan Elle.'

Deirdre gaat met hem de kamer in. Er wordt nog wat gepraat, en als de deur opengaat staat er een ander meisje naar me te gluren. Ze heeft grote groene ogen en klapt opgewonden in haar handen. 'O, wat prachtig!' roept ze uit. Dan verdwijnt ze weer. Als de deur weer opengaat neemt Deirdre me bij de hand en trekt me naar binnen. Dit kan alleen maar hun naaikamer zijn. Het is een kleine ruimte zonder ramen, propvol met balen stof en naaimachines en overal lint dat van de planken omlaag hangt en over de tafels sliert.

'De andere bruiden zijn er klaar voor,' zegt Deirdre. Ze kijkt om zich heen of niemand haar kan horen en fluistert dan tegen mij: 'Maar ik vind jou de mooiste.'

De andere bruiden staan tegenover elkaar in twee hoeken van de kamer en worden van alle kanten bekeken door hun bedienden, die alle twee in het wit gekleed zijn. De jongen, Adair, strijkt over het witfluwelen lijfje van een elegante bruid met donker haar, die melancholiek naar haar schouder kijkt en het niet erg lijkt te vinden om betast te worden.

Het meisje, dat naar ik aanneem Elle is, steekt parelmoeren speldjes in het haar van een bruid die waarschijnlijk nog geen vijftig kilo weegt. Ze draagt haar rode haar hoog opgestoken en haar jurk is wit, met een zweem van regenboogkleuren als ze zich beweegt. Aan de achterkant van het lijfje zitten grote doorschijnende vlindervleugels waaruit het lovertjes lijkt te regenen. Ik besef dat dit een illusie moet zijn, want nooit raken die lovertjes de grond. Het meisje staat ongemakkelijk te draaien in haar jurk, te tenger om het lijfje goed te vullen.

Als ze op haar tenen ging staan zou de roodharige nog niet eens tot aan mijn schouder komen; ze is duidelijk te jong om te trouwen. Het elegante meisje is te ongelukkig. En ik wil gewoon niet.

En toch zijn we hier.

De jurk zit heerlijk en Deirdre is apetrots, en ik sta in de kamer waar de rest van mijn leven mijn kleren gemaakt zullen worden. En ik kan alleen maar denken aan hoe ik hier wegkom. Door een luchtkoker? Een deur die niet op slot zit? Natuurlijk denk ik ook aan Rowan. Zonder elkaar zijn we allebei maar de helft van een geheel. Ik kan de gedachte dat hij nu 's nachts helemaal alleen in de kelder ligt bijna niet verdragen. Zoekt hij mijn gezicht achter de ramen van de bordelen in de rosse buurt? Leent hij een bestelwagen van zijn werk en zoekt hij mijn lichaam in de greppels langs de wegen? Wat hij ook doet, waar hij ook zoekt, ik weet zeker dat hij dit landhuis, omgeven door sinaasappelboomgaarden en paarden en tuinen, zo ontzettend ver van New York, nooit zal vinden.

Ik zal hém moeten vinden. Tegen beter weten in kijk ik naar de te smalle luchtkoker, op zoek naar een oplossing die er niet is. De bedienden dirigeren de bruiden naar het midden van de kamer. Voor het eerst kunnen we elkaar echt aankijken. In die vrachtauto was het veel te donker, en toen we geïnspecteerd werden, waren we zo bang dat we alleen maar recht vooruit durfden te kijken. Tel het slaapgas in de limo erbij op, en we zijn nog altijd volslagen vreemden voor elkaar.

De roodharige, de kleinste, sist tegen Elle dat haar lijfje nu weer te strak dichtgesnoerd zit, en hoe moet ze tijdens de plechtigheid – het belangrijkste moment in haar leven, voegt ze eraan toe – ooit stil blijven staan als ze nauwelijks adem kan halen?

Het elegante meisje staat naast me en doet of zegt niets, terwijl Adair op een keukentrapje klimt om minuscule neplelietjes in haar gevlochten haar te steken.

Er wordt op de deur geklopt, en ik weet zelf niet eens wat ik verwacht. Een vierde bruid misschien, of Verzamelaars die ons allemaal komen doodschieten. Maar het is gewoon Gabriel. Hij heeft een grote rol in zijn handen en vraagt de bedienden of de bruiden zover zijn. Hij kijkt ons geen van allen aan. Als Elle zegt dat we klaar zijn legt hij de rol op de grond, en met een mechanisch geratel rolt het ding zichzelf uit tot een lange rode loper die helemaal de gang in reikt. Gabriel verdwijnt in het schemerduister.

Een vreemde muziek begint te spelen, schijnbaar afkomstig uit het plafond. De bedienden zetten ons van jong naar oud op een rijtje en we lopen in de pas de kamer uit. Het is verbluffend hoe synchroon het gaat, want we hebben er niet op geoefend en zijn na die tijd in de vrachtauto alle drie bewusteloos dit huis in gezeuld. Over een paar minuten zijn we zustervrouwen. Dat is een term die ik op het nieuws gehoord heb, en ik weet niet wat het betekent. Ik weet niet of deze meisjes mijn bondgenoten of mijn vijanden zullen worden, ik weet zelfs niet of we na vandaag nog wel samen zullen leven.

De bruid voor me, de roodharige, de kleine, lijkt wel te huppelen. Haar vleugels fladderen en wippen op en neer. Lovertjes wervelen om haar heen. Als ik niet beter wist zou ik zweren dat ze het allemaal reuzespannend vindt.

De loper leidt naar een open buitendeur. Erachter ligt wat

Deirdre de rozentuin noemde, duidelijk herkenbaar aan de rozenstruiken die rondom ons hoge muren vormen. Eigenlijk zijn ze een voortzetting van de gang, en ondanks de hemel boven mijn hoofd voel ik me hier niet minder opgesloten dan binnen. De halfdonkere lucht is bezaaid met sterren, en verstrooid bedenk ik dat het thuis niet bij me zou opkomen om op dit uur naar buiten te gaan. De deur zou vergrendeld zijn, de lawaaival in de keuken klaargezet. Rowan en ik zouden in stilte ons avondeten eten en wegspoelen met thee, en daarna zouden we naar het nieuws kijken om te zien of er nog baantjes waren en om op de hoogte te blijven van de toestand in onze wereld, in de armzalige hoop dat er op een dag iets ten goede zal keren. Sinds het oude lab vier jaar geleden ontplofte hoop ik dat er een nieuw lab zal komen, zodat er onderzoek gedaan kan worden en iemand een antiserum ontdekt, maar in de overblijfselen van het oude lab hebben wezen een thuis gevonden. Mensen geven het op, aanvaarden hun lot. En op het nieuws zijn alleen vacatures en de evenementen die georganiseerd worden door de rijken – Huisheren en hun treurige bruiden. Het is bedoeld om ons te bemoedigen, neem ik aan. De illusie te wekken dat de wereld niet ten onder gaat.

Voor ik de kans krijg de aanzwellende golf heimwee te voelen word ik aan het eind van de gang van rozenstruiken zachtjes een open plek op geduwd en moet ik met de andere bruiden in een halve cirkel gaan staan.

De gapende open plek komt als een verrassing, en een opluchting. Opeens is de tuin enorm, een stad die wemelt van vuurvliegjes en kleine, platte kaarsjes die in de lucht lijken te zweven – theelichtjes noemde Deirdre ze geloof ik. Fonteinen klateren in vijvertjes, en nu zie ik dat de muziek op een of andere manier uit een keyboard komt dat helemaal uit zichzelf speelt, met toetsen die oplichten terwijl de noten klinken en een geluid als van een heel orkest van strijkers en blazers. Ik herken de melodie. Mijn moeder neuriede hem vroeger vaak: de 'Bruiloftsmars', de muziek die in de tijd van haar eigen moeder op bruiloften gespeeld werd.

Met de twee anderen word ik naar een prieel in het midden van de open plek gebracht, waar de rode loper een wijde cirkel wordt. Naast ons staat een man in een wit gewaad en de bedienden nemen hun plaats in tegenover ons, met hun handen voor zich gevouwen alsof ze in gebed verzonken zijn. De jongste bruid giechelt om een vuurvliegje dat rond haar neus fladdert en verdwijnt. De oudste bruid staart voor zich uit met ogen zo grijs als de avondlucht. Ik doe mijn best om niet op te vallen, om op te gaan in het gezelschap, wat naar ik vermoed onmogelijk is als de Huisheer een voorliefde heeft voor mijn ogen.

Ik weet niet veel van traditionele bruiloften. Ik heb er nooit een meegemaakt, en mijn ouders trouwden op het gemeentehuis, zoals de meeste stellen in die tijd. Nu de mensen zo jong sterven, trouwt er bijna niemand meer. Maar zo zal het waarschijnlijk ongeveer geweest zijn: de wachtende bruid, de muziek, de bruidegom die naderbij komt in zijn zwarte smoking.

Linden, de Huisheer, mijn aanstaande, komt op ons af aan de arm van een man van de eerste generatie. Ze zijn allebei lang en bleek. Voor het prieel laten ze elkaar los, en Linden loopt de drie treetjes op die naar ons leiden. Hij gaat in het midden van de rode cirkel staan, met zijn gezicht naar ons toe. De kleine roodharige knipoogt naar hem en hij lacht liefdevol naar haar, zoals een vader lacht naar zijn dochtertje. Maar ze is zijn dochter niet. Hij wil dat zij zijn kinderen baart.

Ik word misselijk. Het zou een duidelijke daad van verzet zijn om over te geven op zijn glanzende zwarte schoenen. Maar ik heb niets gegeten van al het eten dat Gabriel me sinds mijn eerste dag hier gebracht heeft, en met overgeven zal ik me niet populair maken. Ik heb alleen kans om te ontsnappen als ik Lindens vertrouwen win. Hoe eerder ik dat voor elkaar heb, hoe beter.

De man in het witte gewaad begint te praten en de muziek sterft langzaam weg.

'We zijn hier bijeen om deze vier mensen in de echt te verbinden, die de vrucht zal dragen van vele generaties na ons...'

Terwijl de man aan het woord is neemt Linden ons op. Misschien komt het door het kaarslicht, of het zachte avondbriesje, maar hij ziet er minder bedreigend uit dan eerst, toen hij ons koos uit die rij meisjes. Hij is een lange, lichtgebouwde man, waardoor hij een bijna fragiele, kinderlijke indruk maakt. Zijn ogen zijn lichtgroen en zijn glanzende zwarte krullen vallen als dikke ranken om zijn gezicht. Hij lacht niet, en hij grijnst ook niet zoals toen hij me tegenkwam in de gang. Even vraag ik me af of het eigenlijk wel dezelfde man is. Maar dan doet hij zijn mond open en zie ik het goud glanzen in zijn gebit, helemaal achter in zijn kaken.

De bedienden hebben een stap naar voren gedaan. De man in het wit is uitgepraat over hoe dit huwelijk komende generaties veilig zal stellen, en nu noemt Linden ons een voor een bij de naam. 'Cecily Ashby,' zegt hij tegen de kleine bruid. Elle opent haar vuist, waar een gouden ring in zit. Linden neemt de ring aan en schuift hem aan het vingertje van de bruid. 'Mijn vrouw,' zegt Linden. Ze bloost stralend.

Voor ik in de gaten heb wat er gebeurt heeft Deirdre haar vuist geopend en heeft Linden de ring gepakt en om mijn vinger geschoven. 'Rhine Ashby,' zegt hij. 'Mijn vrouw.'

Het betekent niets, zeg ik bij mezelf. Laat hem maar zeggen dat ik zijn vrouw ben, maar als ik eenmaal aan de andere kant van het hek sta heeft deze domme ring niets te betekenen. Ik ben en blijf Rhine Ellery. Ik probeer deze gedachte tot me door te laten dringen, maar het koude zweet is me uitgebroken. Mijn hart voelt zwaar. Linden vangt mijn blik en ik kijk strak terug. Ik zal niet blozen of ineenkrimpen of wegkijken. Ik zal niet zwichten.

Hij treuzelt nog even, dan gaat hij door met de derde bruid. 'Jenna Ashby,' zegt hij tegen het volgende meisje. 'Mijn vrouw.'

De man in het wit zegt: 'Wat door het lot bijeengebracht is, zal geen mens scheiden.'

Het lot, denk ik, is een dief.

De muziek begint weer te spelen en Linden neemt ons een voor een bij de hand om ons het trapje af te leiden. Zijn hand voelt klam en koel. Het is onze eerste aanraking als man en vrouw. Terwijl we daar zo lopen probeer ik het landhuis waarin ik nu al dagen opgesloten zit eens goed te bekijken. Maar het is veel te groot, en ik sta er te dichtbij om er meer dan één kant van te zien, en alles wat ik in me opneem zijn bakstenen en ramen. Wel denk ik heel even Gabriel langs een van de ramen te zien lopen. Ik herken zijn haar met de kaarsrechte scheiding, zijn grote blauwe ogen die naar me kijken. Hierna laat Linden ons alleen en vertrekt met de eerste generatie met wie hij gekomen is. En de bruiden worden weer naar binnen gejaagd. Maar tegen de muren groeit klimop, en net voor ik naar binnen ga pluk ik wat van de bladerrijke plant en klem het in mijn vuist. Het doet me denken aan thuis, ook al groeit daar geen klimop meer.

In mijn slaapkamer verstop ik de klimop in mijn kussensloop voordat Deirdre zich met me begint te bemoeien. Ze helpt me uit mijn trouwjurk, die ze netjes opvouwt, en besprenkelt me met iets wat in het begin een aanslag is op mijn zintuigen en me aan het niezen maakt, maar even later vervliegt tot een prettige rozengeur. Ze zet me weer op de poef en doet de la met make-up open. Ze maakt mijn gezicht schoon en begint opnieuw, deze keer met theatrale rood- en paarstinten die me iets wellustigs geven. Ik vind het zelfs nog beter dan mijn eerdere uitdossing; ik heb het gevoel dat mijn woede en verbittering zichtbaar zijn gemaakt.

Ik krijg een op maat gemaakte rode jurk aan die bij de kleur van mijn lippen past, met zwarte kant rond de halsboord en kapmouwtjes.

De jurk komt maar tot halverwege mijn bovenbenen, en Deirdre trekt eraan tot hij helemaal goed zit. Terwijl zij daarmee bezig is stap ik in het volgende paar belachelijk hoge hakken en bekijk mezelf in de spiegel. Elke ronding van mijn lichaam schijnt door de fluwelen stof – mijn borsten, heupen, zelfs de vage contouren van mijn ribben. 'Het is een teken dat je geen kind meer bent,' legt Deirdre uit. 'Dat je klaar bent om je man te ontvangen wanneer hij maar wil.'

Daarna loopt ze met me naar de lift en door weer andere gangen, tot we bij een eetzaal komen. De andere bruiden dragen respectievelijk een zwarte en een gele versie van mijn outfit. We hebben nu allemaal ons haar los. Ik word tussen hen in gezet, aan een lange tafel onder kristallen kroonluchters. Cecily, de roodharige, kijkt opgewonden rond, terwijl Jenna, de donkere, haar melancholie van zich af lijkt te schudden. Onder tafel raakt haar hand vluchtig de mijne, en ik weet niet of dat per ongeluk gaat. We ruiken allemaal naar bloemen.

Er vallen nog steeds lovertjes uit Cecily's haar.

Huisheer Linden komt de zaal in, weer met die oudere man. Ze lopen naar ons toe, en Linden brengt onze handen een voor een naar zijn lippen voor een kus. Dan stelt hij de man, zijn vader, voor als Meester Vaughn.

Ook Meester Vaughn geeft ons een handkus, en het kost me moeite om niet te rillen als ik zijn perkamentachtige, koude lippen voel. Ze doen me denken aan een lijk. Als iemand van de eerste generatie is Meester Vaughn goed geconserveerd; in zijn donkere haar zit maar een klein beetje grijs en hij heeft weinig rimpels in zijn gezicht. Maar zijn huid heeft een ziekelijk bleke kleur waarbij zelfs Rose stralend zou afsteken. Er kan geen lachje af. Alles aan hem is kil. Zelfs Cecily's opwinding wordt getemperd door zijn aanwezigheid.

Ik voel me een beetje beter als Linden en Meester Vaughn zijn gaan zitten, Linden tegenover ons en Meester Vaughn aan het hoofd van de tafel. Wij bruiden zitten op een rijtje naast elkaar, en het andere uiteinde van de tafel blijft leeg. Ik neem aan dat Lindens moeder daar hoort te zitten, maar aangezien die er niet is vermoed ik dat ze dood is.

Als Gabriel met een stapel borden en bestek de zaal in komt, ben ik opgelucht om hem te zien. Sinds hij gisteravond mijn kamer uit hinkte heb ik hem niet meer gesproken. Ik was bang dat hij gestraft was voor mijn actie en voor de rest van zijn leven in een kerker zou worden opgesloten. Mijn angsten hebben altijd te maken met kerkers. Ik kan me niets ergers voorstellen dan de rest van je leven opgesloten te zijn, vooral als er nog maar zo weinig jaren zijn om te genieten van het weinige wat er te genieten valt.

Maar Gabriel ziet er goed uit. Ik kijk goed of ik onder zijn overhemd sporen van verwondingen zie, maar dat is niet zo. Hij loopt ook niet meer mank. Ik probeer hem even meelevend of verontschuldigend aan te kijken, maar hij slaat zijn ogen niet naar me op. Vier anderen in hetzelfde uniform komen achter hem aan, met kannen water, flessen wijn en een karretje vol buitensporige gerechten: hele kippen overgoten met karamelsaus, ananassen en aardbeien in de vorm van waterlelies.

Terwijl de bedienden in en uit lopen blijft de deur van de eetzaal openstaan. Ik vraag me af wat er zou gebeuren als ik het op een lopen zette, of Gabriel of iemand anders me zou tegenhouden. Maar uiteindelijk houdt mijn angst voor wat mijn nieuwe echtgenoot zou doen me in toom, want ver zou ik vast niet komen. En wat dan? Ik zou natuurlijk weer opgesloten worden in mijn kamer, voor altijd gebrandmerkt als degene die niet te vertrouwen is.

Daarom blijf ik zitten en meng ik me in een geforceerd en ziekmakend beleefd gesprek. Linden zelf zegt niet veel. Terwijl hij aan één stuk door soep zit te lepelen lijkt hij met zijn gedachten heel ergens anders te zijn. Cecily glimlacht naar hem en laat zelfs, denk ik, expres haar lepel vallen om zijn aandacht te trekken.

Meester Vaughn heeft het over de honderd jaar oude tuinen en de sinaasappels die zo zoet zijn. Hij laat zelfs fruit en bomen onheilspellend klinken. Het komt door zijn lage, rasperige stem. Het valt me op dat de bedienden nooit naar hem kijken als ze nieuwe borden komen brengen en de oude afruimen. Hij was het, denk ik. Hij heeft Gabriel gestraft toen mijn deur open was gebleven. Ondanks zijn lachjes en onschuldige gekwebbel heeft hij iets gevaarlijks, iets wat mijn eetlust bederft en Deirdres lieve gezicht van zijn kleur berooft. Meer misschien dan de neerslachtige Huisheer Linden, die dwars door ons heen kijkt, wezenloos verliefd op een ten dode opgeschreven vrouw.

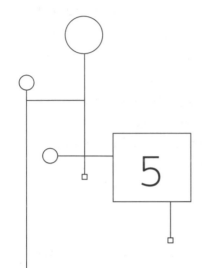

ALS DE AVOND eindelijk voorbij is lig ik in mijn witte onderjurk kwijnend op bed terwijl Deirdre mijn zere voeten masseert. Als ik niet zo uitgeput was en haar aanraking niet zo ontspannend vond, zou ik haar misschien tegenhouden. Ze zit naast me op haar knieën en is zo licht dat ze nauwelijks een deuk in de donzige sprei maakt.

Ik lig op mijn buik met een kussen in mijn armen en ze begint mijn kuiten te masseren. Precies wat ik nodig heb na al die uren op hoge hakken. Ze heeft kaarsen aangestoken, die de kamer vullen met de warme geur van exotische bloemen. Ik ben zo ontspannen en het kan me op dit moment zo weinig schelen of ik wel genoeg afstand bewaar dat ik de woorden er zomaar uitflap: 'Hoe werkt dat eigenlijk met zo'n huwelijksnacht? Zet hij ons op een rijtje en kiest hij iemand? Verdooft hij ons met slaapgas? Stopt hij ons met z'n drieën in één bed?'

Deirdre lijkt niet gechoqueerd door mijn botheid. Geduldig antwoordt ze: 'O, de Huisheer zal zijn huwelijken vanavond niet consumeren. Niet nu lady Rose...' Ze maakt haar zin niet af. Ik kom een klein beetje overeind, zodat ik haar over mijn schouder kan aankijken. 'Nu lady Rose wat?' Er verschijnt een droevige uitdrukking op Deirdres gezicht, maar ze gaat gewoon door met masseren. 'Hij houdt heel veel van haar,' zegt ze weemoedig. 'Ik denk niet dat hij zijn nieuwe bruiden zal bezoeken voor zij is overleden.'

Huisheer Linden komt inderdaad niet naar mijn slaapkamer, en als Deirdre de kaarsen heeft uitgeblazen en vertrokken is, val ik uiteindelijk ik slaap. Maar in de vroege uurtjes word ik wakker van de deurkruk die omgedraaid wordt. In de afgelopen jaren ben ik een heel lichte slaper geworden en zonder slaapopwekkend gif in mijn lijf ben ik weer net zo alert als altijd. Toch reageer ik niet. Ik wacht met wijd open ogen, zie mijn deur opengaan in het donker.

Het krullende haar van de schimmige figuur verraadt dat het Linden is.

'Rhine?' Voor de tweede keer in ons korte huwelijk noemt hij me bij mijn naam. Het liefst zou ik hem negeren en doen alsof ik slaap, maar ik ben bang dat hij het doodsbange bonken van mijn hart aan de andere kant van de kamer kan horen. Het is onzinnig, maar nog steeds denk ik dat een krakende deur betekent dat Verzamelaars me komen halen of doodschieten. Bovendien heeft Linden gezien dat ik mijn ogen open heb.

'Ja,' zeg ik.

'Sta op,' zegt hij zacht. 'Trek iets warms aan, ik wil je iets laten zien.'

Iets warms! denk ik. Dat kan alleen maar betekenen dat hij me mee naar buiten neemt.

Het siert hem dat hij de kamer uit gaat, zodat ik me in mijn eentje kan aankleden. In de kast gaat licht aan als ik hem opendoe, en hij bevat meer kleren dan ik eerder heb willen zien. Ik pak een zwarte broek die er warm en zacht uitziet, en een gebreide trui waarin parels verwerkt zijn – ongetwijfeld Deirdres werk.

De deur van mijn kamer zit niet meer van de buitenkant op slot, zoals vóór de bruiloft, en als ik hem opendoe staat Linden op de gang op me te wachten. Hij glimlacht, geeft me een arm en loopt met me naar de lift.

Het is beangstigend zo veel gangen als dit huis telt. Ook al lieten ze de voordeur wijd openstaan, ik weet zeker dat ik hem nooit zou vinden. Ik probeer me in te prenten waar ik ben: een lange, alledaagse gang met groen tapijt dat er nieuw uitziet. De muren zijn roomwit geverfd, en er hangen net zulke anonieme schilderijen als in mijn kamer. Ramen zijn er niet, dus ik kan niet eens zien of we op de begane grond zijn, tot Linden een deur opendoet en we op het pad naar de rozentuin staan, in dezelfde bekende gang van struiken. Maar nu laten we het prieel links liggen. De zon is nog niet op, waardoor er een serene, slaperige sfeer hangt.

Linden neemt me mee naar een van de fonteinen, die in een vijver staat die bevolkt wordt door grote, dikke, rood-witoranje vissen. 'Koikarpers,' zegt hij. 'Die komen oorspronkelijk uit Japan. Wel eens van gehoord?'

Aardrijkskunde is zo'n onbekend vak geworden dat ik het in mijn korte schoolcarrière, vóór de dood van mijn ouders me dwong te gaan werken, nooit ben tegengekomen. Onze school zat in een oude kerk, en als alle leerlingen er waren vulden we nog niet eens de eerste rij banken. De meesten waren kinderen van eerstegeneratieouders, die net als mijn broer en ik geleerd hadden dat onderwijs belangrijk was, ook al zouden we sterven voor we er iets mee konden doen. Verder zaten er een of twee wezen op school die ervan droomden acteur te worden en wilden leren lezen om scripts uit hun hoofd te kunnen leren. Alles wat we over aardrijkskunde leerden was dat de wereld vroeger bestond uit zeven continenten en een heleboel landen. Een derde wereldoorlog had alles vernietigd, behalve Noord-Amerika, het continent met de meest geavanceerde technologie. De schade was zo catastrofaal dat er van de wereld verder alleen oceaan over was, en onbewoonbare eilandjes, zo klein dat ze vanuit de ruimte niet eens te zien waren. Maar mijn vader was een wereldfan. Hij had een atlas van de wereld zoals die er in de eenentwintigste eeuw uitzag, met kleurenfoto's van allerlei landen en gebruiken. Japan was een van mijn favorieten. Ik genoot van de geverfde geisha's met hun gepenseelde trekken en hun tuitmondjes. Ik vond de roze en witte kersenbloesem zo mooi, heel anders dan de armetierige boompjes met hekjes eromheen langs de stoepen van Manhattan. Het hele land Japan leek wel één reusachtige kleurenfoto, glanzend en vrolijk. Mijn broer had een voorkeur voor Afrika, met zijn bonte vogels en olifanten met flaporen.

Ik dacht dat de wereld buiten Noord-Amerika prachtig moest zijn geweest. En het was mijn vader die me liet kennismaken met die schoonheid. Ik denk nog steeds aan die al lang verdwenen landen. Een koi kronkelt langs me en verdwijnt in de diepte, en ik kan alleen maar denken dat mijn vader dolgelukkig zou zijn geweest als hij dit had kunnen zien. Het verdriet om het verlies van mijn vader overvalt me zo dat mijn knieën bijna bezwijken onder het gewicht. Ik pers de tranen terug langs de brok in mijn keel. 'Daar heb ik van gehoord, ja,' zeg ik alleen maar.

Linden lijkt onder de indruk. Hij glimlacht naar me en steekt zijn hand op alsof hij me wil aanraken, maar dan verandert hij van gedachte en loopt verder. We komen bij een houten schommel in de vorm van een hart. Daar zitten we een tijdje, zonder elkaar aan te raken, zachtjes te schommelen en over de rozenstruiken heen naar de horizon te kijken. De kleur komt langzaam op, kleine beetjes oranje en geel, net alsof Deirdre met haar make-upkwast bezig is geweest. Waar de hemel een vurige blos krijgt verbleken de sterren.

'Kijk,' zegt Linden. 'Kijk eens hoe mooi.'

'De zonsopkomst?' vraag ik. Het is prachtig, maar geen reden om zo vroeg uit bed te komen. Ik ben zo gewend aan slapen bij toerbeurt, aan om en om met mijn broer de wacht houden, dat mijn lichaam geleerd heeft geen slaap te verkwisten.

'Het begin van een nieuwe dag,' zegt Linden. 'Gezond genoeg zijn om het mee te maken.'

Ik zie droefheid in zijn ogen. Ik vertrouw het niet. Hoe zou ik dat ook kunnen, als hij de Verzamelaars betaald heeft om mij de laatste jaren van zijn leven bij zich te kunnen hebben? Als het bloed van die meisjes in de vrachtauto aan zijn handen kleeft? Ik mag dan weinig zonsopkomsten overhebben, ik ben niet van plan om de rest te bekijken als de vrouw van Linden Ashby.

Het blijft een tijdje stil. Lindens gezicht wordt verlicht door de vroege zon, mijn trouwring schittert in een streepje licht. Ik haat dat ding. Het kostte me gisteravond al mijn wilskracht om hem niet door de wc te spoelen. Maar als ik zijn vertrouwen wil winnen, moet ik die ring dragen. 'Je kent Japan. Wat weet je nog meer van de wereld?' vraagt hij. Ik ga niets zeggen over mijn vaders atlas, die mijn broer en ik samen met andere waardevolle spullen in een afsluitbare koffer gestopt hebben. Iemand als Linden hoeft geen kostbaarheden achter slot en grendel op te bergen, behalve dan zijn bruiden. Hij zou de gekte van arme, hopeloze oorden niet begrijpen.

'Niet veel,' zeg ik. En ik veins onwetendheid als hij me over Europa begint te vertellen, en over een klokkentoren die Big Ben heet (ik herinner me het schijnsel ervan op een foto, in de schemering boven een Londense mensenmassa), en over uitgestorven flamingo's die een hals hadden die net zo lang was als hun poten.

'Het meeste heb ik van Rose geleerd,' bekent hij, en dan, op het moment dat de zon het rood en het groen van de tuin tot leven wekt, wendt hij zijn hoofd af. 'Je mag weer naar binnen,' zegt hij. 'Een bediende zal je naar boven brengen.' Aan het eind hapert zijn stem, en ik weet dat dit niet het moment is om te doen alsof ik hem aanbid. Ik vind de deur zelf terug en laat hem achter met zijn nieuwe dag en zijn gedachten aan Rose, wier zonsopkomsten geteld zijn.

In de dagen die volgen schenkt Linden nauwelijks aandacht aan zijn bruiden. Onze slaapkamerdeuren blijven open en meestal zijn we op onszelf aangewezen, mogen we vrij over de verdieping lopen, die een eigen bibliotheek en zitkamer heeft, maar niet veel meer. De lift mogen we alleen gebruiken als Linden ons uitnodigt voor het avondeten, wat zelden gebeurt; meestal krijgen we ons eten op een blad in onze slaapkamer. Ik zit veel in een fauteuil in de bibliotheek door glanzende boeken te bladeren, met foto's van planten die in deze wereld niet meer voorkomen, en andere die nog groeien in andere delen van het land. Ik lees over de ijskappen op de polen, lang geleden verdampt door de oorlog, en de ontdekkingsreiziger Christoffel Columbus, die bewees dat de aarde rond was. In mijn gevangenis verlies ik me in de geschiedenis van een vrije en grenzeloze wereld die al lang dood is.

Mijn zustervrouwen zie ik niet vaak. Soms komt Jenna op een chaise longue naast me liggen en vraagt wat ik aan het lezen ben. Ze heeft een schuchtere stem, en als ik haar aankijk krimpt ze in elkaar alsof ze denkt dat ik haar ga slaan. Maar onder die bedeesdheid zit meer, de resten van een gebroken mens die ooit zelfverzekerd, sterk en moedig is geweest. Haar ogen zijn vaak vochtig en wazig van tranen. Onze gesprekken zijn kort en afgemeten, nooit langer dan een zin of twee.

Cecily klaagt dat ze haar in het weeshuis niet goed hebben leren lezen. Ze zit ijverig met een boek aan tafel en spelt zo nu en dan hardop een woord, waarna ze ongeduldig wacht tot ik vertel hoe het uitgesproken wordt en soms wat het betekent. Hoewel ze pas dertien is, gaan haar lievelingsboeken allemaal over zwangerschap en geboorte.

Maar ondanks al haar tekortkomingen is Cecily een soort muzikaal wonderkind. Soms hoor ik haar in de zitkamer op het keyboard spelen. De eerste keer werd ik ruim na middernacht naar de drempel getrokken. Daar zat ze, dat nietige meisje met haar vlammend rode haar, gevangen in een hologram van dwarrelende sneeuw dat ergens vanuit het keyboard geprojecteerd werd. Maar Cecily, die zich zo gemakkelijk laat begoochelen door de valse schoonheid van dit landhuis, speelde met haar ogen dicht. Toen ze zo opging in haar concert was ze niet mijn kleine zustervrouw in een jurk met vlindervleugels, niet het meisje dat de bedienden met zilverwerk bekogelt als ze haar op de verkeerde dag haar zin niet geven, maar meer een soort buitenaards wezen. Er zat geen tikkende tijdbom binnen in haar, geen spoor van de gruwel die haar over slechts een paar jaar zal doden.

's Middags speelt ze minder elegant, drukt ze voor de lol in een onzinnige volgorde toetsen in. De toetsen doen het alleen als er een van de honderden hologramplaten die de muziek begeleiden in het keyboard wordt gestoken: ruisende rivieren, een lucht vol gloeiende vuurvliegjes, zinderende regenbogen. Ik heb haar nooit twee keer hetzelfde hologram zien gebruiken, en toch let ze er nauwelijks op.

In de zitkamer is geen gebrek aan illusies. De televisie simuleert met een druk op een knop een skipiste of een schaatsbaan of een racebaan. Er zijn afstandsbedieningen, stuurwielen, ski's en allerlei controllers om de echte wereld mee na te bootsen. Ik vraag me af of mijn nieuwe man zo is opgegroeid, opgesloten in dit uitgestrekte landhuis, met slechts illusies die hem konden leren over de wereld. Toen ik een keer alleen was deed ik een poging om te vissen, en anders dan in het echt was ik er een kei in.

In de zeeën van tijd die ik voor mezelf heb, heb ik de hele vrouwenverdieping al talloze keren verkend, van de slaapkamer van Rose aan de ene kant van de gang tot de bibliotheek aan de andere kant. Ik heb de ventilatieroosters in het plafond geïnspecteerd, en de stortkokers voor de was, die alleen breed genoeg zijn voor een kleine lading vuil goed. Geen van de ramen gaat open, behalve die in de kamer van Rose, waar Rose zelf altijd is.

De open haard in de bibliotheek is nep, een holografisch vuur dat knapt en knettert maar geen warmte geeft. Er is geen schoorsteen, geen pijp waar rook door naar buiten kan. En er is geen trappenhuis. Niet eens een afgesloten nooduitgang. Ik heb aan alle muren gevoeld, achter boekenkasten en onder meubels gekeken. En ik vraag me af of de vrouwenverdieping het enige deel van het huis is zonder trap, en of Lindens bruiden in geval van brand, als de lift het misschien niet meer doet, gewoon zullen verkolen. We zijn immers gemakkelijk te vervangen. Over die andere meisjes in de vrachtauto heeft hij zich ook geen tel druk gemaakt.

Maar zo logisch is het ook weer niet. Want hoe zit het dan met Rose, van wie Linden zo verschrikkelijk veel houdt? Is haar leven hem niet meer waard? Misschien niet. Misschien zijn zelfs eerste vrouwen, de lievelingetjes, vervangbaar.

Ik probeer de liftdeur open te krijgen, maar zonder sleutelkaart werken de knoppen niet. Ik probeer mijn vingers ertussen te krijgen, en dan de neus van mijn schoen, alsof er brand is, alsof mijn leven afhangt van de mogelijkheid om onmiddellijk weg te komen. De deur wijkt niet. Ik zoek in mijn slaapkamer naar iets wat ik kan gebruiken en vind in mijn kast een paraplu. Daar probeer ik het mee. Ik krijg de punt tussen de twee stalen deuren, en ze schuiven een klein stukje uit elkaar.

Mijn voet past er precies tussen en – tada! – de deuren gaan open.

Onmiddellijk slaat de bedompte lucht uit de liftschacht me tegemoet, en de duisternis die zwarter wordt als ik naar boven of naar beneden kijk. Ik bekijk de kabels, maar kan niet zien waar ze beginnen of eindigen. Ik weet niet hoeveel verdiepingen er boven of onder me zijn. Ik grijp er een stevig vast. Ik zou kunnen proberen omhoog te klimmen of me naar beneden te laten zakken. Al kom ik maar tot de verdieping onder me; misschien vind ik daar een open raam of een trap.

Het woord misschien maakt dat ik aarzel. Want misschien krijg ik de liftdeuren van binnenuit niet open. Misschien word ik door de lift geplet voor ik heb weten te ontsnappen.

'Ben je levensmoe?' zegt Rose. Ik schrik, trek mijn arm terug uit de liftschacht. Mijn zustervrouw staat een meter bij me vandaan, met haar armen over elkaar in haar flinterdunne nachtjapon. Haar haar zit in de war, ze is bleek, haar lippen kleuren onnatuurlijk snoepjesrood en ze glimlacht. 'Wees maar niet bang,' zegt ze. 'Ik vertel het niet verder. Ik snap het wel.'

De liftdeuren glijden dicht, laten mij daar staan.

'Je snapt het?' zeg ik.

'Mm,' zegt ze, wijzend naar mijn paraplu. Ik geef hem aan haar, en ze klapt hem open en laat hem een keer ronddraaien boven haar hoofd. 'Waar heb je deze vandaan?'

'Uit mijn kast.'

'Aha,' zegt ze. 'Wist je dat je ze in huis helemaal niet mag opendoen? Dat brengt ongeluk. Linden is heel bijgelovig, moet je weten.' Ze klapt de paraplu dicht, kijkt er aandachtig naar. 'En Linden bepaalt wat je in je slaapkamer hebt, wist je dat? Je kleren, je schoenen, deze paraplu. Als je die mocht hebben van hem, wat betekent dat dan, denk je?'

'Hij wil niet dat ik natregen,' zeg ik, als ik het begin te begrijpen.

Ze slaat haar ogen op, glimlacht naar me, gooit de paraplu naar me toe. 'Precies. En het regent alleen buiten.'

Buiten. Ik had nooit gedacht dat ik van dat woord kriebels in mijn buik kon krijgen. Het is een van de kleine vrijheden die ik mijn hele leven heb gehad en nu heb ik er alles voor over om die weer terug te krijgen. Ik knijp in de paraplu. 'Maar is de lift de enige weg naar buiten?' vraag ik.

'Vergeet die lift,' zegt Rose. 'Je man is de enige weg naar buiten.'

'Ik begrijp het niet. Stel dat er brand uitbreekt, komen we dan niet allemaal om?'

'Vrouwen zijn een investering,' zegt Rose. 'Meester Vaughn heeft een flink bedrag voor je neergeteld. Meester Vaughn is trouwens geobsedeerd door de erfelijkheidsleer, en ik wil wedden dat hij voor die ogen van jou nog wat extra heeft betaald. Als hij wil dat jij ongedeerd blijft, dan mag er brand of storm of een vloedgolf komen, maakt niet uit – jij blijft ongedeerd.'

Nu moet ik me waarschijnlijk gevleid voelen. Maar ik begin me alleen maar meer zorgen te maken. Als ik zo'n investering ben, zal het des te moeilijker zijn om ongezien weg te komen. Rose ziet er moe uit, dus gooi ik de paraplu mijn kamer in en help haar in bed. Als de bedienden zeggen dat ze moet rusten gaat ze daar altijd tegen in, maar van mij vindt ze het niet erg, omdat ik haar niet probeer te dwingen haar medicijnen in te nemen. 'Zet het raam eens open,' mompelt ze, terwijl ze tussen haar zijdezachte lakens glijdt. Ik doe wat ze vraagt en een koel lentewindje rolt de kamer in. Ze ademt diep in. 'Dank je,' zegt ze met een zucht.

Ik ga op de vensterbank zitten en leg mijn handen op het vliegenraam. Het ziet eruit als een doodgewoon vliegenraam dat je zo uit de sponning drukt. Ik zou kunnen springen, al zit ik een paar verdiepingen hoog – net zo hoog als het dak van mijn eigen huis, op z'n minst – maar er zijn geen bomen om me achter te verschuilen. Het is de poging niet waard. Maar ik denk wel aan wat Rose zei toen ze me bij de lift zag staan. Ze zei dat ze het niet verder zou vertellen omdat ze het snapte.

'Rose?' vraag ik. 'Heb jij wel eens geprobeerd te ontsnappen?'

'Doet er niet toe,' zegt ze.

Ik denk aan het meisje op de foto, haar lach, zo vol leven. Ze is hier al die jaren al. Is ze speciaal grootgebracht om Lindens bruid te worden? Of heeft ze zich ooit wel verzet? Ik doe mijn mond open om het te vragen, maar ze gaat rechtop in bed zitten en zegt: 'Jij zult de wereld wel weer zien. Dat weet ik zeker. Hij zal verliefd op je worden. En als je even naar mij zou luisteren, zou je beseffen dat jij zijn favoriet wordt als ik dood ben.' Ze praat zo achteloos over haar dood. 'Hij brengt je overal waar je maar heen wilt.'

'Niet overal,' zeg ik. 'Niet naar huis.'

Ze glimlacht, klopt uitnodigend op de matras. Ik ga op de rand van het bed zitten, en zij knielt achter me en begint mijn haar te vlechten. 'Dit is nu je huis,' zegt ze. 'Hoe meer je je verzet...' Om haar woorden kracht bij te zetten geeft ze een rukje aan mijn haar. '...hoe strakker het koord trekt. Ziezo.' Ze pakt een lint dat over haar hoofdeinde hangt en bindt de vlecht vast. Ze kruipt over de matras tot ze tegenover me zit en strijkt een plukje haar uit mijn ogen. 'Je ziet er leuk uit met je haar naar achteren. Je hebt mooie jukbeenderen.'

Hoge jukbeenderen, net als zij. Ik kan er niet omheen dat we op elkaar lijken: het dikke, golvende blonde haar, de smalle kin, zachte neus. Zij heeft alleen geen heterochrome ogen. Maar er is nog een verschil tussen ons, en dat is belangrijk. Zij was in staat dit leven te aanvaarden, van onze man te houden. En al wordt het mijn dood, ik moet en zal hier wegkomen.

Na die dag praten Rose en ik nooit meer over ontsnappen. Ze heeft mij liever dan de andere vrouwen, die nog nooit een woord met haar gewisseld hebben. Jenna doet zo min mogelijk haar mond open, en Cecily heeft me meer dan eens gevraagd waarom ik de moeite neem Lindens stervende vrouw te leren kennen. 'Ze gaat toch dood, en dan heeft hij meer aandacht voor ons,' zegt ze, alsof het iets is om naar uit te kijken. Het stuit me tegen de borst dat het leven van Rose zo weinig voor haar betekent, maar er is niet eens zo veel verschil met wat mijn broer zei over de wees die we afgelopen winter doodgevroren op onze veranda vonden.

De tranen sprongen me in de ogen toen ik het lichaam zag liggen, maar mijn broer zei dat we het niet meteen moesten weghalen, dat het als waarschuwing kon dienen voor anderen die bij ons probeerden in te breken. 'We hebben zulke goede sloten aangebracht dat ze sterven voor ze binnen kunnen komen,' zei hij. Noodzaak. Overleven. Zij of wij. Dagen later, toen ik voorstelde de dode te begraven – het was een klein meisje in een tot op de draad versleten ruitjesjas –, moest ik hem helpen het lijk naar de vuilcontainer te sjouwen. 'Jouw probleem is dat je te emotioneel bent,' zei hij. 'En daardoor ben je een makkelijk doelwit.'

Deze keer misschien niet, Rowan. Deze keer helpt het misschien om emotioneel te zijn. Rose en ik praten uren achter elkaar en ik koester onze gesprekken, want ik weet zeker dat ze me de kans bieden alles over Linden te weten te komen en bij hem in de gunst te komen.

Maar als de dagen weken worden voel ik dat er een oprechte vriendschap tussen ons opbloeit – wel het laatste wat ik zou moeten willen met iemand die op sterven ligt. En toch doet haar gezelschap me goed. Ze vertelt over haar vader en moeder, van de eerste generatie, die verongelukten toen zij nog klein was. Ze waren goede vrienden van Lindens vader; zo kwam zij op dit landgoed terecht en werd ze Lindens bruid.

Ze vertelt dat Lindens moeder, Meester Vaughns jongere, tweede vrouw, bij Lindens geboorte is overleden. En Vaughn ging zo op in zijn onderzoek, was vanaf het begin zo geobsedeerd door de gedachte dat hij het leven van zijn zoon moest redden, dat hij nooit meer een andere vrouw heeft genomen. Ze zouden de spot met hem gedreven hebben, zegt Rose, als hij niet zo'n bekwaam arts geweest was en zo verliefd op zijn werk. Hij is de eigenaar van een goed lopend ziekenhuis in de stad en een van de toonaangevende genetische onderzoekers in dit deel van het land. Ze vertelt dat de eerste zoon van de Meester vijfentwintig volle jaren heeft geleefd en al dood en begraven was toen Linden geboren werd.

Dat is dan iets wat ik met mijn nieuwe man gemeen heb. Voor mijn broer en ik kwamen, hadden mijn ouders twee kinderen, ook een tweeling, die blind en stom geboren werden. Hun ledematen waren misvormd en ze werden maar vijf jaar oud. Gezien de perfectie van de eerste generatie zijn zulke genetische afwijkingen zeldzaam, maar ze komen wel voor. Deze kinderen worden Misvormden genoemd. Het lijkt erop dat mijn ouders niet in staat waren kinderen te maken zonder genetische eigenaardigheden, al heb ik nu reden om dankbaar te zijn voor mijn heterochromie: waarschijnlijk heeft die me behoed voor een nekschot achter in die gruwelijke vrachtwagen. Rose en ik hebben het ook wel eens over vrolijkere dingen, zoals bloeiende kersenbomen. Na een tijdje vertrouw ik haar zelfs genoeg om over mijn vaders atlas te vertellen en te zeggen dat ik het zo jammer vind dat ik de wereld nooit in zijn goede tijd gekend heb. Terwijl ze mijn haar vlecht vertelt ze dat als ze ergens op de wereld had mogen wonen, ze voor India gekozen zou hebben. Dan had ze nu rondgelopen in een sari en zich met henna ingesmeerd en misschien op een met juwelen behangen olifant door de straten geparadeerd.

Ik lak haar nagels roze en zij plakt nepjuwelen van een stickervel op mijn voorhoofd.

En dan op een middag, als we naast elkaar op bed liggen en ons volproppen met kleurige snoepjes, flap ik er uit: 'Hoe hou je het vol, Rose?'

Ze draait haar hoofd op het kussen naar me toe. Haar tong is donkerpaars. 'Wat?'

'Vind je het niet erg dat hij hertrouwd is, terwijl jij nog leeft?'

Ze glimlacht, kijkt naar het plafond en speelt met een snoeppapiertje. 'Ik heb het hem zelf gevraagd. Ik heb hem ervan overtuigd dat het makkelijker zou zijn als er al nieuwe vrouwen in huis waren.' Ze doet haar ogen dicht en gaapt. 'Bovendien begonnen ze hem er in het sociale leven mee te plagen. De meeste Huisheren hebben minstens drie vrouwen, soms wel zeven, voor elke dag van de week een.' Het is zo bizar dat ze er zelf om moet grinniken en bijna een hoestbui krijgt. 'Maar Linden niet. Meester Vaughn probeerde hem al jaren over te halen en hij zei altijd nee. Uiteindelijk gaf hij toe, zolang hij maar zelf mocht kiezen. Zelfs met mij had hij geen keus gehad.'

Ze zegt het bedaard, en ze is zo absurd onverstoorbaar. Het baart me zorgen dat ik haar favoriete zustervrouw geworden ben puur vanwege mijn blonde haar, mijn vage gelijkenis met haar. Ze is zo'n intelligent, belezen meisje, maar ik vraag me af of ze wel doorheeft dat ik nooit van Linden zal houden, zeker niet zoals zij van hem houdt, en dat hij nooit zoveel van iemand zal houden als van haar. Ik vraag me af of ze wel beseft dat ik, ondanks al haar inspanningen om mij te scholen, nooit haar plaats zal kunnen innemen.

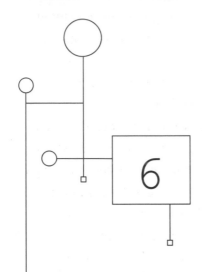

'IK WIL EEN spelletje doen,' zegt Cecily.

Jenna kijkt niet op van haar boek. Ze ligt lusteloos uitgestrekt op de bank, met haar benen over de armleuning. 'Keus zat.'

'Ik bedoel niet het keyboard of virtueel skiën,' verduidelijkt Cecily. 'Ik bedoel een écht spelletje.' Ze kijkt hulpzoekend naar mij, maar het enige spelletje dat ik ken is een lawaaival in de keuken uitzetten en samen met mijn broer heelhuids de nacht door zien te komen. En toen de Verzamelaars me meenamen verloor ik.

Ik zit met mijn benen opgetrokken in de vensterbank in de zitkamer, een kamer die vol staat met virtuele sportspellen en een keyboard waarmee je een heel symfonieorkest kunt imiteren, en staar naar de oranjebloesems die ronddwarrelen als duizenden minuscule vogeltjes met witte vleugeltjes. Rowan zou zijn ogen niet geloven; het leven dat eruit spreekt, de gezondheid en de schoonheid. Manhattan staat vol met ziel-togend, futloos onkruid dat uit het asfalt groeit. En je kunt er anjers kopen die naar koelcel ruiken en meer techniek zijn dan bloem.

'Weet jij geen spelletjes?' Cecily vraagt het nu rechtstreeks aan mij. Ik voel haar bruine ogen op me gericht.

Tja. Er was wel een spelletje, met kartonnen bekertjes en een touwtje, en het meisje dat aan de andere kant van de steeg woonde. Ik doe mijn mond open om het uit te leggen, maar ik bedenk me. Ik wil mijn geheimen niet in een kartonnen be-kertje aan mijn zustervrouwen door fluisteren. Ik heb sowieso maar één echt geheim, en dat is mijn ontsnappingsplan.

'We kunnen virtueel vissen,' zeg ik. Ik voel Cecily's veront-waardiging zonder dat ik haar aan hoef te kijken.

'Er moet iets échts zijn wat we kunnen doen,' zegt ze. 'Dat móét gewoon.' Ze beent de kamer uit en ik hoor haar heen en weer lopen in de gang.

'Het arme kind,' zegt Jenna, rollend met haar ogen. Dan richt ze zich weer op haar boek. 'Ze snapt helemaal niet waar ze terechtgekomen is.'

Het gebeurt rond het middaguur. Gabriel brengt mijn lunch naar de bibliotheek, mijn nieuwe lievelingsplek, en blijft staan om over mijn schouder te kijken als hij een tekening van een schip ziet.

'Wat lees je?' vraagt hij.

'Een geschiedenisboek,' antwoord ik. 'Over een ontdekkings-reiziger die een team samenstelde en met drie schepen de we-reld om voer en bewees dat de aarde rond was.'

'De Niña, de Pinta en de Santa María,' zegt hij.

'Heb je verstand van wereldgeschiedenis?' vraag ik.

'Ik heb verstand van schepen,' zegt hij. Hij gaat achter me op de leuning van de fauteuil zitten en wijst naar het plaatje. 'Dat is een karveel.' Hij begint de kenmerken ervan op te noemen – de drie masten, de latijnzeilen. Het enige wat ik er echt van begrijp is dat het een Spaans scheepstype was. Maar ik onderbreek hem niet. Ik zie de concentratie in zijn blauwe ogen, zie dat hij even respijt heeft van het naargeestige werk in de keuken en de zorg voor Lindens vrouwen, dat hij ergens een passie voor heeft.

In zijn schaduw in de fauteuil voel ik zowaar een glimlach opkomen.

Op dat moment komt Elle, Cecily's bediende, de bibliotheek in gestormd. 'Dáár zit je,' roept ze naar Gabriel. 'Je moet gauw naar de keuken om voor lady Rose iets tegen de hoest te halen.'

Nu hoor ik haar ook hoesten, aan het eind van de lange gang. Het hoort er zo bij in dit huis dat het me niet altijd meer opvalt. Gabriel springt op. Ik sla het boek dicht en wil achter hem aan gaan. 'Doe maar niet,' zegt hij, als hij me in de deuropening tegenhoudt. 'Blijf maar liever hier tot het over is.'

Maar achter hem zie ik een ongebruikelijke chaos. Bedienden rennen langs elkaar heen, verzorgers haasten zich de lift uit met allerlei flessen en een machine die veel wegheeft van het nevelapparaat dat mijn ouders in mijn slaapkamer zetten die winter dat ik longontsteking had. Maar het ademt allemaal iets vergeefs, en dat voelt Gabriel ook. Ik zie het aan zijn ogen. 'Blijf hier,' zegt hij. Maar ik loop natuurlijk toch achter hem aan de gang in. En de sfeer daar is zo beangstigend dat ik ook zo achter hem aan de lift in wil, wat vast niet mag, maar dat kan me nu niet schelen. Gabriel houdt zijn sleutelkaart voor de lezer en de liftdeuren glijden open, precies op het moment dat alles stopt. Zomaar stopt. De bedienden blijven als aan de grond genageld staan, de verzorgers verstijven met de dekens en pillen en ademhalingsapparaten in hun armen. Linden zit op zijn knieën naast het bed van Rose en begraaft zijn gezicht in de matras. Hij houdt haar dunne witte arm vast, en met mijn blik volg ik die arm naar haar lichaam, dat niet beweegt en niet ademt. Haar nachtjapon en haar gezicht zitten onder het bloed, dat ze opgehoest moet hebben toen ze die vreselijke geluiden maakte. Maar nu hangt er een griezelige stilte op de verdieping. Het is de stilte die ik me voorstel bij de rest van de wereld, de stilte van een eindeloze oceaan en onbewoonbare eilanden, een stilte die vanuit de ruimte te zien is.

Cecily en Jenna komen hun kamer uit, en het is zo stil dat we het gesmoorde geluid in Lindens keel kunnen horen. 'Ga weg,' mompelt hij. En dan harder: 'Ga weg!' Pas als hij een vaas tegen de muur kapotsmijt stuiven we uit elkaar. Ik kom met Gabriel in de lift terecht, en als de deuren achter ons dichtgaan is dat een opluchting.

Ik kan nu alleen maar achter Gabriel aan naar de keuken lopen, anders zou ik verdwalen. Ik ga op een aanrecht zitten en snoep druiven terwijl de kokkinnen en de hulpjes al kletsend hun werk doen. Gabriel staat naast me tegen het aanrecht geleund zilver te poetsen. 'Ik weet dat je Rose graag mocht,' fluistert hij, 'maar hierbeneden zijn ze niet zo dol op haar. Ze deed lastig tegen het personeel.'

Als om dit te bevestigen gilt de hoofdkokkin: 'Mijn soep is niet heet genoeg! O, nu is ie weer te heet!' Ze maakt dramatische spuuggeluiden en een paar anderen barsten in lachen uit.

Ik zal niet ontkennen dat dit pijnlijk is om te horen. Ik heb gezien hoe woedend Rose kon worden op de bedienden, maar tegen mij heeft ze niet één keer haar stem verheven. In dit oord van injectienaalden, sombere Huisheren en dreigend aanwezige Meesters was zij mijn enige vriendin.

Maar ik zeg niets. Onze band was privé, en geen van deze mensen die zich ten koste van haar vrolijk maken zou er ook maar iets van begrijpen. Ik begin druiven van de steeltjes te plukken en draai ze tussen mijn vingers rond voor ik ze terugleg in de schaal. Gabriel werpt onder het werken af en toe een blik op me, en zo blijft het een tijdje, terwijl de anderen op luide toon met elkaar kletsen. En boven ligt de dode Rose.

'Ze had altijd van die snoepjes,' zeg ik weemoedig. 'Je tong kreeg er een andere kleur van.'

'Junibonen heten ze,' zegt Gabriel.

'Zijn er nog meer van?'

'Ja hoor. Kilo's,' zegt hij. 'Ik moest ze van haar per krat bestellen. Hier...' Hij gaat me voor naar een voorraadkast tussen de ingebouwde ijskast en de rij fornuizen. In de kast staan houten kratten die uitpuilen van glinsterende papiertjes in alle kleuren van de regenboog. Ik kan de suiker ruiken, de kunstmatige kleurstoffen. Zij bestelde ze, en hier lagen ze te wachten tot ze in haar kristallen schaal werden overgedaan en met smaak opgegeten. Mijn verlangen moet op mijn voorhoofd geschreven staan, want Gabriel doet er een paar voor me in een papieren zakje. 'Neem zoveel als je wilt. Anders liggen ze hier maar.'

'Dank je,' zeg ik.

'Hé, Blondie,' roept de hoofdkokkin, een vrouw van de eerste generatie met vettig haar in een grijs knotje. 'Moet jij niet naar boven voordat je man je hier vindt?'

'Nee,' zeg ik. 'Hij merkt toch niet dat ik weg ben. Hij let helemaal niet op me.'

'Hij let wel op je,' zegt Gabriel. Ik kijk hem ongelovig aan, maar hij heeft zijn blauwe ogen alweer afgewend.

Een van de kokkinnen doet de deur open en gooit een pan met water leeg, want het mopperende hoofd staat voor de gootsteen. Een koude windvlaag wappert het haar uit mijn gezicht. In een flits zie ik blauwe lucht en groene aarde, en dan zijn ze weer weg. Hier geen sleutelkaarten, geen sloten. Daarom mogen de vrouwen dus niet van hun verdieping af: niet het hele huis is erop ingericht ons binnen te houden.

'Mag jij naar buiten?' vraag ik zacht aan Gabriel.

Hij glimlacht treurig. 'Alleen om klusjes in de tuin te doen of bestellingen aan te nemen. Niets spannends.'

'Wat is daarbuiten?'

'Eindeloosheid,' zegt hij met een lachje. 'Tuinen. Een golfbaan. Nog wat andere dingen misschien. Ik heb nooit de leiding gehad over het werk in de tuin, dus ik weet het niet. Ik heb nooit gezien waar het ophoudt.'

'Voor jou is daarbuiten een wereld vol problemen, Blondie,' zegt de hoofdkokkin. 'Jouw plaats is op die frutselverdieping van jullie. Lekker liggen tussen de satijnen lakens en je teennagels lakken. Schiet nou maar op, voor we allemaal in de puree zitten.'

'Kom mee,' zegt Gabriel. 'Dan breng ik je naar boven.'

Op de vrouwenverdieping zit de deur van Rose' kamer dicht. Alle bedienden zijn weg. Cecily zit alleen in de gang en doet een of ander spelletje met garen dat ze om haar vingers wikkelt. Ze zat in zichzelf te zingen, maar als de liftdeuren opengaan houdt ze op om te kijken hoe ik naar mijn kamer loop. 'Wat deed je met die bediende?' vraagt ze als Gabriel weg is.

Ze heeft het snoepzakje niet gezien, en ik stop het in mijn nachtkastje bij mijn klimopblad, dat ik tussen de bladzijden van een liefdesroman uit de bibliotheek heb gestopt. In de bibliotheek staan zo veel boeken dat ik niet denk dat iemand dit ene zal missen.

Ik draai me om op het moment dat Cecily in mijn deuropening verschijnt. Ze wacht op antwoord. We zijn nu zustervrouwen, maar wat dat in andere landhuizen ook mag betekenen, ik heb niet het gevoel dat ik haar kan vertrouwen. Ik ben ook niet zo dol op haar veeleisende toon, haar ongeduld, al die vragen.

'Ik deed niets met hem,' zeg ik.

Ik ga op mijn bed zitten en ze trekt haar wenkbrauwen op, wachtend misschien op een uitnodiging om naast me te komen zitten. Zustervrouwen mogen niet zonder toestemming in elkaars kamer komen. Het is het enige beetje privacy dat ik heb en ik ben niet van plan dat op te geven.

Maar niemand kan haar verbieden om haar mond open te doen. 'Lady Rose is dood,' zegt ze. 'Nu kan Linden ons opzoeken wanneer hij maar wil.'

'Waar is hij?' Ik kan het niet laten het te vragen.

Cecily bestudeert het garen om haar vingers en kijkt alsof dat, óf de situatie, haar helemaal niet aanstaat. 'O, die zit op haar kamer. Verder moest iedereen weg. Ik heb geklopt, maar hij wil niet naar buiten komen.'

Ik loop naar mijn toilettafel en begin mijn haar te borstelen. Om geen gesprek te hoeven voeren, doe ik maar alsof ik bezig ben, en in deze kamer kun je verder weinig anders dan naar de muur staren. Cecily blijft nog even in de deuropening staan draaien, waardoor haar rok om haar heen golft. 'Ik heb onze man niet verteld dat je weg was met die bediende,' zegt ze. 'Ik had het kunnen doen, maar ik deed het niet.'

En dan huppelt ze weg, met een spoor van felrood garen in haar kielzog.

Die nacht komt Linden naar mijn slaapkamer.

'Rhine?' zegt hij zacht, een schim in mijn deuropening.

Het is laat, en ik lig al uren in het donker te worstelen met een nacht waarvan ik van tevoren wist hoe afschuwelijk lang hij zou worden. Hoewel ze er niet meer is, ben ik de hele tijd gespitst op het geluid van Rose die aan het eind van de gang tegen een bediende schreeuwt, roept dat ik moet komen om haar haren te borstelen en met haar over de wereld te praten. De stilte is om gek van te worden, en dat is misschien de reden dat ik, in plaats van te doen alsof ik slaap of nee tegen hem te zeggen, de lakens voor Linden opensla.

Hij doet de deur dicht en kruipt bij me in bed. Ik voel zijn koele, ranke vingers tegen mijn wangen. Hij komt dichterbij voor wat mijn eerste zoen zal worden, maar zijn lippen gehoorzamen hem niet. Hij begint te snikken, en ik voel de warmte van zijn huid en zijn adem. 'Rose,' zegt hij. Het klinkt gesmoord, angstig. Hij drukt zijn gezicht tegen mijn schouder en geeft zich over aan zijn tranen.

Ik begrijp dit verdriet. Na de dood van mijn ouders zagen veel nachten er voor mij precies zo uit. Daarom zal ik hem voor deze ene keer niet afwijzen. Hij mag toevlucht zoeken in mijn bed en zich aan mij vastklampen terwijl het ergste in hem naar boven komt.

Mijn nachtjapon dempt zijn kreten. Het is een verschrikkelijk geluid. Ik voel het diep in mijn botten trillen. Het lijkt alsof dit uren zo doorgaat, maar uiteindelijk wordt zijn ademhaling regelmatiger en verslapt zijn greep op mijn nachtjapon, en dan weet ik dat hij slaapt.

Zelf val ik af en toe in een rusteloze slaap. Ik droom van pistoolschoten en grijze jassen en de mond van Rose die van kleur verandert. Als de draaiende deurkruk me wekt is het ochtend. In de kamer hangt een zacht licht, en het gefluit van vroege vogels.

Gabriel komt binnen met mijn ontbijt en blijft stokstijf staan als hij Linden in mijn bed ziet liggen. In de loop van de nacht heeft Linden zich van me af gedraaid, en nu ligt hij met een arm over de rand van de matras zachtjes te snurken. Ik kijk Gabriel zwijgend aan en leg een vinger tegen mijn lippen. Dan wijs ik met dezelfde vinger naar de toilettafel.

Gabriels gezichtsuitdrukking is onmogelijk te doorgronden; op een of andere manier ziet hij er net zo gewond uit als op de dag dat hij hinkend en met blauwe plekken mijn kamer in kwam. Ik begrijp niet waarom hij zo kijkt, tot ik me voorstel wat voor indruk dit op hem moet maken. Rose is nog geen dag dood en ik heb haar plaats al ingenomen. Maar wat kan hem dat schelen? Hij zei zelf dat de bedienden Rose nooit gemogen hebben.

Ik zeg geluidloos dank je wel voor het ontbijt en hij vertrekt met een hoofdknikje. Straks, misschien als ik hem in de bibliotheek zie, zal ik wel uitleggen wat er echt gebeurd is. De dood van Rose begint tot me door te dringen, en ik heb het gevoel dat ik binnenkort iemand nodig heb om mee te praten. Voorzichtig stap ik uit bed. Ik kan Linden maar het best laten slapen. Hij heeft zo'n zware nacht gehad, en zelf heb ik ook wel eens beter geslapen. Ik maak zachtjes het laatje van mijn nachtkastje open, haal een juniboon uit het zakje en loop naar het raam. Het kan nog steeds niet open, maar de vensterbank is breed genoeg om op te zitten.

Kijkend naar de tuin zuig ik op het snoepje, dat net zo groen is als het gemaaide gazon onder mijn raam. Hiervandaan heb ik een goed uitzicht op het zwembad, en ik zie iemand in uniform met een net aan een lange stok in het water vissen. Het zonlicht vormt ruiten op het water. Ik denk aan de oceaan die je vanaf de pieren in New York kunt zien. Lang geleden waren daar stranden, maar nu liggen er betonnen platen die ophouden waar de oceaan begint. Als je vijf dollar in een roestige verrekijker stopt kun je het Vrijheidsbeeld zien, of een van de souvenireilandjes met hun felle lichten en sleutelhangers en fotomomenten. Je kunt een rondvaart maken op een dubbeldekkerboot, met een gids die vertelt over de veranderingen die de stad in de loop van de eeuwen heeft ondergaan. Je kunt onder de reling door glippen, je schoenen uittrekken en je blote voeten in het troebele water steken, dat vergeven is van het zout en vissen die je niet kunt eten. Vissers vangen ze voor de lol en gooien ze weer terug.

Ik heb altijd een fascinatie gehad voor de oceaan, het idee dat je er een been in kunt steken en weet dat je de eeuwigheid aanraakt, dat hij voor altijd doorgaat tot hij hier weer opnieuw begint. Ergens onder het oppervlak liggen de resten van het kleurrijke Japan en het India waarvan Rose droomde, landen die niet wisten te overleven. Dit eenzame continent is alles wat er over is, en de duisternis onder het water is zo mysterieus, zo betoverend dat dit heldere zwembadwater me te aards voorkomt. Schoon en sprankelend en veilig. Ik vraag me af of Linden de oceaan ooit heeft aangeraakt. Ik vraag me af of hij weet dat dit kleurrijke paradijs een leugen is.

Is Rose hier ooit weg geweest? Ze sprak over de wereld alsof ze hem met eigen ogen gezien had, maar hoeveel verder dan de sinaasappelboomgaard is ze geweest? Ik hoop dat ze nu ergens is waar bloeiende eilanden en continenten zijn, met heel veel talen om te leren en olifanten om op te rijden.

'Vaarwel,' fluister ik, terwijl ik het snoepje ronddraai met mijn tong. Het smaakt naar pepermunt. Ik hoop ook dat ze daar heel veel junibonen heeft.

Uit het bed komt een zucht. Linden werpt zich op zijn rug en richt zich op zijn ellebogen op. Zijn krullen zitten in de war, zijn opgezwollen ogen staan verward. Even kijken we elkaar aan, en ik zie dat het hem moeite kost om scherp te stellen. Hij lijkt zo ver weg dat ik denk dat hij misschien nog slaapt. Vannacht waren er momenten dat hij zijn ogen wijd opensperde en me aankeek, en dan zakte hij weer weg, mompelend over snoeischaren en het gevaar van bijen.

Nu verschijnt er een flauw lachje om zijn mond. 'Rose?' zegt hij schor.

Maar dan wordt hij echt wakker, want er verschijnt een ontredderde blik in zijn ogen. Ik staar naar buiten, niet wetend wat ik met mezelf aan moet. Aan de ene kant heb ik met hem te doen, maar sterker dan mijn medelijden is mijn haat. Om dit huis, om de pistoolschoten die ik in mijn dromen hoor. Moet ik hem troosten, alleen omdat ik net zulk blond haar heb als zijn vrouw? Ik ben ook mensen kwijtgeraakt van wie ik hield. En wie troost mij?

Na een lange stilte zegt hij: 'Je mond is groen.' Hij komt overeind. 'Waar heb je die junibonen vandaan?'

Ik kan hem de waarheid niet vertellen. Ik wil Gabriel niet weer problemen bezorgen. 'Van Rose gekregen. Laatst, uit de schaal in haar kamer.'

'Ze mocht je graag,' zegt hij.

Ik wil het niet met hem over Rose hebben. De nacht is voorbij en ik heb geen zin meer om zijn pleister op de wonde te zijn.

Vannacht, toen we allebei zwak waren, had ik meer mededogen, maar nu, bij daglicht, zie ik alles weer scherp. Ik ben nog steeds zijn gevangene.

Maar ik mag ook niet echt koud zijn. Als ik ooit zijn vertrouwen wil winnen, mag ik mijn minachting niet laten blijken. 'Kun je zwemmen?' vraag ik.

'Nee,' zegt hij. 'Hou jij van water?'

Toen ik nog een kind was, veilig onder de hoede van mijn ouders, zwom ik altijd in het overdekte bad van de sportschool bij ons in de buurt. Ik dook naar ringen en probeerde in duikwedstrijdjes mijn broer de baas te worden. Het is jaren geleden dat ik er voor het laatst was; de wereld is te gevaarlijk geworden. Nadat het enige onderzoekslaboratorium van de stad opgeblazen was, waarbij in één klap honderden banen én de hoop op een antiserum vernietigd werden, werd de toestand snel slechter. Er was een tijd dat de wetenschap optimistisch was over een antiserum. Maar jaren werden decennia, en nieuwe generaties gaan nog steeds dood. En de hoop verkommert, net als wij allemaal.

'Een beetje,' zeg ik.

'Dan moet ik je het zwembad eens laten zien,' zegt Linden. 'Zo een heb je vast nog nooit gezien.'

Hiervandaan ziet het zwembad er niet zo bijzonder uit, maar ik moet denken aan het effect van het badschuim op mijn huid en de lovertjes die rond Cecily's jurk dwarrelden zonder op de grond te vallen, en ik weet dat in Linden Ashby's wereld niet alles is wat het lijkt.

'Dat zou ik fijn vinden,' zeg ik. Dat is waar. Ik zou het heel fijn vinden om te zijn waar die bediende nu zijn schepnetje in het water steekt. Het is geen vrijheid, maar het komt vast zo dicht in de buurt dat ik kan doen alsof.

Hij zit nog steeds naar me te kijken, al heb ik zogenaamd alleen oog voor het zwembad. 'Wil je even bij me komen zitten? Of is dat te veel gevraagd?'

Ja. Ja, dat is te veel gevraagd. Het is al te veel gevraagd dat ik hier ben. Ik vraag me af of Linden zich eigenlijk bewust is van de oneerlijke macht die hij over me heeft. Als ik ook maar een fractie van mijn walging uit, kom ik nooit van mijn leven meer van deze verdieping af. Ik kan alleen maar doen wat hij vraagt. Ik vind een tussenoplossing door mijn ontbijt mee te nemen naar het bed. Ik zet het tussen ons in en ga in kleermakerszit tegenover hem zitten. 'Het ontbijt kwam toen je nog sliep,' zeg ik. 'Je moet proberen iets te eten.' Ik til het deksel van het dienblad, en daar liggen wafels met verse blauwe bosbessen, veel blauwer dan die uit de groentewinkels thuis. Rowan zou zeggen dat iets met zo'n felle kleur niet te vertrouwen is. Ik vraag me af of deze bessen uit een van de vele tuinen komen, of fruit er zo uitzag voor ze het in chemische grond begonnen te verbouwen. Linden pakt een wafel en staart ernaar. Ik ken die blik in zijn ogen. Toen mijn ouders net dood waren, keek ik ook zo naar mijn eten. Alsof eten voor mij voorbij was, alsof het geen zin meer had. Voor ik mezelf ervan kan weerhouden pak ik een bosbes en breng die naar zijn mond. Ik kan de herinnering aan dat jammerlijke verdriet gewoon niet verdragen.

Hij kijkt verrast, maar hij eet de bosbes op en glimlacht flauw. Ik geef hem er nog een en deze keer legt hij zijn hand om mijn pols. Het is geen stevig vastpakken, zoals ik verwacht had. Het is een lichte aanraking en hij duurt maar tot Linden de bosbes doorgeslikt heeft. Dan schraapt hij zijn keel.

We zijn bijna een maand getrouwd, maar nu pas ben ik voor het eerst sinds de bruiloft in staat hem aan te kijken. Misschien is het zijn verdriet, de opgezwollen roze huid rond zijn ogen die hem iets ongevaarlijks geeft. Iets aardigs zelfs.

'Goed zo. Dat was toch niet zo moeilijk?' Zelf neem ik ook een bosbes. Hij smaakt zoeter dan de bessen die ik gewend ben. Ik pak de wafel van hem af en breek hem in twee stukken, voor ons allebei één.

Hij eet met kleine hapjes en slikt alsof het pijn doet. Zo gaat het een tijdje door, met op de achtergrond alleen het geluid van de vogels buiten en ons kauwen.

Als het bord leeg is geef ik hem het glas sinaasappelsap. Hij neemt het verdoofd aan, zoals hij de rest ook heeft aangenomen, en drinkt mechanisch, met zijn zware wimpers neergeslagen. Al die suiker zal hem goeddoen, denk ik.

Ik zou me niet druk moeten maken om hoe hij zich voelt. Maar het zal hem goeddoen.

'Rhine?' Er wordt op mijn deur geklopt. Het is Cecily. 'Ben je op? Hoe spreek je dit uit? A-M-N-I-O-S-C-O-P-I-E.'

'Amnioscopie,' roep ik terug.

'O. Wist je dat het een manier is om baby's op afwijkingen te testen?' vraagt ze.

Dat wist ik. Mijn ouders werkten in een laboratorium waar ze alles onderzochten wat er aan foetussen en baby's te onderzoeken viel.

'Interessant hoor,' zeg ik.

'Kom eens,' zegt ze. 'Er zit een roodborstjesnest voor mijn raam. Ik wil het je laten zien. Het zijn zulke mooie eitjes!' Ze wil zelden iets van mij, maar ik heb gemerkt dat ze er niet van houdt als deuren voor haar gesloten blijven.

'Als ik aangekleed ben,' zeg ik, en ik wacht op de stilte die betekent dat ze weggegaan is. Ik zet het dienblad op mijn toilettafel, benieuwd hoe lang Linden nog zal blijven. Om iets te doen te hebben borstel ik mijn haar en steek het op met een clip. Als ik mijn mond opendoe zie ik dat het groen van mijn tong af is.

Linden leunt op een elleboog en plukt met een peinzende blik in zijn ogen een los draadje van zijn mouw. Na een tijdje staat hij op. 'Ik laat iemand komen voor het dienblad,' zegt hij. Dan vertrekt hij.

Ik neem een warm bad en blijf een tijdje liggen weken in het roze schuim. Ik ben gewend geraakt aan het tintelende gevoel van de bubbeltjes op mijn huid. Ik droog mijn haar en trek een spijkerbroek aan, en een trui die hemels aanvoelt. Allemaal Deirdres werk. Ik straal altijd in de dingen die zij voor me maakt. Ik slenter een tijdje door de gang, in de verwachting dat Cecily me zal komen halen om me haar vogelnestje te laten zien, maar ze is nergens te bekennen.

'Huisheer Linden is met haar de tuin in,' zegt Jenna, die in de bibliotheek in de kaartcatalogus zit te snuffelen. Ze klinkt vandaag minder somber. Ze kijkt me zelfs aan nadat ze het gezegd heeft en tuit haar lippen alsof ze erover denkt nog meer te zeggen. Dan concentreert ze zich weer op de kaartjes.

'Waarom noem je hem Huisheer Linden?' vraag ik. Tijdens ons bruiloftsdiner deelde Meester Vaughn ons mee dat we hem met Meester dienden aan te spreken, aangezien hij het hoogste gezag was in huis. Maar als teken van intimiteit moesten we onze man bij zijn voornaam noemen.

'Omdat ik een hekel aan hem heb,' zegt ze.

Er schuilt geen venijn in haar woorden, het is geen dramatische uitbarsting, maar iets in haar grijze ogen zegt dat het haar ernst is. Ik kijk om me heen of iemand haar gehoord heeft. De bibliotheek is verder verlaten.

'Dat snap ik,' zeg ik. 'Maar misschien is het makkelijker om hem zijn zin te geven. Misschien krijgen we dan meer vrijheid.'

'Ik vertik het,' zegt ze. 'Mijn vrijheid kan me niets meer schelen. Het maakt me niet uit of ik hier doodga.'

Ze kijkt me aan, en ik zie dat ze dikke wallen onder haar ogen heeft. Haar wangen zijn ingevallen. Een paar weken geleden zag ze er in haar trouwjurk ongelukkig maar mooi uit. Nu is ze uitgeteerd en jaren ouder. Ze ruikt naar kaneelbadschuim en braaksel. Maar ze draagt wel haar trouwring, symbool van het feit dat we zustervrouwen zijn, dat deze hel van ons samen is, net als die eindeloze nachtmerrie in de vrachtauto. Misschien was zij een van de meisjes die in de duisternis naast me hurkten. Misschien was zij degene die schreeuwde.

Wat ze ook zocht in de catalogus, ze heeft het gevonden. Ze doet de la dicht en mompelt het nummer van de kast voor zich uit om het niet te vergeten.

Ze loopt tussen twee kasten door, en ik volg haar terwijl ze met een vinger langs de boeken gaat, er eentje aantikt en voorzichtig van zijn plaats haalt. Het boek is stoffig, het omslag aangevreten, het papier vergeeld en broos. Al deze boeken zijn van de eenentwintigste eeuw of daarvoor, wat niet zo verwonderlijk is. Op televisie worden ook oude films uitgezonden en de meeste series spelen zich af in het verleden. Het is een vorm van ontsnappen, deze inkijkjes in een wereld waarin mensen een lang leven leidden. Wat ooit echt en natuurlijk was, is nu fantasie. 'Er staan hier een boel liefdesverhalen,' zegt ze. 'Óf ze lopen goed af, óf iedereen gaat dood.' Ze lacht, maar het klinkt meer als een snik. 'Een andere mogelijkheid is er ook niet, toch?'

Ze staart naar de opengeslagen bladzijden en ziet eruit alsof ze op het punt staat om in te storten. De tranen staan in haar ogen, en ik wacht tot ze naar beneden rollen, maar dat doen ze niet. Ze houdt ze in.

Tussen de kasten hangt een doordringende muffe lucht, van smoezelig papier en schimmel en nog iets anders, iets wat me vaag bekend voorkomt. Het ruikt naar de aarde in de achtertuin op de avond dat mijn broer en ik onze bezittingen begroeven. En ik weet dat mijn zustervrouw Jenna niet is zoals Cecily, die in een weeshuis is opgegroeid en het een eer vindt om de bruid van een rijke Huisheer te mogen zijn. Nee. Ze is zoals ik; zij is ook iets dierbaars kwijtgeraakt, zij heeft ook dingen begraven.

Ik aarzel, want ik weet niet zeker of ik haar mijn plan om Lindens vertrouwen te winnen en dan te ontsnappen wel kan toevertrouwen. Ze lijkt zich erbij neer te leggen dat ze wegrot in dit landhuis, maar misschien heeft ze nooit bedacht dat er ook een uitweg zou kunnen zijn.

Maar als ik me vergis, wat weerhoudt haar er dan van om me te verraden?

Ik sta er nog over na te denken als Cecily de bibliotheek binnen komt en zich verontwaardigd snuivend op een stoel aan een van de tafels laat vallen. 'Nou, dat was mooi voor niks,' zegt ze. En dan, voor het geval we haar niet gehoord hebben: 'Voor nop!'

Intussen komt Gabriel binnen met een blad met thee en een zilveren kommetje met partjes citroen.

Ik pak een stoel tegenover Cecily, die ongeduldig haar kopje voor Gabriel ophoudt. Jenna komt zwijgend bij ons zitten, met haar boek open voor haar gezicht. Zonder op te kijken pakt ze een citroenpartje en begint erop te zuigen.

'Linden vroeg me mee naar de rozentuin,' zegt Cecily. Ze neemt een slokje thee en trekt een vies gezicht. 'Er zit geen melk en suiker in,' snauwt ze tegen Gabriel, die belooft het zo te komen brengen. 'Maar goed,' vervolgt ze, 'ik dacht dus dat hij zich eindelijk als een echtgenoot zou gaan gedragen. Dat wordt wel eens tijd. Maar hij liet me alleen het latwerk voor de zonnebloemen zien, honderd jaar geleden uit Europa geïmporteerd of zoiets, en hij gíng maar door over de Poolster. Hoe oud die is en dat hij ontdekkingsreizigers hielp de weg naar huis te vinden. Wat een afknapper – hij heeft me niet eens gekust!'

Ik denk terug aan die keer dat ik bij zonsopkomst met Linden in dezelfde tuin zat. Hij vertelde over de Japanse koikarper en hoe de wereld vroeger was. Nu begin ik te beseffen dat hij zich graag verliest in verre oorden, net als zijn dode vrouw altijd deed. Ik vraag me af of ze daarom van elkaar hielden. Of bracht hun jeugd binnen de gesnoeide muren van deze tuinen hun een liefde bij voor dingen die ze nooit in het echt zouden zien?

Mij overkomt hetzelfde, nietwaar? In dit huis troost ik me door me te verliezen in de wereld zoals die vroeger was. Ik voel iets steken in mijn binnenste. Wat is het? Medelijden? Genegenheid? Begrip?

Wat het ook is, ik zit er niet op te wachten. Ik heb geen reden om me te identificeren met Linden Ashby. Ik heb geen reden om wat dan ook voor hem te voelen.

Jenna zuigt het vruchtvlees uit de citroen en legt de lege schilletjes op tafel als ze klaar is. Ze slaat een bladzijde om. Zij verliest zich in fictie. In die zin zijn zij en ik allebei verloren.

'Linden raakt me niet eens aan. Maar jou heeft hij gekust,' zegt Cecily tegen mij. Het is een beschuldiging.

'Pardon?' zeg ik.

Ze knikt opgewonden, alsof het de gewoonste zaak van de wereld is. Haar bruine ogen worden groter en helderder. 'Ik zag hem vanmorgen uit je kamer komen. Ik weet dat hij vannacht bij jou was.'

Ik weet niet wat ik hierop moet zeggen. Ik weet niet hoe de grenzen lopen tussen zustervrouwen. 'Ik dacht dat wat er in onze slaapkamers gebeurde privé was,' breng ik met moeite uit.

'O, doe niet zo tuttig,' zegt Cecily. 'Hebben jullie het huwelijk geconsumeerd of niet?' Ze buigt zich naar me toe. 'Was het betoverend? Ja hè?'

Gabriel komt weer binnen en zet een kannetje melk op tafel. Cecily grist de suikerpot uit zijn handen en gooit hem bijna halfleeg in haar kopje. Als ze een slok neemt hoor ik de korrels tussen haar tanden knarsen. Ze wacht op een antwoord van mij, maar de enigen die geluid maken zijn Jenna, die haar citroen leegzuigt, en Gabriel, die met een kuchje de kamer verlaat.

Mijn wangen beginnen te gloeien. Ik weet zelf niet of het schaamte is of woede. 'Dat gaat je geen barst aan!' roep ik uit. Jenna kijkt om haar boek heen, nieuwsgierig en misschien ook wel geamuseerd. Cecily stelt me met een stralend gezicht allerlei persoonlijke vragen, die door mijn hoofd tollen tot ik haar niet meer kan luchten of zien. Ik kan deze meisjes allebei niet meer luchten of zien; ze bieden geen vriendschap, geen troost, en ze zouden trouwens ook niets begrijpen van waar Linden het over had. Wat kan hun de Poolster schelen? De een heeft in eeuwenoude boeken een veilig graf voor zichzelf gegraven, de ander laat zich maar wat graag gevangenhouden. Ik ben heel anders dan zij. Ik weet niet hoe snel ik de kamer uit moet komen.

In de gang maakt de geur van de bibliotheek plaats voor het rokerige hout-en-kruidenaroma van de wierookstokjes die in kleine houdertjes in de muur staan. Gabriel stapt net in de lift en de deuren gaan al dicht als ik 'Wacht!' roep en naar hem toe ren. In de lift steun ik met mijn handen op mijn knieën, alsof ik een kilometer hardgelopen heb. Gabriel drukt op een knop en we gaan naar beneden.

'Weet je, je wordt nog eens betrapt als je steeds de verdieping af glipt,' zegt hij, maar er schuilt geen gevaar in zijn toon.

'Ik kan dit niet,' zeg ik hijgend. Het komt niet door dat korte sprintje dat ik zo buiten adem ben. Ik heb een zwaar gevoel op mijn borst. Mijn zicht wordt vaag aan de randen. 'Ik haat het hier. Ik haat alles aan dit huis. Ik...' Mijn stem breekt. Ik weet wat er met me gebeurt. Mijn lichaam doet waar het sinds ik achter in die vrachtauto gegooid werd al wanhopig naar verlangt, alleen was ik er toen te geschokt voor, en toen ik wakker werd in dit huis was ik te kwaad.

Gabriel begrijpt het ook. Want hij steekt een hand in zijn borstzak en geeft me een zakdoek, precies op het moment dat de eerste snik naar boven komt.

Als de liftdeuren opengaan is het lawaai van de keuken helemaal in de gang te horen. Ik ruik gestoomde kreeft en iets zoets wat versgebakken is. Gabriel drukt op een knop en de deuren gaan weer dicht, maar deze keer komt de lift niet in beweging. 'Wil je erover praten?' vraagt hij.

'Moet je niet terug naar de keuken?' vraag ik. Ik snuit mijn neus en doe mijn best om er niet huilerig en zielig uit te zien, maar dat valt niet mee, want de zakdoek is al zo nat en snotterig dat ik er mijn tranen niet meer mee kan drogen.

'Dat maakt niet uit,' zegt hij. 'Ze denken toch dat Cecily me ophoudt.' De brutale, veeleisende kleine Cecily neemt onder het personeel in hoog tempo Rose' plaats in als minst geliefde vrouw. Gabriel en ik gaan in kleermakerszit op de grond zitten, en hij wacht geduldig tot mijn hik over is en ik weer kan praten.

Het is fijn in de lift. De vloerbedekking is versleten maar schoon. De wanden zijn donkerrood, versierd met een paisleymotief dat me doet denken aan de beddensprei van mijn ouders, hoe geborgen ik me daaronder voelde. Afstandelijk registreert mijn geest de herinnering aan die lang vervlogen veiligheid. Hier ben ik ook veilig. Ergens in mijn achterhoofd vraag ik me af of deze muren oren hebben, of de stem van Meester Vaughn straks niet uit een speaker in het plafond komt galmen, dreigementen uitend tegen Gabriel omdat hij me zover heeft laten komen. Maar ik wacht, en er komen geen stemmen, en ik ben zo overstuur dat het me ook niets meer kan schelen.

'Ik heb een broer,' begin ik. 'Rowan. Toen onze ouders vier jaar geleden stierven moesten we van school om werk te zoeken. Hij kon makkelijk fabriekswerk vinden dat goed betaalde. Maar ik kon zo weinig, aan mij had niemand wat. Hij vond het te gevaarlijk om mij alleen de deur uit te laten gaan, daarom probeerden we bij elkaar in de buurt te blijven, en ik kwam altijd in een of andere fabriek aan de telefoon terecht, wat bijna niets betaalde. We hadden genoeg om van rond te komen, maar niet zoals vroeger, snap je? Ik wilde méér doen.

Een paar weken geleden zag ik een advertentie in de krant waarin ze geld aanboden voor beenmerg. Kennelijk deden ze

95

een nieuw onderzoek naar de oorzaken van het virus.' Ik draai de zakdoek om en kijk ernaar met onbetrouwbare ogen. In een van de hoeken is iets geborduurd wat op een karmozijnrode bloem lijkt, maar van een soort die ik nooit eerder gezien heb, met een overvloed aan lansvormige blaadjes die dicht op elkaar staan. De bloem wordt wazig voor mijn ogen. Ik schud mijn hoofd om weer helder te kunnen denken.

'Zodra ik het lab in kwam en al die andere meisjes zag, wist ik dat het een valstrik was. Ik heb gevochten,' zeg ik, terwijl mijn handen zich automatisch tot klauwen krommen, 'gekrabd, gebeten, geschopt. Het haalde niets uit. Ze dreven ons met z'n allen een vrachtauto in. Ik heb geen idee hoe lang we gereden hebben. Uren. Soms stopten we en gingen de deuren open en werden er nog meer meisjes naar binnen geduwd. Het was zo afschuwelijk in dat ding.'

Ik herinner me de duisternis. Er waren geen wanden, er was geen boven of onder. Ik kon leven of dood zijn. Ik luisterde naar de ademhaling van de andere meisjes, naast me, boven me, in me, en meer bestond er niet op de wereld. Alleen dat doodsbange, hortende ademen. Ik dacht dat ik gek geworden was. En misschien ben ik echt gek, want nu hoor ik de Verzamelaars schieten. Ik kom met een sprong overeind. Vonken vliegen om me heen.

Gabriel kijkt op, precies op het moment dat het licht begint te flikkeren. Weer klinkt er een harde knal; het is geen pistoolschot, maar een of ander mechanisch geluid. De lift begint te schudden, de deuren gaan open, Gabriel trekt me mee en we rennen de gang in. Maar het is niet de gang naar de keuken. Hier is het donkerder, en er hangt een steriele lucht. De neonlampen zwoegen aan het plafond, en in de tegels op de vloer zie ik bij elke stap die we zetten de weerspiegeling van onze schoenen.

'We moeten een verdieping omlaag gegaan zijn,' zegt Gabriel.

'Wat? Waarom?' vraag ik.

'Storm,' zegt hij. 'Soms gaan de liften uit voorzorg allemaal naar de kelder.'

'Storm? Net scheen de zon nog,' zeg ik, blij dat mijn angst niet in mijn stem doorklinkt. Ik huil niet meer, af en toe komt er alleen nog een zacht hikje.

'Het stormt vaak hier aan de kust,' zegt hij. 'Zomaar opeens soms. Maak je geen zorgen, als het een orkaan was, hadden we het alarm wel gehoord. Het gebeurt wel vaker dat een harde windstoot met de bedrading knoeit en er een lift op hol slaat.'

Orkaan. Van ergens diep in mijn geest komt een televisiebeeld van een woest kolkende wind die huizen in puin legt. Het zijn altijd de huizen die de lucht in gaan, soms een stuk hek of een ontwortelde boom, een enkele keer een krijsende heldin met een boerenschort voor, maar altijd de huizen. Ik stel me voor hoe een orkaan op dit landhuis af raast en het uit elkaar rukt. Misschien kan ik dán ontsnappen.

'Dus dit is de kelder?' vraag ik.

'Ik geloof het wel,' zegt Gabriel. 'Hier ben ik nooit geweest. Wel in de schuilkelder, maar hier mag je niet komen zonder toestemming van Meester Vaughn.' Hij kijkt zenuwachtig om zich heen, en ik weet dat Meester Vaughn de reden is. De gedachte aan Gabriel die mijn kamer in hinkt, neerslachtig en gewond als gevolg van mijn overtredingen, is onverdraaglijk.

'Laten we naar boven gaan voor iemand ons ziet,' zeg ik.

Hij knikt. Maar de liftdeuren zitten dicht en gaan niet open als hij zijn sleutelkaart voor de lezer houdt. Hij probeert het een paar keer voor hij zijn hoofd schudt. 'Hij is uitgevallen,' zegt hij. 'Straks doet hij het wel weer, maar verderop moet ook een lift zijn die we kunnen proberen.'

We beginnen de lange gang door te lopen, met boven ons hoofd de onbetrouwbare lampen die om de haverklap sissend uitvallen. De hoofdgang leidt naar andere, nog donkerder gangen met dichte deuren, en ik wil helemaal niet weten wat daarachter zit. Ik wil hier nooit meer komen. Deze plek maakt iets heel akeligs los in mijn geheugen, daar waar nachtmerries huizen, waar de vermoorde meisjes in de vrachtauto opgeborgen zijn, waar die inbrekende Verzamelaar zijn hand voor mijn mond slaat en me een mes op de keel zet. En dan weet ik het weer. Hier was die arts, op de middag voor de bruiloft. Deirdre bracht me naar deze gang, naar een kamer waar een man me met een naald prikte en ik buiten westen raakte.

Ik krijg kippenvel bij de herinnering. Ik moet hier weg.

Naast me loopt Gabriel door zonder me aan te kijken. 'Over wat je net vertelde,' zegt hij zacht. 'Ik vind het verschrikkelijk. En wat je zei, dat je dit huis haat, dat kan ik begrijpen.'

Dat geloof ik graag.

'Het was Meester Vaughn, hè?' zeg ik. 'Die je pijn gedaan heeft. Het was mijn schuld, omdat ik mijn kamer uit was gegaan.'

'Je had nooit in een kamer opgesloten mogen worden,' zegt hij.

Opeens besef ik dat ik hem wil leren kennen. Dat ik zijn blauwe ogen en koperbruine haar zie als de tekenen van een vriend, en dat dit al een tijdje zo is. Ik vind het fijn dat we eindelijk praten over dingen die belangrijker zijn dan wat we te eten krijgen of wat ik aan het lezen ben en of ik citroen in mijn thee wil. (Het antwoord is altijd nee.) Ik wil meer van hem weten, en ik wil hem meer over mezelf vertellen. Mijn echte, ongetrouwde zelf, mijn zelf van vóór ik in dit landhuis terechtkwam – toen ik in een gevaarlijke stad woonde maar mijn vrijheid nog had en daar blij om was. Ik doe mijn mond open, maar meteen houdt hij me tegen door mijn arm vast te pakken en me een van de donkere zijgangen in te trekken. Voor ik de kans krijg om te protesteren hoor ik in de gang iets ratelen.

We drukken ons plat tegen de muur. We proberen op te gaan in het donker dat ons verbergt. We verbieden het wit van onze ogen om op te vallen.

Stemmen komen dichterbij. 'Cremeren gaat natuurlijk niet...' 'Zonde om die arme meid te vernietigen.' Een zucht; een tss tss. 'Het is voor het goede doel, er kunnen levens mee gered worden.' Het zijn onbekende stemmen. Ook al woon ik de rest van mijn leven in dit huis, ik leer waarschijnlijk nooit alle vertrekken kennen, alle bedienden. Maar als de stemmen vlakbij zijn zie ik dat deze mensen niet als bedienden gekleed zijn. Ze zijn helemaal in het wit, en op hun hoofd hebben ze dezelfde witte kappen die mijn ouders op het werk droegen, met plastic voor hun gezicht. Veiligheidspakken. Ze duwen een karretje voor zich uit.

Gabriel pakt me bij mijn pols, knijpt erin, en ik begrijp niet waarom. Ik begrijp helemaal niet wat er gebeurt tot het karretje nog dichterbij komt en ik kan zien wat erop ligt.

Een lichaam met een laken erover. Rose' blonde haar hangt eronder vandaan. En haar koude, witte hand, met de nog roze nagels.

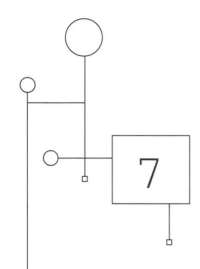

7

IK HOUD MIJN adem in als ze langslopen. Het duurt een eeuwigheid voordat het geluid van hun afgemeten voetstappen, de rammelende wieltjes zich verwijderen. We wachten een tijdje zwijgend tot we zeker weten dat de kust veilig is, en dan hap ik naar adem alsof ik al die tijd onder water gezeten heb.

'Waar brengen ze haar naartoe?' fluister ik.

In het halfduister zie ik de droevige uitdrukking op Gabriels gezicht. Hij schudt zijn hoofd. 'Meester Vaughn zal wel van plan zijn haar te onderzoeken,' zegt hij. 'Hij is al jaren op zoek naar een antiserum.'

'Maar,' zeg ik schor, 'dat is Rose.'

'Ik weet het.'

'Dat zou Linden nooit goedvinden.'

'Misschien niet,' zegt Gabriel. 'We kunnen het hem niet ver-

tellen. We hebben dit nooit gezien. We zijn hier nooit geweest.'
We vinden de lift en bereiken de gang naar de keuken, waar
een kakofonie heerst van metaal op metaal, borden op borden, en de hoofdkokkin die tegen iemand schreeuwt dat hij
een luie donder is. Een lachsalvo. Ze hebben er geen idee van
dat de vrouw aan wie ze zo'n hekel hadden in de gangen onder
hun voeten zojuist een koude weg heeft afgelegd.

'Hé, daar heb je Blondie!' roept iemand. Dat is in de keuken
mijn officiële bijnaam aan het worden. Hoewel de vrouwen
hun verdieping niet af mogen, lijken ze er geen bezwaar tegen
te hebben dat ik in hun werkruimte rondhang. Ik vraag niets
van hen, wat volgens Gabriel meer is dan je van Lindens laatste vrouw en die kleine (die 'snotaap', zoals ze haar noemen)
kunt zeggen. 'Wat is er met je gezicht gebeurd, Blondie? Je
bent zo rood als een biet.'

Ik voel aan de pijnlijke huid onder mijn ogen en herinner
me mijn tranen. Het lijkt een miljoen jaar geleden dat ik die
vergoot.

'Ik ben allergisch voor schaaldieren,' roep ik terug, terwijl ik
de natte zakdoek in mijn zak stop. 'De stank hing helemaal op
de vrouwenverdieping, ik kreeg er heel dikke ogen van. Willen
jullie me dood hebben of zo?'

'Ze wilde het per se zelf komen zeggen,' zegt Gabriel behulp-
zaam.

Op weg naar de keuken doe ik mijn best om mijn afkeer er dik
bovenop te leggen, hoewel de geur me in werkelijkheid aan
thuis doet denken en me mijn eetlust weer een beetje terug-
geeft.

'We hebben wel iets anders aan ons hoofd dan jouw menuwensen,' zegt de hoofdkokkin. Ze strijkt een haarlok uit haar bezwete gezicht en knikt in de richting van het raam. De hemel heeft een bizarre groene kleur. De bliksem flitst tussen de wolken door. Nog geen uur geleden scheen de zon en floten de vogels.

Iemand houdt me een kartonnen doosje met aardbeien voor. 'Vanmorgen vers aangevoerd.' Gabriel en ik nemen allebei een handje en lopen ermee naar het raam. De aardbeien zijn veel dieper van kleur dan ik gewend ben, net als de bosbessen. Het sap vult mijn mond met de zoete smaak en de zaadjes komen tussen mijn kiezen te zitten.

'Is het alweer zover?' zegt Gabriel. 'Het lijkt me nog een beetje vroeg.'

'We konden best eens een flinke storm krijgen dit jaar,' zegt een van de koks, die voor de oven geknield zit en fronsend naar een of ander baksel kijkt. 'Misschien wel een categorie drie.'

Ik stop nog een aardbei in mijn mond. 'Wat betekent dat?'

'Het betekent dat jullie prinsesjes in de kerker opgesloten worden,' sist de hoofdkokkin, en ik geloof haar al bijna als ze me hard op mijn schouder slaat en in lachen uitbarst. 'De Huisheer neemt het zekere voor het onzekere met zijn vrouwen,' zegt ze. 'Als het echt zware storm wordt, moeten jullie in de schuilkelder wachten tot het over is. Maak je geen zorgen, Blondie, het is daar hartstikke knus, en wij blijven hier om voor jullie te koken.'

'Werken jullie gewoon door als het stormt?' vraag ik.

'Tuurlijk, tenzij de stroom uitvalt.'

'Maak je maar niet druk,' zegt Gabriel. 'Het huis waait heus niet weg.' Zijn lachje verraadt dat hij weet dat ik daar juist op hoop. We wisselen een blik, en zijn voorzichtige grijns groeit uit tot de eerste echte lach die ik bij hem zie. Ik lach terug. Maar als we een paar minuten later de lift naar de vrouwenverdieping nemen, hangt er een grauwsluier om ons heen, net zo mistroostig als de donderwolken buiten. Tussen ons in staat een karretjes met dienbladen. Kreeftensoep voor de anderen en een stukje geglaceerde kip voor mij, aangezien ik zogenaamd allergisch ben voor schaaldieren. We praten niet. Ik probeer niet aan Rose te denken, maar zie niets anders dan haar levenloze hand die onder het laken uit steekt. Een hand die laatst mijn haar nog gevlochten heeft. Ik denk aan het verdriet in Lindens ogen. Wat zou hij zeggen als hij wist dat zijn jeugdliefde, het meisje dat de paarden suikerklontjes voerde in de boomgaard, in zijn eigen huis ontleed wordt?

Zonder mijn lunch aan te raken zit ik alleen in mijn kamer. Ik neem een warm bad, was Gabriels zakdoek in het schuim en houd hem dan voor me. Ik probeer me een andere plek voor te stellen, een andere tijd, toen bloemen als in dit borduurwerk echt bestonden. De bloem heeft zulke indrukwekkende bladeren, zo puntig en gevaarlijk en mooi. Hij rust zo te zien op een plompenblad. Ik prent me het beeld in en ga op onderzoek in de bibliotheek. Wat het dichtst in de buurt komt is de lotusbloem, die in oosterse landen groeide en van oorsprong waarschijnlijk uit een land kwam dat China heette. Ik heb maar een halve bladzijde in een almanak over waterplanten om op af te gaan; de almanak wil me liever over waterlelies vertellen, naaste familie misschien, maar niet hetzelfde. Niet zo ongewoon. En na uren zoeken heb ik nog steeds geen passend plaatje gevonden.

Ik vraag het aan Gabriel, en hij zegt dat de bedienden de zak-doeken uit een plastic bak halen waar ook de servetten in be-waard worden. Hij weet niet wie ze besteld heeft of waar ze vandaan komen, maar ik mag hem houden, want ze hebben er tientallen van. In de dagen daarna brengt Gabriel me mijn ontbijt als de an-dere vrouwen nog slapen. Hij verstopt junibonen in het op-gerolde servet of onder het bord of, één keer, tussen de pan-nenkoeken. Van plakjes aardbei maakt hij Eiffeltorens en scheepjes met puntige masten. Hij zet het dienblad op mijn nachtkastje, en als ik nog slaap voel ik zijn aanwezigheid in mijn droom. Ik voel warme golven tot in mijn onderbewuste, en ik voel me veilig. Als ik mijn ogen opendoe en het zilveren deksel op het dienblad zie, weet ik dat hij vlakbij was. Op de ochtenden dat ik al wakker ben zitten we zachtjes te praten, al kunnen we elkaar in het donker bijna niet zien. Hij vertelt dat hij al zo lang hij zich kan herinneren wees is, dat Meester Vaughn hem toen hij negen was kocht op een veiling. 'Het is niet zo erg als het klinkt,' zegt Gabriel. 'In weeshuizen leren ze je dingen als koken, naaien en schoonmaken. Ze houden een soort rapportkaart over je bij, en dan mogen de rijken een bod doen. Zo zijn we ook aan Deirdre, Elle en Adair gekomen.'

'Heb je helemaal geen herinneringen aan je ouders?' vraag ik.

'Bijna niet. Ik herinner me nauwelijks hoe de wereld buiten dit landgoed eruitziet,' zegt hij. De moed zakt me in de schoenen. Niemand, vertelt hij, ook het personeel niet, komt van het ter-rein af. Ze bestellen etenswaren en stoffen en alles wat je je maar kunt voorstellen, maar ze komen nooit zelf in een win-kel. De enigen die van het landgoed af gaan zijn de leveranciers, Meester Vaughn en soms Linden, als hij zin heeft. Ik heb Huisheren en hun eerste vrouwen op tv gezien, bij evenementen zoals verkiezingen, plechtige openingen en dat soort dingen, maar volgens Gabriel is Linden niet het sociale type. Hij is een soort kluizenaar. En waarom ook niet? Je kunt er een hele dag voor uittrekken en nog steeds niet van de ene kant van het landgoed naar de andere lopen. Maar ik geef de hoop nog niet op. Met Rose ging Linden heel vaak naar feestjes, en ze zei zelf dat hij me overal mee naartoe zal nemen als ik eenmaal zijn lievelingetje ben.

'Mis je het niet?' vraag ik. 'Om vrij te zijn?'

Hij lacht. 'In het weeshuis was ik niet veel vrijer, maar het strand mis ik wel een beetje,' zegt hij. 'Dat kon ik vanuit mijn raam zien. Soms mochten we erheen. Ik vond het leuk om de boten te zien uitvaren. Als het had gekund, had ik denk ik graag op een boot gewerkt. Of er een gebouwd. Maar ik heb zelfs nog nooit een vis gevangen.'

'Mijn broer heeft me leren vissen,' zeg ik. We zaten op de betonnen plaat die ophield bij de oceaan, met onze voeten over de rand. Ik herinner me het trekken aan de hengel, de spoel die uit mijn handen glipte en Rowan die hem voor me tegenhield, me voordeed hoe ik moest inhalen. Ik herinner me de zilveren vis, een en al spier, als een spartelende tong aan de haak, zijn uitpuilende ogen. Ik haalde hem van de haak en probeerde hem vast te houden, maar hij glipte uit mijn hand. Belandde met een plons in het water. Ging ervandoor, op weg naar de ruïnes van Frankrijk of Italië misschien om mijn groeten over te brengen.

Ik probeer deze ervaring met Gabriel te delen, en hoewel ik

volgens mij een matige imitatie geef van het trekken van de hengel en mijn treurige pogingen om de vis in te halen, zit hij aandachtig te luisteren. Als ik de plons waarmee de vis in het water valt nadoe, schiet hij in de lach, en in het donker van mijn kamer lach ik zachtjes mee.

'Heb je je vangst ooit opgegeten?' vraagt hij.

'Nee. De eetbare vis zit verder weg, die wordt met boten binnengehaald. Hoe dichter bij de kust, hoe viezer het water. Dit was gewoon voor de lol.'

'Het klinkt leuk.'

'Het was best smerig, eigenlijk,' zeg ik, denkend aan die koude, glibberige schubben en de bloeddoorlopen ogen. Rowan vond me de slechtste visser aller tijden en zei dat het maar goed was dat die vissen niet te eten waren, want als we ze nodig hadden gehad, waren we door mij omgekomen van de honger. 'Maar het is een van de weinige dingen die mijn broer leuk vindt om te doen, als hij niet hoeft te werken.'

De heimwee die de herinnering aan mijn broer oproept is niet zo erg. Niet met Gabriel erbij en een bord pannenkoeken en de juniboon die hij in het servet verstopt heeft.

Overdag slaat Linden geen acht op ons, maar 's avonds nodigt hij nu alle drie zijn vrouwen uit voor het diner. Hij vertelt over het onderzoek van zijn vader, hoe optimistisch wetenschappers en artsen zijn over de ontwikkeling van een antiserum. Hij zegt dat zijn vader in Seattle op een congres is, waar hij zijn bevindingen vergelijkt met die van andere onderzoekers. In stilte vraag ik me af of de bevindingen van de Meester over Rose gaan. Ik vraag me af of hij haar Proefpersoon A of Patiënt

X noemt. Ik vraag me af of haar nagels nog roze zijn. Cecily is, zoals gewoonlijk, zeer geïnteresseerd in alles wat onze echtgenoot te zeggen heeft. Jenna walgt nog steeds als ze hem ziet, maar sinds kort eet ze wel weer. Mij lukt het steeds beter om te doen alsof ik geboeid naar hem luister. En al die tijd razen er stormen die voor stroomstoringen zorgen en met vreemde, grillige regenbuien de anders zo mooie middagen ontregelen.

En op een avond, als Linden in een ongewoon goed humeur is, verklaart hij dat we ter ere van twee maanden huwelijk een feest zouden moeten geven. Een groot feest, met gekleurde lampions en een band die komt spelen. Hij wil zelfs dat wij bedenken in welke tuin we het zullen doen.

'Wat dacht je van de sinaasappelboomgaard?' vraag ik. Gabriel en twee andere bedienden, die onze borden komen afruimen, verschieten van kleur en werpen elkaar bezorgde blikken toe. Ze kennen het gewicht van wat ik gezegd heb. Ze hebben Rose zo vaak eten en kopjes thee gebracht terwijl ze eindeloze dagen zat te luieren in de boomgaard. Het was haar lievelingsplek, de plek waar Linden en zij getrouwd waren, en waar – vertelde ze me op een middag weemoedig, terwijl ze met haar tong met een juniboon speelde – ze elkaar voor het eerst gekust hadden. En daar vond Linden haar een week na haar twintigste verjaardag, bewusteloos en bleek in de schaduw van een sinaasappelboom, kortademig, met blauwe lippen. Dat was de dag dat hij geconfronteerd werd met het drama van haar sterfelijkheid. Zijn onvermogen om haar te redden. Alle pillen en drankjes van de wereld konden haar leven niet langer dan een paar vluchtige maanden rekken.

Een feest in de sinaasappelboomgaard. Lindens gezicht vertrekt onmiddellijk van pijn. Ik geef geen krimp. Hij heeft mij meer pijn gedaan dan ik hem ooit betaald zal kunnen zetten. Cecily zegt natuurlijk: 'Ja! O, Linden, die hebben we zelfs nog nooit gezien!' Linden veegt zijn mond af aan zijn servet, legt het op tafel. 'Bij het zwembad is leuker, denk ik,' zegt hij zacht. 'In dit warme weer is het lekker om te zwemmen.'

'Maar je zei dat wij mochten kiezen,' zegt Jenna. Dit is misschien wel de eerste keer dat ze het woord tot hem richt. Iedereen kijkt haar aan, zelfs de bedienden. Ze werpt me een snelle blik toe, en kijkt dan weer naar Linden. Ze neemt bevallig een hapje biefstuk en zegt: 'Ik stem voor de sinaasappelboomgaard.'

'Ik ook,' zegt Cecily.

Ik knik instemmend.

'Jullie zijn het dus eens,' zegt Linden tegen zijn lepel.

Daarna blijft het heel stil aan tafel. De borden worden afgeruimd. Het dessert wordt opgediend, en daarna de thee. Dan worden we weggestuurd, want Linden heeft hoofdpijn en moet alleen zijn met zijn gedachten.

'Je bent me er eentje,' fluistert Gabriel als hij met ons meeloopt naar de lift. Vlak voor de deuren tussen ons dichtschuiven glimlach ik naar hem.

Boven trek ik me meteen terug in mijn kamer. Ik ga op bed liggen, zuig op een blauwe juniboon en denk aan de oceaan die onder de blote voeten van mij en mijn broer kabbelde. Ik denk aan de veerboot die vanaf de pier een pad naar de horizon uitsneed, aan hoe geborgen ik me in mijn kleine hoekje van de wereld voelde, hoe blij ik was dat ik leefde, al was het maar voor even. Daar wil ik worden uitgestrooid als ik dood ben. Ik wil as in de oceaan zijn. Ik wil op de ruïnes van Athene neerdalen en meegevoerd worden naar Nigeria en tussen vissen en gezonken schepen zwemmen. Ik zal nog vaak terugkomen naar Manhattan, om de lucht op te snuiven, om te zien hoe het met mijn tweelingbroer gaat.

Maar mijn tweelingbroer wil het helemaal niet hebben over hoe het over vier jaar verder moet, als ik dood ben en hij nog vijf jaar te leven heeft. Ik vraag me af wat hij nu doet en of hij zich redt. Ik vraag me af hoe lang ik er nog over zal doen om hier weg te komen, of hem in elk geval te laten weten dat ik nog leef. Maar ergens, in een hoekje van mijn hart waar het nog donkerder is dan in die afschuwelijke kelder, ben ik bang dat mijn lichaam deel zal worden van het onderzoek van Meester Vaughn, en dat mijn broer nooit zal weten wat er met me gebeurd is.

Daarom spijt het me helemaal niet dat Linden Ashby ergens verdrietig zit te zijn om iets wat ik onder het eten gezegd heb. Het valt niet mee om de dagen bij te houden nu ze allemaal zo op elkaar lijken, nu ik niets meer ben dan Lindens gevangene. Ik ben nog nooit zo lang bij mijn broer vandaan geweest. Toen we nog peuters waren legde mijn moeder mijn hand in de zijne en zei dat we bij elkaar moesten blijven. En dat deden we ook. We liepen samen naar school en hielden elkaar stevig vast voor het geval er gevaar loerde in een oude bouwval, in de schaduw van een achtergelaten autowrak. We liepen samen naar ons werk, en 's nachts hielden onze stemmen elkaar gezelschap, in een donker huis dat ooit vervuld was geweest van de aanwezigheid van onze ouders. Voordat dit gebeurde was ik nog nooit een dag zonder hem geweest.

Omdat we een tweeling waren dacht ik dat we elkaar altijd zouden kunnen bereiken, dat ik zijn stem van veraf net zo duidelijk zou horen als ik hem thuis hoorde vanuit een andere kamer. We praatten altijd met elkaar vanuit de verschillende kamers – hij in de keuken, ik in de woonkamer. Zo hielden we de stilte van de dood van onze ouders op afstand.

'Rowan,' fluister ik. Maar het geluid draagt niet voorbij mijn slaapkamer. De band tussen ons is doorgesneden.

'Ik leef nog. Niet opgeven.'

Alsof er antwoord komt wordt er zachtjes op de deur geklopt. Ik weet dat het niet Cecily is, want het kloppen wordt niet gevolgd door een vraag of een eis. Deirdre klopt nooit, en Gabriel kan het niet zijn op dit uur. 'Wie is daar?'

De deur gaat op een kier en ik zie Jenna's grijze ogen. 'Mag ik binnenkomen?' vraagt ze met haar ijle stem.

Ik kom overeind op bed en knik. Ze perst haar lippen op elkaar – dichter bij glimlachen heb ik haar nooit zien komen – en gaat op de rand van de matras zitten.

'Ik zag hoe Huisheer Linden naar je keek toen je over de sinaasappelboomgaard begon,' zegt ze. 'Waarom keek hij zo?'

Mijn intuïtie waarschuwt me op te passen voor deze sombere zustervrouw, maar ik voel me precies ellendig genoeg om mijn verdediging te laten zakken – om de mast neer te laten, zoals Gabriel waarschijnlijk zou zeggen, en me mee te laten voeren naar onbekende wateren. En ze ziet er zo timide en onschuldig uit in haar witte nachtjapon, die precies hetzelfde is als de mijne, met haar lange donkere haar als een sluier om haar schouders. Door al die dingen wil ik haar zien als een zuster, als een vertrouwelinge.

'Vanwege Rose,' zeg ik. 'In de boomgaard werd hij verliefd op haar. Het was haar lievelingsplekje, en sinds ze ziek werd kan hij daar niet meer komen.'

'Echt?' vraagt ze. 'Hoe weet je dat?'

'Rose heeft het me verteld,' antwoord ik, maar ik zeg er niet bij dat Rose me nog veel meer over onze man verteld heeft. Sommige van zijn zwakheden wil ik voor mezelf houden, zoals de infectie die hem als kind bijna fataal werd en hem een deel van zijn gebit gekost heeft – vandaar de gouden kiezen. Hierdoor lijkt hij om een of andere reden minder gevaarlijk. Iemand die ik te sterk of te slim af kan zijn als de tijd rijp is.

Jenna plukt een pluisje van haar zoom. 'Daarom keek hij dus zo droevig.'

'Dat was ook mijn bedoeling,' zeg ik. 'Hij had niet het recht om ons hierheen te halen, en ik denk niet dat hij dat ooit zal snappen. Daarom wilde ik hem pijn doen zoals hij mij pijn gedaan heeft.'

Jenna kijkt naar haar schoot. Haar lippen trillen alsof ze moet lachen, maar haar ogen vullen zich met tranen, en met verstikte stem zegt ze: 'Mijn zussen zaten in die vrachtauto.'

Ze wordt heel bleek, en mijn huid tintelt van het kippenvel terwijl het bed schudt onder haar snikken. Het is opeens kouder geworden in de kamer. De nachtmerrie groeit uit tot zoveel meer dan ik ooit had kunnen denken. Het wordt alleen maar erger op dit landgoed van zoete geuren en kleurige tuinen. Ik denk aan de pistoolschoten die me achtervolgen sinds ik hier ben. Hoeveel daarvan waren voor Jenna's zussen, en welke? Het eerste schot? Het vijfde? Het zesde? Ik ben te geschokt om iets te zeggen.

'Toen je over de boomgaard begon wist ik niet wat het betekende, maar ik zag wel dat het hem pijn deed,' snottert ze. Ze veegt haar neus af met haar vuist. 'En ik wilde dat hij pijn leed, daarom steunde ik je. Hij heeft geen idee, hè? Wat hij ons heeft afgepakt...'

'Nee,' zeg ik zacht. Ik bied haar Gabriels zakdoek aan, die ik in mijn kussensloop bewaar, maar ze schudt haar hoofd; kennelijk haat ze het hier zo dat ze niet eens haar neus in de zakdoeken wil snuiten.

'Ik heb nog maar twee jaar,' zegt ze. 'Buiten is er nu niets meer voor mij, en misschien zit ik hier gevangen, maar hij moet niet denken dat hij zijn gang met me kan gaan. Het kan me niet schelen of hij me vermoordt, hij krijgt me niet.'

Ik denk aan haar koude, stijve lichaam dat in de kelder een laboratorium in wordt gereden. Ik denk aan Meester Vaughn die zijn schoondochters een voor een ontleedt.

Ik weet niet goed wat ik moet zeggen, want ik begrijp haar boosheid. Ik kan goed liegen, maar leugens zullen hier niet helpen. Jenna is een meisje dat geen illusies heeft over wat er met haar zal gebeuren, ze weet dat het nooit meer goed komt. Ben ik degene die haar kop in het zand steekt?

'En als je nou eens kon ontsnappen?' vraag ik. 'Zou je dat dan doen?'

Ze haalt haar schouders op, snuift sceptisch door haar tranen heen. 'Waar zou ik heen moeten?' zegt ze. 'Nee, laat me nu ook maar stijlvol ten onder gaan.' Ze wappert met haar hand om de aandacht te vestigen op de ruches aan de manchet van haar mouw. Dan veegt ze haar neus eraan af. Ze ziet er zo verslagen uit. Een skelet, een geest, een heel mooi meisje dat al dood is. Ze draait zich naar me toe, en in haar ogen zit nog een spoor van leven. 'Is hij echt een nacht bij je geweest?' vraagt ze. Maar haar toon is niet opdringerig zoals die van Cecily. Ze doet niet lomp; ze wil het gewoon weten.

'Hij was bij mij toen Rose overleden was,' zeg ik. 'Hij heeft hier geslapen, dat is alles. Meer is er niet gebeurd.'

Ze knikt en slikt een brok in haar keel weg. Ik leg een hand op haar schouder. Ze schrikt maar trekt zich niet terug. 'Het spijt me vreselijk,' zeg ik. 'Het is een vreselijke man en dit is een vreselijke plek. De enige die het hier fijn vindt is Cecily.'

'Ze komt er nog wel achter,' zegt Jenna. 'Ze leest allerlei boeken over zwangerschap en de *Kamasutra*, maar ze heeft geen idee wat hij met haar gaat doen.'

Dat is waar. Jenna, die zo stil is als een schim, heeft al die tijd goed op haar zustervrouwen gelet. Ze heeft veel over ons nagedacht.

Een tijdje zit ze daar zo. Ze slikt haar laatste tranen weg, raapt zichzelf bij elkaar. Ik geef haar het glas water dat op mijn nachtkastje staat en ze neemt een paar slokjes. 'Bedankt,' zegt ze. 'Dat je voor jezelf opkwam onder het eten. Dat je hem duidelijk maakte hoe het voelt.'

'Jij bedankt dat je me steunde,' zeg ik. Als ze me voor ze de gang op glipt een laatste keer aankijkt, denk ik een glimlach om haar mond te zien.

Ik val in slaap en krijg afschuwelijke dromen over verdrietige meisjes met de mooiste ogen, explosies van vlinders uit grijze vrachtauto's, ramen die niet opengaan. En overal meisjes die als oranjebloesems uit bomen vallen en met een misselijkmakende bons de grond raken. Opensplijten.

Op een bepaald moment glijdt mijn geest in een diepere droomdimensie. De geluiden verdwijnen en iets belemmert mijn zicht. Er is witheid, een geur van verrotting in de aarde en operatiehandschoenen. Dan rukt Meester Vaughn, gehuld in een veiligheidspak, het laken van mijn gezicht. Ik probeer te gillen, maar dat gaat niet, want ik ben dood, mijn starre ogen staan wijd open. Hij zet zijn mes tussen mijn borsten, klaar om me open te snijden. De pijn begint net te komen als een geluid mijn droom binnendringt. 'Rhine,' zegt de stem. 'Rhine.'

Happend naar lucht doe ik mijn ogen open. Mijn hart bonkt in mijn borst, en opeens barst ik van het leven dat ik in mijn nachtmerrie niet meer had. In het duister van de vroege ochtend kan ik Gabriels blauwe ogen net onderscheiden. Ik zeg hardop zijn naam, zowel om mijn stem te testen als om te controleren of hij er wel echt is. Ik zie de zilveren glans van het dienblad op mijn nachtkastje.

'Je lag te woelen,' fluistert hij. 'Wat was er?'

'De kelder,' fluister ik terug. Ik veeg over mijn voorhoofd en mijn hand wordt nat van het zweet. 'Ik zat vast, ik kon niet weg.' Ik kom overeind en knip het lampje aan. Het licht is te fel. Ik houd mijn hand ervoor en knipper paniekerig met mijn ogen, terwijl Gabriel in beeld komt en op de rand van mijn bed gaat zitten, waar Jenna nog maar een paar uur geleden over haar eigen nachtmerrie vertelde.

'Het was een verschrikkelijk gezicht,' beaamt Gabriel.

'Maar jij hebt wel erger gezien,' zeg ik. Het is geen vraag.

Hij knikt. Er komt een donkere blik in zijn ogen.

'Wat dan?' vraag ik.

'Lady Rose heeft een baby gehad,' zegt hij. 'Ruim een jaar geleden. Hij heeft het niet gehaald. Gewurgd door de navelstreng, geloof ik. De Huisheer en lady Rose hebben zijn as verstrooid in de boomgaard, maar ik vraag me af of die as wel echt van de baby was. Ik vraag me sowieso af wat er hier met mensen gebeurt als ze dood zijn. Ik heb nog nooit iets gezien wat op een begraafplaats lijkt; het is óf as, óf ze verdwijnen gewoon.'

Rose had een kind. Dat wist ik niet. Haar kind, of iets wat ervoor door moet gaan, ligt verstrooid tussen de oranjebloesem.

'Gabriel,' zeg ik, echt bang nu. 'Ik wil hier weg.'

'Ik ben hier al negen jaar,' zegt hij. 'Mijn halve leven. Meestal besef ik niet eens dat er nog een andere wereld is dan deze.'

'Die is er echt,' zeg ik. 'Je hebt de oceaan en boten die de haven uit varen en mensen die over straat lopen en straatlantaarns die 's avonds aangaan. Je hebt begraafplaatsen met namen op de grafstenen. Dat is de echte wereld. Niet dit.'

Maar ik begrijp heel goed wat hij bedoelt. De laatste tijd vergeet ik die dingen zelf ook bijna.

Het feest wordt in de boomgaard gegeven, zoals beloofd. Cecily laat de arme Elle de hele middag zwoegen op veranderingen aan haar jurk en make-up die opnieuw moet. Haar haar wordt in model gebracht, gewassen en nog een keer in model gebracht, en nog een keer. Na elke nieuwe poging roept ze me, en elke keer ziet ze er mooi maar heel jong uit. Een kind op de te grote pumps van haar moeder, dat haar best doet om een vrouw te zijn.

Deirdre heeft voor mij een lichtoranje jurk gemaakt, waarin ik er volgens haar in het avondlicht betoverend uit zal zien. Ze laat mijn haar zoals het is, lang en golvend en blond in alle schakeringen. Ze zegt het niet hardop, maar als ze naast me komt staan en in de spiegel kijkt, weet ik dat ze vindt dat ik op Rose lijk. En als Linden me straks ziet, zal hij waarschijnlijk niet mij zien, maar een reïncarnatie van het meisje dat hij verloren heeft. Ik kan alleen maar hopen dat ik daardoor bij hem in de gunst kom.

Vroeg in de avond vertrekken we naar de boomgaard, en hoewel het podium er al staat en de band de instrumenten stemt en het wemelt van de mensen die ik niet ken, kan ik zien dat dit iets heel anders is dan wat ik tot nu toe van het landgoed gezien heb. De boomgaard ziet er volkomen natuurlijk uit, met gras dat hier en daar tot voorbij mijn ongemakkelijke hoge hakken komt, of zelfs tot aan mijn knieën. Het kruipt onder mijn jurk als sprietige, verende vingertjes. Mieren krioelen rond de rand van kristallen glazen en vormen rijen op boomstammen. Al het groen zoemt en ritselt.

De meeste gezichten herken ik niet. Er zijn bedienden bij die schotelwarmers neerzetten voor het eten of de papieren lampions recht hangen. Maar er lopen ook goedgeklede mensen rond, verzorgd tot op het randje van glibberig, allemaal eerste generatie. 'Dat zijn collega's van Meester Vaughn,' fluistert Deirdre, die op een klapstoel is gaan staan om mijn behabandje vast te spelden zodat het niet steeds afzakt. 'De Huisheer heeft zelf geen vrienden. Toen Rose ziek werd ging hij zelfs niet meer naar buiten.'

'En wat deed hij voor die tijd?' vraag ik, glimlachend alsof ze iets kostelijks vertelt.

'Hij ontwierp huizen.' Ze schikt mijn haar rond mijn schouders. 'Ziezo! Je ziet er prachtig uit.'

Mijn zustervrouwen en ik beginnen de avond als muurbloempjes, wat onze bedienden ons ook ingefluisterd hebben. We houden elkaars hand vast, drinken samen een glaasje punch, staan mooi te wezen en wachten tot we voorgesteld worden. De gasten, allen van de eerste generatie, komen ons een voor een ten dans vragen. Ze leggen hun handen op onze heupen en schouders, komen te dichtbij, waardoor we hun splinternieuwe pakken en aftershave kunnen ruiken. Ik merk dat ik uitkijk naar het moment dat ze me weer laten gaan, dat ik onder de sinaasappels op adem kan komen. Jenna staat naast me, moe van het dansen. Ondanks haar niet-aflatende haat jegens haar gevangenis danst ze fantastisch. Snel of langzaam, ze beweegt als een vlam of een ballerina in een muziekdoos. Haar lange, slanke ledematen zwieren net zo natuurlijk als de takken van een treurwilg. Onder het dansen glimlacht ze naar onze man, en hij bloost, overweldigd door haar schoonheid. Maar ik weet wat haar glimlach echt betekent. Ik weet waarom ze van deze avond geniet. Dat is omdat zijn dode vrouw hier nog rondwaart, en omdat hij lijdt, en ze wil dat hij weet dat zijn pijn nooit over zal gaan.

Haar glimlach is haar wraak.

Nu staat ze naast me en plukt een sinaasappel van een tak. Ze draait hem om in haar handen en zegt: 'Ik denk dat wij er vanavond genadig van afkomen.'

'Hoe bedoel je?' vraag ik.

Ze knikt naar een punt voor ons, waar Cecily in Lindens armen langzaam danst. Zelfs van deze afstand zien we haar witte tanden stralen. 'Voor het moment heeft zij zijn hart veroverd,' zegt Jenna. 'Hij heeft haar nog geen seconde losgelaten.' 'Je hebt gelijk,' zeg ik. Hij heeft de hele avond alleen met Cecily gedanst. De rest van de tijd heeft hij vol ontzag naar Jenna staan kijken. Mij heeft hij geen blik waardig gekeurd. Jenna, die met haar sierlijkheid en haar charmante glimlach veel bewondering oogst, wordt weer weggeplukt voor de volgende dans. Ik blijf achter met mijn kristallen glaasje punch. Een koel windje waait door mijn haar, en ik vraag me af waar Rose precies ziek werd. Was het waar de bedienden staan te ruziën omdat er te weinig kip is? Waar Cecily en Linden net nog aan het dansen waren, voor ze wegglipten om in het lange gras te giechelen? En waar is de verstrooide as terechtgekomen? En wat was die as echt, en wat is er in werkelijkheid met het dode kind van Linden en Rose gebeurd?

Aan het eind van de avond, als bijna alle gasten weg zijn, zitten Jenna en ik in het gras terwijl Adair en Deirdre de klitten uit ons haar kammen. Linden en Cecily zijn nergens te bekennen, ook niet als we veel later naar bed gaan.

De volgende ochtend komt Cecily na het middaguur bleek en suf de bibliotheek in gesloft. Er ligt een onzeker lachje om haar mond dat niet weg wil gaan, en haar haar is een bende. Het is net een brandend bos vol slachtoffers.

Gabriel komt thee brengen en Cecily doet er zoals gewoonlijk te veel suiker in. Ze praat niet met ons. Er zitten vouwen van het kussen in haar gezicht en ze krimpt ineen als ze haar benen over elkaar slaat.

'Het is een mooie dag,' zegt ze uiteindelijk, lang nadat ik naar mijn fauteuil ben verhuisd en Jenna begonnen is tussen de kasten heen en weer te lopen.

Ze ziet er niet goed uit. Helemaal niet goed. Haar gewone vurigheid is beteugeld en haar stem klinkt ijl als een windorgel. Ze is net een wilde vogel die getemd is en zijn gevangenschap overziet in een roes waarin gevangenschap helemaal zo erg niet lijkt.

'Gaat het wel met je?' vraag ik.

'Ja hoor,' zegt ze. Ze houdt haar hoofd schuin de ene kant op, de andere kant op, legt het dan voorzichtig op tafel. Aan de andere kant van de kamer werpt Jenna me een blik toe. Haar mond beweegt niet, maar ik begrijp wat ze tegen me zegt. Dat Cecily eindelijk haar zin gekregen heeft, betekent dat Linden Rose veilig in zijn herinneringen heeft opgeborgen en eraan toe is om bij zijn overgebleven vrouwen in bed te kruipen.

Hoe gelukkig ze ook mag zijn, Cecily ziet er zo klein en hulpeloos uit dat ik 'Kom op!' zeg en haar voorzichtig overeind help. Ze protesteert niet en slaat onderweg naar haar kamer zelfs haar arm om mijn middel.

Linden is een monster, denk ik bij mezelf. Een verachtelijk mens. 'Zie je dan niet dat ze nog maar een kind is?' mompel ik.

'Hm?' Cecily trekt haar wenkbrauwen op.

'Niets,' zeg ik. 'Hoe voel je je?'

Ze klimt in haar onopgemaakte bed, dat eruitziet alsof ze er net uit komt. Als haar hoofd op het kussen ligt kijkt ze me glazig aan. 'Heerlijk,' zegt ze.

Ik stop haar in en zie een beetje bloed op de lakens.

Ik blijf bij haar zitten terwijl ze in slaap valt. Ik luister naar

de roodborstjes die in de boom onder haar raam een nest gemaakt hebben. Ze wilde ze aan me laten zien, een kind op
zoek naar een reden om met me te praten. Ik ben niet erg
aardig tegen haar geweest, of erg eerlijk. Zij kan het ook niet
helpen dat ze van niets weet, dat ze zo jong is. Ze kan het niet
helpen dat ze is opgegroeid in een wereld zonder ouders, in
een weeshuis dat bereid was haar te laten eindigen als bruid of
als lijk. Ze weet niet hoe kwetsbaar ze is, hoe dicht bij de dood
ze was in die laadruimte.

Maar ik weet het wel. Ik strijk het warrige haar uit haar gezicht
en zeg: 'Droom maar zacht.'

Op meer kun je niet hopen, in dit huis.

Ik ben zo kwaad op Linden dat ik hem niet kan luchten of
zien. Die avond komt hij mijn slaapkamer in, en zonder te vragen loopt hij naar mijn bed. Omdat ik de lakens niet opensla
blijft hij staan. Ik doe het licht aan en kijk alsof ik net wakker
word, maar eigenlijk heb ik op hem liggen wachten.

'Hallo,' zegt hij zacht.

Ik ga rechtop zitten. 'Hallo.'

Hij raakt de rand van mijn bed, maar hij gaat niet zitten. Wacht
hij soms op een uitnodiging? Kreeg hij die van Cecily? Van
Jenna zal hij er nooit een krijgen. Als hij zich niet aan ons op-
dringt is Cecily de enige die hem ooit zijn zin zal geven.

Hij zegt: 'Je zag er mooi uit, gisteravond in de boomgaard.'

'Ik dacht dat je me niet zag staan,' zeg ik. Zelfs nu kijkt hij niet
naar me. Hij kijkt uit het raam dat niet opengaat. De wind is
weer aangetrokken en huilt als de doden. Ik stel me voor dat
de sinaasappels en de rozen door de tuin vliegen en in de lucht
gemangeld worden.

'Mag ik bij je komen?' vraagt hij.

'Nee,' zeg ik. Ik stop mijn deken strak in rond mijn middel.

Hij kijkt me aan, trekt één delicate wenkbrauw op. 'Nee?'

'Nee,' herhaal ik. Het is mijn bedoeling om boos te klinken, maar om de een of andere reden komt het er niet goed uit. Na een gespannen stilte zeg ik: 'Maar bedankt dat je het vraagt.'

Hij staat er stram bij en lijkt niet goed te weten waar hij zijn handen moet laten. Er zitten geen zakken in zijn pyjamabroek. 'Een wandelingetje dan?' vraagt hij.

'Nu?' zeg ik. 'Het lijkt me koud buiten.' Florida blijkt tot nu toe vreemd weer te hebben.

'Trek een jas aan,' zegt hij. 'Ik zie je over een paar minuten bij de lift.'

Een wandelingetje kan geen kwaad, denk ik. Ik loop naar mijn kast en trek een lichte gebreide jas aan over mijn nachtjapon, en een paar dikke sokken waarmee ik mijn voeten met moeite in mijn schoenen gewurmd krijg.

Bij de lift zie ik dat mijn jas de vrouwelijke versie is van die van Linden, en ik vraag me af of dit toeval is. Deirdre, die onverbeterlijke romanticus, heeft ze misschien wel speciaal zo ontworpen. Ik denk dat het haar bedoeling is dat ik van hem leer houden. Maar ze is nog jong. Ze heeft tijd genoeg om te leren wat echte liefde is, of op zijn minst wat het niet is.

De lift gaat naar beneden en ik word overmand door beelden van mijn moeder in haar golvende jurken, mijn vader die haar over zijn arm achterover laat buigen, de muziek in de woonkamer. *Willen jullie weten wat echte liefde is?* zei mijn vader de geneticus, terwijl mijn broer en ik toekeken hoe ze dansten. Ik zal

jullie eens iets zeggen over echte liefde. Er is niets geleerds aan. Het is zo
natuurlijk als de hemel.

Liefde is iets natuurlijks. Zelfs de mensheid kan niet meer beweren natuurlijk te zijn. We zijn nagemaakte, stervende wezens. Wel zo toepasselijk dat ik in dit nephuwelijk terechtgekomen ben.

Buiten is het bitter koud. Er hangt een tintelende bladgeur, zoals in de herfst. Ik denk aan windjacks en harken en nieuwe kniekousen voor naar school. Dingen uit een andere wereld, en toch weet ik ze nog. Mijn neus is ijskoud en ik trek de kraag van mijn jas tot over mijn oren.

Linden geeft me een arm en we beginnen te lopen, niet door de rozentuin maar de kant van de boomgaard op. Nu alle sporen van het feest zijn uitgewist zie ik hem zoals hij is: ongetemd en natuurlijk en mooi. Hier zou ik op een dekentje willen liggen lezen. Ik begrijp waarom Rose hier zo vaak zat, en ik vraag me af of ze wist dat ze ziek was toen ze die dag in elkaar zakte. Of ze hoopte dat ze stilletjes uit het leven zou glijden, in de schaduw van zachte witte bloemen, zodat ze niet lang pijn zou hoeven lijden.

Alles ruist in de wind, en ik voel haar sereniteit overal. Ik voel me vredig, niet zo boos meer.

'Ze is hier,' zegt Linden, alsof hij mijn gedachten leest.

'Mm,' doe ik instemmend.

We lopen een tijdje over een onduidelijk pad van platgetreden gras en aarde. Hier zijn geen kunstmatige vijvers, geen romantische zitjes of bankjes. Het waait zo hard dat alle hoop op woorden uit onze keel gezogen wordt zodra we onze mond opendoen. Maar ik merk wel dat Linden iets wil zeggen, en op een beschut plekje blijft hij staan en pakt hij mijn handen. Mijn knokkels zijn gekloofd door de kou, maar zijn handpalmen liggen er zacht en soepel omheen.

'Luister naar me,' zegt hij. Zijn ogen zijn felgroen in het maanlicht. 'Ik deel deze plek met je. Waar je ook heen wilt, je hoeft het maar te vragen en het is goed. Maar dit is een gewijde plek, begrijp je? Ik vind het niet goed dat je hem als wapen tegen mij gebruikt.'

Zijn toon heeft niets agressiefs, maar hij knijpt in mijn handen en buigt zijn hoofd om me recht aan te kunnen kijken. Hij weet het dus. Hij weet dat mijn voorstel voor het feest boosaardig bedoeld was, en toch heeft hij zijn hand niet tegen me opgeheven. Hij heeft me niet mishandeld voor mijn ongehoorzaamheid, zoals zijn vader Gabriel heeft mishandeld. Waarom niet? Waarom zou een man die drie meisjes ontvoerd heeft aardig voor me zijn?

Ik pers mijn gesprongen lippen op elkaar, vechtend tegen het verlangen om tegen hem te zeggen dat ik naar Manhattan wil, als ik toch overal naartoe mag. Hij mag niet weten dat ik ervan droom om te ontsnappen, want dan laat hij me nooit meer gaan. De waarheid past niet in mijn ontsnappingsplan.

'Ik wilde je niet kwetsen,' zeg ik. 'Ik denk dat ik gewoon jaloers was. Je had helemaal geen aandacht voor me, en ik dacht dat je je beter zou voelen als we het feest hier gaven. Het zou een soort afscheid zijn van Rose. Je kon je nieuwe huwelijken vieren en verdergaan.'

Hij kijkt zo verrast, zo ontroerd dat ik bijna spijt krijg van mijn leugen. Ik vind het erg dat zijn dode vrouw in de kelder ontleed wordt, dat haar schoonheid vernietigd en geschonden wordt terwijl ik haar naam tegen hem gebruik. Op een middag, toen Rose er versuft en bezweet bij lag, zwevend op het randje van bewusteloosheid, moest ik van haar zweren dat ik voor Linden zou zorgen, en dat deed ik. Ik was niet van plan geweest me aan die belofte te houden, maar misschien doet mijn leugen hem intussen toch een beetje goed.

'Ik wilde haar begraven,' zegt hij, 'maar dat vond mijn vader geen goed idee. Hij zegt dat we niet weten of het virus dat ze had...' Zijn stem stokt, hij moet even wachten. 'Of het de grond zou besmetten. Daarom heeft hij me haar as gegeven.'

Ik wacht tot hij over het kind begint dat hier is uitgestrooid, maar dat doet hij niet. Dat is een privézaak die hij voor zich wil houden. Of misschien is het gewoon te pijnlijk.

'Ga je haar uitstrooien?' vraag ik.

'Dat heb ik al gedaan,' zegt hij. 'Gisternacht na het feest. Ik vond dat het tijd was om afscheid te nemen.'

Na zijn rendez-vous met Cecily waarschijnlijk. Zelfs Cecily's verering kan zijn pijn niet verzachten. Maar ik zeg niets. Dit is niet het moment om het over Cecily te hebben. In plaats daarvan keren we om, arm in arm, man en vrouw, en wandelen terug naar het immense, met klimop begroeide landhuis. Ik denk aan het klimopblad dat ik verstopt heb in een liefdesroman, met een gelukkige dan wel tragische afloop, en intussen vraag ik me af wiens as er gisternacht nu echt verstrooid is.

In de dagen die volgen nodigt Linden ons telkens alle drie uit om met hem te eten. En 's avonds kruipt hij meestal bij mij in bed. We praten en slapen alleen maar. Hij ligt onder de dekens toe te kijken terwijl ik mijn handen invet, mijn haar borstel, de gordijnen dichtdoe en mijn avondthee drink. Ik vind het niet zo erg dat hij er is. Ik weet dat het te veel zou zijn voor Jenna, en ik heb liever dat hij Cecily met rust laat, want zij zou hem volledig zijn gang laten gaan, en haar broosheid op de ochtend na het feest baart me zorgen. Ik weet dat ze jaloers is omdat hij nu naar mij toe komt, en ik vind dat het haar niets aangaat, daarom geef ik geen antwoord op haar vragen. Maar Linden en ik raken elkaar niet eens aan, behalve soms, als zijn vingers in mijn haar rimpelingen veroorzaken in mijn dromen.

Hij praat tegen me tot ik omval van vermoeidheid. Gabriel brengt me nu op dezelfde tijd ontbijt als mijn zustervrouwen en neemt extra eten mee voor Linden, die om onvoorspelbare dingen vraagt als een kopje stroop of druiven, die hij eet door het hele trosje boven zijn mond te houden. Gabriel verstopt geen junibonen meer voor me, en ik mis ze. Ik mis onze gesprekken. We krijgen niet eens de tijd om ook maar naar elkaar te kijken, want overdag neemt Linden me steeds vaker mee naar buiten voor een wandelingetje.

Op warme dagen neemt hij ons alle drie mee naar het zwembad. Jenna gaat liggen zonnebaden en Cecily springt van de duikplank, met kreten van plezier die doen denken aan een kindertijd en een vrijheid die ze nooit zal kennen. Ik zwem meestal onder water, waar hologrammen van kwallen en de zeebodem te zien zijn. Haaien schieten op me af en zwemmen dwars door me heen, met in hun kielzog scholen felgele en oranje vissen, walvissen zo groot als het zwembad zelf. Soms vergeet ik dat het allemaal niet echt is en duik ik dieper en dieper, op zoek naar Atlantis, alleen om op de bodem van het zwembad te stuiten.

Zo gaan er hele dagen voorbij. En het is best fijn. Alsof ik vrij ben. Alsof ik zussen heb. Zelfs Jenna steekt af en toe een teen in het water om me nat te spatten. Op een middag spreken Cecily en ik stiekem af om haar allebei bij een enkel te pakken en het water in te trekken. Jenna schreeuwt verontwaardigd en klampt zich vast aan de rand, tierend dat we krengen zijn en dat ze ons haat. Maar uiteindelijk komt ze over haar boosheid heen. Zij en ik gaan hand in hand kopje-onder en proberen holografische guppy's te vangen. Linden zwemt niet, al vraagt hij soms wel of we de hologrammen mooi vinden. Hij is bleek en mager in zijn zwembroek. Hij zit op een natte handdoek architectuurtijdschriften te lezen, en dat betekent denk ik dat hij bijna klaar is om weer aan het werk te gaan. Misschien gaat hij dan van het terrein af. Misschien gaat hij naar een feestje. Met mij aan zijn zijde. Ik weet dat ik mijn ontsnapping zorgvuldig moet voorbereiden en dat ik niet op mijn eerste avond buiten zomaar in de menigte zal kunnen verdwijnen. Maar misschien wordt het op televisie uitgezonden. En misschien zit Rowan dan te kijken en ziet hij dat ik nog leef.

Op een middag ren ik naar binnen om een extra handdoek uit de kast naast de deur te halen, en ik bots bijna tegen Gabriel op, die een dienblad met wijnglazen met sinaasappelsap in zijn handen heeft. 'Sorry,' zeg ik.

'Zo te horen hebben jullie plezier,' zegt hij, zonder me echt aan te kijken. 'Neem me niet kwalijk.' Hij loopt om me heen. 'Wacht,' zeg ik. Voor de zekerheid kijk ik even of de anderen, luierend en spetterend aan het zwembad aan de andere kant van de glazen deur, niet naar ons kijken. Gabriel draait zich naar me om. 'Ben je soms boos op me?' vraag ik.

'Nee. Ik dacht alleen dat je geen tijd meer had om met een bediende te praten,' zegt hij. De duistere blik in zijn normaal zo vriendelijke ogen bevalt me niets. 'Nu je de vrouw van een Huisheer bent.'

'Hé, wacht nou even...' stamel ik.

'Je hoeft het niet uit te leggen, lady Rhine,' zegt hij. Officieel moet het personeel me zo noemen, maar ik heb er vast niet de juiste uitstraling voor, want in dit huis ben ik altijd gewoon Rhine geweest. Of Blondie. En Gabriel heeft gelijk: al dagen spreek ik alleen Linden en mijn zustervrouwen. Ik mis het aanrecht in de keuken en mijn gesprekjes met de kokkinnen, en ik mis mijn gesprekjes met Gabriel. Ik mis de junibonen. Mijn voorraad in de la begint op te raken. Maar dit zijn geen dingen die ik kan zeggen als Linden of Meester Vaughn erbij zijn, en ik zie Gabriel nooit meer zonder dat ten minste een van de twee in de buurt is.

'Wat is er?' vraag ik. 'Wat heb ik verkeerd gedaan?'

'Ik had gewoon niet verwacht dat je zo makkelijk voor de Huisheer zou vallen,' zegt hij.

Het is zo'n absurde gedachte dat ik in de lach schiet en me verslik in het woord 'Wat?'.

'Ik woon ook in dit huis, hoor,' zegt hij. 'Ik kom je elke ochtend ontbijt brengen.'

Hij heeft het mis, zo verschrikkelijk mis. En ik ben zo beledigd dat het niet eens in me opkomt om de zaak recht te zetten. 'Je had niet verwacht dat ik met mijn eigen man het bed zou delen?' zeg ik.

'Dat zal dan wel niet,' zegt hij. Hij doet de glazen schuifdeur open en stapt het zonlicht in, en ik blijf druipnat en klappertandend achter en vraag me af wat deze plek in vredesnaam met me gedaan heeft.

Onder het eten 's avonds ben ik stil. Linden vraagt of ik het wel lekker vind en ik wacht tot Gabriel me spuitwater ingeschonken heeft voor ik ja knik. Het liefst zou ik Gabriel apart nemen om met hem te praten. Hem uitleggen dat hij het mis heeft over Linden en mij. Maar Meester Vaughn zit ook aan tafel en daarom houd ik me gedeisd.

Na het eten brengt Gabriel ons met de lift naar boven. Ik probeer zijn blik te vangen, maar hij lijkt expres de andere kant op te kijken.

Naast me masseert Cecily haar slapen. 'Waarom is dat licht zo fel?' zegt ze.

De deuren gaan open en Jenna en ik stappen uit, maar Cecily verzet geen stap.

'Wat is er?' vraag ik.

En dan zie ik hoe bleek ze is. Haar gezicht glimt van het zweet. 'Ik voel me niet goed,' zegt ze. Ze heeft het nog niet gezegd of haar ogen draaien weg, en Gabriel vangt het levenloze hoopje nog net op tijd op.

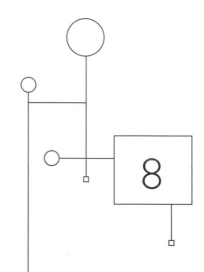

DE BEDIENDEN komen in groten getale. Als bedrijvige mieren rennen ze Cecily's kamer in en uit. Meester Vaughn is er en Linden loopt heen en weer over de drempel. Jenna en ik worden naar onze kamer gestuurd. Ik zit voor mijn toilettafel, te verbijsterd en te bezorgd om te gaan slapen.

Had ik Linden moeten vertellen hoe vreselijk ze er die ochtend na het feest uitzag? Naar mij zou hij geluisterd hebben. Ik had hem erop moeten wijzen dat ze nog maar een kind is. Hij beseft dat soort voor de hand liggende dingen niet, en ik had moeten ingrijpen.

Bloedt ze? Gaat ze dood? Even geleden was er nog niets met haar aan de hand.

Ik druk mijn oor tegen de deur en probeer iets te onderscheiden in het onverstaanbare geroezemoes aan de andere kant van de gang. Als de deur opengaat val ik bijna naar buiten.

Gabriel gluurt om het hoekje. 'Sorry. Ik wilde je niet laten schrikken,' zegt hij zacht. Ik ga opzij om hem binnen te laten en hij doet de deur achter zich dicht. Ik ben het niet gewend om hem zonder dienblad in zijn handen in mijn kamer te zien staan.

'Ik kwam even kijken of alles goed met je is,' zegt hij. Zijn toon is niet bitter. Zijn ogen hebben de vertrouwde vredig blauwe kleur, zonder het verwijt van vanmiddag erin. Misschien heeft hij al dat akeligs voor het moment opzijgezet, maar de aanblik van deze vertrouwde Gabriel lucht me zo op dat ik hem om de hals vlieg.

Eerst verstrakt hij, verrast, maar dan slaat hij zijn armen om me heen en laat zijn kin op mijn hoofd rusten.

'Het was zo vreselijk,' zeg ik.

'Ik weet het,' zegt hij, en ik voel zijn armen verschuiven. Ik ben nog nooit zo dicht bij hem geweest. Hij is langer en steviger dan Linden, die zo zou wegwaaien als hij nog een paar kilo lichter was. En hij ruikt naar de keuken, naar al het lawaai en de drukte en dingen die staan te koken en te bakken.

'Je weet het niet,' verzeker ik hem, terwijl ik me net genoeg losmaak om hem te kunnen aankijken. Een lichte verwarring heeft zich van hem meester gemaakt; hij bloost. 'Het is niet alleen Cecily. We lijden allemaal in dit huwelijk. Jenna haat hem, moet je weten. En ik weet hoe Linden naar me kijkt – alsof ik Rose ben. Ik kan me alleen verdedigen door het spelletje mee te spelen, maar het is zo vermoeiend om hem 's nachts naast me te hebben en te horen hoe hij in zijn slaap haar naam noemt. Het is alsof hij me uitwist, elke dag een beetje meer.'

'Jou krijgt hij nooit uitgewist,' zegt Gabriel troostend.

'En jij,' zeg ik. 'Noem me nooit meer lady Rhine. Vandaag hoorde ik voor het eerst hoe dat klinkt en ik vind het vreselijk. Er klopt helemaal niets van.'

'Oké,' zegt hij. 'Het spijt me. Wat jij en de Huisheer samen doen is mijn zaak niet.'

'Dat bedoel ik niet!' roep ik uit. Ik pak hem stevig bij zijn schouders en demp mijn stem voor het geval er iemand op de gang staat. 'Geen haar op mijn hoofd die eraan denkt Linden Ashby zijn zin te geven, begrepen?' Bijna praat ik door. Bijna vertel ik hem over mijn plan om te ontsnappen, maar ik besluit het niet te doen. Dat blijft voorlopig mijn geheim. 'Geloof je me?' vraag ik.

'Ik heb nooit iets anders geloofd,' zegt hij. 'Maar ik zag hem in je bed liggen en... Ik weet het niet. Het zat me dwars.'

'Ja, nou, het zit mij ook dwars.' Ik moet een beetje lachen, en hij volgt mijn voorbeeld. Ik laat hem los en ga op de rand van mijn bed zitten. 'En wat gebeurt er allemaal met Cecily?'

Hij schudt zijn hoofd. 'Geen idee. Meester Vaughn is bij haar met een paar van de huisdokters.' Hij ziet mijn gezicht betrekken. 'Maar luister eens, ik weet zeker dat het goed komt. Als het ernstig was hadden ze haar wel naar het ziekenhuis in de stad gebracht.'

Ik kijk naar mijn handen in mijn schoot en zucht.

'Kan ik iets voor je halen?' vraagt Gabriel. 'Thee misschien? Of aardbeien? Je hebt nauwelijks iets gegeten.'

Ik wil geen thee of aardbeien. Ik wil nu even niet dat Gabriel me bedient. Ik wil dat hij bij me blijft zitten en mijn vriend is. Ik wil zeker weten dat hij daar straks niet voor gestraft wordt. Ik wil samen vrij zijn.

Als ik ooit een plan bedenk om te ontsnappen kan ik hem misschien wel meenemen. Ik denk dat hij de haven mooi zou vinden.

Maar ik weet niet hoe ik dit allemaal moet zeggen zonder een slappeling te lijken, dus het enige wat eruit komt is: 'Vertel eens iets over jezelf.'

'Over mij?' Hij kijkt me verward aan.

'Ja,' zeg ik, met een klopje op de matras.

Hij komt naast me zitten. 'Je weet alles al.'

'Niet waar. Waar ben je geboren? Wat is je favoriete jaargetijde? Vertel maar wat.'

'Hier. In Florida,' zegt hij. 'Ik herinner me een vrouw in een rode jurk met bruine krullen. Dat was misschien mijn moeder, ik weet het niet zeker. En zomer. En jij?' Dat laatste zegt hij met een lachje. Hij lacht zo weinig dat ik het elke keer als een soort cadeautje beschouw.

'Herfst is mijn favoriet,' zeg ik. Hij weet al van Manhattan, en dat mijn ouders overleden toen ik twaalf was.

Ik zit over nieuwe vragen na te denken als er op de deur geklopt wordt. Gabriel staat op en strijkt op de plaats waar hij zat de kreukels uit de sprei. Ik pak het lege glas van mijn nachtkastje, voor als ik moet doen alsof ik hem om nieuw drinken vraag. 'Binnen,' zeg ik.

Het is Elle, Cecily's bediende. Haar ogen schitteren van opwinding. 'Raad eens wat ik kom vertellen,' zegt ze. 'Je raadt het nooit. Cecily krijgt een baby!'

In de weken die volgen besteedt Linden zo veel tijd aan Cecily dat ik opnieuw de onzichtbare bruid word. Ik besef dat zijn gebrek aan aandacht slecht is voor mijn ontsnappingsplan, maar zonder zijn voortdurende aanwezigheid voel ik me toch een beetje minder belast, voorlopig tenminste. Als Gabriel nu mijn ontbijt komt brengen, kunnen hij en ik weer vrijuit praten. Hij is de enige bediende die eten naar de vrouwenverdieping brengt, daarom komt hij vroeg met mijn ontbijt, als mijn zustervrouwen nog slapen, al wordt Cecily's slaappatroon onregelmatiger naarmate haar zwangerschap vordert.

Alleen zijn met Gabriel is iets heel anders dan het verplichte alleen zijn met mijn man. Tegen Gabriel kan ik eerlijk zijn. Ik kan tegen hem zeggen dat ik verlang naar Manhattan, dat in mijn ogen altijd de grootste stad ter wereld is geweest en nu zo ver weg lijkt als een ster.

'Vroeger bestond New York uit vijf wijken: Manhattan, Brooklyn, geloof ik, Queens en nog een paar. Maar sinds ze de vuurtorens en de nieuwe havens erbij getrokken hebben, heet het allemaal Manhattan, en de wijken worden nu naar hun functie genoemd. De onze is voor fabrieken en scheepvaart. In het westen heb je visserij, en in het oosten vooral woonblokken.'

'Waarom?' vraagt Gabriel, terwijl hij een hap neemt van het geroosterde brood op mijn ontbijtbord. Hij zit op de ottomane bij het raam en het blauw van zijn ogen glanst in het ochtendlicht.

'Geen idee.' Ik draai me op mijn buik en laat mijn kin op mijn armen rusten. 'Misschien werd het te ingewikkeld om al die wijken uit elkaar te houden. De meeste zijn geïndustrialiseerd, op de woonwijken na. Misschien had de president gewoon geen zin om het verschil te leren.'

'Klinkt benauwend,' zegt hij.

'Een beetje wel,' geef ik toe, 'maar de gebouwen zijn honderden jaren oud. Sommige dan. Toen ik klein was deed ik altijd alsof ik vanuit mijn huis het verleden in liep. Ik deed alsof...' Ik maak de zin niet af. Met een vinger volg ik een naad in mijn deken.

Gabriel buigt zich naar me toe. 'Wat?'

'Ik heb het nog nooit hardop gezegd,' zeg ik, want nu pas realiseer ik me dat. 'Maar ik deed alsof ik de eenentwintigste eeuw in stapte, alsof ik mensen van alle leeftijden om me heen zag en ik net als zij steeds ouder zou worden.' Het blijft lang stil. Ik houd mijn blik strak op de naad gericht, want opeens vind ik het moeilijk om Gabriel aan te kijken. Maar ik voel dat hij naar mij kijkt. En even later komt hij op de rand van mijn bed zitten; de matras zakt in onder zijn gewicht.

Ik probeer te lachen. 'Laat ook maar. Het is toch onzin.'

'Nee,' zegt hij. 'Helemaal niet.'

Zijn vinger volgt de mijne over de deken, in een rechte lijn op en neer, zonder dat onze handen elkaar echt raken. Een golf van warmte spoelt door me heen en tovert een glimlach tevoorschijn die ik niet kan onderdrukken. Ik zal nooit volwassen worden, dat weet ik, en het is lang geleden dat ik deed alsof. Met mijn ouders kon ik deze fantasie niet delen, dat zou hen verdrietig gemaakt hebben. Hetzelfde geldt voor mijn broer; hij zou het zinloos gevonden hebben. Daarom hield ik het voor me, dwong ik mezelf om eroverheen te groeien. Maar nu ik Gabriels hand naast de mijne over de deken zie gaan, alsof we een spelletje spelen met een vast ritme en vaste regels, laat ik de fantasie terugkeren. Op een dag zal ik dit landgoed af lopen en zal de wereld op me liggen wachten. De gezonde, bloeiende wereld, met een mooi pad naar de rest van mijn lange leven.

'Je zou het moeten zien,' zeg ik. 'De stad, bedoel ik.'

Zijn stem klinkt zacht. 'Graag.'

Er wordt op mijn dichte deur geklopt en Cecily vraagt: 'Is Linden bij jou? Hij zou warme chocolademelk voor me halen.'

'Nee,' zeg ik.

'Maar ik hoor stemmen,' zegt ze. 'Wie heb je bij je?'

Gabriel staat op en pakt mijn dienblad van de toilettafel.

'Probeer de keuken te bellen,' zeg ik tegen Cecily. 'Misschien weten ze daar waar hij is. Of vraag het aan Elle.'

Ze blijft staan, klopt nog een keer. 'Mag ik binnenkomen?'

Ik kom overeind, gooi gauw de dekens over het bed, strijk de plooien glad en schud de kussens op. Ik heb niets verkeerd gedaan, maar opeens krijg ik een raar gevoel bij de gedachte dat zij Gabriel in mijn kamer aantreft. Ik loop naar de deur en doe open. 'Wat wil je?' vraag ik.

Ze wurmt zich langs me en staart naar Gabriel, neemt hem met haar bruine ogen van top tot teen op.

'Ik ga dit maar eens naar de keuken brengen,' zegt hij opgelaten. Ik probeer hem over Cecily's schouder verontschuldigend aan te kijken, maar hij mijdt mijn blik. Hij durft bijna niet van zijn schoenen op te kijken.

'Mooi, neem dan die chocolademelk mee terug,' zegt Cecily. 'Extra, extra heet graag, en zonder marshmallows. Die doe je er altijd in en dan worden ze helemaal kleverig en vies omdat je er zo lang over doet om boven te komen. Doe de marshmallows maar los op een schaaltje. Nee, neem een hele zak mee.'

Hij knikt en loopt de kamer uit. Cecily gluurt om de hoek tot de liftdeuren achter Gabriel dichtschuiven. Dan draait ze zich met een ruk naar me om. 'Waarom zat je deur dicht?'

'Gaat je niets aan,' bijt ik haar toe. Ik weet hoe verdacht dit klinkt, maar ik kan er niets aan doen. Praten met Gabriel is een van de weinige luxes die ik heb. Mijn zustervrouw heeft niet het recht, en tegelijk het volste recht, mij dat af te nemen. Ik ga op de poef zitten en doe alsof ik de haarspulletjes in de bovenste la opruim. Inwendig kook ik van woede.

'Hij is maar een bediende,' zegt Cecily, terwijl ze mijn kamer door loopt en met een vinger langs de muur gaat. 'En nog dom ook. Hij doet altijd te weinig melk en suiker in de thee, en hij doet er zo lang over om mijn eten te brengen dat het koud is tegen de tijd...'

'Hij is helemaal niet dom,' werp ik tegen. 'Jij zoekt gewoon iets om over te zeuren.'

'Zeuren?' sputtert ze. 'Zeuren? Jíj gooit niet elke ochtend je ontbijt er weer uit. Jíj hoeft niet de hele dag in bed te liggen vanwege zo'n stomme zwangerschap. Ik geloof niet dat ik te veel vraag als ik van die achterlijke bedienden verwacht dat ze hun werk doen, en het is hun werk om te doen wat ik zeg.' Ze laat zich op mijn bed vallen en slaat uitdagend haar armen over elkaar. Nou jij weer.

Vanuit deze hoek kan ik de lichte bolling onder haar nacht-japon zien. En behalve de parfum die ze op heeft ruik ik ook vaag iets als braaksel. Haar haar is een rommeltje, haar huid is grauw. En al geef ik het niet graag toe, ik begrijp dat ze in zo'n rothumeur is. Ze maakt meer mee dan een meisje van haar leeftijd hoort mee te maken.

'Hier.' Ik haal een van de rode snoepjes die Deirdre me op

mijn trouwdag gaf uit mijn la. 'Hier wordt je maag rustiger van.'

Ze neemt het aan en stopt het met een tevreden 'mm' in haar mond.

'En bevallen doet pijn, hoor,' zegt ze. 'Misschien ga ik wel dood.'

'Je gaat niet dood,' zeg ik, en ik probeer maar niet te denken aan Lindens moeder, die in het kraambed stierf.

'Maar het kan wel,' zegt ze. Van haar opstandige toon is niets meer over. Bijna bang kijkt ze naar het snoeppapiertje in haar hand. 'Daarom moeten ze doen wat ik zeg.'

Ik ga naast haar zitten en sla een arm om haar heen. Ze legt haar hoofd op mijn schouder. 'Oké,' geef ik toe. 'Ze moeten doen wat je zegt. Maar je vangt meer vliegen met honing dan met azijn, weet je.'

'Wat betekent dat?'

'Dat zei mijn moeder vroeger altijd,' zeg ik. 'Als je aardig bent voor mensen zullen ze eerder iets voor je willen doen. Misschien zelfs iets extra's.'

'Doe je daarom zo aardig tegen hem?' vraagt ze.

'Tegen wie?'

'Die bediende. Ik zie je altijd met hem praten.'

'Misschien wel,' zeg ik. Ik voel dat mijn wangen beginnen te gloeien. Gelukkig kijkt Cecily niet naar me. 'Ik probeer gewoon aardig te zijn, denk ik.'

'Dat moet je niet doen,' zegt ze. 'Het geeft een verkeerde indruk.'

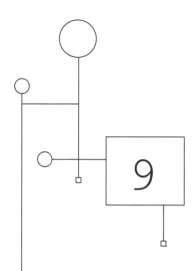

9

LINDEN IS ZO opgetogen over de zwangerschap en er
hangt zo'n opgewekte stemming in huis dat hij ons allemaal
toestemming geeft vrij door het huis en de tuinen te lopen. Als
ik alleen ben zoek ik tussen de bomen naar de weg waarover
ik hier gekomen ben, maar ik vind nog niet eens een pad.
Meester Vaughn gaat soms het terrein af om dingen te doen in
zijn ziekenhuis, maar het gazon moet op een of andere manier
behandeld zijn tegen bandensporen, want die heb ik nog niet
één keer de garage uit zien komen. Gabriel zei dat dit hier
eindeloosheid was, en ik begin te geloven dat hij gelijk heeft.
Geen begin, geen eind. En hoe ik ook loop, ik kom altijd weer
bij het landhuis uit.

Mijn vader vertelde me vroeger wel eens over de kermis. Kermis noemde hij een feest voor als er niets te vieren viel. Als
kind betaalde hij tien dollar om het spiegeldoolhof in te mo-

gen. Hij heeft het me vaak beschreven: vervormde spiegels waarin hij te groot of te klein was, spiegels die zo stonden opgesteld dat ze een eindeloze reeks doorgangen leken. Hij zei dat het binnen altijd leek alsof het eeuwig doorging, dat het oneindig was, terwijl het vanbuiten niet groter was dan een tuinschuur. De truc was om door de illusie heen te kijken, want de uitgang was altijd dichterbij dan je dacht.

Pas nu begrijp ik wat hij bedoelde. Ik dwaal door de rozentuin, rond de tennisbanen, door het labyrint van struiken en probeer zijn geest door me heen te laten stromen. Ik stel me voor dat hij op me neerkijkt, ziet dat het stipje dat ik ben doelloos ronddoolt, terwijl de uitgang de hele tijd binnen handbereik is.

'Help me te ontdekken hoe het zit,' zeg ik tegen hem. Het enige antwoord komt van de wind die door het lange gras in de boomgaard blaast. Ik ben nooit goed geweest in raadsels; mijn broer was degene die de Rubik-kubus meteen de eerste keer oploste. Hij was degene die wilde weten hoe dingen in elkaar zaten, die mijn vader over de vernietigde landen uithoorde, terwijl ik de plaatjes zat te bewonderen.

Ik stel me voor dat mijn broer tussen de sinaasappelbomen vandaan komt. 'Je had niet op die advertentie moeten reageren. Je luistert ook nooit naar me,' zou hij zeggen. 'Wat moet ik toch met jou?' Hij zou me bij de hand nemen. We zouden naar huis gaan. 'Rowan...' Zijn naam spoelt naar buiten op een golf hete tranen. Niemand antwoordt behalve de wind. Hij komt niet. Er is geen pad ter wereld dat hem naar mij kan leiden.

Als mijn vergeefse pogingen me beginnen te ontmoedigen las ik een pauze in en geef ik me over aan de dingen die mijn gevangenschap draaglijker maken. Ik neem een duik in de kunstmatige zee in het zwembad. Een bediende doet me voor hoe ik van hologram kan wisselen en ik zwem onder gletsjers op de Noordpool door, of rond de gezonken Titanic. Ik glijd naast dolfijnen door het water. Naderhand liggen Jenna en ik, druipnat en stinkend naar chloor, in het gras en drinken kleurige drankjes, met ananasschijfjes op de rand van ons glas. We spelen midgetgolf op een baan die vast is aangelegd voor Linden als kind, of misschien nog voor zijn dode grote broer. We houden geen score bij en bundelen onze krachten om de ronddraaiende clown bij de laatste hole te verslaan. We proberen te tennissen maar geven het op, en we verzinnen een spel waarbij we tennisballen tegen de muur slaan, want dat is het enige wat we kunnen.

In de keuken mag ik zo veel junibonen eten als ik wil. Zittend op het aanrecht help ik Gabriel aardappels schillen en luister ik naar de koks, die over het weer kletsen en over dat verwende bruidje dat ze maar wat graag een vieze sok zouden voorzetten. Ook Gabriel, die toch zo goedmoedig is, vindt dat Cecily zich de laatste tijd wel heel erg naar gedraagt. Iemand stelt voor haar voor de lunch gebakken rat te geven, en de hoofdkokkin zegt: 'Pas op je woorden, in mijn keuken zitten geen ratten.'

Linden vindt dat hij Jenna en mij verwaarloost en vraagt of we wensen hebben – welke dan ook. Bijna vraag ik om een kist junibonen, want ik heb het personeel in de keuken horen klagen over leveranciers die zo vroeg komen, en sindsdien fantaseer ik over ontsnappen in een bestelwagen. Maar dan bedenk ik hoe ver ik al gekomen ben met Lindens vertrouwen winnen, en hoe makkelijk dat kapot zou gaan als ik betrapt werd, wat heel goed zou kunnen gebeuren, aangezien Vaughn precies weet wat er in dit huis gebeurt.

Jenna zegt: 'Ik zou wel een grote trampoline willen.' En de volgende ochtend staat er een in de rozentuin. We springen tot onze longen er zeer van doen, en daarna gaan we in het midden liggen om naar de wolken te kijken.

'Er zijn ergere plekken om dood te gaan,' bekent ze. Ze richt zich op een elleboog op, waardoor ik een beetje naar haar toe glijd, en vraagt: 'Is hij de laatste tijd nog wel eens bij jou in bed gekomen?'

Ik vouw mijn handen achter mijn hoofd. 'Nee,' zeg ik. 'Het is fijn om het weer voor mezelf te hebben.'

'Rhine?' vraagt ze. 'Toen hij naar jou toe kwam, was het niet... voor kinderen.'

'Nee. Nooit. Hij heeft me niet eens gekust.'

'Ik ben benieuwd waarom niet,' zegt ze, terwijl ze weer gaat liggen.

'Is hij wel eens bij jou geweest?' vraag ik.

'Jawel. Een paar keer, vóór Cecily al zijn aandacht opeiste.'

Dit verbaast me. Ik denk aan Jenna's vaste ochtendritueel van thee in de bibliotheek en een liefdesroman om haar neus in te steken. Er is niet één ochtend geweest dat ze in de war leek of uit haar gewone doen, zeker niet zoals bij Cecily het geval was. En ook nu lijkt ze heel kalm onder de hele toestand.

'Hoe was het?' vraag ik, en meteen trekt er een warme gloed over mijn gezicht. Heb ik dat echt gevraagd?

'Niet zo heel erg,' antwoordt Jenna achteloos. 'Hij vroeg steeds of het wel ging met me. Alsof hij dacht dat ik zou breken of zo.' Ze lacht een beetje bij de gedachte. 'Als ik al zou breken, zou dat niet door hem komen.'

Ik weet niet goed wat ik daarop moet zeggen. Als ik er alleen maar aan denk dat Linden me kust krijg ik de kriebels en een knoop in mijn maag. En toch hebben mijn zustervrouwen veel meer met hem gedaan dan kussen en draagt een van beiden zelfs zijn kind.

'Ik dacht dat je zo'n hekel aan hem had,' zeg ik uiteindelijk.

'Natuurlijk heb ik een hekel aan hem,' zegt ze. Haar stem is een zacht neuriën. Ze legt haar enkel op haar opgetrokken knie en wipt achteloos met haar voet. 'Ik had een hekel aan al die gasten. Maar dit is de wereld waarin we leven.'

'Al die gasten?' vraag ik.

Ze gaat rechtop zitten en kijkt me aan met een mengeling van verwarring, medelijden en misschien wel plezier. 'Meen je dat nou?' zegt ze. Ze neemt mijn kin in haar hand en bekijkt me. Haar zachte huid ruikt naar de lotion die Deirdre altijd voor me klaarlegt op mijn toilettafel. 'Je bent zo mooi en je hebt zo'n goed figuur,' zegt ze. 'Hoe kwam jij dan aan de kost?'

Als ik begrijp wat ze vraagt ga ik ook rechtop zitten. 'Dacht je dat ik prostituee was?'

'Nou, nee,' zegt ze. 'Daar leek je me te lief voor. Maar ik dacht gewoon... Hoe moeten meisjes als wij zich anders redden?'

Ik denk aan de meisjes die op nieuwjaarsfeesten in het park dansen, hoe sommigen met een rijke eerstegeneratieman een auto in glippen. En al die bordelen in de rosse buurt met hun verduisterde ramen. Er ging wel eens een deur open als ik langsliep, en dan hoorde ik een explosie van opzwepende muziek, zag ik lichtflitsen in alle kleuren van de regenboog.

Ik herinner me hoe mooi Jenna die avond in de boomgaard danste en hoe charmant ze was tegen die mannen die ze verachtte. Haar leven heeft zich dus afgespeeld in een van die duistere en verborgen oorden waar ik op straat nauwelijks langs durfde te lopen.

'Ik dacht dat het weeshuis je wel genoeg zou hebben gegeven om je te redden,' zeg ik. Maar ik besef onmiddellijk dat dit niet waar kan zijn. Rowan en ik hebben genoeg wezen ervan moeten weerhouden om ons te bestelen. Dat zou niet nodig geweest zijn als de weeshuizen voor hen gezorgd hadden.

Jenna laat zich weer zakken en ik ga naast haar liggen. 'Meen je het echt?' vraagt ze. 'Je bent dus nog nooit...'

'Nee,' zeg ik, een tikje afwerend. In mijn hoofd komt Jenna in een ander licht te staan. Maar ik veroordeel haar niet. Ik neem het haar niet kwalijk. Zoals ze al zei, dit is de wereld waarin we leven.

'Ik weet niet waarom hij nog niet bij jou geweest is,' zegt ze. 'Maar ik heb het gevoel dat er voor alles wat hier gebeurt een reden is.'

'Ik snap het niet,' zeg ik. 'Als je zo'n hekel aan hem hebt, waarom zeg je dan geen nee? Linden is zo zachtaardig, ik kan me niet voorstellen dat hij zich aan wie dan ook zou opdringen.'

Toch heb ik me meer dan eens bezorgd afgevraagd waarom Linden nog niet heeft aangedrongen op consummatie van ons huwelijk. Voelt hij mijn schroom aan en gunt hij me de luxe van tijd? Wanneer raakt zijn geduld op?

Ze draait haar gezicht naar me toe, en ik durf te zweren dat ik angst in haar grijze ogen zie. 'Om hem maak ik me geen zorgen,' zegt ze.

'Om wie dan wel?' Ik knipper met mijn ogen. 'Meester Vaughn?'
Ze knikt.

Ik denk aan het lichaam van Rose in de kelder. Al die onheil-spellende gangen die wie weet waarheen leiden. En ik ver-moed dat Jenna, met haar scherpe blik, haar eigen redenen heeft om bang te zijn. De vraag ligt zwaar op mijn tong: Jenna, wat heeft Meester Vaughn met je gedaan?

Maar ik ben te bang voor het antwoord. Het beeld van de hand van Rose onder dat laken jaagt een koude rilling over mijn rug. Achter de schoonheid van dit landgoed gaan akelige, gevaar-lijke dingen schuil. En ik wil graag een heel eind uit de buurt zijn voor ik erachter kom wat dat voor dingen zijn.

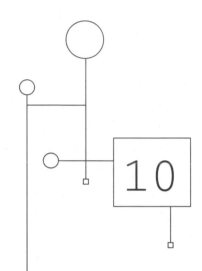

DE BLADEREN van de bomen lijken telkens in nieuwe kleuren uit te barsten. Ik ben hier nu zes maanden. Ik mijd Meester Vaughn zoveel mogelijk. En wanneer hij me aan tafel trakteert op kletspraatjes over het eten of het weer probeer ik te glimlachen alsof zijn stem geen kakkerlakken langs mijn ruggengraat laat lopen.

Op een middag treft Linden me liggend in het gras in de boomgaard aan. Ik weet niet of hij naar me op zoek is geweest of van plan was hier even alleen te zijn. Ik glimlach naar hem en houd mezelf voor dat ik blij moet zijn dat hij er is. Nu bijna al zijn aandacht naar mijn jongste zustervrouw gaat heb ik weinig kans gehad om zijn genegenheid te winnen. We zijn samen op het lievelingsplekje van zijn dode vrouw en ik ruik mijn kans om een band met hem te smeden.

Ik klop uitnodigend op de grond naast me en hij komt in het

gras liggen. Zwijgend laten we de wind over ons heen strijken. Rose is nog aanwezig in de bomen; het ritselen van de blaadjes is haar etherische lach. Linden volgt mijn blik omhoog naar de lucht.

Een tijdlang zeggen we niets. Ik luister naar het ritme van zijn ademhaling en negeer het bijna onmerkbare gefladder in mijn borst, dat het gevolg is van zijn aanwezigheid. De rug van zijn hand raakt heel licht de mijne. Een oranjebloesem valt over ons heen in een perfect diagonale lijn.

'Ik zie op tegen de herfst. Een angstaanjagend seizoen,' zegt hij uiteindelijk. 'Alles verwelkt en gaat dood.'

Ik weet niet wat ik moet antwoorden. De herfst is altijd mijn lievelingsseizoen geweest. De tijd dat alles overloopt van een laatste restje schoonheid, alsof de natuur zich het hele jaar ingehouden heeft voor de grote finale. Het is nooit bij me opgekomen er bang voor te zijn. Mijn grootste angst is dat er weer een jaar van mijn leven voorbijgaat terwijl ik zo ver van huis ben.

Opeens lijken de wolken heel hoog boven ons te hangen. Ze bewegen in een boog om ons heen, om de hele planeet heen. Ze hebben onpeilbaar diepe zeeën gezien, en verkoolde, verschroeide eilanden. Ze hebben gezien dat wij de aarde vernietigden. Als ik alles kon zien, zoals de wolken, zou ik dan blijven zweven boven dit laatste continent, dat nog steeds barst van kleur en leven en seizoenen, en het willen beschermen? Of zou ik alleen maar lachen om de nietigheid ervan en rustig verder de atmosfeer afzakken?

Linden haalt diep adem en haalt ergens de moed vandaan om zijn hand op de mijne te leggen. Ik protesteer niet. In de wereld van Linden Ashby is alles nep, een illusie, maar de hemel en de oranjebloesems zijn echt. Zijn lichaam naast me is echt. 'Waar denk je aan?' vraagt hij. Ik heb mezelf in ons hele huwelijk nog nooit toegestaan eerlijk tegen hem te zijn, maar hier, nu, wil ik hem vertellen wat me bezighoudt.

'Ik vroeg me af of we het waard zijn om gered te worden,' zeg ik.

'Wat bedoel je?'

Ik schud mijn hoofd en voel de achterkant van mijn schedel over de koude, harde aarde rollen. 'Niets, laat maar.'

'Niet niets. Wat bedoelde je?' vraagt hij. Hij klinkt niet opdringerig. Eerder vriendelijk, belangstellend.

'Gewoon. Al die artsen en wetenschappers zoeken maar naar een antiserum,' zeg ik. 'Al jaren zijn ze ermee bezig. Maar zijn we dat wel waard? Kan het nog wel goed komen met ons?'

Linden blijft een poosje stil, en net als ik er zeker van ben dat hij me om mijn woorden zal veroordelen of, weet ik veel, het werk van zijn gestoorde vader zal gaan verdedigen, knijpt hij in mijn hand. 'Dat heb ik me ook wel eens afgevraagd.'

'O ja?' We draaien ons op hetzelfde moment om en kijken elkaar aan, maar ik voel dat ik begin te blozen en richt mijn blik weer op de hemel.

'Op een keer dacht ik dat ik doodging,' zegt hij. 'Toen ik nog klein was. Ik had hoge koorts. Mijn vader gaf me een injectie die me beter moest maken, iets experimenteels waar hij aan gewerkt had natuurlijk, maar dat maakte het alleen maar erger.'

Vaughn kan zijn zoon wel met weet ik niet hoeveel van zijn zieke experimenten hebben volgepompt, dat vertrouw ik hem wel toe, maar dat zeg ik niet. Linden gaat verder: 'Dagenlang verkeerde ik in een soort schemerwereld tussen werkelijkheid en delirium. Alles was zo angstaanjagend en ik kon maar niet wakker worden. Maar van ergens ver weg hoorde ik mijn vader en zijn artsen roepen. "Linden. Linden, kom terug. Doe je ogen open." En ik weet nog dat ik aarzelde. Ik wist niet of ik wel terug moest gaan. Ik wist niet of ik wel wilde leven in een wereld vol dood. Vol onrust en nachtmerries.'

Het blijft een hele tijd stil. Dan zeg ik: 'Maar je bent toch teruggekomen.'

'Ja,' zegt hij. En dan, heel zacht: 'Maar dat was niet mijn beslissing.'

Hij vlecht zijn vingers door de mijne en ik vind het goed, voel de vochtige warmte van zijn handpalm tegen de mijne. Gezond. Levend. Na een tijdje realiseer ik me dat ik hem net zo stevig vasthoud als hij mij. En daar liggen we: twee nietige stervende wezens, in een wereld die ten onder gaat als vallende herfstbladeren.

Cecily's buikje begint te zwellen. Ze is vaak aan bed gekluisterd, maar volgens de bedienden maakt ze meer kabaal dan ooit.

Op een middag zit ik bij de vijver een ijsje te eten en naar de koi te kijken als er een bediende op me af komt rennen. Met zijn handen op zijn knieën blijft hij staan om op adem te komen. 'Kom gauw,' zegt hij hijgend. 'Lady Cecily vraagt naar u. Een noodgeval, geloof ik.'

'Gaat het wel goed met haar?' vraag ik. Als je hem zo ziet zou je denken dat er iemand dood was. Hij schudt zijn hoofd. Hij weet het niet. Ik geloof dat ik hem mijn ijsje geef voor ik naar de deur hol. Gabriel staat met zijn sleutelkaart bij de lift te wachten. Boven ren ik naar haar kamer, bang dat de geschiedenis met Rose zich zal herhalen, bang dat ik haar bloed spuwend of naar adem snakkend zal aantreffen.

Ze zit rechtop in haar kussens, met stukjes schuimrubber tussen haar tenen voor het drogen van de nagellak. Met een rietje in haar mond glimlacht ze naar me. Ze drinkt een glaasje cranberrysap.

'Wat is er?' vraag ik hijgend.

'Je moet me een verhaal vertellen,' zegt ze.

'Pardon?'

'Jij en Jenna maken de hele tijd lol zonder mij,' pruilt ze. Haar buik bolt op als een kleine wassende maan. Ze is nog niet zo ver, vier maanden pas, maar wat ik wel weet en zij niet, is dat Linden niet het risico wil lopen nog een keer een baby te verliezen. Geen voorzorgsmaatregel gaat hem te ver. Misschien is ze best sterk genoeg om te midgetgolfen of een duik te nemen in het zwembad, dat verwarmd is en in deze tijd van het jaar behandeld is om bladeren en insecten af te stoten, maar zij zit hier nu het meest opgesloten.

'Wat doen jullie de hele dag?' vraagt ze.

'Heel veel lol maken,' snauw ik, omdat ze me voor niets de stuipen op het lijf gejaagd heeft. 'We eten suikerspin en doen salto's op de trampoline. Jammer dat je niet naar buiten mag.'

'En wat nog meer?' Met een begerige blik in haar ogen klopt ze op de matras. 'Nee, wacht. Vertel maar over andere plaatsen. Hoe was het in jouw weeshuis?'

Natuurlijk denkt ze dat ik in een weeshuis ben opgegroeid.

Dat is alles wat ze in haar korte leven van de wereld gezien heeft.

Ik ga in kleermakerszit op haar bed zitten en strijk het haar uit haar ogen. 'Ik ben niet in een weeshuis opgegroeid,' zeg ik. 'Ik ben opgegroeid in een stad. Met miljoenen mensen en zulke hoge gebouwen dat je duizelig wordt als je omhoog kijkt.'

Ze weet niet wat ze hoort. En dus vertel ik haar over de veerboten en de giftige vissen die mensen voor hun plezier vangen en weer in zee teruggooien. Ik schrap mezelf uit de verhalen en vertel haar over een tweeling, een broer en een zus, die opgroeide in een huis waar altijd iemand piano zat te spelen. Er waren pepermuntjes en ouders en verhaaltjes-voor-het-slapengaan. De dekens roken naar mottenballen en vaag naar het lekkerste parfum van hun moeder, die zich over hun bed boog om hun een nachtzoen te geven.

'Leven ze nog?' vraagt ze. 'Zijn ze groot geworden?'

'Ze zijn groot geworden,' antwoord ik. 'Maar op een dag stak er een orkaan op en werden ze allebei naar een andere kant van het land geblazen. En nu zijn ze elkaar kwijt.'

Ze kijkt bedenkelijk. 'Weggeblazen door een orkaan? Dat slaat nergens op.'

'Ik zweer je dat het waar is,' zeg ik.

'En ze zijn niet doodgegaan?'

'Dat kan een zegen zijn of een vloek,' zeg ik. 'Maar ze leven allebei nog en proberen elkaar terug te vinden.'

'En hun moeder en vader dan?' vraagt ze.

Ik pak haar lege glas van het nachtkastje. 'Ik ga nog iets te drinken voor je halen,' zeg ik.

'Nee. Dat is jouw werk niet.' Ze drukt op het blauwe knopje

boven het nachtkastje en zegt: 'Cranberrysap. En wafels. Met stroop. En een parapluutje erin!'

'Alsjeblieft,' voeg ik eraan toe, want ik weet dat ze nu allemaal met hun ogen rollen en dat het een kwestie van tijd is voor iemand zijn neus in haar servet snuit.

'Ik vond het een mooi verhaal,' zegt ze. 'Is het echt gebeurd? Ken je die tweeling echt?'

'Ja,' zeg ik. 'En hun huisje staat op hen te wachten. Er zit een kapotte brandtrap aan de buitenkant en vroeger stonden er heel veel bloemen omheen. Maar in die stad is het heel anders dan hier. Door de chemische stoffen uit de fabrieken groeit er bijna niets. Alleen hun moeder kon lelies laten bloeien, want zij had magische handen, en toen ze stierf gingen ook alle bloemen dood. En dat was dat.'

'En dat was dat,' herhaalt ze instemmend.

Ik ga weg als het tijd is voor haar echo. Op de gang pakt Gabriel me bij mijn arm. 'Was dat verhaal echt waar?' vraagt hij.

'Ja,' zeg ik.

'Hoe lang denk je dat het zal duren voor de volgende orkaan je naar huis blaast?'

'Mag ik je vertellen wat mijn grootste angst is?' vraag ik.

'Ja. Vertel maar.'

'Dat het vier windstille jaren zullen worden.'

Maar het is helemaal niet windstil. Eind oktober krijgen we zwaar weer. In de keuken wordt gewed van welke categorie de eerste orkaan zal zijn. Drie is het populairst. Gabriel houdt het op twee, omdat orkanen ongewoon zijn in deze tijd van het jaar. Ik zeg gewoon wat hij zegt omdat ik geen idee heb waar het over gaat. In Manhattan is het nooit zulk extreem weer. Als het hard waait vraag ik: 'Is dit een orkaan? En dit?' en dan lacht de hele keuken me uit. Gabriel zegt dat ik het wel zal merken als het zover is.

Het water in het zwembad kolkt, en ik ben bang dat het zo de lucht in gezogen zal worden. De bomen en struiken zwiepen heen en weer. Sinaasappels rollen over de grond alsof de geesten ermee voetballen. Overal liggen bladeren: rood en geel met bruine vlekken. Als er niemand in de buurt is maak ik een berg van bladeren en kruip eronder. Ik adem de vochtige geur in. Ik voel me weer net een klein meisje. Ik houd me verborgen tot de wind ze in kringelende slierten wegvoert. 'Ik wil met jullie mee,' zeg ik.

Als ik op een middag terugkom in mijn kamer zie ik dat iemand mijn raam heeft opengezet. Een cadeautje van Linden. Ik probeer het uit – het gaat dicht en weer open. Ik ga in de vensterbank zitten en ruik de natte aarde, de koude wind die alles schoon blaast, en ik denk aan de verhalen die mijn ouders over hun jeugd vertelden. Aan het begin van de nieuwe eeuw, toen het veilig was in de wereld, hadden ze een feestdag die Halloween heette. Met groepjes vrienden gingen ze verkleed als griezelige monsters de deuren langs om snoep op te halen. Mijn vaders lievelingssnoepjes zagen eruit als kleine kegeltjes met een geel puntje.

Jenna, bij wie de ramen gesloten blijven, komt mijn kamer in en duwt haar neus tegen het vliegenraam, ademt diep in en reist af naar haar eigen fijne herinneringen. Ze vertelt dat ze op zulke dagen in het weeshuis altijd warme chocolademelk kregen. Zij en haar twee zusjes deelden samen één beker en aan het eind hadden ze alle drie een chocoladesnor. Cecily's raam blijft ook dicht, en als ze protesteert zegt Linden dat de tocht te veel zou zijn voor haar zwakke gezondheid. 'Zwakke gezondheid,' moppert ze als hij weer weg is. 'Als ik niet gauw dit bed uit kan zal ik hém eens een zwakke gezondheid bezorgen.' Maar ze geniet van de aandacht. Hij slaapt bijna elke nacht naast haar en helpt haar beter te leren lezen en schrijven. Hij voert haar roomsoezen en masseert haar voeten. Als ze hoest weten de artsen niet hoe snel ze naar haar longen moeten komen luisteren.

Maar ze is kerngezond. Ze is sterk. Ze is Rose niet. En ze is ongedurig. Op een middag, als Lindens aandacht even afgeleid is, doen Jenna en ik Cecily's slaapkamerdeur dicht en leert Jenna ons dansen. Wij hebben niet Jenna's gratie, maar dat is nu juist de lol. En doordat we zo'n lol hebben vergeet ik voor even hoe Jenna zo'n bedreven danseres geworden is.

'O!' roept Cecily, terwijl ze een stuntelige pirouette afbreekt. Ik ben bang dat ze weer flauwvalt of zal beginnen te bloeden, maar ze wipt opgewonden op en neer en zegt: 'Hij schopt, hij schopt!' Ze pakt onze handen en legt ze op haar buik, onder haar nachtjapon.

Op hetzelfde moment begint er een afgrijselijk alarm door de kamer te loeien. Aan het plafond knippert opeens een rood lampje waarvan we het bestaan niet kenden, en als ik uit het raam kijk zie ik dat de boom met het roodborstjesnest omgevallen is.

Onze bedienden jagen ons de lift in, met Cecily in tranen omdat ze in een rolstoel moet terwijl er niets aan haar benen mankeert. Linden hoort niet wat ze zegt, gedeeltelijk maar niet helemaal door het alarm, houdt haar hand vast en zegt: 'Bij mij ben je veilig, liefste.'

De liftdeuren gaan open en we staan met z'n allen in de kelder: Linden, Meester Vaughn, Jenna, Cecily en onze bedienden. Maar Gabriel is er niet bij, en hij is de enige die weet hoe bang ik hier ben. Het alarm is oorverdovend. Ik stel me voor dat de koude metalen tafel waar Rose op ligt trilt van het lawaai. Ik stel me voor dat het schudden haar weer tot leven wekt, haar lichaam dichtgenaaid en rottend en misselijkmakend groen. Ik stel me voor dat ze zich naar me toe sleept, vol haat omdat ze weet dat ik van plan ben te ontsnappen. Ze begraaft me levend als dat ervoor nodig is om me hier te houden, bij Linden, want hij is haar grote liefde en ze zal niet toestaan dat hij alleen sterft.

'Gaat het wel?' Om een of andere reden hoor ik Jenna's zachte stem duidelijker dan het alarm. Ik voel dat ze mijn hand vasthoudt, die nat is van het zweet. Ik knik verdwaasd.

Als de liftdeuren eenmaal achter ons zijn dichtgegaan houdt het alarm op. De stilte betekent dat iedereen veilig is. Dat wil zeggen, iedereen die Linden belangrijk vindt. Zoals ons verzekerd is, zijn de bedienden en het keukenpersoneel nog gewoon in huis aan het werk. In het ergste geval, als ze de lucht in gezogen worden, kunnen ze vervangen worden. Dan tikt Meester Vaughn gewoon een paar nieuwe wezen op de kop.

Terwijl we door de gang van gruwelen lopen vraag ik: 'Wanneer gaan we eten?'

Wat ik in werkelijkheid vraag, is: waar is Gabriel?

Meester Vaughn grinnikt. Het is een vreselijk naar geluid. Hij zegt: 'Die meid kan alleen maar aan eten denken. Als we vanavond allemaal nog heel zijn, eten we zoals gewoonlijk om zeven uur, schatje.'

Ik lach lief, bloos alsof zijn plagerijen zijn schoondochtertje alleen maar gelukkig maken. Ik zou willen dat hij weggeblazen werd. Ik zou willen dat hij in zijn eentje in de keuken stond terwijl messen en pannen om hem heen tolden in de orkaanwind en borden aan zijn voeten kapotvielen. En dan zou ik willen dat het dak eraf gerukt werd en dat hij de hoogte in gezogen werd, steeds kleiner en kleiner werd tot er niets meer van hem over was.

We komen in een warm verlichte kamer, met net zulke fauteuils als in de bibliotheek en divans en hemelbedden met doorzichtige lila en witte gordijnen. Comfortabel en gezellig. Er zijn nepramen met uitzicht op vredige landschappen. Frisse lucht komt door openingen in het plafond. Cecily komt mopperend uit haar rolstoel en schuift Linden aan de kant, zodat ze de schaaktafel kan bekijken. 'Is dit een spel of zo?' vraagt ze.

'Bedoel je te zeggen dat zo'n slimme meid als jij nooit de verfijnde kunst van het schaken geleerd heeft?' zegt Meester Vaughn.

Als Cecily nog niet geïnteresseerd was, dan is ze het nu wel. Ze wil net zo graag verfijnd zijn als sexy en belezen. Ze wil alles zijn wat een jong meisje niet is. 'Leert u het me?' zegt ze terwijl ze gaat zitten.

'Maar natuurlijk, schatje.'

Jenna, die een nog grotere hekel heeft aan Meester Vaughn dan aan onze man, trekt de gordijnen rond een van de bedden dicht en gaat liggen slapen. De bedienden zitten over jurken en andere kleermakerszaken te praten. Hierbeneden kunnen ze weinig voor ons doen, maar Meester Vaughn zal wel denken dat ze nog van pas kunnen komen als het huis instort en we iemand nodig hebben die dekens voor ons breit en onze sokken stopt. Linden zit met een potlood in zijn hand op de divan, omringd door papier en architectuurtijdschriften die hij meegenomen heeft om iets te doen te hebben.

Ik ga naast hem zitten, en hij merkt het pas als ik vraag: 'Wat ben je aan het tekenen?'

Hij houdt zijn ogen neergeslagen, alsof hij eerst moet bedenken of wat er op papier staat mijn tijd wel waard is. Dan houdt hij het omhoog, en ik zie een fijne potloodtekening van een negentiende-eeuws huis te midden van bloemen en klimop. Maar onder al die weelde gaat een solide structuur schuil. Stevige balken op de veranda, degelijke raamkozijnen. Binnen kan ik zelfs vaag vloeren onderscheiden, en deuren met kleren die aan de klink hangen. Ik kan zien dat er een gezin in dat huis woont. Er staat een taart op een vensterbank, en twee vrouwenhanden zetten die taart daar neer of halen hem juist weg. Het huis is zo getekend dat ik twee van de vier buitenmuren kan zien. De schommel in de tuin ziet eruit alsof er net iemand af gesprongen is; het kind is de tekening uit gerend. In het gras staat een bak waaruit de hond na zijn ommetje door de buurt, of zijn dutje in het bloembed van de buren, een paar slokken water zal nemen.

'Wauw,' verzucht ik, zonder het te willen.

Hij klaart een beetje op en schuift wat papier opzij, zodat ik dichter bij hem kan komen zitten.

'Het kwam zomaar in me op,' zegt hij. 'Mijn vader vindt dat ik geen mensen in de huizen moet tekenen. Hij zegt dat niemand een ontwerp wil kopen tenzij het leeg is en ze alleen zichzelf erin kunnen zien wonen.'

Zoals gewoonlijk heeft zijn vader het mis.

'Ik zou er best willen wonen,' zeg ik. Onze schouders raken elkaar. Buiten mijn bed zijn we nog nooit zo dicht bij elkaar geweest.

'Het helpt me om er mensen bij te tekenen,' zegt hij. 'Daardoor krijgt het... ik weet het niet... karakter.'

Hij laat me nog een paar ontwerpen zien. Een platte bungalow met een slapende kat op de veranda, torenhoge kantoorgebouwen met glanzende ramen die me aan thuis doen denken, garages en tuinhuisjes en een winkel die uit een wazige winkelpromenade springt. En ik ben overrompeld, niet alleen door de precisie van zijn tekeningen, maar ook door zijn nabijheid, het enthousiasme waarmee hij dingen aanwijst en zijn werkwijze aan me uitlegt. Ik had nooit gedacht dat hij zo veel energie had, zo'n vaardigheid en talent.

Hij leek me altijd te triest om iets anders te doen dan in zijn verdriet zwelgen. Niet alles in zijn wereld is wat het lijkt. Zijn ontwerpen dwingen aandacht af. Ze zijn mooi en krachtig, bedoeld om een natuurlijk leven lang mee te gaan, zoals het huis waarin ik ben opgegroeid.

'Ik verkocht altijd veel ontwerpen, voordat...' Hij maakt zijn zin niet af. We weten allebei waarom hij stopte met ontwerpen. Rose werd ziek. 'Ik hield ook toezicht op de bouw, zag de tekeningen tot leven komen.'

'Waarom pik je het niet weer op?' zeg ik.

'Daar is geen tijd voor.'

'Er is tijd genoeg.'

Althans, vier jaar. Een povere levensduur. Aan de blik in zijn ogen te zien denkt hij precies hetzelfde.

Hij glimlacht naar me, en ik kan niet uitmaken wat dat betekent. Ik denk dat hij zojuist heel even de heterochrome mij zag. Geen dood meisje. Geen geest.

Hij brengt een hand naar mijn gezicht en ik voel zijn vingertoppen langs mijn kaak strijken, zijn vingers openen zich als iets wat tot bloei komt. Hij kijkt ernstig en teder. Hij is dichterbij dan een seconde geleden en ik voel dat ik naar hem toe getrokken word, en om een of andere reden wil ik hem vertrouwen. Mijn lot ligt in zijn huizenbouwende handen en ik wil hem vertrouwen. Mijn onderlip zakt naar beneden, wacht tot de zijne hem opvangt.

'Ik wil je tekeningen ook zien!'

Mijn ogen vliegen open. Ik trek mijn hand terug uit de kromming van Lindens arm, waar hij op een of andere manier terechtgekomen was. Ik wend mijn blik van hem af, en daar is Cecily, zwanger en sabbelend op een stuk karamel dat haar hele linkerwang opvult. Ik schuif op zodat ze tussen ons in kan komen zitten, en Linden laat haar geduldig zijn ontwerpen zien.

Ze begrijpt niet waarom het touw van de schommel kapot is of waarom er een zonnewendekrans aan de deur van de lege winkel hangt. En algauw merk ik dat de hele zaak haar verveelt, maar ze blijft opmerkingen maken, want ze heeft zijn aandacht en die wil ze niet meer kwijt.

Ik klim bij Jenna in het hemelbed en trek het gordijn achter me dicht.

'Slaap je?' fluister ik.

'Nee,' fluistert ze terug. 'Weet je wel dat hij je bijna gekust had?'

Ze heeft zoals altijd goed opgelet. Ze draait zich naar me om en haar ogen nemen me aandachtig op. 'Vergeet niet hoe je hier terechtgekomen bent,' zegt ze. 'Vergeet dat nooit.'

'Nee, nooit,' zegt ik.

Maar ze heeft gelijk.

Bijna was ik het wel vergeten.

Ik val in slaap, en de stemmen in de stormkelder raken ver weg. Ik droom van iedereen die ik hoor. Cecily is een lieveheersbeestje met een geruit rokje aan en Meester Vaughn een grote krekel met tekenfilmogen. 'Luister naar me, schatje,' zegt hij, met zijn harige armen om haar schild. 'Je man heeft nog twee andere vrouwen. Jouw zusters. Die moet je niet onderbreken.'

'Maar...' Haar tekenfilmogen worden vochtig van verongelijktheid en verdriet. Ze sabbelt op een toffee.

'Stil nou maar,' zegt hij. 'Jaloezie maakt je mooie gezichtje lelijk. Wil je niet even met je schoonvader schaken?'

Ze is zijn troeteldier. Zijn zwangere, trouwe troeteldiertje.

Loper naar F5. Paard naar E3.

Buiten buldert de wind, en telkens weer hoor ik de woorden:

Geen haar op mijn hoofd die eraan denkt...

Geen haar op mijn hoofd...

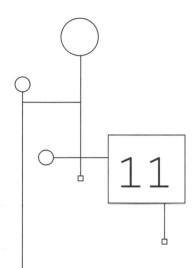

11

HET HUIS WAAIT niet weg. Op een paar geknakte bomen na is de wereld intact.

Gabriel vindt me onder een berg bladeren. Ik voel dat hij over me heen gebogen staat en doe mijn ogen open. Hij heeft een thermosfles bij zich. 'Ik heb warme chocolademelk voor je,' zegt hij. 'Je neus is helemaal rood.'

'Jouw vingers ook,' zeg ik. Rood als de vallende bladeren. Zijn adem komt in wolkjes uit zijn mond. Bij zo veel herfst zijn zijn ogen heel erg blauw.

'Daar zit een insect,' zegt hij, met een knikje in de richting van mijn hoofd. Ik kijk en zie een klein gevleugeld wezentje door mijn blonde haar kruipen en springen. Ik blaas zacht en het is weg.

'Ik ben blij dat je niet weggewaaid bent,' zeg ik, en zoals ik al gehoopt had vat hij dit op als een uitnodiging om naast me te komen zitten.

'Dat huis is iets van duizend jaar oud.' Gabriel haalt de dop van de thermosfles. De dop is tegelijk een bekertje. Hij schenkt warme chocolademelk voor me in en ik ga rechtop zitten om het bekertje aan te nemen en adem een tijdje de zoete warmte in. Hij drinkt zo uit de thermosfles. Ik zie zijn adamsappel op en neer gaan onder zijn huid. 'Dat gaat nergens heen.'

Ik kijk naar het bakstenen landhuis in de verte en ik weet dat hij gelijk heeft.

'En heb je de weddenschap gewonnen?' vraag ik, nippend van mijn chocolademelk. Ik verbrand mijn tong, die ter plekke in schuurpapier verandert. 'Was het categorie twee?'

'Drie,' zegt hij. Zijn lippen zijn ruw, net als de mijne, heel anders dan die van Linden, en ik bedenk dat we twee gevangenen zijn in deze kale tuin. Deze tuin die de hele winter door zal slapen.

'Ik hou niet van hem,' zeg ik.

'Wat?' zegt hij.

'Linden. Ik hou niet van hem. Ik wil liever niet eens met hem in één kamer zijn. Ik vond dat je dat moest weten.'

Opeens ontwijkt hij mijn blik. Hij neemt nog een slok, en deze keer legt hij zijn hoofd in zijn nek om ook het laatste restje chocolademelk op te slurpen. Op zijn bovenlip blijft een klein boogje chocola achter.

'Ik vond dat je dat moest weten,' zeg ik nog een keer.

Hij knikt. 'Het is goed om te weten.'

Als onze ogen elkaar ontmoeten grijnzen we allebei. Dan beginnen we te lachen, eerst nog aarzelend, alsof we niet zeker weten of het wel mag, en dan met meer overtuiging. Ik proest het uit en sla een hand voor mijn mond, te uitgelaten om me te generen. Ik weet niet wat er zo grappig is en of er eigenlijk wel iets grappig is. Ik weet alleen dat het heel fijn voelt. Ik zou willen dat we hier meer tijd voor hadden, ook al kunnen we alleen maar wandelen en tegen dode bladeren schoppen. Maar als we opstaan en automatisch naar het huis beginnen te lopen, weet ik weer dat we gevangenen zijn. Hij kan alleen met me praten als hij me iets komt brengen, en dan moet hij gauw weer terug naar de keuken, terug naar het houtwerk dat opgewreven moet worden, terug naar de ontelbare tapijten die gezogen moeten worden. Ik denk dat hij me daarom die chocolademelk kwam brengen.

Hoe dichter we bij het huis komen, hoe meer de zoete smaak verflauwt. Het verbrande schuurpapiergevoel op mijn tong verspreidt zich. De vriendelijke wolkenlucht krijgt iets dreigends. De dode bladeren fladderen weg als in doodsangst.

Precies op het moment dat Gabriel zijn hand op de klink legt gaat de deur open. Meester Vaughn begroet ons met een glimlach. In de keuken achter hem is het stil, op de onvermijdelijke kook- en afwasgeluiden na. Geen spoor van het normale geklets.

'Ik had hem om warme chocolademelk gevraagd,' zeg ik.

'Natuurlijk, schatje. Dat zie ik,' zegt Meester Vaughn. Hij glimlacht naar ons als een vriendelijke bejaarde.

Ik voel Gabriel naast me verstrakken en verzet me tegen de impuls om zijn hand vast te pakken, hem te laten weten dat ik net zo bang ben als hij, ook al laat ik het niet merken.

'Waarom ga jij niet weer aan je werk,' zegt Meester Vaughn tegen Gabriel. Die laat zich dat geen twee keer zeggen; hij verdwijnt in de keuken en gaat op in de bedrijvigheid.

Nu sta ik alleen tegenover deze man. 'Het is zo'n heerlijke

163

koele dag. De lucht werkt verfrissend op deze oude longen,' zegt hij met een klopje op zijn borst. 'Je hebt zeker geen zin om een wandelingetje te maken met je schoonvader?' Het is geen echte vraag. We keren het huis de rug toe en lopen tussen de vijvers in de rozentuin door. Jenna's trampoline ligt vol dode en stervende bladeren.

Ik doe mijn best om geen acht te slaan op deze man, die me een arm geeft, die naar tweed en aftershave ruikt en naar de kelder waar ik zo bang voor ben. Voor even vertrek ik uit Florida. Ik denk aan de bladeren in Manhattan in de herfst. Er zijn niet veel bomen daar, want de chemische fabrieken hebben hun pracht gestolen. Maar op een winderige dag vallen de schaarse bladeren allemaal tegelijk, waardoor de illusie ontstaat dat het er meer zijn. De herinnering stelt me in staat het eind van de rozentuin te halen zonder te hyperventileren.

Net als ik denk dat ik dit zal kunnen doorstaan zonder te hoeven praten, komen we bij de midgetgolfbaan en zegt Meester Vaughn: 'Wij oude mensen hebben een uitdrukking. "Iemands oogappel zijn." Ken je die?'

'Nee,' zeg ik. Ik ben geboeid. Ik ben niet bang.

Je kunt goed liegen, Rhine. Je komt hier wel doorheen.

'Jij, schatje, bent Lindens oogappel.' Vol genegenheid knijpt hij in mijn schouder. Ik voel mijn hart en longen samentrekken. 'Jij bent zijn lievelingetje.'

Ik ben bescheiden. 'Ik dacht dat hij me niet zag staan,' zeg ik. 'Hij is zo dol op Cecily.' Al begint Lindens aandacht inderdaad naar mij te verschuiven. Zeker sinds de kelder, toen hij me bijna kuste. Ik ben er nog steeds niet achter of het de gelijkenis met Rose is die zijn belangstelling heeft gewekt of iets anders.

'Hij aanbidt Cecily, net als ik. Ze maakt het een mens zo graag naar de zin. Ik vind dat alleraardigst.' Cecily is een klein meisje dat nooit een jeugd heeft gehad, dat zo graag in deze rol wil passen dat ze alles doet wat onze man vraagt. 'Maar ze is jong. Ze moet nog veel leren. Lijkt je ook niet?' Hij wacht niet op antwoord. 'En de oudste, Jenna, die doet haar plicht maar heeft geen greintje van jouw charme. Ze is nogal een koude kikker, vind je ook niet? Als het aan mij lag gooiden we haar zo terug in de vijver.' Hij wappert dramatisch met zijn handen. 'Maar Linden wil per se dat we haar houden. Hij denkt dat ze nog wel bijtrekt en in verwachting zal raken. Hij is altijd al een beetje te barmhartig geweest.'

Mooie barmhartigheid. Hij heeft haar zussen vermoord.

'Ze is gewoon verlegen,' zeg ik. 'Ze geeft om hem. Ze is bang om iets verkeerd te zeggen. Ze zegt steeds dat ze niet de moed heeft om hem aan te spreken.' Hier is niets van waar, maar ik hoop dat het Vaughn ervan weerhoudt haar in de vijver te gooien. Wat hij daar ook mee bedoelt, ik weet zeker dat ik niet wil dat het haar overkomt.

'En dan hebben we jou,' vervolgt Vaughn, die niet de indruk wekt dat hij me gehoord heeft. 'Intelligent. Zo mooi.' We blijven staan en hij streelt mijn kin met zijn duim en wijsvinger. 'Ik zie dat hij opleeft als jij in de buurt bent.'

Ik bloos, wat niet bij mijn toneelstukje hoort.

'Hij overweegt zelfs om zich weer onder de mensen te begeven. Hij heeft het erover weer aan het werk te gaan.' Meester Vaughns glimlach lijkt bijna oprecht. Hij slaat een arm om me heen en we lopen tussen de hindernissen op de golfbaan door: grijnzende clowns, reusachtige ijshoorntjes, draaiende windmolens en een hoge vuurtoren met echt licht dat tussen de bomen door flitst.

'Ik had een zoon, jaren geleden, vóór Linden. Sterk als een os – nog zo'n uitdrukking die wij van de eerste generatie vroeger hadden.'

'O ja?' zeg ik.

'Elke dag van zijn leven kerngezond. Dit was vóór we wisten dat er in onze kinderen een giftige tijdbom tikte. Hij bezweek, net als alle anderen. Net als jij denkt te zullen bezwijken.'

We blijven staan en ik volg zijn voorbeeld en ga op de reuzengombal bij de zevende hole zitten. 'Linden is niet het sterkste kind, maar hij is alles wat ik heb.' Daar is zijn vriendelijke bejaardengezicht weer. Als ik niet beter wist, zou ik medelijden met hem krijgen. Maar terwijl ik troostend een arm om hem heen sla weet ik heel goed dat hij niet te vertrouwen is.

'Sinds de dag dat hij geboren werd heb ik aan één stuk door aan een antiserum gewerkt. Ik heb een telkens roulerend team van medici, die terwijl wij hier zitten te praten in een laboratorium aan het werk zijn. Binnen vier jaar vind ik dat antiserum.'

En zo niet, wat dan? Ik verzet me tegen de gedachte dat Cecily's baby zijn nieuwe proefkonijn zal worden zodra Linden en diens vrouwen er niet meer zijn.

Hij geeft een klopje op mijn hand. 'Mijn zoon zal een gezonde levensduur hebben. En zijn vrouwen ook. Jij krijgt een echt leven. Jij haalt Linden uit de duisternis waar Rose hem in heeft achtergelaten, snap je dat niet? Je geeft hem zijn leven terug. Hij zal weer succesvol worden en jij zult hem naar alle feestje vergezellen. Je krijgt alles wat je maar kunt dromen, nog jaren en jaren lang.'

Ik weet niet waarom hij dit allemaal zegt, maar ik begin misselijk te worden van zijn aanwezigheid. Is dit een bezorgde vader die het beste voor heeft met zijn zoon? Of weet hij op een of andere manier dat ik van plan ben te ontsnappen? Hij kijkt me recht in de ogen, maar ik herken hem niet. Hij lijkt minder bedreigend dan anders.

'Begrijp je wat ik zeg?' vraagt hij.

'Ja,' zeg ik. 'Ja, zeker.'

Toen onze ouders overleden waren, raakte onze kelder hopeloos van ratten vergeven. Ze kwamen uit het riool naar boven, knaagden onze leidingen door en vraten ons eten op. Ze waren te slim voor de vallen die we voor ze zetten, daarom kwam Rowan op het idee ze te vergiftigen. Hij mengde meel, suiker en zuiveringszout met water en goot daar plasjes van op de grond. Ik dacht niet dat het zou werken, maar dat deed het wel. Toen ik op een nacht de wacht hield, zag ik een rat in rare kringetjes rondlopen en uiteindelijk omvallen. Ik hoorde hem zachtjes piepen, zag hem stuiptrekken. Ik had het gevoel dat het uren duurde voor hij doodging. Rowans experiment was een gruwelijk succes.

Meester Vaughn geeft me een keus. Ik woon in het huis waar hij Lindens dode vrouw en kind ontleedt op zoek naar een antiserum dat niet bestaat. Hier ga ik over vier jaar dood, en dan wordt mijn dode lichaam gebruikt voor experimenten. Maar vier jaar lang zal ik op chique feestjes de stralende echtgenote zijn, en dat is mijn beloning. Toch zal ik sterven als die rat, onder ondraaglijke pijnen.

De rest van de dag denk ik aan Vaughns woorden. Aan tafel glimlacht hij naar me. Ik denk aan de dode rat.

Maar bij het vallen van de avond ban ik Vaughns dreigende stem uit mijn gedachten. De laatste tijd dwing ik mezelf om in bed alleen maar aan thuis te denken – hoe ik er moet komen, hoe het eruitziet. Wat voor leven ik had voor ik hier kwam.

Geen enkele bewoner van dit huis mag deze gedachten binnendringen, tenzij ik mezelf eraan moet herinneren dat Linden, ondanks zijn zachtaardige manier van doen, de vijand is. Hij heeft me gestolen van mijn tweelingbroer, van mijn thuis, en nu wil hij me zelf houden.

Dus 's avonds, als ik alleen ben, denk ik aan mijn broer, die sinds we klein waren de gewoonte had om voor me te gaan staan, alsof alle gevaar eerst hem zou moeten treffen voor het bij mij kon komen. Ik denk aan hoe hij daar stond, met het geweer in zijn hand, nadat hij die Verzamelaar had doodgeschoten en mijn leven had gered; de angst in zijn ogen omdat hij mij bijna kwijt was geweest. Ik denk aan hoe we altijd bij elkaar hebben gehoord, hoe onze moeder onze jonge handjes in elkaar legde en zei dat we niet moesten loslaten.

Avond na avond, wanneer ik in dit landhuis vol echtgenoten en bedienden het eenzaamst ben, winnen deze gedachten aan kracht, en voor een paar uur weet ik me los te maken van dit namaakleven. Hoe eenzaam het me ook maakt, en hoe diep en afschuwelijk die eenzaamheid ook is, ik herinner me tenminste wie ik ben.

En op een avond, als mijn geest zich overgeeft aan de slaap, hoor ik Linden mijn kamer binnen komen en de deur dichtdoen. Maar hij is duizend kilometer ver weg. Ik ben met Rowan het vliegertouw aan het spannen. De heldere lach van mijn moeder klinkt door het huis en mijn vader speelt op de piano Mozarts sonate in G-groot. Rowan ontrafelt achteloos het touw dat om mijn vingers gewikkeld zit en vraagt of ik nog leef. Ik probeer te lachen alsof hij iets geks gezegd heeft, maar er komt geen geluid, en hij slaat zijn ogen niet naar me op.

Ik zal je altijd blijven zoeken, zegt hij. Ik geef het nooit op, al wordt het mijn dood, ik zal je vinden.

'Hier ben ik,' zeg ik.

'Je droomt,' zegt hij. Maar het is niet de stem van mijn broer. Linden heeft zijn gezicht begraven in mijn hals. De muziek is weg, mijn vingers tasten naar touw dat er niet is. En ik weet dat als ik mijn ogen opendoe, ik de donkere slaapkamer in mijn luxueuze gevangenis zal zien. Maar ik doe geen poging de wazigheid uit mijn hoofd te verdrijven, want de teleurstelling is ondraaglijk.

Ik voel Lindens tranen op mijn huid, zijn hortende ademhaling. En ik weet dat hij van Rose gedroomd heeft. Zijn nachten zijn vaak te eenzaam, net als de mijne. Hij kust mijn haar en legt een arm om me heen. Ik sta het toe. Nee, ik wil het, heb er behoefte aan. Met mijn ogen dicht leg ik mijn hoofd op zijn borst om naar het krachtige bonzen van zijn hart te luisteren. Ik wil mezelf zijn, ja. Rhine Ellery. Zus, dochter. Maar soms is het te pijnlijk.

Mijn ontvoerder trekt me naar zich toe, en omhuld door het geluid van zijn ademhaling val ik in slaap.

's Ochtends word ik wakker van Lindens adem in mijn nek. Ik lig met mijn rug naar hem toe en hij ligt dicht tegen me aan met zijn armen om me heen. Ik blijf doodstil liggen, want ik wil hem niet wakker maken; ik schaam me voor mijn kwets-

baarheid van vannacht. Op welk moment houdt het toneelstukje van de meegaande echtgenote op een toneelstukje te
zijn? Hoe lang zal het nog duren voor hij zegt dat hij van me
houdt en wil dat ik zijn kind krijg? En belangrijker nog, hoe
lang zal het duren voor ik instem?

Nee. Dat nooit.

Ik verzet me ertegen, maar Vaughns stem spoelt mijn hoofd
in.

Je krijgt alles wat je maar kunt dromen, nog jaren en jaren lang.

Dit kan ik krijgen. Ik kan Lindens vrouw zijn, in Lindens landhuis. Of ik kan vluchten, zo ver en zo snel als ik maar kan. En
proberen in vrijheid te sterven.

Drie dagen later, als het volgende orkaanalarm begint te loeien,
ontsnap ik door het vliegenraam in mijn kamer.

Ik weet me nog net aan de boom voor mijn vensterbank vast te
klampen, en daardoor kan ik me in een struik een paar meter
daaronder laten vallen. Het doet pijn, maar ik ben ongedeerd.

Ik kruip uit de struik en begin te rennen, met achter me het
loeiende huis en boven me een merkwaardig grijze lucht. Bladeren en haar waaien in mijn ogen. Ik bekommer me er niet
om. Ik ren. De wolken rollen. Langs de hemel schieten lugu-
bere witte flitsen.

Ik ben alle gevoel voor richting kwijt. Ik zie alleen die groeze-
lige, woeste lucht. En het is een verschrikkelijke herrie, en hoe
hard en hoe ver ik ook ren, het wordt niet stiller. Aarde en
graspollen dansen door de lucht alsof ze betoverd zijn.

Ik weet niet hoeveel tijd er voorbijgaat, maar ik hoor iemand
mijn naam roepen, eerst één keer en dan een paar keer achter
elkaar. Het klinkt alsof er een pistool afgaat. En op dat mo-

ment bots ik tegen een enorme ijshoorn. De golfbaan. Goed. Nu ik weet waar ik ben kan ik beter mijn koers bepalen.

Ik weet niet hoe ver het is naar de uitgang. Ik ben in alle tuinen geweest, op de golfbaan, de tennisbaan, bij het zwembad. Ik ben zelfs een keer langs de paardenstallen gekomen, die sinds Rose' ziekte leegstaan. Maar een uitgang heb ik nooit gezien. Tussen de rondvliegende takken druk ik me tegen de chocoladeijsbol. De bomen zwiepen en gieren. De bomen! Als ik in een boom kon klimmen, kon ik verder kijken. Er moet ergens een hek zijn, of op zijn minst een struik die ik nooit eerder gezien heb. Een geheime deur. Iets.

Eén stap en ik word weer tegen de ijsbol gedrukt. De lucht wordt uit mijn longen gezogen. Ik laat me op de grond zakken en probeer van de wind weg te draaien om op adem te komen, maar hij is overal. Hij is overal en waarschijnlijk zal ik hier sterven.

Hijgend draai ik me om naar de storm. Ik zal de wereld niet eens één laatste keer te zien krijgen voor ik doodga. Alleen Lindens vreemde droomwereld zal ik zien. De draaiende windmolens. Dat bizarre licht.

Licht. Eerst denk ik dat mijn ogen me voor de gek houden, maar het licht komt steeds terug. Het draait rond, flitst mijn kant op en vervolgt zijn weg. De vuurtoren. Mijn favoriete obstakel omdat het me doet denken aan de vuurtorens voor de haven van Manhattan, het licht dat de vissersboten naar huis leidt. Zelfs in deze storm werpt hij zijn licht op de bomen. Als ik niet kan ontsnappen wil ik op zijn minst naast de vuurtoren sterven, want dichter bij huis kan ik op deze afschuwelijke, afschuwelijke plek niet komen.

Lopen gaat nu niet meer. Er vliegt te veel door de lucht, en ik ben bang dat ik zelf ook weggeblazen zal worden. Daarom begin ik te kruipen, met mijn ellebogen en tenen stevig in het kunstgras van de golfbaan voor zo veel mogelijk grip. Ik kruip weg van het roepen van mijn naam, weg van het nog steeds gillende alarm, weg van een plotselinge stekende pijn. Zonder te kijken weet ik dat ik bloed. Ik proef het. Ik voel het opwellen en stromen. Maar ik weet ook dat ik niet verlamd ben. Ik kan verder en ik ga ook verder, net zo lang tot ik de vuurtoren kan aanraken.

De verf bladdert af, het hout is versplinterd. Ik heb mijn doel bereikt, maar iets in dit prachtige bouwwerkje zegt me dat ik nog niet toe ben aan doodgaan, dat ik moet volhouden. Maar ik kan nergens heen. Mijn handen tasten naar een oplossing, naar een weg naar het licht.

Ik grijp me vast aan een ladder. Die is niet bedoeld om te beklimmen. Hij zit er duidelijk voor de sier, dunne latjes die aan de vuurtoren vastgespijkerd zijn. Maar je kúnt er wel op klimmen en ik ben er nog toe in staat, dus klim ik omhoog. En omhoog en omhoog.

Mijn handen bloeden nu ook. Er druipt iets in mijn oog wat prikt. Weer wordt de lucht uit me gezogen. En omhoog en omhoog.

Het voelt alsof ik al tijden aan het klimmen ben. De hele nacht. Mijn hele leven. Maar eindelijk ben ik boven, en het licht begroet me door recht in mijn ogen te schijnen. Ik wend mijn hoofd af.

Bijna val ik.

Ik ben hoger dan de bomen.

En dan zie ik het, heel in de verte. Als een gerucht. Als een schuchtere wenk. De puntige bloem van Gabriels zakdoek, verwerkt in een ijzeren hek.

De uitgang, kilometers ver weg.

Het einde van de wereld.

En ik besef wat de vuurtoren me probeerde duidelijk te maken. Dat ik vandaag nog niet dood hoef. Dat ik het pad moet volgen dat zijn licht me wijst, als Columbus met zijn Niña, Pinta en Santa María, naar het einde van de wereld.

Het hek in de verte is het mooiste wat ik ooit in mijn leven gezien heb.

Ik begin net naar beneden te klimmen als ik mijn naam weer hoor roepen. Zo hard en dichtbij deze keer dat ik het niet kan negeren.

'Rhine!'

Gabriels blauwe ogen en zijn lichtbruine haar, zijn armen die zoveel sterker zijn dan die van Linden komen op me af. Niet de hele Gabriel, geen heel lichaam, maar stukjes van hem, die verdwijnen en weer opduiken in de wind. Ik zie het felle rood van zijn open mond.

'Ik ga ontsnappen!' schreeuw ik. 'Ga mee! Laten we samen weglopen!'

Maar hij zegt alleen maar steeds wanhopiger: 'Rhine! Rhine!', en ik geloof niet dat hij hoort wat ik zeg. Hij spreidt zijn armen, maar ik begrijp niet waarom. Ik begrijp niet wat hij naar me schreeuwt, tot een onvoorstelbare pijn mijn achterhoofd verbrijzelt en ik in zijn armen in elkaar zak.

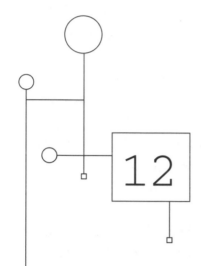

12

DE LUCHT beweegt niet meer. Het is stil. Ik kan ademhalen zonder dat de wind de lucht uit mijn longen rooft. Het
ruikt steriel. 'Niet doen,' zeg ik, of probeer ik te zeggen. Ik
krijg mijn ogen niet open. Vaughn is er. Dat voel ik. Ik ruik zijn
koude metalen scalpel. Hij gaat me opensnijden.
Er golft iets warms door mijn bloed. Mijn hart klopt met luide,
opdringerige bliepjes.

Hij vraagt of ik mijn ogen open kan doen.
Maar het is de geur van thee die me echt wakker maakt. Hoewel iets me zegt dat het niet klopt, denk ik dat Rowan naast
me staat, en dat hij me wekt met een kopje thee omdat ik naar
mijn werk moet. In werkelijkheid zie ik Lindens verlangende
groene ogen. Zijn lippen zijn roder, gebarsten, bloederig.
Vreemde paarse striemen vormen uitdijende cirkels in zijn

gezicht en hals. Mijn hand ligt in zijn handen, en als hij erin knijpt doet het pijn.

'Godzijdank,' zegt hij, terwijl hij zich over me heen buigt. 'Je bent wakker.'

Ik geef over en kokhals nog steeds als de wereld weer zwart wordt.

Vele, vele jaren later doe ik mijn ogen weer open. De wind loeit nog steeds als de dood. Hij beukt tegen mijn slaapkamerraam, probeert binnen te komen en me mee te nemen. Ik zoek het schijnsel van de vuurtoren, maar ik kan het niet vinden.

Linden ligt naast me te slapen, met zijn hoofd op mijn kussen. Zijn adem in mijn oor, besef ik, is de wind die in mijn dromen loeide. Er zit een klein piepje in.

Terwijl ik langzaam tot mezelf kom, besef ik dat er geen jaren voorbij zijn. Zijn gezicht is nog net zo glad en jong als eerst, zij het nogal gehavend, en ik draag nog steeds zijn ring en lig nog altijd in het eeuwenoude landhuis dat nooit weggeblazen zal worden.

Maar er zijn ook vreemde nieuwe dingen te zien. Er zit een naald in mijn onderarm, die via een slangetje verbonden is met een zak vloeistof aan een metalen standaard. Er is een monitor die gestaag mijn hartslag weergeeft. Kalm, systematisch. Ik probeer rechtop te gaan zitten en de pijn schiet door al mijn ribben, alsof er een xylofoon kapotgaat terwijl erop gespeeld wordt. Mijn ene been hangt in een soort draagband.

Linden voelt me bewegen en wordt mompelend wakker. Ik doe mijn ogen dicht en doe alsof ik slaap. Ik wil hem niet zien.

Het is erg genoeg dat ik hem de rest van mijn leven elke dag zal moeten zien.

Want waar ik ook heen ga en hoe ik ook mijn best doe, ik zal altijd weer hier uitkomen.

Als ik niet langer lethargisch kan blijven, komt er een gestage stroom bezoekers naar mijn kamer. Linden wijkt niet van mijn zijde. Hij schudt mijn kussen op, werkt aan zijn ontwerpen en leest me bibliotheekboeken voor. *Frankenstein* vind ik griezelig toepasselijk. Deirdre, Jenna en Cecily krijgen nooit meer dan een paar seconden de tijd voor Linden meedeelt dat ik rust nodig heb. Meester Vaughn, de dokter, de bezorgde schoonvader, geeft me een overzicht van wat ik gebroken of verstuikt of gescheurd heb. 'Je hebt jezelf flink toegetakeld, schatje, maar je bent in de beste handen,' zegt hij. In mijn gedrogeerde ijltoestand is hij in een pratende slang veranderd. Hij zegt dat mijn linkerenkel nog zeker twee weken geen gewicht kan dragen en dat ademhalen een tijdje pijn zal doen. Het kan me niet schelen. Het doet er niet toe. Ik heb de rest van mijn leven om in deze rottige kamer beter te liggen worden.

De tijd heeft zijn betekenis verloren; ik weet niet hoe lang ik al in dit bed lig. De slaap komt en gaat, en als ik mijn ogen opendoe wacht me telkens iets anders. Linden zit me voor te lezen. Mijn zustervrouwen staan dicht tegen elkaar aan in de deuropening bezorgd naar me te kijken; ik staar hen aan tot de bezorgde uitdrukking van hun gezicht glijdt en hun ogen donker worden. Overal zit pijn, en een zware gevoelloosheid bovendien.

'Ik moet toegeven, een orkaan is extremer dan een luchtko-

ker.' Vaughns stem zweeft boven me. Met moeite doe ik mijn
ogen open, maar ik zie alleen vage kleuren. Zijn donkere,
strak naar achteren gekamde haar. Er stroomt iets warms
door mijn aderen, en ik ril van opluchting als de pijn in mijn
ribben verdwijnt. 'Wist je dat je zustervrouw het op die manier geprobeerd heeft? Via de luchtkokers! En ze was al helemaal de gang door in die luchtkoker voor ze gesnapt werd.
Wat een slimme meid was het toch, en nog maar elf jaar op
dat moment.'

Rose... Het woord bereikt mijn lippen niet.

Ik voel Vaughns perkamentachtige hand langs mijn voorhoofd strijken, maar ik kan mijn ogen niet meer openhouden.
Zijn warme adem kronkelt met zijn galmende woorden mijn
oor in. 'We konden het haar uiteraard niet kwalijk nemen, het
lag aan haar opvoeding. Haar ouders waren collega's van me,
alom gerespecteerde chirurgen zelfs. Maar toen verloren ze
hun verstand. Ze reisden stad en land af met een of andere ge-
schifte theorie. Als wij geen antiserum konden vinden, moest
er ergens in die woestenij van water nog een land te vinden
zijn dat overleefd had en ons zou willen helpen. Ze leerden
haar alles over de verwoeste landen, alsof dat er allemaal ook
maar iets toe doet.'

Weer zo'n warme golf door mijn bloed. Weer die gevoelloosheid. Wat spuit hij me in? Ik stuur al mijn wilskracht naar mijn
ogen en het lukt me om ze open te doen. Eerst zie ik alles dubbel, maar dan komt de kamer scherp genoeg in beeld en zie ik
dat Linden niet naast me zit en mijn zustervrouwen niet in de
deuropening staan.

'Sst, stil maar,' zegt Vaughn. Hij drukt mijn oogleden met

duim en wijsvinger dicht. 'Luister liever naar mijn verhaaltje. Het heeft geen happy end, ben ik bang. Ze sleepten dat meisje overal heen waar ze hun onzin verkondigden. En weet je wat er met ze gebeurde? Een autobom in een parkeergarage. En van het ene op het andere moment was ze wees. Wat is het toch een gevaarlijke wereld, hè?'

Een bom. Die hoorde ik in Manhattan ook wel eens; een *boem!* in de verte die me zei dat er mensen waren doodgegaan. Het is niet iets wat ik graag opnieuw beleef, en instinctief probeer ik me te bewegen, maar het spul dat door mijn aderen vloeit maakt dat onmogelijk.

'Er zijn mensen op de wereld die helemaal geen antiserum willen. Mensen die denken dat de wereld ten onder gaat en dat we de mensheid maar het best kunnen laten uitsterven. En zij vermoorden iedereen die ons probeert te redden.'

Dat weet ik! Dat weet ik al. Mijn ouders werden vanwege hun werk in het lab heel vaak met de dood bedreigd. Er zijn twee strijdende partijen: prowetenschap, die voor genetisch onderzoek en de zoektocht naar een antiserum is; en pronatuur, die gelooft dat het te laat is en dat het onethisch is om nieuwe kinderen op de wereld te zetten en aan experimenten bloot te stellen. In het kort geloven de pronaturalisten dat het natuurlijk is om de mensheid te laten uitsterven.

'Maar heb jij even geluk,' zegt Vaughn. 'Jij zit hier veilig. En je wilt al het goede hier natuurlijk niet op het spel zetten. Je bent specialer dan je denkt; als Linden jou zou verliezen, zou dat zijn levenslust wel eens kunnen breken. En dat wil je niet.'

En opeens begrijp ik waarom Rose me van ontsnappen probeerde te weerhouden. Het was niet alleen omdat ze wilde dat

Linden na haar dood gezelschap zou hebben. Ze probeerde me te waarschuwen, me de straf te besparen die zij zelf voor haar ontsnappingspoging had moeten ondergaan. Het is haar stem, niet die van Vaughn, die de laatste woorden in mijn oor fluistert.

'Als je leven je iets waard is, loop dan niet nog een keer weg.'

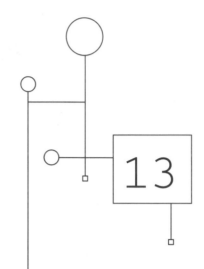

LINDEN LIJKT niet te beseffen dat ik gewond ben geraakt omdat ik aan hem wilde ontsnappen.

'Ik heb gezegd dat je in de tuin was toen het begon te stormen,'
fluistert Jenna op een middag, als Linden met zijn armen be-
schermend om mijn elleboog ligt te slapen. 'Ik zag je het raam
uit gaan. Wat was je van plan?'

'Ik weet het niet,' zei ik. 'Het is in elk geval niet gelukt.'

Ze kijkt alsof ze me wil knuffelen, maar dat kan niet, want het
is al pijnlijk genoeg voor me om hier alleen maar te liggen en
bekeken te worden. 'Geloofde hij je?' vraag ik.

'Huisheer Linden wel, ondanks dat kapotte vliegenraam. Van
Meester Vaughn weet ik het niet. In de keuken zeggen ze allemaal dat ze je vóór de storm in de tuin hebben gezien, en dat
je probeerde terug te komen toen je het alarm hoorde. Dat
heeft hem misschien wel overtuigd.'

'Zeiden ze dat?' zeg ik.

Ze glimlacht een beetje, stopt mijn haar achter mijn oor. 'Ze zullen je wel mogen. Vooral Gabriel.'

Gabriel! Zijn blauwe ogen die door de ziedende storm priemen. Zijn gespreide armen. Ik herinner me dat ik tegen hem aan viel. Ik herinner me dat ik me veilig voelde, vóór de wereld in het niets verdween.

'Hij kwam achter me aan,' zeg ik.

'Het halve huis ging achter je aan,' zegt Jenna. 'Zelfs Huisheer Linden. Hij heeft een paar rondvliegende takken op zijn hoofd gekregen.'

Linden. Hij ligt naast me te slapen. Hij zit onder de blauwe plekken en bij zijn mondhoek zit wat opgedroogd bloed. Ik veeg het met mijn vinger weg.

'Ik dacht dat je dood was,' zegt ze. 'Gabriel droeg je naar de keuken en het zag eruit alsof je al je botten gebroken had.'

'Scheelt niet veel,' zeg ik.

'Cecily schreeuwde haar longen uit haar lijf; ze moesten haar met drie bedienden naar haar kamer slepen. De Meester zei dat ze een miskraam zou krijgen als ze niet kalmeerde. Maar ze mankeert natuurlijk niets. Je weet hoe ze is.'

'Hoe is het met Gabriel?' vraag ik. Ik heb hem nog niet gezien sinds ik wakker werd. Ik weet nog steeds niet hoeveel tijd er is verstreken.

Linden mompelt iets in zijn slaap, ik schrik ervan. Hij vlijt zijn gezicht tegen mijn schouder en ik wacht tot hij zijn ogen opendoet, maar zijn ademhaling blijft diep en regelmatig.

Jenna, die opeens een ernstige blik in haar ogen krijgt, komt wat dichterbij. We fluisteren de hele tijd al, maar nu wil ze zeker weten dat niemand ons kan horen. 'Ik weet niet wat er tussen jullie aan de hand is, maar wees voorzichtig. Oké? Ik denk dat Meester Vaughn iets vermoedt.'

Vaughn. Ik word al koud vanbinnen als ik zijn naam hoor. Ik heb niemand verteld wat hij over Rose zei, gedeeltelijk omdat de herinnering zo vaag is dat ik werkelijkheid niet van droom kan onderscheiden, maar ook omdat ik bang ben voor wat hij zal doen als hij erachter komt. Ik zet hem uit mijn gedachten. Ik weet niet wat ik tegen Jenna moet zeggen, want ik weet niet wat er tussen Gabriel en mij aan de hand is. En opeens kan ik alleen nog maar denken aan de angst die Gabriel doet verstijven als Vaughn in de buurt is. Heeft Vaughn hem soms bedreigd? Ik slik iets pijnlijks weg. 'Gaat het goed met hem?'

'Prima. Hij heeft alleen wat schrammen opgelopen. Hij is een paar keer hier geweest, maar toen sliep je.'

Ik kan er altijd van op aan dat Jenna weet wat zich in dit huis afspeelt. Ze is stil, een meubelstuk op de achtergrond, maar er ontgaat haar niets. Ik denk aan Vaughn die zei dat hij haar wilde teruggooien in de vijver. Ik denk aan haar zussen die doodgeschoten werden in die vrachtauto. De tranen springen in mijn ogen, en zonder dat ik het wil begin ik te huilen, en ze zegt 'sst, sst' en kust me op mijn voorhoofd. 'Alles komt goed. Ik pas wel op hem,' fluistert ze. 'Alles komt goed.'

'Het komt helemaal niet goed,' zeg ik snikkend. Maar meer kan ik niet zeggen, want misschien luistert Meester Vaughn mee. Hij weet al alles. Hij is al overal, die vreselijke man die ons allemaal in zijn macht heeft. En hij heeft gelijk. Hier zal ik sterven, dus kan ik het me net zo goed gemakkelijk maken. Ik begin te denken dat hij mijn echte ontvoerder is, en dat de man die naast me ligt te slapen net zo goed een gevangene is als zijn bruiden.

Jenna blijft bij me tot ik mezelf heb uitgeput en de pijn in mijn ribben en mijn benen en mijn hoofd zo erg wordt dat ik niet bij bewustzijn kan blijven.

Als ik de volgende ochtend wakker word staat Cecily ongemakkelijk in de deuropening. Haar zwangerschap wordt steeds zichtbaarder. Ze heeft magere armpjes en beentjes en een volle maan van een buik. 'Hoi,' zegt ze. Het is de stem van een kind.

'Hoi.' Mijn stem klinkt als gebroken glas, maar ik weet dat het pijn zal doen als ik mijn keel schraap. Ik denk aan Jenna's woorden, over Cecily die haar longen uit haar lijf schreeuwde toen ze me zag.

'Hoe voel je je?' vraagt ze. En voor ik antwoord kan geven haalt ze haar handen achter haar rug vandaan en laat me een vaas met witte stervormige bloemen zien. 'Lelies, net als in je verhaal,' zegt ze.

Het zijn inderdaad net mijn moeders lelies, met rozerode vegen die van de meeldraden naar de randen lopen, als gemorste inkt. Cecily zet ze op mijn nachtkastje en legt een hand op mijn voorhoofd. 'Je hebt een beetje koorts,' zegt ze.

Ze is een klein meisje dat moedertje speelt. Vadertje en moedertje. En misschien komt het door alle pijnstillers in mijn bloed, maar opeens houd ik van haar. 'Kom eens bij me,' zeg ik. Ik steek mijn infuusarm naar haar uit en ze aarzelt niet. Vanwege mijn ribben slaat ze voorzichtig haar armen om me heen, maar dan ze klampt zich vast aan mijn nachtjapon en mijn hals wordt nat van haar tranen.

'Ik was zo bang,' zegt ze. Dit landhuis is haar volmaakte droomhuis. Niemand hoort pijn te lijden. Iedereen leeft lang en gelukkig.

'Ik ook,' zeg ik. Ik ben nog steeds bang.

'Kan ik iets voor je doen?' vraagt ze als ze even gehuild heeft en haar wangen droogwrijft.

Ik knik met mijn hoofd naar Linden naast me. 'Neem hem een tijdje mee,' zeg ik. 'Het helpt niet als hij hier opgesloten zit en zich de hele tijd zorgen om me maakt. Kijk of hij een spelletje met je wil doen, of iets anders leuks.'

Haar gezicht klaart op. Ze knikt. Ze is goed in het opvrolijken van onze man en ze weet dat ze dit voor me kan doen. Bovendien grijpt ze elke kans aan om Lindens onverdeelde aandacht te krijgen.

Aan het eind van de ochtend heeft ze Linden duidelijk gemaakt dat ze naar aandacht hunkert, en dat ze gaat huilen als hij haar geen schaakles geeft. Hij wil niet dat ze gaat huilen, want hij denkt dat ze dan een miskraam krijgt.

En ik krijg mijn beperkte vorm van vrijheid.

Ik geniet een tijdje van de stilte, terwijl zomerse dromen komen en gaan. Niets dan warmte en licht. Mijn moeders handen. Mijn vader die pianospeelt. De stem van mijn buurmeisje roezemoezend in het kartonnen bekertje in mijn hand.

En dan hoor ik een andere stem, en mijn ogen vliegen zo snel open dat de kamer ervan tolt.

'Rhine?'

Gabriels stem kan me overal bereiken. Zelfs in een orkaan.

Hij staat in mijn deuropening, onder de schrammen en blauwe plekken. Hij heeft iets in zijn handen wat ik niet kan zien. Ik probeer overeind te komen, maar ik breng er niets van terecht, en hij komt naast me zitten. Hij doet zijn mond open om iets te zeggen, maar ik ben hem voor.

'Het spijt me zo,' zeg ik.

Hij legt wat hij bij zich heeft op het bed en neemt mijn hand in de zijne, en ik voel me weer net zo veilig als toen ik in zijn armen viel.

'Gaat het goed met je?' vraagt hij.

Het is een simpele vraag. En omdat hij het is, omdat hij mijn leven heeft gered, wat dat ook waard is, vertel ik de waarheid.

'Nee.'

Hij kijkt een tijdje naar me. Ik probeer me maar niet eens voor te stellen hoe zielig ik eruitzie, maar hij lijkt me niet eens te zien. De aanblik van mijn gezicht voert hem naar ergens ver weg.

'Wat is er?' vraag ik. 'Waar denk je aan?'

Het duurt even voor hij antwoord geeft. Dan zegt hij: 'Je was bijna weg.' Hij bedoelt niet dat ik bijna ontsnapt was.

Ik doe mijn mond open om... ik weet niet... me nog een keer te verontschuldigen misschien. Maar hij neemt mijn gezicht in zijn handen en drukt zijn voorhoofd tegen het mijne. Hij is zo dichtbij dat ik de warme pufjes van zijn adem kan voelen, en ik weet alleen maar dat ik bij zijn volgende ademhaling naar binnen gezogen wil worden.

Onze lippen raken elkaar, zo licht dat het bijna geen raken is. We drukken ze steviger tegen elkaar, trekken ons onzeker terug, raken elkaar weer. Waar pijn hoort te zijn schiet warmte door mijn geradbraakte lichaam, en ik sla mijn armen om zijn nek en houd me aan hem vast. Ik houd me vast omdat je in dit huis nooit weet wanneer iets moois je weer wordt afgepakt. Een geluid op de gang drijft ons uit elkaar. Gabriel staat op, kijkt de gang in. Kijkt naar buiten. Er is niemand, maar we zijn wel geschrokken. Niet voorzichtig genoeg geweest.

Mijn hart bonkt in mijn oren, en het is niet de pijn of een razende storm die het moeilijk maakt om adem te halen, maar iets gelukzaligs. Gabriel schraapt zijn keel. Zijn wangen zijn warmroze en zijn ogen staan loom en wazig. We durven elkaar bijna niet aan te kijken. 'Ik heb iets voor je meegebracht,' zegt hij met afgewende blik. Hij steekt het ding dat hij net in zijn handen had in de lucht. Het is een zwaar zwart boek met een rode aarde op de voorkant.

'Je hebt Lindens atlas voor me meegebracht,' zeg ik sceptisch. 'Ja, maar kijk eens.' Hij slaat de atlas open bij een bladzijde met bruine en beige kaarten waarop blauwe lijntjes staan. Daarboven staat RIVIEREN VAN EUROPA. Aan de zijkant staat een legenda van oriëntatiepunten en rivieren. Gabriel wijst naar de derde van boven. RHINE. Hij volgt met zijn vinger een blauwe lijn. 'De Rijn. Dat is een rivier,' zegt hij.

Nou ja, het wás een rivier, voordat alles verwoest werd. Maar dit heb ik nooit geweten. Mijn ouders wisten het vast wel. Ze speelden graag voor geheimzinnige geleerde, en er zijn veel dingen die ze mijn broer en mij nooit hebben kunnen vertellen.

Mijn vinger volgt die van Gabriel, langs de loop van een rivier die niet meer bestaat. Maar ik denk dat hij nog wel ergens is. Ik denk dat hij buiten zijn oevers getreden en vrij de oceaan in gestroomd is, op een plek voorbij de puntige bloem op het ijzeren hek naar de vrijheid.

'Dat wist ik helemaal niet,' zeg ik. 'Nooit gedacht dat mijn naam iets betekende.'

Was dit wat Rose bedoelde toen ik vertelde hoe ik heette en zij zei dat het zoiets moois was?

'Er staat dat er goederen over vervoerd werden. Meer informatie is er niet,' zegt Gabriel teleurgesteld.

'Geeft niks!' Ik moet een beetje lachen, sla een arm om zijn nek om hem naar me toe te trekken en kus hem dankbaar op zijn wang. Hij krijgt een vuurrode kleur, net als ik.

Hij heeft geen idee wat dit voor me betekent, maar aan de blik in zijn ogen te zien weet hij wel dat het iets goeds moet zijn.

Hij strijkt het haar van mijn voorhoofd en kijkt me aan. Rhine. De rivier die, ergens op de wereld, losgebroken is.

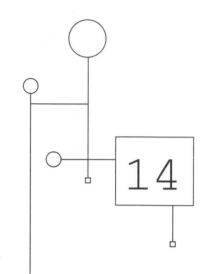

DE HELE NACHT droom ik van rivieren, en van schit-
terende bloemen met puntige bladeren onder water.

'Je glimlachte in je slaap,' zegt Linden als ik mijn ogen opendoe. Hij zit in de vensterbank, met een potlood in zijn hand en
een tekening op schoot. Naast hem ligt een stapel papier, en
ik zie dat hij al een tijd heeft zitten werken. Ik moet denken
aan Vaughn, die zei dat ik Linden weer aan het ontwerpen had
gekregen. Ik begrijp nog steeds niet waarom Vaughn mij dat
vertelde, maar het is wel waar. Linden werkt veel de laatste
tijd, en misschien ben ik wel zijn inspiratie.

'Ik droomde dat we in dat huis van jou woonden, met de taart
op de vensterbank en de schommel in de tuin,' zeg ik. Ik hui-
chel alles behalve het warme geluksgevoel dat uit mijn stem
spreekt. Door het raam zie ik dat het een prachtige dag is.

Linden lacht naar me, opgelucht maar onzeker. Hij is niet ge-

wend me zo te zien en hij denkt misschien dat het aan de pijnstillers te danken is. Ik probeer me te bewegen en merk dat het
niet meer zo'n marteling is. Met de kussens in mijn rug kan ik
rechtop zitten.

'Ik hoorde dat je achter me aan bent gegaan, in de storm,' zeg ik.
Hij legt zijn werk neer en komt bij me op bed zitten. De snee
in zijn lip is aan het genezen. Hij ziet eruit als een braaf jongetje dat op het schoolplein in een vechtpartij verzeild is geraakt. Ik probeer me voor te stellen hoe de fragiele, tengere
Linden een orkaan trotseert, maar ik zie hem niet ver komen.
Ik zie hem alleen wegwaaien of gered of gedood worden.

'Ik dacht dat ik je kwijt was,' zegt hij, en ik kan niet uitmaken
of de trek om zijn mond een glimlach is of een grimas.

'Ik raakte verdwaald toen het begon te waaien,' zeg ik. 'Ik wist
niet meer hoe ik terug moest. Ik heb het echt geprobeerd.'

'Dat weet ik wel.' Hij geeft een klopje op mijn hand, en zijn
ogen staan zo verdrietig dat ik mezelf haat om mijn leugens.
Die uitwerking heeft Linden blijkbaar op me.

Hij zegt: 'Ik wil je iets laten zien.'

Hij vertelt me dat ik een week lang bijna de hele tijd bewusteloos ben geweest. Het ding dat tegen mijn achterhoofd kwam
was een wiek van een van de windmolens. Mijn andere verwondingen zijn veroorzaakt door rondvliegende brokstukken
die van de tennisbanen helemaal tot aan de stallen verspreid
liggen, maar ik hoef me geen zorgen te maken, want zijn vader heeft mensen ingehuurd om op te ruimen en die doen
hun werk goed. De echte schade heb ik opgelopen, zegt hij.
Hij vertelt dat ik tussen lange perioden van zwijgen door dingen mompelde over ratten en zinkende schepen en explosies,

altijd explosies, en het bloeden dat gestelpt moest worden. Gelukkig herinner ik me al deze nachtmerries niet.

Maar hij heeft alles gehoord. Hij week niet van mijn zijde, en omdat hij me niet kon bereiken probeerde hij te tekenen wat ik zag. Hij aarzelt even voor hij me het eerste vel geeft, alsof het een foto van een plaats delict is.

Hij heeft zwaar gearceerde huizen getekend die naar één kant overhellen of in beslag worden genomen door bomen die hun takken naar buiten steken. Er zijn ramen waar het bloed vanaf druipt, een tuin vol ratten die op hun rug liggen. Ik ben nu bijna negen maanden met deze man getrouwd en ik dacht dat hij niets van me wist, maar hij heeft mijn angsten zichtbaar gemaakt. Alleen Rowan ontbreekt, en toch denk ik dat hij misschien onder de volle maan op een van de tekeningen staat. In dat bloedende huis kijkt hij naar de maan, en in dit tierelantijnenhuis kijk ik naar dezelfde maan. En we vragen ons allebei af of hoe het met de ander gaat.

Ik ben misselijk en draaierig, alsof ik mijn eigen dromen in mijn handen houd. Op de laatste tekening staat ons trouwprieeltje, overwoekerd door spinnenwebben en bloedige vingerafdrukken, en zo te zien met een stuk van de windmolen in het dak. 'Dit was jij niet,' zegt hij. 'Zo voelde ik me toen jij weg was. Toen ik niet wist of je wel wakker zou worden.'

Ik kijk naar een verwoest huwelijk in het puin van dat prieeltje. Lindens grootste drama was het verlies van zijn eerste vrouw, en toch had ik geen idee dat hij zo bang was om mij te verliezen. De avond voor ik wegliep kroop hij bij me in bed en voelde ik de gloed van zijn verdriet om Rose toen hij in mijn nachtjapon huilde. Terwijl ik mijn best deed om bij hem in de gunst te komen en eerste vrouw te worden, wist ik niet dat ik hem net zo dierbaar was als mijn dode zustervrouw. Waarom? Is het omdat ik op haar lijk?

Ik blader een tijdje zonder iets te zeggen telkens door dezelfde tekeningen en neem de tijd om ze een voor een te bekijken. Zijn oog voor detail maakt het allemaal nog echter. Ik kan binnen in die huizen kijken. Een kamer is tot aan de nok gevuld met junibonen, een andere lijkt te bestaan uit wegenkaarten. 'Ben je boos?' vraagt Linden. 'Misschien had ik ze je niet moeten laten zien.' Hij wil ze terugpakken, maar ik houd ze stevig vast. 'Nee,' zeg ik, naar een huis vol vissen turend. Het zijn precies dezelfde vissen als in mijn favoriete zwembadhologram, maar hier hebben de haaien ledematen in hun bek – bloedende armen en benen. 'Ze zijn... griezelig. Ik wist helemaal niet dat je dit kon.' 'Ik... zou het eigenlijk niet moeten doen.' Linden wordt bleek en wendt zijn blik af. 'Mijn vader zegt dat ik ontwerpen moet maken die minder...'
'Laat je vader maar praten, hij heeft het mis,' zeg ik. Linden kijkt me net zo verbaasd aan als ik zelf ben. Ik had het niet hardop willen zeggen, maar nu ik zijn aandacht heb, kan ik net zo goed verdergaan. 'Je moet dit niet voor jezelf houden. Je hebt talent. Oké, misschien wil niemand in een huis vol bomen of haaien of bloed wonen, maar die andere zijn goed.'
'Ik bedoelde ook niet dat iemand daar zou willen wonen,' zegt hij, op de stapel nachtmerries in mijn hand wijzend.
'Duidelijk,' zeg ik.
'Dat is juist waar het om gaat. Misschien hebben er ooit wel mensen in die huizen gewoond.' Hij wijst naar de kleine bij-

zonderheden bij de voordeur van het haaienhuis, de deurklopper en het haveloze rolluik dat ooit schoon en nieuw is geweest. En aan het huis met de ratten in de tuin zit een latwerk met dode rozen die vroeger gebloeid hebben. 'Maar er ging iets mis. Ze verkommerden.'

Ik zie het. Ik zie het prachtige huis waar mijn moeder geboren werd, in een prachtige stad die later bezweek aan alle chemicaliën, tot er zelfs geen bloemen meer bloeiden. Ik zie een hele wereld die ooit oneindig veel landen telde. Linden speurt in mijn gezicht naar begrip. Zijn ogen zijn een beetje vochtig en ik knik omdat ik het heel goed begrijp. Ik begrijp wat deze tekeningen betekenen, en ik begrijp waarom hij erom zou willen huilen.

'Ik weet het,' zeg ik. 'Ik weet het maar al te goed.'

De huizen verkommerden zoals de wereld verkommerde.

Linden tekent steeds meer. Hij tekent bewoonbare huizen en vraagt naar mijn mening. Hij zegt dat hij binnenkort gaat proberen ze te verkopen. Ik sta er versteld van dat een jongen die zijn hele leven op één plek gewoond heeft en bijna nooit buiten komt zulke overtuigende woningen kan ontwerpen.

In de middagen komt Cecily me van hem verlossen. Dat waardeer ik, want ik wil tijd voor mezelf. Maar ik denk ook dat het goed is voor Linden om mijn kamer uit te komen. Soms lijkt het wel alsof hij degene is die niets kan.

En dan komt Cecily op een middag Linden halen en zeg ik: 'Ik dacht dat hij al bij jou was.'

Gabriel en Jenna weten ook niet waar hij is, net zomin als onze bedienden. Meester Vaughn is nergens te bekennen, en na de lunch wordt Cecily onrustig. Ze kruipt bij me in bed, met een groot boek met een harde kaft en een foto van een echo voorop. 'Hoe zeg je dit? M-E-C-O-N-I-U-M.'

Ik zeg het haar voor en zij vertelt wat het betekent, al weet ik dat al. Ze laat me grafieken zien en beschrijft wat haar baby op dit moment doet, vertelt dat hij al groot genoeg is om op zijn duim te zuigen, dat foetussen ook de hik kunnen hebben. Twee keer legt ze mijn hand op haar buik en voel ik de baby schoppen. Dat herinnert me eraan dat dit allemaal echt is, alsof het me gelukt was dat te vergeten. Ik maak me zorgen om Cecily's bevalling. Ik ben bang dat de baby dood geboren zal worden, net als Lindens eerste kind. Ik ben bang dat deze baby, dood of levend, in Vaughns kelder op een karretje zal belanden.

Cecily zit net te vertellen hoe de placenta afgestoten wordt als Linden in de deuropening verschijnt. Hij heeft een pak aan en zijn krullen zijn glad naar achteren gekamd in een minder intimiderende nabootsing van Vaughns kapsel.

'Waar heb jij gezeten?' vraagt Cecily streng.

'Bij een aannemer die geïnteresseerd is in mijn ontwerpen,' zegt hij, terwijl hij mij aankijkt. Zijn ogen stralen. 'Er is een bedrijf dat met mij wil samenwerken aan een nieuw winkelcentrum.'

'Wat geweldig!' zeg ik, en ik meen het. Linden komt op mijn bed zitten, Cecily zit tussen ons in. Hij ruikt zelfs alsof hij in de echte wereld is geweest, naar uitlaatgassen en gepoetste marmeren vloeren. 'Ik dacht zo, als je je er over een maand of twee een beetje toe in staat voelt, kunnen we misschien naar een architectuurbeurs gaan. Die zijn wel wat saai, maar het is een goede gelegenheid om mijn ontwerpen onder de aandacht te brengen. En mijn mooie vrouw, natuurlijk.' Hij strijkt het haar uit mijn gezicht, en om een of andere reden voel ik me gevleid. En opgewonden. Ik ga van het terrein af!

'Dat is best suf,' komt Cecily ertussen. 'Wie geeft er nou om winkels? Waar ik vandaan kom had je helemaal geen winkelcentrums.'

'Het zijn geen centra in de traditionele zin,' legt Linden geduldig uit. 'Het zijn meer groothandels, niet bedoeld voor gewone klanten maar voor bedrijven. Ze verkopen vooral medische apparatuur, naaimachines – dat soort dingen.'

Ik weet precies wat hij bedoelt. Ik heb aan de telefoon bestellingen aangenomen voor groothandels en ging soms met mijn broer mee op zijn bezorgronde.

'Worden die beurzen ook uitgezonden op televisie?' vraag ik.

'Deze niet. Ze zijn niet zo spannend als een plechtige opening of een doopfeest.'

'Wat is een doopfeest?' vraagt Cecily om nog eens te laten weten dat ze tussen ons in zit.

Linden legt uit dat het gezien de toestand in de wereld (hij bedoelt dat we allemaal doodgaan) reden is voor feest als er een nieuw gebouw opgetrokken wordt. Een ziekenhuis bijvoorbeeld, of zelfs een autohandel. Het is een teken dat mensen nog steeds bijdragen aan de maatschappij en dat we de hoop op verbetering niet opgegeven hebben. Daarom worden er doopfeesten gegeven, meestal door de persoon of het bedrijf dat het gebouw laat bouwen, en iedereen die bij de bouw betrokken is kan mee komen vieren. 'Net als bij een nieuwjaarsfeest,' zegt Linden. 'Maar dan voor een nieuw gebouw.'

'Mag ik eens mee naar zo'n doopfeest?' vraagt Cecily.

Linden legt zijn hand op haar buik en zegt: 'Maar dit is jouw taak, liefste. En weet je wel hoe belangrijk die is?'

'Maar als de baby geboren is?'

Hij glimlacht en kust haar. Ze laat hem begaan, en het is duidelijk dat ze al een tijdje zo vertrouwd zijn met elkaar. 'Dan moet je voor de baby zorgen,' zegt hij.

'Elle kan wel een keertje voor de baby zorgen.' Ze begint boos te worden. Linden zegt dat ze dit later onder vier ogen kunnen bespreken, en zij zegt: 'Nee, nu.' Ze heeft tranen in haar ogen en is het zwangerschapsboek op mijn schoot helemaal vergeten.

'Cecily...' zeg ik.

'Het is niet eerlijk!' Nu richt haar boosheid zich op mij. 'Ik heb hem alles gegeven en ik verdien het om naar een feestje te gaan als ik dat wil. Wat heb jij gedaan? Wat heb jij opgeofferd?'

Te veel om op te noemen, Cecily. Meer dan je denkt.

De woede laait op in mijn binnenste en doet pijn aan mijn botten. Ze daagt me uit, maar ik doe mijn uiterste best om mijn mond dicht te houden. Het kan niet anders. Het kan niet anders, want als ik nu de waarheid spreek, zal ik voor altijd een gevangene zijn. En ik ben niet van plan die beurs of wat voor feestje dan ook aan haar af te staan, want die zijn van mij. Mijn enige kans om mijn broer te laten zien dat ik nog leef, om een uitweg te vinden. Dat verdien ík. Niet zij.

Haar grote ogen staan vol tranen. Ze begint te snotteren en te hikken en Linden tilt haar op – haar kleine, opgezwollen lijfje in zijn armen – en neemt haar mee. Ik hoor haar jammeren op de gang.

Kokend van woede staar ik naar de lelies die ze me een paar dagen geleden gebracht heeft. Ze beginnen uit te vallen. De bloemblaadjes rond de vaas zijn verschrompeld tot snippertjes vloeipapier. Het is net alsof je in de open ogen van een mooie dode kijkt.

Cecily's goede bedoelingen houden nooit lang stand.

Gabriel en ik gaan heel omzichtig met elkaar om. Ik kan een hele ochtend aan die ene kus denken, maar als hij me mijn lunch komt brengen praten we alleen maar over het weer. Hij zegt dat het kouder aan het worden is en denkt dat we sneeuw krijgen.

'Heb je Cecily haar lunch al gebracht?' vraag ik, terwijl hij het dienblad over mijn schoot zet. Nu ik mijn bed niet uit kan is het moeilijker voor ons om elkaar te zien. Ik kan niet met hem meelopen als hij aan het werk is of stiekem een paar minuten met hem in een van de tuinen zijn.

'Ja,' gromt hij. 'Ze gooide de juskom naar mijn hoofd.'

Ondanks alles moet ik lachen. 'Dat meen je niet.'

'Ze wilde haar aardappels twee keer gebakken, niet een keer. Ze kan verrassend goed mikken voor een meisje in haar toestand.' Dat laatste zegt hij op sarcastische toon. We weten allemaal dat Cecily lang niet zo'n teer poppetje is als Linden en Vaughn denken. 'Ze is in een heerlijk humeur.'

'Dat zou wel eens mijn schuld kunnen zijn,' zeg ik. 'Gisteravond zei Linden dat hij erover denkt mij mee te nemen naar een of ander architectenfeestje, en ze kreeg een driftbui omdat hij haar niet meevroeg.'

Hij trekt een gezicht en komt op de rand van mijn bed zitten. 'Wil jij dan naar zo'n doopfeest?'

'Gabriel,' zeg ik zacht, 'dat is misschien mijn enige uitweg.'

Hij kijkt me een tijdje met een ondoorgrondelijk gezicht aan en buigt dan zijn hoofd. 'Nou, je hebt wel eens een slechter ontsnappingsplan bedacht.'

'Dat kan ik niet ontkennen. Ik zit hier in vier verschillende gipsverbanden.'

'Is het echt zo erg hier?' vraagt hij. Dan komt er paniek in zijn ogen. 'Dwingt de Huisheer je om... je weet wel, dingen te doen in bed?' Zijn wangen staan in brand.

'Nee!' Ik leg mijn hand op de zijne. 'Dat is het helemaal niet. Gabriel, ik kan hier niet de rest van mijn leven blijven.'

'Waarom niet? Wat is er in de vrije wereld dat je hier niet kunt krijgen?' vraagt hij.

'Mijn broer, om te beginnen. Mijn eigen huis,' zeg ik. Ik knijp in zijn hand; hij staart ernaar met een blik die ik niet begrijp.

'Wat is er?'

'Ik vind het gevaarlijk,' zegt hij. 'Ik vind dat je moet blijven.'

Ik weet niet wat de uitdrukking op zijn gezicht betekent. Hij is niet kil of boos zoals die dag bij het zwembad. Hij is niet bitter. Er is iets anders aan de hand. 'En als ik je nou vraag mee te gaan?'

'Wat?'

'Die avond, met die orkaan. Ik stond op de vuurtoren en zag je aankomen, en ik zei: "Ga mee," maar je hoorde het niet. Ik zag een hek. Dat wilde ik proberen te halen.'

'Voordat een stuk windmolen je bewusteloos sloeg,' zegt hij droog. 'Rhine, het is gevaarlijk. Ik weet dat je niet van plan bent er nog een keer in een orkaan vandoor te gaan, maar wat verwacht je nou? Dat hij je meeneemt naar een feestje en dat je dan zo de deur uit loopt?'

'Ja, misschien wel,' zeg ik. In mijn hoofd klonk het beter.

Gabriel haalt het dienblad tussen ons uit, pakt allebei mijn handen en komt heel dicht bij me zitten. Dit is een groot risico nu mijn deur wijd openstaat en iedereen thuis is, maar op dit moment lijkt dat niet belangrijk. 'Een orkaan of een feestje, het komt op hetzelfde neer,' zegt hij. 'Het is gevaarlijk. De Huisheer laat je niet zomaar de deur uit wandelen, en de Meester al helemaal niet. Het heeft maanden geduurd voor je zelfs maar je raam mocht opendoen of de tuin in kon. En weet je? Meester Vaughn heeft het erover deze privileges weer in te trekken.'

'Hoe weet jij dat?' vraag ik.

'Hij heeft tegen alle bedienden gezegd dat als jij of Cecily of Jenna onze sleutelkaart voor de lift willen gebruiken, we het eerst aan hem moeten vragen.'

'Wanneer was dat?'

'Terwijl jij aan vijf verschillende machines voor je leven vocht,' zegt hij.

'Ik vocht niet voor mijn leven.' Ik knijp in zijn hand. 'Als ik mijn zin had gekregen was ik ter plekke doodgegaan, dat had ik niet erg gevonden. Maar weet je wat me elke dag weer op de been houdt? Die rivier. De Rijn. Ik denk dat mijn ouders me die naam niet zomaar gegeven hebben. Ik denk dat het betekent dat ik ergens naartoe moet. Nú vecht ik voor mijn leven.'

'Waar moet je dan naartoe?'

'Weet ik het!' Het is zo frustrerend om nu met logica bestookt te worden. Al mijn plannen lijken er zo hopeloos door. 'Maar hier hoor ik niet. Hier niet. Ga je nou mee of niet?'

Hij trekt een wenkbrauw op. 'Zou je zonder mij vertrekken?'

'Nee,' zeg ik. 'Ik sleep je aan je haren mee.' Ik grijns naar hem, en eindelijk geeft hij zich gewonnen en schenkt me zijn zeld-zame glimlach.

'Je bent gestoord, weet je dat?'

'Dat is het enige wat me staande houdt,' zeg ik. Hij buigt zich naar me toe, en ik voel die golf van opwinding die betekent dat we elkaar gaan kussen. Ik doe mijn ogen dicht, en zijn hand strijkt langs mijn wang als we worden onderbroken door een klop op de deurpost.

'Ik wil niet storen,' zegt Deirdre, wijzend naar het dienblaadje in haar hand. 'Maar Meester Vaughn vroeg me je aspirine te brengen.'

Gabriel schuift achteruit, maar ik zie aan zijn ogen dat hij me wil aanraken. Hij zegt alleen: 'Tot later.'

'Tot later.'

Als hij weg is geeft Deirdre me twee witte pilletjes en een glas water. 'Je stoorde niet,' zeg ik als ik de pillen heb ingenomen. 'Gabriel en ik deden niets... Ik bedoel...'

Met gloeiende wangen zoek ik naar de goede woorden, maar Deirdre glimlacht alleen maar. 'Het geeft niets,' zegt ze. 'Mees-ter Vaughn is niet eens thuis. Nadat hij me vroeg je de aspirine te brengen werd hij naar het ziekenhuis geroepen.' Ze loopt naar mijn toilettafel en komt terug met een tubetje lipbalsem, die ze op mijn ruwe lippen smeert. Daarna schudt ze mijn kussen op. 'Het is een mooie dag. Zal ik het raam voor je openzetten?'

'Het is goed zo,' zeg ik. Als ze even ophoudt met redderen zie ik de bezorgdheid in haar ogen. Mijn trouwe kleine bediende. 'Echt, maak je geen zorgen.'

'Wat heeft de Meester tegen je gezegd?' fluistert ze zo onver-wacht dat ik ervan schrik.

'Wat?'

'Toen je lag te slapen – ik dacht tenminste dat je lag te slapen. Ik kwam je een nieuw kussen brengen, maar Meester Vaughn was bij je en zei dat ik weg moest gaan.' Ze kijkt schuldbewust naar haar voeten. 'Ik ben in de gang blijven staan. Ik probeerde af te luisteren. Het spijt me, dat had ik niet moeten doen. Ik dacht alleen...'

Ze krijgt tranen in haar ogen. Dit is niks voor haar, waardoor ik eerst denk dat de koorts terug is en ik aan het ijlen ben. 'Ik dacht alleen dat hij je kwaad wilde doen.'

Ik pak haar trillende hand. 'Waarom dacht je dat?'

'O, Rhine,' zegt ze snikkend. 'Als je probeerde weg te lopen, dan moet je dat niet nog een keer doen. Je komt hier nooit weg en hij zal je leven tot een verschrikking maken.'

'Ik probeerde niet weg te lopen,' zeg ik.

Ze schudt haar hoofd. 'Maar als hij denkt van wel... Daar gaat het om. Je begrijpt het niet. Je begrijpt niet hoe hij is als hij zijn zin niet krijgt.'

'Deirdre.' Ik trek haar zachtjes naar me toe. 'Wat bedoel je nou eigenlijk?'

De tranen stromen over haar wangen. Met horten en stoten zegt ze: 'Lady Rose wilde geen kind, helemaal niet. Ze had altijd ruzie met Meester Vaughn. Ze geloofde niet dat hij een antiserum zou vinden, en ze wilde niet dat er weer een kind geboren zou worden, alleen maar om dood te gaan. Hij noemde haar een pronaturalist. Ik hoorde ze tegen elkaar schreeuwen. Op een keer stond ik haar wasgoed op te ruimen en moest ik me in de kast verstoppen, zo bang was ik om erin verzeild te raken.'

Ze komt op de rand van mijn bed zitten en veegt de tranen uit haar ogen, maar er komen gewoon weer nieuwe. 'Maar toen ze toch zwanger raakte was ze blij. Ze vroeg of ik haar wilde leren breien en maakte een dekentje voor de wieg.' Ze glimlacht bij de herinnering, maar dat duurt niet lang. 'Toen ze moest bevallen, was Linden op een beurs. En ze had zo veel pijn dat Meester Vaughn haar zwaar verdoofd hield. Toen ze uren later bijkwam en hij zei dat haar dochtertje het niet gered had, wilde ze hem niet geloven. Ze zei dat ze de baby had horen huilen. Hij zei dat ze het zich verbeeld had, dat de baby dood geboren was.'

Het lijkt opeens donkerder in de kamer, kouder. Deirdre zegt: 'Maar toen ik de wierook in de gang ververste hoorde ik ook een baby huilen. Meester Vaughn zei tegen lady Rose: "Jij wilt dat de mensheid uitsterft, en het lijkt erop dat je je zin krijgt."'

Ik kan het Vaughn horen zeggen. Mijn hart breekt alsof zijn woorden voor mij bedoeld waren. Ik zie Rose, springlevend en diepbedroefd, met haar handen op haar buik, waar ze haar kind uren tevoren nog had voelen bewegen. Ik zou willen dat ze me dit zelf verteld had, want ik voel een overweldigende behoefte om haar in mijn armen te nemen en te zeggen hoe erg ik het vind dat het gebeurd is. Ik vermoed dat ze net zulke hartstochtelijke gevoelens voor Vaughn koesterde als ik. Misschien was haar liefde voor Linden wel de enige reden dat ze hem verdroeg. En misschien hoopte ze dat ik zou leren van onze man te houden, zodat ik ook zou leren Vaughn te verdragen.

'O, ze was er kapot van. Daarna is ze nooit meer de oude geworden,' vervolgt Deirdre. 'Ze had haar eigen bediende, Lydia. Maar Rose kon niet tegen zo'n jong meisje om zich heen, want dat herinnerde haar aan de dochter die ze had moeten hebben.

Uiteindelijk wist ze Huisheer Linden over te halen haar te verkopen. Zelfs Elle en mij kon ze niet zien.'

'Weet verder nog iemand dit?' vraag ik.

'Nee. Iedereen denkt dat de baby dood geboren is. En anders houden ze het voor zich. Vertel het alsjeblieft niet verder.'

'Nee.' Ik geef haar een zakdoekje aan. 'Nee, dit blijft tussen jou en mij.'

Ze dept haar neus droog, vouwt het zakdoekje op en steekt het in de zak van haar rok. 'Ik heb het nog nooit aan iemand verteld.'

Ik kan merken dat een deel van de last van haar schouders gevallen is, ondanks haar tranen. Het is een afschuwelijk geheim voor zo'n jong meisje. Op dit landgoed – nee, in deze wereld – kan een kind niet gewoon kind zijn. Ik sla een arm om haar heen en ze gunt zichzelf een moment van zwakte, laat zich tegen mijn borst zakken en houdt me stevig vast.

'Hij heeft altijd het laatste woord. Dus wat hij ook van je vraagt, luister alsjeblieft naar hem, voor je eigen bestwil.'

'Goed,' zeg ik. Maar dat meen ik niet. Dit verhaal heeft mijn verlangen om te ontsnappen, om te zijn als de rivier in Lindens atlas, juist alleen maar groter gemaakt. Want wat hier gebeurt is angstaanjagender dan ik ooit heb kunnen denken. Het leven is nu heel anders dan toen er lelies in mijn moeders tuin bloeiden en al mijn geheimen in een kartonnen bekertje pasten.

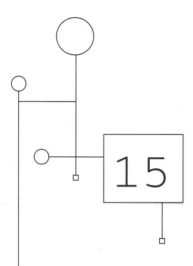

15

ALS CECILY uitgespeeld is en de illusie weer in het keyboard verdwijnt, rekt ze haar armen boven haar hoofd en laat haar knokkels knakken.

'Dat was heel mooi, liefste,' zegt Linden. Hij zit op de bank met zijn arm om me heen. Jenna zit met opgetrokken benen op de armleuning en hij tekent met zijn andere hand afwezig patronen op haar bovenbeen.

'We hebben onze eigen kleine concertpianiste,' beaamt Jenna terwijl ze een van Lindens krullen om haar vinger wikkelt.

Cecily legt de stoflap op de toetsen. 'Misschien geen concért-pianiste,' zegt ze.

'Nee,' zeg ik instemmend. 'Een concertzaal is te steriel. Vertelde je me niet dat je dat lied in de rozentuin geschreven had?'

'In de doolhof, dacht ik,' zegt Jenna.

'Jullie hebben het allebei mis.' Cecily gaat op Lindens schoot zitten. 'Ik heb het in de boomgaard geschreven.'

'Heb je het echt zelf geschreven?' vraagt Linden verbaasd. Jenna zit nog steeds met zijn haar te spelen, en hij buigt zijn hoofd verstrooid naar haar toe.

'Ja. In mijn hoofd. Dan onthoud ik het voor later. Maar...' Haar stem sterft weg. Ze wendt haar hoofd af, zucht verdrietig.

'Wat is er, liefste?' vraagt Linden.

'Nou, dit liedje is eigenlijk al wat ouder,' zegt Cecily. 'Ik ben al zo lang niet buiten geweest.'

'Wij ook niet, Cecily,' zeg ik. 'Dat geldt voor ons allemaal. Het was ook zo gevaarlijk met die orkanen. Je zag hoe ernstig ik gewond was. Ik ben nu pas weer een beetje op de been.'

'Maar we hebben al in geen weken meer een orkaan gehad,' zegt Jenna. 'Het is juist best lekker weer. Vind je ook niet?' Ze kijkt naar Linden, die een blos op zijn wangen heeft gekregen. De genegenheid van drie vrouwen tegelijk is een beetje te veel voor hem.

'Ja... Ja, dat is wel zo.'

'Meester Vaughn is alleen maar bezorgd om onze veiligheid,' zeg ik. 'Daarom gaat hij met ons mee naar buiten.'

'Gaat hij altijd met jullie mee?' vraagt Linden.

'Het wordt wel een beetje deprimerend,' bekent Jenna. 'We zijn dol op onze schoonvader, dat weet je, maar meisjes willen ook wel eens alleen zijn.'

'Om hun creativiteit te uiten,' zegt Cecily.

'Om na te denken,' zeg ik.

'En om meidendingen met elkaar te bespreken,' zegt Jenna.

'En Rhine en ik kunnen nooit meer tennissen of op de trampoline springen. De virtuele spelletjes zijn best leuk, maar we krijgen eigenlijk helemaal geen beweging.'

'Ik wilde het niet zeggen,' zegt Cecily, 'maar ze worden allebei dikker.'

Jenna knijpt haar ogen tot spleetjes. 'Moet jij nodig zeggen.'

Linden ziet al een beetje rood, maar als Cecily zijn gezicht in haar handen neemt, hem een kus geeft en vraagt of hij vindt dat haar zwangerschap haar onaantrekkelijk maakt, heeft hij het echt niet meer. 'J-je bent prachtig,' zegt hij. 'Jullie alle drie. Maar als jullie denken dat een tijdje buiten jullie goed zal doen, ga ik wel met mijn vader praten. Ik wist niet dat jullie je zo... eh... opgesloten voelden.'

'Echt?' roept Cecily uit.

Ik kruip nog dichter tegen hem aan. 'Meen je dat?'

'Wat ben je toch lief,' zegt Jenna, en ze geeft hem een kus boven op zijn hoofd.

Hij schiet overeind, laat Cecily voorzichtig van zijn schoot glijden en wurmt zich tussen mij en Jenna uit. 'Ik praat met hem zodra hij vanavond terugkomt uit het ziekenhuis.'

Mijn zustervrouwen en ik luisteren tot we de liftdeuren achter hem horen dichtgaan. Het blijft even stil, dan laten we ons gierend van de lach tegen elkaar aan vallen.

'Dat ging geweldig,' zegt Jenna.

'Nog beter dan we gepland hadden,' zeg ik.

'Heb ik het goed gedaan?' vraagt Cecily.

Jenna woelt door haar haar. 'Laat die muziek maar zitten,' zegt ze. 'Je moet toneelspeelster worden.'

We omhelzen elkaar ter ere van onze kleine overwinning. En

of ik nu wil of niet, ik geniet van deze kameraadschap. Meer dan dat zal dit huwelijk voor mij nooit zijn.

Op de avond van de beurs krijgt Cecily weeën.
'Het zijn maar oefenweeën,' verzekert Meester Vaughn haar. 'Het zijn nog geen echte.'
Maar ze heeft wel echte pijn. Ze zit op haar knieën voor het bed, klampt zich vast aan de matras, en ik zie de angst in haar ogen. Ik weet dat ze dit niet doet om te pesten.
'We kunnen beter thuisblijven,' zeg ik tegen Linden. Ik ben al ruim een week weer op de been, net zo lang als Deirdre erover gedaan heeft om mijn prachtige rode jurk te ontwerpen en in elkaar te zetten. En na een uur lang door een stel overijverige bedienden te zijn geboend, gepoetst en opgewreven, was ik vast van plan uit deze avond te halen wat erin zat. Linden staat naast me in Cecily's deuropening, en zijn mond vormt een strakke, bezorgde lijn.
Meester Vaughn en Elle helpen Cecily in bed. 'Ga maar,' zegt Vaughn. 'Het duurt nog twee maanden voor de baby komt.'
Ik vertrouw hem niet. Ik zie al voor me hoe Cecily op een brancard door de kelder gereden wordt, schreeuwend van de pijn terwijl haar baby dood ter wereld komt en Vaughn al klaarstaat met het ontleedmes. Hij is een meedogenloos beest; zonder een spoortje menselijkheid snijdt hij de baby in stukken.
Cecily jammert zacht en Elle neemt haar gezicht af met een nat doekje. Cecily doet haar mond open, en ik denk dat ze de woorden 'niet weggaan' probeert te vormen, maar Vaughn pakt haar hand en zegt: 'Schatje, als je man vanavond een koper weet te strikken, verandert een van zijn tekeningen in

een nieuw huis. Of een winkel misschien. En zou je daar niet graag eens naartoe gaan? Zou dat niet leuk zijn?'

Ze aarzelt. Zij en Vaughn hebben een raar soort band waar ik niets van begrijp. Het is alsof zij zijn lievelingetje is, of zij in hem de vader ziet die ze nooit gehad heeft. En ze doet precies wat hij zegt.

'Gaan jullie maar naar de beurs,' zegt ze. 'Ik red me wel. Dit is tenslotte mijn taak. Ik draag graag mijn steentje bij.' Gek genoeg zegt ze dit zonder enig venijn in haar stem.

'Brave meid,' zegt Vaughn.

Ik wil haar niet met hem alleen laten. Echt niet. Maar wanneer krijg weer een kans om Linden te laten zien dat ik de ideale eerste vrouw ben, degene die hem hoort te vergezellen naar feestjes?

Terwijl Linden Cecily gedag zegt en belooft snel terug te komen, vraag ik Jenna in de bibliotheek een oogje in het zeil te houden. 'Ik vertrouw Meester Vaughn niet met haar,' zeg ik. 'Ik ook niet,' zegt ze. 'Ze hebben allerlei geheimpjes samen. Ik weet niet wat hij haar allemaal wijsmaakt. Ik word er zenuwachtig van.'

'Ik wil niet dat hij met haar alleen is.'

'Nee,' zegt ze, 'natuurlijk niet.' Ze is me al een stap voor. Ze heeft een schaakbord uit de zitkamer gehaald en is van plan aan Cecily te vragen of ze haar wil leren schaken.

'Probeer nou maar plezier te maken, oké?' zegt Jenna. 'Doe de vrijheid de groeten van me.'

'Als ik haar tegenkom zal ik het zeggen,' antwoord ik.

Linden loopt uitgerekend naar de limousine waarin ze me hiernaartoe hebben gebracht. Zonder mijn aarzeling te begrijpen houdt hij het portier voor me open. 'Mag er een raam open?' vraag ik.

'Het sneeuwt,' zegt hij. Ik dacht altijd dat Florida een gematigd klimaat had, maar daar is tot nu toe weinig van gebleken. 'De koude lucht is goed voor je longen.' Dat heb ik van Vaughn gehoord, dus het is misschien niet eens waar, maar Linden haalt zijn schouders op.

'Als jij dat graag wilt,' zegt hij.

Ik stap achter in de limo, en ondanks de fles champagne die in een emmer ijs op ons staat te wachten, ondanks de verwarmde leren stoelen, verwacht ik dat er zo iets afschuwelijks gaat gebeuren. Ik doe meteen mijn raampje open en adem de ijskoude lucht in, en ik vind het niet erg als Linden zijn jas om mijn schouders legt. We rijden nog niet, en ik ben er nog niet van overtuigd dat dit veilig is. Vaughn kennende heeft hij waarschijnlijk iemand opdracht gegeven me bewusteloos te slaan, zodat ik het toegangshek nooit zal kunnen vinden.

Er zit een raam in het dak, maar het is van getint glas en ik kan de avondhemel er niet door zien. 'Kan dat open?' vraag ik.

Linden lacht en wrijft mijn armen warm. 'Wil je in een ijspegel veranderen? Natuurlijk kan het zonnedak open.'

Als het open is ga ik staan. Ik verlies bijna mijn evenwicht, want nu rijden we wel. Linden pakt me bij mijn middel om me tegen te houden, en dat vind ik helemaal niet erg, want het zonnedak is open en ik leun met mijn armen op het dak van de auto. De sneeuwt dwarrelt op mijn haar en lijkt te smelten in het licht van de limo. Ik zie de bomen voorbijglijden, de gerepareerde midgetgolfbaan, de sinaasappelboomgaard, Jenna's trampoline. Al die dingen, die de afgelopen maanden mijn hele wereld zijn geweest, zie ik kleiner worden. Het lijkt alsof ze me gedag zeggen. Dag, fijne avond. Ik glimlach en kijk vooruit naar wat er komen gaat.

Een tijdje zie ik alleen maar bomen. Zo ver ben ik nog nooit geweest. Ik wist niet eens dat er een weg deze kant op liep. We rijden een eeuwigheid, zo lijkt het. Ik kijk naar de sterren tussen de bomen, en naar de wassende maan die me probeert bij te houden.

Na een tijdje komen we bij het hek met de puntige bloem, die openbreekt als het hek openzwaait om ons door te laten. Alsof het niets is. En dan zijn we het landgoed af. Nog meer bomen, en dan opeens een stad. Veel lichtjes en drommen lachende en pratende mensen. Zo te zien zijn ze hier rijker dan waar ik vandaan kom, en geld heeft de mensen de illusie van tijd gegeven. Misschien hopen ze op een antiserum dat hen zal redden, of misschien zijn ze gewoon blij dat ze 's avonds terug kunnen naar een gezellig huis. Ik zie geen tekenen van wanhoop, geen bedelende wezens. Wat ik wel zie is een vrouw in een roze jurk die dubbel ligt van het lachen voor een bioscoop met een enorme lichtbak erboven, waarop de titels van de films te zien zijn. Ik ruik fastfood en nieuw beton en de stank van een afvoerpijp ergens ver weg.

Het is een schok. Het is alsof ik op Mars geland ben, maar ook alsof ik thuisgekomen ben.

We rijden langs een haven, die er heel anders uitziet dan die van Manhattan. Een zandstrand loopt af naar het water en er zijn een heleboel steigers waaraan bootjes voor de nacht zijn vastgebonden, deinend op het ritme van de zee.

Linden trekt me zachtjes terug naar binnen, want hij is bang dat ik een longontsteking oploop. Even interesseert dat me niets, maar dan bedenk ik dat hij me nooit meer het huis uit zal laten als ik inderdaad longontsteking krijg. Het is al een wonder dat hij me nu meegenomen heeft, gezien zijn bezorgdheid toen mijn gebroken botten aan het genezen waren. Vaughn moest Linden ervan verzekeren dat ik zo sterk was als een os (net als zijn dode zoon, dacht ik toen ik de vergelijking hoorde) voor hij ook maar wilde overwegen me vanavond mee uit te nemen.

Ik ga weer op de verwarmde stoel zitten, laat Linden het raam dichtdoen en kijk naar de stad door het lichtgetinte glas. Dit is niet eens zo gek. Linden schenkt me een glas champagne in en we proosten. Ik heb één keer eerder alcohol gedronken, een paar jaar geleden, toen ik van het dak viel terwijl Rowan en ik een lek probeerden te dichten. Mijn schouder schoot uit de kom en Rowan gaf me een stoffige fles wodka uit de kelder tegen de pijn, zodat hij mijn schouder weer recht kon zetten. Maar dit smaakt anders, tintelend en fris. Het verwarmt mijn maag, terwijl de wodka alleen maar brandde.

Ik vind het goed dat Linden een arm om me heen slaat. Een eerste vrouw zou dat goed vinden. Eerst houdt hij zijn arm stijf, maar dan lijkt hij zich een beetje te ontspannen. Hij pakt een van mijn krullen – gefixeerd en ingespoten, zodat ze de hele avond goed blijven zitten – en windt hem om zijn vinger. Ik vraag me af hoe Rose haar haren droeg als hij haar mee uit nam.

We drinken de champagne op en hij neemt het lege glas van me aan en zegt dat er op de beurs nog meer komt. Hij zegt dat er veel geproost zal worden en dat er kelners rond zullen lopen met dienbladen vol wijn. 'Als het haar te veel werd deed Rose alleen nog maar alsof ze dronk. Volgens mij liet ze zich lege glazen brengen om de illusie te versterken.' Hij kijkt de andere kant op, naar het verkeer buiten, alsof hij spijt heeft van wat hij gezegd heeft.

Ik leg mijn hand op zijn knie en zeg vriendelijk: 'Goed van haar. Wat deed ze nog meer?'

Hij tuit zijn lippen, kijkt voorzichtig mijn kant op. 'Ze lachte om alles wat iedereen zei en ze keek mensen aan als ze iets vertelden. En ze glimlachte altijd. Aan het eind van de avond, als we weer met z'n tweeën waren, zei ze dat haar wangen pijn deden van het glimlachen.'

Glimlachen. Geïnteresseerd kijken. Doen alsof je drinkt. En stralen als een ster, voeg ik aan het lijstje toe, want ook dat lijkt me iets wat Rose gedaan zou hebben. Naarmate we dichter bij onze bestemming komen krijg ik meer en meer het gevoel dat ik haar wereld binnen ga. Ik voel me haar plaatsvervangster. Op de dag dat we elkaar ontmoetten zei ze al dat ik dat zou worden, maar toen wilde ik haar niet geloven. Maar nu, met de warmte van de leren stoelen en de zoete geur van Lindens aftershave, lijkt het niet zo erg om haar plaatsvervangster te zijn. Al is het natuurlijk maar tijdelijk.

Ik neem even de tijd om mezelf eraan te herinneren dat deze bruisende stad niet míjn stad is, dat deze mensen vreemden zijn. Dat mijn broer hier niet is. Hij is alleen en wacht op mij. Nu ik weg ben is er niemand om de wacht te houden terwijl hij slaapt. Die gedachte veroorzaakt een bittere golf van angst, die door de champagne in mijn maag klotst, maar ik dwing mezelf om kalm te blijven voor ik moet overgeven. Ik kan alleen naar hem terug als ik dit tot een goed einde weet te brengen, hoe lang het ook mag duren.

We komen bij een hoog wit gebouw met een grote fluwelen strik boven de dubbele deuren. Als we uitstappen zie ik dezelfde fluwelen strikken aan lantaarnpalen en winkelgevels. Een man verkleed als de Kerstman rinkelt met een bel, terwijl mensen geld in een rode emmer aan zijn voeten gooien.

'Ze beginnen dit jaar vroeg aan de winterzonnewende,' zegt Linden achteloos.

Ik heb sinds mijn twaalfde al geen zonnewende meer gevierd. Rowan vond het niet nodig om geld uit te geven aan cadeautjes en tijd te verspillen aan het versieren van het huis. Toen we klein waren versierden onze ouders het huis met rode strikken en kartonnen sneeuwpoppen, en de hele maand december kwamen er de heerlijkste, zoetste geuren uit de keuken. Mijn vader maakte muziek uit een eeuwenoud boek dat *Kerstklassieken* heette, al had al vóór zijn geboorte niemand het meer over kerst. En op de zonnewende, de kortste dag van het jaar, kregen we cadeautjes van onze ouders. Meestal dingen die ze zelf gemaakt hadden; mijn moeder kon heel goed naaien en mijn vader maakte van alles van hout.

Zonder hen stierf onze kleine traditie. Voor mijn broer en mij was de winter niets meer dan het zwaarste seizoen voor bedelaars. We zouden de ramen inmiddels dichtgetimmerd hebben om te voorkomen dat wezen bij ons beschutting zochten tegen de ijskoude wind. De kou in Manhattan is intens en meedogenloos. Soms kwam de sneeuw tot aan de deurkruk en moesten we in alle vroegte opstaan om ons een weg naar de vrijheid te banen en op tijd op ons werk te komen. We sleepten de veldbedden naar de verwarmingsketel en nog steeds konden we onze adem voor ons gezicht zien hangen.

'Niet schrikken als ze allemaal je hand willen kussen,' fluistert Linden in mijn oor, terwijl hij me een arm geeft en we de trap op lopen.

Omdat Linden deze beurzen droog en saai noemde, verwacht ik er niet veel van. Maar binnen treffen we een grote en goed-geklede menigte aan. In de ruimte zweven hologrammen, beelden van huizen die draaien en wentelen. Ramen gaan open en je stapt naar binnen voor een overweldigende rond-leiding door de kamers. Architecten staan naast hun holo-grammen en leggen alles enthousiast uit aan iedereen die wil luisteren. Zelfs de muren en het plafond van de beurshal vor-men een indrukwekkende illusie van een blauwe hemel met deinende wolkjes. De vloer ziet eruit als wuivend gras vol veld-bloemen, en ik kan het niet laten om aan de grond te voelen of het gras echt is. Ik voel koude tegels, al lijkt het alsof mijn handen in de aarde verdwijnen. Linden grinnikt als ik me weer opricht. 'Ze proberen altijd een omgeving te scheppen waarin huizen gebouwd zouden kunnen worden,' zegt hij. 'Dit is beter dan de laatste beurs die ik bezocht, daar leek het meer op een woestijn. Iedereen kreeg er alleen maar dorst van. En die keer dat ze de verkoop probeerden te stimuleren met een kale stoep was gewoon deprimerend. Postapocalyptisch zag dat eruit.'

Het buffet is ingericht als een stadspanorama. Er is een al aan-gesneden taart in de vorm van een *biodome*. Er is een zwembad van lillende gelatine met een rand van chocoladeschilfers, en een chocoladefontein. Bloemen van glazuur zijn half opgelepeld, verminkt; ze zien eruit als Dorothy's Oz nadat iemand er een hap uit heeft genomen.

We hebben nog maar een paar stappen gezet als iemand mijn hand grijpt en er een kus op drukt. Mijn nekharen gaan ervan overeind staan. Ik lach stralend. 'En wie is dit lieftallige jonge ding?' vraagt een man. Man lijkt niet eens het goede woord, want hij is waarschijnlijk jonger dan ik, al draagt hij een pak dat vast meer gekost heeft dan een hele maand stroom in het landhuis.

Linden stelt me trots voor als zijn vrouw. Ik blijf glimlachen, maar het glas wijn dat mijn kant op komt drink ik helemaal leeg, en het volgende ook, want dat maakt al die handkussen gemakkelijker te verdragen. De andere vrouwen lijken allemaal gelukkig met hun man. Ze complimenteren me met mijn armbanden, vragen hoe lang ik erover gedaan heb mijn haar in model te brengen en klagen over hun eigen bedienden, die zo onhandig zijn met ritsen of knoopjes of wat dan ook. Na een tijdje wordt het allemaal één vage ruis en knik en lach en drink ik alleen nog maar. Een van de vrouwen is zwanger en scheldt met veel vertoon op een kelner die haar een glas wijn aanbiedt. Ze noemen me lieverd en schat en vragen wanneer ik zelf een kind ga krijgen. Ik zeg: 'We doen ons best.'

Geen van de vrouwen zegt iets over de bewakers bij de deur, die ons waarschijnlijk onderuit zouden halen als we er zonder onze mannen vandoor probeerden te gaan.

Maar ik geniet wel van de ronddraaiende huizen, en als Linden zijn eigen hologram activeert raak ik meteen in de ban van zijn ingekleurde en tot leven gewekte tekening. Het is niet iets wat ik precies zo eerder heb gezien; het is meer een combinatie van allerlei verschillende ontwerpen. Het is een victoriaans huis met klimopranken die tegen de muur op groeien, zich terugtrekken, weer verder groeien. Binnen zie ik mensen lopen, maar als mijn blik door het raam wordt geleid doen de mensen een stap naar achteren en zie ik houten vloeren en opwaaiende gordijnen, en ik geloof zelfs dat ik de potpourri van Rose ruik. In een van de slaapkamers staan vazen met lelies. Er is een bibliotheek met alleen maar atlassen en in het midden een tafeltje met een schaakspel erop.

De rondleiding maakt me draaierig. Ik grijp me vast aan Lindens arm. Hij ondersteunt me en drukt een klein kusje op mijn slaap. Na door al die vreemden betast en gekust te zijn, is het een opluchting even alleen door hem aangeraakt te worden.

'Wat vind je ervan?' vraagt hij.

'Als ze hier niet willen wonen zijn ze gek,' zeg ik. We glimlachen naar elkaar en nemen tegelijk een slok wijn.

Aan het eind van de avond is mijn mond doortrokken van de smaak van alcohol en bakkersglazuur, waardoor de wereld op een of andere manier zoeter ruikt. Mijn krullen zijn niet uitgezakt, al loopt het zweet in mijn nek. Ik leef in een roes, glimlach, schater, leg mijn handen op de schouders van vreemde mannen en zeg: 'O, hou op,' als ze me complimenteren met mijn ogen. De helft vraagt of ze echt zijn, en ik antwoord: 'Natuurlijk. Wat dacht je dan?'

Een van de mannen vraagt: 'Hoe kom je aan die ongelooflijke ogen?'

Ik zeg: 'Van mijn ouders.'

En Linden kijkt me verrast aan, alsof het nooit bij hem opgekomen is dat ik ouders zou kunnen hebben, laat staan dat ik ze misschien gekend heb.

'Nou, je bent een plaatje,' vervolgt de man, te dronken om de bezorgdheid op Lindens gezicht op te merken. 'Hou haar maar dicht bij je in de buurt. Ik weet niet waar ze vandaan komt, maar ik wil wedden dat er geen tweede is zoals zij.'

Linden reageert met een ingehouden en verward: 'Nee, zeker niet...' Zijn verbazing lijkt volkomen oprecht.

'Kom, lieverd,' zeg ik, op zoek naar een koosnaampje dat niet van Vaughn of Cecily is. Ik trek aan zijn arm. 'Ik wil dat huis daar bekijken.' Ik glimlach naar de man, die beschonken in zichzelf staat te giechelen. 'Neem ons niet kwalijk.'

We lopen nog wat rond. We vleien architecten. Als Linden met een van hen over zaken begint laat ik hem even alleen. Een paar minuten later komt hij weer naar me toe, terwijl ik een aardbei eet en probeer bij te komen van de drukte.

'Zullen we gaan?' vraagt hij. Ik geef hem een arm en we weten ongezien te ontsnappen.

Buiten zie ik dat de sneeuw gesmolten is. Ik besef dat de zonnige middag in het gebouw geen realiteit was. De koude lucht is een klap in mijn gezicht. We lopen naar de limousine en ik denk: ik zou ervandoor kunnen gaan. De bewakers staan binnen, niet buiten. Ik hoef alleen Linden te overmeesteren, en die is zo fragiel dat ik hem met een duwtje aan de kant kan zetten. Het zou kunnen. Ik zou kunnen vluchten. Ik zou de binnenkant van dat ijzeren hek nooit meer hoeven te zien.

Maar als Linden het portier openmaakt, stap ik in de limousine, waar het warm is en licht. De limousine die belooft me naar huis te brengen. Naar huis, denk ik, en het voelt vreemd maar niet zo héél vreemd. Ik laat me vermoeid achterover zakken en probeer mijn pijnlijke voeten uit mijn zwarte pumps te krijgen. Dat is moeilijker dan ik dacht. De limo begint te rijden en ik schiet naar voren. Linden houdt me tegen en om een of andere reden moet ik lachen.

Hij trekt mijn schoenen uit en ik slaak een dankbare zucht. 'Hoe deed ik het?' vraag ik.

'Je was fantastisch,' zegt hij. Zijn neus en wangen zijn een beetje rood. Hij strijkt met de achterkant van zijn wijsvinger over mijn wang.

Ik glimlach. Het is de eerste glimlach sinds het begin van de beurs die ik niet hoef te forceren.

Het is al laat als we thuiskomen. In de keuken en de gangen is niemand meer. Linden gaat bij Cecily kijken, die haar licht nog aanheeft. Ze zal wel op hem liggen wachten. Ik vraag me af of ze zal merken dat hij een beetje dronken is, wat waarschijnlijk mijn schuld is omdat hij mijn tempo volgde. Ik vraag me af of Rose hem zijn glas afpakte als ze vond dat hij genoeg had gehad. Ik vraag me af hoe ze dit soort dingen doorstond met een nuchter hoofd.

Ik ga naar mijn slaapkamer en trek de zweterige rode jurk uit. Ik doe mijn nachtjapon aan en maak een slordige staart in mijn haar, dat nog steeds strak in de krul zit. Ik zet het raam open en adem met diepe teugen de koude lucht in. Met het raam nog open stap ik in bed. Ik val in slaap, mijn hoofd vol ronddraaiende huizen en zwangere buiken en wijnglazen die op dienbladen naar me toe zweven.

Midden in de nacht wordt het warmer in de kamer. Ik hoor het raam dichtgaan, fluisterstille voetstappen op het dikke tapijt, en Lindens stem: 'Slaap je, lieverd?'

Hij weet nog hoe ik hem noemde op de beurs. *Lieverd*. Het klinkt fijn. Zacht. Ik vind het goed.

'Mm-mm,' antwoord ik. Het donker wemelt van glinsterende vissen en woekerende klimop. De kamer draait ook een beetje. Ik geloof dat hij vraagt of hij bij me in bed mag komen. Ik denk dat ik iets bevestigends mompel. Ik voel zijn geringe gewicht naast me, en ik ben een cirkelend planeetje en hij is de warme zon. Hij ruikt naar wijn en feest. Hij schuift dicht naar me toe en mijn hoofd rolt tegen het zijne aan.

Het is stil en donker en warm. Ik voel dat de ranken van de klimop me een gulle droom binnen leiden, en dan zegt Linden: 'Ga alsjeblieft niet weg.'

'Mm?' doe ik.

Hij ademt in mijn hals, geeft er kleine kusjes in. 'Ga alsjeblieft niet bij me weg.'

Ik ben terug uit mijn droom, maar nog lang niet helemaal. Hij tilt met een vinger mijn kin op en ik doe mijn ogen open. Ik zie een vreemd waas in zijn ogen, en er valt een druppeltje op mijn wang. Hij heeft iets gezegd, iets belangrijks, maar ik ben zo moe en ik kan het me niet herinneren. Ik kan me niets meer herinneren, maar hij wacht op antwoord, daarom zeg ik: 'Wat is er? Wat scheelt eraan?'

En hij kust me. Het is geen harde kus. Het is een zacht, voorzichtig likken van mijn onderlip. Zijn smaak vult mijn mond, en even vind ik het niet zo erg. Net zoals alles aan deze avond niet zo erg was. Op een benevelde, hallucinatorische manier. Er ontsnapt een geluidje aan mijn keel, als van een baby die tegen zijn flesje kirt. Hij trek zijn hoofd terug en kijkt me aan. Ik knipper wild met mijn ogen.

'Linden...'

'Ja, ja, ik ben er.' Hij probeert me weer te kussen, maar ik trek mijn hoofd weg.

Ik zet mijn handen tegen zijn schouders en duw hem van me af, maar ik zie de pijn in zijn ogen die me doet denken dat hij even van Rose droomde, voor ik weer in Rhine veranderde.

'Ik ben haar niet,' zeg ik. 'Linden, ze is er niet meer, ze is dood.'

'Dat weet ik,' zegt hij. Hij maakt geen avances meer. Ik laat zijn schouders los en hij komt naast me liggen. 'Het is gewoon dat jij soms...'

'Maar ik ben haar niet,' zeg ik. 'En we zijn allebei een beetje dronken.'

'Ik weet dat jij haar niet bent,' zegt hij. 'Maar ik weet niet wie je wel bent. Ik weet niet waar je vandaan komt.'

'Heb jij die vrachtauto vol meisjes niet besteld?' vraag ik.

'Dat was mijn vader,' zegt hij. 'Maar daarvóór – waarom wilde je eigenlijk bruid worden?'

Ik snak naar adem. Waarom wílde ik bruid worden? En dan denk ik aan de verbazing in zijn ogen toen die man me vroeg hoe ik aan mijn ogen kwam.

Hij weet het echt niet.

En ik weet wie het wel weet. Vaughn. Wat heeft hij zijn zoon wijsgemaakt? Dat er bruidenscholen bestaan waar enthousiaste meisjes hun hele jeugd lang leren hoe ze een man moeten behagen? Dat hij ons uit een armzalig weeshuis gehaald heeft? Dat geldt misschien voor Cecily, maar zelfs zij heeft gevaarlijk weinig benul van wat haar te wachten staat als haar baby eenmaal geboren is.

Ik zou het hem nu meteen kunnen vertellen. Ik zou hem kunnen vertellen dat Jenna's zussen in die vrachtauto geëxecuteerd zijn, en dat bruid worden wel het laatste was wat ik wilde. Maar zou hij me geloven?

En als hij me geloofde, zou hij me dan laten gaan?

Ik vraag: 'Wat denk je dat er met de meisjes gebeurd is die je niet uitgekozen hebt? De anderen?'

'Die zijn terug naar huis, of hun weeshuis, denk ik,' zegt hij.

Ik staar naar het plafond, geschokt, misselijk. Linden legt een hand op mijn schouder. 'Wat is er? Voel je je niet lekker?' Ik schud mijn hoofd.

Vaughn is machtiger dan ik dacht. Hij houdt zijn zoon gevangen in dit landhuis, afgezonderd van de wereld, en verzint een werkelijkheid voor hem. Hij geeft Linden as om te verstrooien, terwijl hij lichamen hamstert in zijn kelder. Natuurlijk wil ik hier weg; iedereen die vrij is geweest zou weer vrij willen zijn. Maar Linden is nooit vrij geweest. Hij weet niet eens dat vrijheid bestaat, dus hoe zou hij ernaar moeten verlangen?

En Gabriel is al zo lang een gevangene dat zelfs hij begint te vergeten hoeveel beter het is om daarbuiten te zijn dan hierbinnen.

Het ís toch beter daar, of niet? Stilletjes vergelijk ik de haven van New York met de rijk gevulde zee in het zwembad. Ik vergelijk het stadspark met deze uitgestrekte golfbanen en tennisbanen. Ik vergelijk mijn vuurtoren in Manhattan met die bij de negende hole tussen de reuzenijsbollen. Ik vergelijk mijn broer Rowan met Jenna en Cecily, die mijn zusters geworden zijn. En in mijn zweverige, licht bedwelmde toestand begrijp ik bijna wat Gabriel bedoelde toen hij vroeg: *Wat is er in de vrije wereld dat je hier niet kunt krijgen?*

Bijna.

Ik geef Linden een klein kusje, met mijn lippen stevig op elkaar. 'Ik heb eens nagedacht, lieverd,' zeg ik. 'Ik ben niet zo'n goede vrouw geweest, hè? Ik zal beter mijn best doen.'

'Dus je probeerde niet weg te lopen die avond toen het stormde?'

'Doe niet zo raar. Natuurlijk niet,' zegt ik.

Hij zucht tevreden, slaat zijn arm om mijn middel en valt in slaap.

Vrijheid, Gabriel. Dat kun je hier niet krijgen.

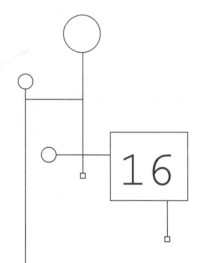

16

DE VOLGENDE ochtend krijg ik Gabriel niet te zien. Mijn ontbijt staat er al als ik wakker word, maar er zit geen juniboon bij, geen bewijs dat hij geweest is. Ik vraag toestemming om de lift te gebruiken, en als de deuren opengaan staat Gabriel er niet om me te begeleiden.

Vaughn wel.

'Goedemiddag, schatje,' zegt hij met een glimlach. 'Je ziet er een beetje verfomfaaid uit, maar mooi als altijd. Laat geworden gisteravond?'

Ik tover mijn charmante glimlach tevoorschijn, en Rose had gelijk, het doet pijn aan mijn wangen. Dit gebeurt er dus als Linden zijn vader vraagt ons meer vrijheid te geven. Vaughn heeft het laatste woord, ook al laat hij zijn zoon geloven dat het anders is. 'Het was geweldig,' zeg ik. 'Ik snap niet dat Linden die beurzen droog en saai noemt.'

Ik stap de lift in, de deuren gaan dicht en ik probeer niet te stikken. Vaughn ruikt naar de kelder. Ik vraag me af wie hij vanochtend precies ontleed heeft.

'En waar wil je vandaag heen?' vraagt hij.

Ik heb mijn jas aan, want de sneeuw is dan wel niet blijven liggen, maar ik weet nog hoe koud het gisteravond was. En ik moet nu geen longontsteking oplopen. 'Het leek me gewoon een mooie dag voor een wandeling,' zeg ik.

'Heb je gezien dat de midgetgolfbaan gerepareerd is?' vraagt Vaughn, terwijl hij op de knop voor naar beneden drukt. 'Je moet eens gaan kijken. Ze hebben het schitterend gedaan.'

Uit zijn mond klinken woorden als 'schitterend' onheilspellend. Maar ik glimlach. Ik ben charmant. Ik ben niet bang. Ik ben de eerste vrouw van Linden Ashby, de vrouw die hij 's nachts opzoekt, die hij aan zijn zij wil op feestjes. En ik ben dol op mijn schoonvader.

'Ik heb het nog niet gezien,' zeg ik. 'Ik ben er ook nog niet helemaal bij sinds mijn ongeluk. Ik heb het een en ander gemist, vrees ik.'

'Tja.' Vaughn geeft me een arm, maar op een veel opdringeriger manier dan Linden het doet. 'Dan moesten we maar eens een rondje spelen, nietwaar?'

'Ik ben er niet zo goed in, hoor,' zeg ik. Ik ben bescheiden, verlegen.

'Zo'n slimme meid als jij? Ik geloof er niets van.'

En ik denk dat hij voor de verandering de waarheid spreekt.

We werken de hele baan af en Vaughn houdt de score bij. Hij prijst mijn slag als ik een hole-in-one maak en helpt me geduldig als ik er een potje van maak. Ik griezel van zijn hand op de mijne als hij mijn golfclub leidt. Ik griezel van zijn warme adem in mijn nek.

En ik griezel als hij naast me komt staan bij de vuurtoren, de laatste hole, die nog steeds de weg naar de vrijheid wijst. Terwijl Vaughn maar doorpraat over het prachtige nieuwe kunstgras, zoek ik het pad naar het ijzeren hek. Ik weet zeker dat de limo hier ergens een pad tussen de bomen door nam.

Vlak nadat ik geslagen heb zegt Vaughn: 'En, vertel eens wat je gisteravond van de stad vond.'

'Ik was heel erg onder de indruk van alle ontwerpen. Er is veel talent...'

'Ik vraag niet naar de ontwerpen, schatje.' Hij staat te dicht bij me. 'De stad, hoe vond je je eerste kennismaking met de stad?'

'Ik heb er niet veel van gezien,' zeg ik, een beetje stijfjes. Waar wil hij heen?

'Dat komt wel.' Hij schenk me zijn bejaardenglimlachje en geeft een tikje tegen mijn neus. 'Linden heeft het alweer over de volgende feestjes. Je doet het nog ook, schatje.'

Ik blaas mijn handen warm, zie hoe hij een perfecte hole-in-one maakt. 'Wat doe ik dan precies?'

'Mijn zoon uit de dood opwekken.' Hij slaat een arm om me heen, kust me op mijn slaap, net als Linden vannacht. Maar terwijl Lindens lippen warm waren en zijn gebaar troost schonk, krioelen er bij Vaughns aanraking miljoenen insecten langs mijn ruggengraat. Deze vader en zoon lijken zo griezelig veel op elkaar, en toch ken ik geen twee mensen die zo verschillend zijn.

Maar ik ben een goede vrouw, een goede schoondochter. Ik bloos. 'Ik wil gewoon dat hij gelukkig is,' zeg ik.

'En terecht,' zegt Vaughn. 'Maak die jongen gelukkig en hij geeft je de wereld aan een touwtje.'

Aan een touwtje – de woorden waar het om draait.

Vaughn wint het spel, maar ik scoor niet veel slechter dan hij. Ik heb hem niet laten winnen. Dat heeft hij zelf gedaan. 'Je bent er veel beter in dan je zelf denkt,' zegt hij onderweg naar huis lachend. 'Niet goed genoeg om mij te verslaan. Maar wel goed.'

Ik zoek overal naar het pad dat de limo nam, maar het is nergens te bekennen.

Het is overduidelijk dat ik alleen naar buiten mag als Vaughn met me meegaat. Vandaag in elk geval. Ik ga dus maar op zoek naar Jenna, die zich in mijn lievelingsstoel genesteld heeft en met haar neus in een pocket zit met jonge, halfnaakte geliefden op de voorkant; de man redt de vrouw van de verdrinkingsdood. 'Ik heb Gabriel niet gezien,' zegt ze nog voor ik mijn mond heb opengedaan.

Ik ga in de stoel naast haar zitten. 'Vind je dat niet vreemd?'

Ze tuit haar lippen en kijkt me over haar boek heen aan. Ze knikt meelevend. Jenna is niet iemand die er doekjes om windt.

Ik vraag: 'Is de lunch al gekomen?'

'Nee...'

'Misschien zien we hem dan.' Gabriel is de enige die eten naar onze verdieping brengt, tenzij Cecily zo'n rel schopt dat er meer dan één man nodig is om haar te bedienen.

Maar we zien hem niet. Onze lunch wordt gebracht door een bediende die we nooit eerder gezien hebben, een eerste generatie, en hij weet niet eens dat we in de bibliotheek zitten. Hij moet Cecily vragen waar hij ons kan vinden, en omdat hij haar uit haar slaapje haalt is ze in zo'n rothumeur dat we haar aan de andere kant van de gang tegen de arme man tekeer horen gaan.

'Doe eens even rustig, jij,' zeg ik, als Jenna en ik in haar deuropening staan. De bediende kijkt angstig naar het kleine zwangere kruitvaatje. Maar ik zie alleen de wallen onder haar ogen, de gezwollen paarse enkels met de kussens eronder. 'Het is slecht voor de baby als je je zo opwindt.'

'Je moet mij de les niet lezen!' snauwt ze, woest gebarend naar de bediende. 'Lees hem de les maar, die onbenul!'

'Cecily...' begin ik.

'Nee, ze heeft gelijk,' zegt Jenna. Ze heeft het deksel van een van de schalen gehaald en trekt een vies gezicht. 'Dit ziet er smerig uit. Wat is dit, varkensvoer?'

Ik kijk haar geschokt aan, maar ze kijkt strak terug. 'Volgens mij moet je naar de keuken om je beklag te doen.'

O.

'Het spijt me, lady Jenna,' begint de bediende.

'Dat hoeft niet,' zeg ik. 'Het is jouw schuld niet. De hoofdkokkin hoort hierop toe te zien, en die weet best dat we een hekel hebben aan aardappelpuree.' Ik til nog een deksel op en snuif. 'En speklapjes. Van de geur alleen al krijgt Jenna galbulten. Ik ga maar even naar beneden om dit recht te zetten.'

'Ja, natuurlijk,' zegt de bediende, en ik geloof dat hij een beetje trilt als hij het karretje met dienbladen terugrijdt naar de lift, met mij in zijn kielzog.

'Let maar niet op die twee,' zeg ik nadat de liftdeuren zijn dichtgegaan. Ik glimlach geruststellend. 'Het is niets persoonlijks. Echt niet.'

Hij kijkt vluchtig op van zijn schoenen en glimlacht nerveus terug. 'Ze zeiden al dat u aardig was,' zegt hij.

In de keuken heerst de gewone drukte, wat betekent dat Vaughn niet in de buurt is. 'Neem me niet kwalijk,' zegt de bediende, 'maar lady Rhine heeft een klacht.'

Ze draaien zich met z'n allen naar me om, en de hoofdkokkin snuift verachtelijk en zegt zonder aarzelen: 'Die daar klaagt niet.'

Ik bedank de bediende voor zijn hulp, iemand neemt de dienbladen mee en het doet me verdriet dit uitstekende eten in de prullenbak te zien verdwijnen, maar ik ben hier voor iets belangrijkers. Ik baan me een weg door de stoom en het gekakel en buig me over het aanrecht, waar de hoofdkokkin boven een enorme pan staat. Ik weet dat zij in al het lawaai de enige zal zijn die het me hoort vragen. 'Wat is er met Gabriel gebeurd?'

'Je moet hier niet naar hem komen vragen. Daar krijgt die jongen alleen maar meer problemen door,' zegt ze. 'Sinds die mislukte ontsnappingspoging van jou houdt de Meester hem scherp in de gaten.'

Er loopt een ijskoude rilling over mijn rug. 'Gaat het wel goed met hem?'

'Ik heb hem niet meer gezien,' zegt ze. En ze kijkt me zo bedroefd aan. 'Niet sinds de Meester hem vanochtend naar de kelder riep.'

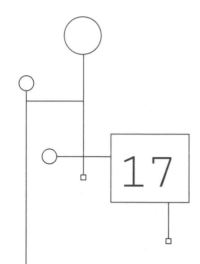

DE REST VAN de middag ben ik ziek. Jenna houdt mijn haar vast terwijl ik kokhals boven het toilet, maar er komt niets.

'Misschien heb je een beetje te veel gedronken,' zegt ze vriendelijk.

Maar dat is het niet, ik weet dat het dat niet is. Ik laat de wc-pot los en ga op de grond zitten, met mijn handen slap in mijn schoot. De tranen prikken in mijn ogen, maar ik laat ze niet lopen. Dat gun ik Vaughn niet. 'Ik moet met je praten,' zeg ik. Ik vertel haar alles. Over het lichaam van Rose in de kelder, over Gabriels kus en over Linden die geen idee heeft waar wij vandaan komen en de onbeperkte macht die Vaughn over ons leven heeft. Ik vertel haar zelfs over het dode kind van Rose en Linden.

Jenna knielt naast me, bet mijn voorhoofd en nek met een nat doekje. Het voelt fijn, ondanks alles, en ik leg mijn hoofd op haar schouder en doe mijn ogen dicht. 'Wat een nachtmerrie is dit,' zeg ik. 'Net als ik denk dat het misschien wel meevalt wordt het nog erger. Het wordt almaar erger en ik kan maar niet wakker worden. Meester Vaughn is een monster.'

'Ik denk niet dat de Meester zijn kleinkind zou doden,' zegt Jenna. 'Als het waar is wat je vertelt en hij het lichaam van Rose gebruikt om een antiserum te vinden, wil hij dan niet juist dat zijn kleinkind blijft leven?'

Ik houd me aan mijn belofte en vertel niet wat ik van Deirdre gehoord heb – dat het doodgeboren kind helemaal niet doodgeboren was. Maar de gedachte laat me niet los. Ik wil graag geloven dat Jenna gelijk heeft. Waarom zou Vaughn zijn kleinkind vermoorden? Hij heeft alleen maar zoons gehad en het zou natuurlijk kunnen dat hij die het liefst heeft, maar een kleindochter zou in elk geval kinderen voor hem kunnen baren. Soms mogen dochters van welgestelde families zelfs kiezen met wie ze trouwen en hebben ze meer rechten dan hun zustervrouwen. En voor Vaughn is niets zo belangrijk als het nut van dingen, mensen, lichamen – niets wordt verspild. Maar op een of andere manier weet ik dat Deirdre en Rose zich niet vergisten toen ze die baby hoorden huilen. En ik denk niet dat het toeval was dat Linden niet thuis was toen het gebeurde. Bij de gedachte borrelt er een nieuwe golf misselijkheid op. En Jenna's stem komt van heel ver weg als ze vraagt of het wel gaat en zegt dat ik verschrikkelijk bleek zie.

'Als er iets ergs gebeurt met Cecily of die baby, word ik gek.' Jenna wrijft geruststellend over mijn arm. 'Dat gebeurt heus niet,' zegt ze. In de stilte die volgt denk ik aan al het vreselijks dat Gabriel in de kelder zou kunnen overkomen. Ik stel me voor dat hij gemarteld, geslagen, verdoofd wordt. Ik sta mezelf niet toe te denken dat hij misschien al dood is. Ik denk aan het geluid op de gang toen we elkaar kusten, en hoe roekeloos het was om de deur open te laten, en de atlas die hij stiekem uit de bibliotheek had gehaald en die nu nog steeds op mijn toilettafel ligt. En ik weet dat dit allemaal mijn schuld is. Ik heb dit over hem afgeroepen. Voordat ik kwam was hij een opgewekte, onwetende bediende die de wereld vergeten was. Het is afschuwelijk om zo te leven, maar het is beter dan helemaal niet leven. En het is beter dan Vaughns raamloze gruwelkelder.

Ik denk aan het boek dat Linden me voorlas toen ik nog in bed lag. *Frankenstein*. Het ging over een gek die van delen van lijken een nieuw mens maakte. Ik denk aan de roze nagellak van Rose en Gabriels blauwe ogen en het kleine hartje van een dode baby, en voor ik merk dat ik me bewogen heb ben ik aan het overgeven, en Jenna houdt mijn haar vast en de wereld draait dol. Maar niet de echte wereld. Vaughns wereld.

Cecily verschijnt in de deuropening, bleek en met betraande ogen. 'Wat is er?' vraagt ze. 'Ben je ziek?'

'Het komt wel goed,' zegt Jenna, terwijl ze mijn haar naar achteren strijkt. 'Ze heeft te veel gedronken.'

Daar komt het niet door, maar ik zeg niets. Ik trek de wc door en Cecily laat water in een bekertje lopen en geeft dat aan mij. Ik neem het aan. Kreunend laat ze zich op de rand van het bad zakken. 'Zo te horen was het een leuk feest.'

'Het was niet echt een feest,' zeg ik. Ik spoel mijn mond en spuug het water uit. 'Het was gewoon een stel architecten die hun ontwerpen lieten zien.'

'Vertel me alles,' zegt Cecily met een opgewonden twinkeling in haar ogen.

'Er valt niet veel te vertellen,' zeg ik. Ik heb geen zin om haar over de betoverende hologrammen te vertellen, of over de smakelijke hapjes of de stad vol mensen waar ik bijna weggelopen was. Het is beter dat ze niet weet wat ze mist.

'Jullie praten nooit meer met me,' zegt ze. Ze kijkt alsof ze zich weer kwaad gaat maken. Het lijkt wel alsof ze met de maand emotioneler wordt. 'Het is niet eerlijk. Ik lig de hele dag maar in bed.'

'Het was hartstikke saai,' houd ik vol. 'Allemaal eerste generaties die me hun schetsen lieten zien, en ik moest doen alsof het me interesseerde. En er was een architect die een lange toespraak over het belang van winkelcentra hield, en we moesten wel een uur op van die ongemakkelijke klapstoeltjes zitten. Ik ben gewoon uit verveling dronken geworden.'

Cecily kijkt bedenkelijk, maar dan komt ze waarschijnlijk tot de slotsom dat ik de waarheid spreek, want haar ontevredenheid ebt weg en ze zegt: 'Nou, oké. Maar kun je me dan niet een verhaaltje vertellen? Iets over die tweeling die je vroeger kende?'

Jenna trekt een wenkbrauw op. Ik heb haar nooit over mijn tweelingbroer verteld, maar ze voelt de dingen beter aan dan Cecily en zal nu vast en zeker begrijpen hoe de vork in de steel zit.

Ik vertel over de dag waarop de tweeling van school naar huis liep en er zo'n harde explosie was dat de grond ervan trilde onder hun voeten. Eerste generaties hadden een aanslag gepleegd op een instituut voor genetisch onderzoek, uit protest tegen experimenten die gericht waren op het verlengen van de levensverwachting van nieuwe kinderen. 'Genoeg!' en 'De mensheid kan niet gered worden!' klonk het in de straten. Tientallen geleerden, onderzoekers en technici kwamen om het leven.

Dat was de dag waarop de tweeling wees werd.

Ik word wakker als iemand een dienblad op mijn nachtkastje zet. Cecily ligt naast me nasaal te snurken, een gewoonte die ze in haar zesde maand heeft ontwikkeld. Mijn ogen schieten hoopvol naar de bezorger van het dienblad, maar het is de zenuwachtige nieuwe bediende van vanochtend. De teleurstelling moet van mijn gezicht te lezen zijn, want hij doet zijn best om vriendelijk naar me te lachen.

'Bedankt,' zeg ik, maar zelfs dat klinkt bedroefd.

'Kijk in het servet,' zegt hij, en dan is hij weg.

Om Cecily niet wakker te maken kom ik heel langzaam overeind. Ze mompelt iets boven een plasje kwijl op het kussen en zucht.

Ik rol het servet met het bestek erin uit en er valt een blauwe juniboon in mijn hand.

De volgende dag zie ik Gabriel weer niet, en de dag daarna ook niet.

Buiten blijft de sneeuw inmiddels liggen. Ik houd Cecily gezelschap, die mokt omdat ze geen sneeuwpoppen mag gaan maken. In het weeshuis mocht ze ook al nooit naar buiten als het sneeuwde. De kinderen zouden gemakkelijk ziek worden in de kou, en het personeel was niet toegerust voor een epidemie.

Cecily pruilt maar even, waarna ze weer langzaam in slaap sukkelt. Deze zwangerschap kan me niet snel genoeg voorbij zijn. Mijn angst voor wat er te gebeuren staat als de baby er eenmaal is, wordt overheerst door mijn angst voor wat er nu al met Cecily aan de hand is. Ze is altijd kortademig, of ze ligt te huilen, en haar trouwring knelt om haar gezwollen vinger.

Terwijl zij slaapt blader ik in haar vensterbank door de atlas die Gabriel voor me meegenomen heeft. Ik kom erachter dat, terwijl mijn naam een Europese rivier is, Rowan de Engelse naam is van een klein soort rode bes die in de Himalaya en Azië groeide. Ik weet niet wat dit betekent, en of het wel iets betekent. Maar ik zit echt niet op het volgende raadsel te wachten, en na een tijdje ga ik maar gewoon wat naar de vallende sneeuw zitten kijken. Cecily heeft een mooi uitzicht vanuit haar kamer. Het bestaat vooral uit bomen, en ik bedenk dat het een gewoon bos in de echte wereld zou kunnen zijn. Het zou overal kunnen zijn.

Maar dan zie ik de zwarte limousine door de sneeuw rijden en weet ik weer waar ik ben. Ik zie de auto om een struik draaien en dan dwars door de bomen heen rijden.

Dwars door de bomen heen! Hij botst niet, de limo rijdt gewoon door de bomen heen alsof ze er niet zijn.

En dan dringt het tot me door: die bomen zijn er helemaal niet echt. Daarom kon ik het pad naar het hek nergens vinden. Het echte pad ligt verborgen achter een illusie. Een hologram, zoals die van de huizen op de beurs. Natuurlijk. Het is zo eenvoudig. Waarom ben ik daar niet eerder op gekomen? En uiteraard bedenk ik het pas nu Vaughn het me bijna onmogelijk heeft gemaakt om zonder begeleiding naar buiten te gaan.

De rest van de dag probeer ik te verzinnen hoe ik in mijn eentje buiten kan komen om het bomenhologram te bekijken, maar in mijn hoofd leiden alle wegen naar Gabriel. Al vind ik een manier om te ontsnappen, zonder hem kan ik niet gaan. Ik heb tegen hem gezegd dat ik niet zonder hem zou gaan, maar hij was van begin af aan tegen het idee. Als hij door mij in de problemen zit, zal hij het idee om te ontsnappen dan niet helemaal laten varen?

Ik moet gewoon weten hoe het met hem gaat. Totdat ik dat weet kan ik niet eens nadenken over weggaan.

Het avondeten wordt gebracht, maar ik eet niet. Ik zit met mijn hand in mijn zak aan een tafel in de bibliotheek en draai de juniboon om en om. Jenna probeert me af te leiden met interessante weetjes die ze uit bibliotheekboeken haalt. Ik weet dat ze dit speciaal voor mij doet, want normaal leest ze alleen liefdesromannetjes, maar ik kan me er niet op concentreren. Ze krijgt me zover dat ik wat chocoladepudding neem, maar die ligt als stijfsel in mijn mond.

Die avond kan ik moeilijk in slaap komen. Deirdre laat het bad voor me vollopen, met kamillezeep die een laag groen schuim op het water vormt. Het badwater voelt aan als een dieptemassage en het ruikt hemels, maar het lukt me niet om te ontspannen. Ze vlecht mijn haar terwijl ik lig te weken en vertelt over de nieuwe stoffen die ze in Los Angeles besteld heeft, en die zo leuk zijn voor strookrokken voor de zomer. Bij de gedachte dat ik er in de zomer nog zal zijn om ze te dragen voel ik me alleen maar ellendiger. En hoe minder ik reageer, hoe wanhopiger haar toon lijkt te worden. Ze begrijpt niet waarom ik zo ongelukkig ben. Ik. De verwende bruid van een zachtaardige heer die me de wereld aan een touwtje geeft. Deirdre is mijn eeuwige optimist, die altijd vraagt hoe het met me gaat en of ik iets nodig heb en steeds probeert me blij te maken. Maar het valt me op dat ze nooit over zichzelf praat.

'Deirdre?' vraag ik als ze de zeep aanvult en nog wat heet water in het bad laat lopen. 'Je zei dat je vader schilder was. Wat schilderde hij dan?'

Ze blijft met haar hand op de kraan staan en glimlacht treurig, melancholiek. 'Portretten vooral,' zegt ze.

'Mis je hem?' vraag ik.

Ik merk dat dit een heel verdrietig onderwerp voor haar is, maar ze heeft iets sterks en kalms dat me aan Rose doet denken, en ik weet dat ze niet in huilen zal uitbarsten.

'Elke dag,' zegt ze. Dan brengt ze haar handen naar elkaar in een gebaar dat half klappen lijkt en half bidden. 'Maar nu ben ik hier en kan ik doen wat ik leuk vind, dus ik heb geluk.'

'Als je kon weglopen, waar zou je dan heen gaan?'

'Weglopen?' zegt ze. Ze staat voor het kastje en zoekt tussen de flesjes geurolie. 'Waarom zou ik weglopen?'

'Het is maar een vraag. Als je overal naartoe kon in het hele land, waar zou je dan heen gaan?'

Ze lacht een beetje en laat een paar druppels vanilleolie in het water vallen. Het schuim bruist en sist. 'Maar ik ben hier gelukkig,' zegt ze. Dan: 'Alhoewel, mijn vader heeft een keer een schilderij gemaakt, van een strand. Er lagen zeesterren in het zand. Ik heb nog nooit een echte zeester vastgehouden. Naar dat strand had ik wel gewild, of naar net zo'n strand.' Ze gaat op in de herinnering, starend naar de badkamertegels. Dan komt ze er weer uit en zegt: 'Hoe is het water? Wil je er al bijna uit?'

'Ja,' zeg ik. Ik trek een nachtjapon aan en Deirdre smeert mijn voeten en kuiten in met lotion, en ik moet toegeven dat dat me wel een beetje ontspant. Ze steekt twee kaarsen aan en zegt dat de geur me zal helpen in slaap te vallen. Ze horen naar lavendel en iets wat sandelhout heet te ruiken, maar terwijl ik in slaap val voeren ze me mee naar een warm zonnig strand, en een pas beschilderd schildersdoek.

De volgende ochtend ben ik al voor zonsopkomst wakker. Ik droomde dat Gabriel met een atlas op het ontbijtblad mijn kamer in kwam. Dat valt mee, voor een nachtmerrie, maar de eenzaamheid die ik bij het ontwaken voel is verpletterend.

Ik ga de schaars verlichte gang op. De wierookstokjes zijn opgebrand en er hangt een vage geur van verbrande parfum. Ik weet dat Jenna en Cecily op dit uur nog liggen te slapen – zeker Cecily, die sinds haar zesde maand bijna elke ochtend tot twaalf uur uitslaapt –, maar een van de twee zal me wel bij zich in bed laten. Misschien werkt dat beter dan alleen slapen.

Als ik op Jenna's deur klop hoor ik zachtjes giechelen. Er ritselt iets, en dan zegt ze: 'Wie is daar?'

'Ik ben het,' zeg ik.

Meer gegiechel. 'Kom binnen,' zegt ze.

De kamer baadt in warm kaarslicht. Jenna zit rechtop in bed en haalt haar handen door haar warrige haar, en Linden strikt het touwtje van zijn pyjamabroek. Zijn blote borst is bleek, zijn gezicht rood aangelopen. Hij trekt gehaast het jasje aan en loopt zonder het dicht te knopen naar de deur. 'Goedemorgen, lieverd,' zegt hij, terwijl hij zo'n beetje langs me heen kijkt.

Hier is niets mis mee. Het is volkomen normaal. Jenna is zijn vrouw, hij is onze man. Ik zou aan het idee gewend moeten zijn. Uiteindelijk zou ik onvermijdelijk een glimp opvangen van wat zich achter deze deuren afspeelt. Maar ik kan niet voorkomen dat er een gegeneerde blos over mijn gezicht trek, en ik zie dat ook Linden zich schaamt.

'Morgen,' zeg ik, verbaasd dat ik niet stotter.

'Het is nog vroeg, probeer nog wat te slapen,' zegt hij, waarna hij me een vlugge kus op mijn mond geeft en met grote stappen de gang uit loopt.

Als ik mijn aandacht weer op Jenna richt, is ze bezig de kaarsen uit te blazen. Haar lichaam glanst van het zweet, het haar rond haar gezicht is vochtig, haar nachtjapon zit scheef dicht. Zo heb ik haar nog nooit gezien, zo mooi en wild; Linden is vast de enige die haar zo te zien krijgt. Ik onderdruk een aanval van jaloezie, die natuurlijk absurd is. Ik heb geen reden om jaloers te zijn. Ze doet me juist een plezier door Lindens avances bij mij vandaan te houden.

Ze zegt: 'Wat ruiken die dingen vies, hè? Naar de binnenkant van een leren tas. Volgens Linden zorgen ze voor sfeer.'

'Hoe lang is hij hier geweest?' vraag ik kortaf.

'Bah, de hele nacht,' zegt ze. Ze laat zich op het bed vallen. 'Ik dacht dat hij nooit meer zou vertrekken. Als we het op allerlei verschillende manieren doen word ik wel zwanger, denkt hij.'

Ik probeer uit alle macht niet te blozen. Het *Kamasutra*-boek, een van Cecily's favorieten, ligt opengeslagen, met de kaft omhoog op de grond.

'Wil jij dat ook?' vraag ik.

Ze snuift. 'Opzwellen als een kogelvis, net als Cecily? Nee, bedankt. Maar wat doe ik eraan? Ik weet trouwens niet waarom hij me niet zwanger krijgt. Een gelukje voor mij, denk ik dan maar.' Met een klopje op het bed nodigt ze me uit bij haar te komen. 'Vertel, wat is er?'

Zonder kaarslicht is het veel donkerder in de kamer. Ik kan haar trekken nauwelijks onderscheiden. Kwam ik hier echt een paar minuten geleden in de verwachting te kunnen slapen? Dat lijkt nu onmogelijk.

'Ik maak me zorgen om Gabriel,' zeg ik. Ik ga op de rand van het bed zitten, waar Linden net nog zijn touwtje vastmaakte, en om een of andere reden kan ik me er niet toe zetten om onder de dekens te kruipen.

Jenna komt overeind en slaat een arm om me heen. 'Het komt wel goed met hem,' zegt ze.

Ik staar somber naar mijn schoot.

'Oké, mooi geweest, opstaan,' zegt ze. Ze duwt me van het bed en komt achter me aan. 'Ik weet wat jij nodig hebt.'

Een paar minuten later zitten we onder een deken op de bank in de zitkamer, met een bak vanille-ijs die ze uit de keuken heeft laten komen naar de herhaling van de soap van gister-avond te kijken. Naast de liefdesromannetjes is dit een van haar andere geheime genoegens. De acteurs zijn tieners die zo geschminkt zijn dat ze er veel ouder uitzien. Jenna vertelt dat ze steeds vervangen moeten worden, want de serie loopt al meer dan tien jaar en de oorspronkelijke acteurs zijn natuur-lijk inmiddels dood. De enige constanten zijn de acteurs van de eerste generatie. En terwijl ze me uit de doeken doet wie er in coma ligt en wie per ongeluk met iemands kwaadaardige tweelingbroer getrouwd is, begin ik me badend in de gloed van de televisie een beetje te ontspannen.

'Wat maken jullie een herrie.' Cecily staat in de deuropening

in haar ogen te wrijven. Haar buik lijkt wel een te hard opgeblazen ballon. Ze heeft de onderste knoopjes van haar nachtjapon niet dichtgedaan, en de huid rond haar navel staat zo
strak dat hij pijnlijk glanst. 'Wat doen jullie hier zo vroeg?'

'*Deze krankzinnige wereld* heet het,' zegt Jenna, terwijl ze plaats-
maakt op de bank. Cecily komt tussen ons in zitten en pakt de
lepel die ik in het ijs heb gestoken. 'Kijk, die vent daar, Matt,
is verliefd op de zuster, daarom heeft hij expres zijn arm gebroken. Maar zij gaat hem zo vertellen dat ze op de röntgen-
foto een tumor ziet.'

'Wat is een tumor?' Cecily likt de lepel af en steekt hem in de
bak voor nog een hap.

'Dat is waar je vroeger kanker van kreeg,' zegt Jenna. 'Dit
speelt in de twintigste eeuw.'

'Gaan ze het doen op die operatietafel?' vraagt Cecily ongelovig.

'Getver,' zeg ik.

'Ik vind het juist lief,' zwijmelt Jenna.

'Het is gevaarlijk.' Cecily zwaait wild met de lepel. 'Er ligt een
blad met naalden, kijk, precies daar.'

'Hij heeft net zijn doodvonnis gekregen. Geen beter moment
toch om zijn grote liefde te versieren?' zegt Jenna.

Het stel op televisie begint inderdaad te vrijen op de operatietafel. De scène wordt gekuist door strategisch geplaatste re-
kwisieten en close-ups van de gezichten van de acteurs, maar
toch kijk ik de andere kant op. Ik steek een lepel in het ijs en
wacht tot het romantische muziekje afgelopen is.

Cecily heeft het in de gaten en zegt: 'Wat ben jij toch preuts.'

'Helemaal niet,' zeg ik.

'Je hebt het nog niet eens met Linden gedaan,' zegt ze. 'Waar wacht je op, onze gouden bruiloft?' Cecily is de enige die gelooft dat Vaughn zijn wondermiddel zal ontdekken en dat wij heel oud zullen worden.

'Wat er in mijn slaapkamer gebeurt gaat jou niets aan, Cecily,' zeg ik.

'Het is maar seks. Het stelt niets voor,' zegt ze. 'Linden en ik doen het bijna iedere dag. Soms wel twee keer.'

'Ach, welnee,' zegt Jenna. 'Kom op. Hij durft amper naar je te kijken, zo bang is hij dat je een miskraam krijgt.'

Cecily zet al haar stekels op. 'Nou, maar dat komt wel weer als die stomme zwangerschap voorbij is. En als jullie denken dat ik alle kinderen ga krijgen, zijn jullie gek.' Ze gebaart met haar lepel naar Jenna en naar mij. 'De volgende keer doet een van jullie dit. Jij hebt geen excuus, Jenna. Ik zie best hoe vaak jullie de deur dichtdoen.' Cecily mag dan niet zo opmerkzaam zijn, ze schijnt wel precies te weten wat er in onze slaapkamers gebeurt – of niet gebeurt, in mijn geval.

Jenna lijkt opeens slecht op haar gemak en steekt een hap ijs in haar mond. 'We doen ons best. Het is gewoon nog niet gelukt.'

'Beter je best doen dan maar.'

'Hou er maar over op, oké?'

Ze ruziën door, maar ik richt mijn aandacht weer op de televisie, waar nu een veel veiliger scène te zien is met twee mensen die in een tuin staan te praten. Ik wil niets met dit gesprek te maken hebben. Ik ben meer de zustervrouw van Jenna en Cecily dan de echtgenote van Linden. En ik kan niet aan hem denken zoals zij nu over hem spreken. Aan niemand kan ik zo denken.

Weer komt Gabriel in mijn gedachten. Onze kus na de orkaan, de vurige warmte in mijn binnenste die mijn pijn stilde. Als we ooit samen van het landgoed weten te ontsnappen, zal onze relatie dan uitgroeien tot meer? Ik weet het niet, maar het mooie van weglopen met Gabriel is dat het me de vrijheid geeft om zelf te beslissen.

Een golf warmte komt omhoog tussen mijn dijen. Het ijs in mijn mond smaakt twee keer zo zoet. En zomaar opeens moet ik zuchten.

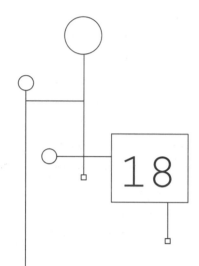

18

LINDEN ZEGT: 'Jenna en jij kunnen het goed vinden, hè?'

Hij en ik lopen hand in hand door het slaperige winterwonderland waarin de sinaasappelboomgaard veranderd is. Om ons heen is alles wit en nog witter, en er is een pad voor ons vrijgemaakt tussen sneeuwbanken zo hoog als ikzelf. Ik wist niet dat de winters zo diep in het zuiden zo streng konden zijn.

Ik knik in een wolk van mijn eigen adem. 'Ze is mijn zuster,' zeg ik. Linden kijkt naar onze verstrengelde handen, de mijne in Deirdres gebreide handschoenen. Hij brengt mijn hand naar zijn mond voor een kus, en als we verder lopen zeg ik: 'Ze praat niet veel met jou, hè?' In de tien maanden dat we hier zijn heeft Jenna vastgehouden aan haar wrok om haar gevangenschap en de moord op haar zussen. Ik kan het haar niet kwalijk nemen. En als Cecily de spanning tussen onze zuster-vrouw en onze man al opgemerkt heeft, is ze waarschijnlijk alleen maar blij dat ze een concurrente minder heeft. Als Jenna zou willen, zou ze gemakkelijk met mij kunnen wedijveren om de positie van eerste vrouw. Ze is mooi en elegant, en heel meelevend en loyaal, als je tenminste niet verantwoordelijk bent voor de moord op haar familie.

'Niet veel, nee,' zegt hij. 'Gisteravond nodigde ze me uit op haar kamer en zijn we een tijdje samen geweest, zoals je weet.' Hij bloost een beetje. 'We hebben ook gepraat.'

Ik frons mijn wenkbrauwen. 'Gepraat? Waarover?'

'Over jou,' zegt hij. 'Ze maakt zich zorgen om je. Met de stress van de baby die eraan komt en alles.'

'Linden,' zeg ik, 'het is niet eens mijn baby.'

'Nee,' geeft Linden toe, 'maar volgens Jenna houdt mijn vader jullie onder streng huisarrest en is het vooral voor jou zwaar om voor Cecily te zorgen nu ze is zoals ze is, zonder dat je af en toe tijd hebt voor jezelf.'

'Het wordt wel een beetje benauwd de hele dag met z'n drieën op die ene gang,' beken ik, maar ik snap het niet goed. Wat was Jenna's bedoeling?

Linden glimlacht naar me. Hij lijkt wel een jongetje zo, met zijn vuurrode neus en wangen en de donkere krullen die slordig onder zijn gebreide muts uit steken. Hij is het kind op de foto van Rose. 'Daar moeten we dan iets aan veranderen,' zegt hij. 'Ik heb met mijn vader gepraat en... Nou, hier.' We blijven staan en hij steekt een hand in de zak van zijn wollen jas en haalt er een in kleurig papier verpakt doosje uit. 'De zonnewende is pas over een week, maar ik vind dat je dit nu vast verdient.'

Ik trek mijn handschoenen uit om het prachtige lint los te kunnen maken, en ik doe het snel, want mijn vingers worden meteen gevoelloos. Er komt een klein doosje uit al het papier, en als ik het deksel eraf haal verwacht ik iets onpraktisch als diamanten of goud, maar het is iets heel anders. Een plastic kaartje aan een zilveren ketting. Die heb ik gezien om de halzen van de bedienden.

Het is een sleutelkaart voor de lift.

Het is zover. Ik word eerste vrouw! En ik krijg het vertrouwen dat daarbij hoort. Ik kan een kreetje niet onderdrukken. Ik sla een hand voor mijn mond, maar het lukt me niet de opwinding uit mijn ogen te weren. Vrijheid. Overhandigd in een doosje. 'Linden!' zeg ik.

'Je kunt er niet mee op élke verdieping komen. Je kunt ermee naar de begane grond, zodat je naar buiten kunt, en...' Ik werp me in zijn armen en hij houdt op met praten, ademt diep in met zijn gezicht in mijn haar.

'Dank je,' zeg ik, al heeft hij geen idee wat dit betekent en mag hij dat nooit weten ook.

'Vind je het fijn?' fluistert hij een beetje verbluft.

'Zeker,' zeg ik. Ik laat hem los en hij glimlacht naar me op die onschuldige manier die hem zo heel anders maakt dan zijn vader. De kou kleurt zijn lippen extra rood, en ik stel me zo voor dat Deirdres vader zijn portret heel graag had willen schilderen. Hij is zo zacht en mooi en lief. Hij neemt mijn gezicht in zijn handen, en voor de tweede keer in de tien maanden dat we getrouwd zijn kussen we elkaar. En voor het eerst trek ik me niet terug.

Op de vrouwenverdieping ren ik door de gang en roep Jenna,

met de sleutelkaart zwiepend om mijn hals. Lindens smaak ligt nog op mijn tong en botst met de wierooklucht die op de gang mijn zintuigen overspoelt alsof ik thuiskom na een ruimtereis.

Ik kan Jenna niet vinden. Cecily ligt te slapen. Ik hoor haar door haar dichte deur heen snurken. Ik druk op de bel voor Deirdre, die zegt dat Adair ook niets van Jenna gehoord heeft, maar ik hoef me geen zorgen te maken; ze kan nooit ver weg zijn. En dat is waar, ze kan niet ver weg zijn. Ik ga in de bibliotheek zitten wachten en zoek intussen naar meer informatie over mijn rivier en de bessen van mijn broer, maar er is natuurlijk niets te vinden. Ik lees wat over het leven van de kolibrie tot Linden me roept voor het eten.

Cecily, zwaar en log in haar achtste maand, hangt tegen me aan in de lift en klaagt over rugpijn. De bediende biedt aan haar eten op bed te brengen, maar ze zegt: 'Doe niet zo raar. Ik eet met mijn man, net als ieder ander.'

In de eetzaal zie ik Jenna al met Vaughn aan tafel zitten. Ze is bleek en kijkt amper op als Cecily en ik onze plaatsen naast haar innemen, op volgorde van leeftijd. Jenna is vorige maand stilletjes negentien geworden. Dat heeft ze me verteld. Nog één jaar te gaan. Ik vroeg haar of ze met me mee wilde als ik een ontsnappingsplan had bedacht, maar ze zei nee. Het kan haar niet schelen dat Vaughn met haar lichaam gaat experimenteren. Tegen die tijd is zij al ver hiervandaan, ver weg, bij de familie die ze verloren heeft.

Naast haar aan tafel vraag ik me af wiens as Linden zal verstrooien als Jenna er niet meer is. Ik heb mezelf al beloofd dat ik er voor die begrafenis niet meer zal zijn.

Linden komt ook aan tafel en de maaltijd verloopt in een ingetogen sfeer. Cecily voelt zich niet lekker, en het moet wel erg met haar gesteld zijn, want ze heeft nog niet eens geklaagd over de sleutelkaart om mijn hals. Ze draait ongemakkelijk op haar stoel tot een van de bedienden opdracht krijgt een kussen te gaan halen. Ze scheldt hem niet eens uit als hij het achter haar rug stopt.

Ik hoop steeds Gabriel te zien, maar hij is niet bij de bedienden die ons eten serveren. Ik heb de juniboon in mijn zak, bewaar zijn zakdoek in mijn kussensloop en hoop maar dat het goed met hem gaat, dat ik snel iets van hem zal horen. Mijn bezorgdheid moet aan me te zien zijn, want Vaughn vraagt: 'Is alles goed, schatje?' Ik zeg dat ik alleen een beetje moe ben, en Cecily zegt dat ze wil wedden dat zij moeier is, en Jenna zegt helemaal niets, wat mijn bezorgdheid alleen maar groter maakt.

Maar ik probeer wel een luchtig gesprek met Linden te voeren, want dat is het minste wat ik kan doen. Cecily doet af en toe ook een duit in het zakje, Jenna schuift de gekookte wortelen heen en weer met haar vork. Vaughn zegt dat ze iets moet eten, en hoewel hij er vriendelijk bij lacht klinkt het zo dreigend dat ze gehoorzaamt.

Na het dessert worden we teruggebracht naar onze verdieping. Cecily gaat naar bed en Jenna en ik trekken ons zonder een woord terug in een ver hoekje van de bibliotheek. 'Je hebt een sleutelkaart,' zegt ze.

'Dankzij jou,' zeg ik, denkend aan vanochtend, toen ik haar en Linden samen aantrof. 'Hoe heb je hem zover gekregen?'

'Zo moeilijk was het eigenlijk niet.' Ze gaat doelloos met een vinger over de ruggen van de boeken. 'Hij wilde het geloof ik al. Hij had alleen een zetje nodig. Het is duidelijk dat ik geen eerste vrouw wil zijn, en over een jaar ga ik toch dood.' Ze zegt het zo achteloos dat mijn hart ervan breekt. 'En Cecily overleeft ons misschien allemaal, maar die zou de verantwoordelijkheid nooit aankunnen. Dus blijf jij over, en dat heb ik hem gezegd. Rhine, jij moet het zijn. Je hebt hem er al van overtuigd dat je gek op hem bent. Je doet het zo goed dat ík er bijna van overtuigd ben.'

Mijn genegenheid voor Linden is niet helemaal gespeeld, maar ik weet niet hoe ik mijn gevoelens voor hem moet uitleggen als ik ze zelf niet eens begrijp, dus zeg ik alleen maar: 'Dank je.'

'Maar luister, wees voorzichtig.' Ze buigt zich naar me toe op die aandachtige manier van haar. 'Vanmiddag, toen jij buiten was, heb ik uit een van de bedienden weten te krijgen waar Gabriel is.'

'Wat?' zeg ik. 'Waar is hij dan? Is alles goed met hem? Heb je hem gesproken?'

'Ik heb het wel geprobeerd,' zegt ze. 'Toen de lunch kwam, heb ik weer geklaagd, en in de lift heb ik op de noodknop gedrukt, waardoor de lift naar de kelder gaat.'

'De kelder?' Ik moet een brok in mijn keel wegslikken. 'Waarom wilde je daarheen?'

'Daar is Gabriel voor onbepaalde tijd te werk gesteld,' zegt ze, en meteen komt er medelijden in haar ogen. 'Het spijt me, ik heb geprobeerd hem te vinden. Maar zodra ik de gang in liep botste ik tegen Meester Vaughn op.'

Ik heb het gevoel dat iemand me een schop tegen mijn borst heeft gegeven. Ik buig voorover om op adem te komen en laat me op mijn hurken op de grond zakken. 'Hij zit daar door mij,' zeg ik.

'Dat is niet waar.' Jenna knielt naast me. 'En er zijn zo veel ruimtes daarbeneden. Je hebt de stormkelder en een ziekenboeg, voorraadkamers met balen stof, veiligheidspakken en medische spullen. Het hoeft niets ergs te betekenen. De Meester geeft het personeel steeds andere taken.'

'Nee,' zeg ik. 'Ik weet dat dit mijn schuld is.' Ik ben roekeloos geweest. De deur stond wijd open toen hij me kuste. *Wijd open!* Hoe heb ik zo stom kunnen zijn! Dat geluid dat we hoorden was vast Vaughn, en voor we hem konden zien glibberde hij weg als de slang die hij nu eenmaal is.

Ik geef een klap op de grond en Jenna pakt mijn vuist vast. 'Luister,' zegt ze. 'Ik zei tegen de Meester dat ik verdwaald was, maar ik denk niet dat hij me geloofde. Nu mag ik vast niet meer van de verdieping af.'

'Het spijt me, Jenna...'

'Maar ik probeer hem voor je af te leiden. Ik... Ik weet het niet. Ik schop gewoon een scène, of anders Cecily wel, zodat er een hoop gedoe ontstaat. Dan krijg jij de kans om naar beneden te gaan en hem te zoeken. Oké?' Ze strijkt het haar van mijn voorhoofd. 'Je vindt hem wel, en je zult zien dat er niets met hem aan de hand is.'

'Wil je dat echt doen?' vraag ik.

Ze glimlacht, en deze ene keer lijkt ze sprekend op Rose die glimlachte op haar sterfbed. 'Welja,' zegt ze. 'Wat heb ik te verliezen?'

We zitten een tijdje zwijgend naast elkaar, terwijl haar vraag in mijn hoofd nagalmt. Ja, wat heeft ze te verliezen? En waar was

ze de hele middag, nadat ze in de gang tegen Vaughn op ge-
botst was? Die keer op de trampoline liet ze doorschemeren
dat ze bang was, maar toen had ik niet de moed om te vragen
wat ze bedoelde.

'Jenna,' zeg ik, 'wat heeft hij met je gedaan?'

'Wie?'

'Je weet wel. Meester Vaughn.'

'Niets,' zegt ze, een beetje te snel. 'Wat ik al zei. Hij betrapte
me in de kelder en stuurde me weer naar boven.'

'Je was de hele middag weg,' zeg ik. Ze kijkt naar de grond en
ik til met een vinger haar kin op. 'Jenna.' Ze kijkt me een moment lang aan. Eén afschuwelijk moment, en ik zie de pijn
in haar ogen. Ik zie dat er iets kapotgegaan is. En dan schuift
ze achteruit en staat op.

'En hoe weet jij wat er in de kelder is?' vraag ik, terwijl ik achter haar aan naar de deur loop. 'Je bent alleen een keer in de
stormkelder geweest. Hoe weet jij van die veiligheidspakken
en de ziekenboeg?'

Jenna en ik hebben de stilzwijgende afspraak dat we Cecily
buiten bepaalde dingen houden. We waken een beetje over
haar, maar vanwege haar nauwe band met Linden en Vaughn
vertellen we haar niet alles. Het is nooit bij me opgekomen dat
Jenna ook voor mij geheimen zou kunnen hebben. Maar nu
begin ik te denken dat ze al een tijdje dingen verborgen houdt.
Ze blijft staan en kijkt naar haar voeten en bijt op haar onderlip. In mijn hoofd hoor ik de stem van mijn broer. *Jouw probleem is dat je te betrokken bent.*

Maar hoe kan ik nou niet betrokken zijn, Rowan? Hoe kan ik
onverschillig zijn?

'Toe nou,' zeg ik.

'Het doet er niet toe,' zegt ze zacht.

'Vertel me wat hij gedaan heeft,' roep ik, zonder er nog aan te denken mijn stem te dempen. 'Wat heeft hij met je gedaan?'

'Niets!' roept ze net zo hard terug. 'Het gaat om wat hij met jóú van plan is. Hij weet dat je al een keer geprobeerd hebt te ontsnappen, en hij verwacht van mij dat ik je overhaal om te blijven, maar ik probeer jou te helpen, dus hou je mond verder en laat me mijn gang gaan!'

Ik ben zo verbijsterd dat ik niet achter haar aan ga als ze de bibliotheek uit stormt en de deur achter zich dichtsmijt.

Het hologram in de open haard siddert.

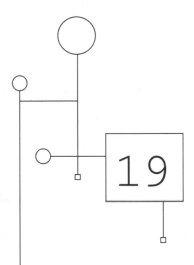

19

IK ZIT DE REST van de avond te piekeren. Deirdre masseert mijn schouders, maar raakt van streek als haar pogingen om me op te beuren geen effect hebben. 'Kan ik dan helemaal niets voor je doen?' vraagt ze.

Ik denk even na en zeg dan: 'Kun je iemand laten komen om mijn nagels te doen? En misschien mijn wenkbrauwen te harsen? Misschien voel ik me beter als er iets aan mijn uiterlijk gebeurt.'

Deirdre verzekert me dat ik er goed uitzie, maar geeft me maar al te graag mijn zin, en een paar minuten later lig ik in een warm bad, terwijl een stel kwebbelende oude vrouwen conditioner in mijn haar masseert en zowel haartjes als een reep huid uit mijn wenkbrauwen trekkt. Het zijn dezelfde vrouwen die me verzorgden op mijn trouwdag, en het is een opluchting dat ze zo in hun geroddel opgaan dat mijn nood hun ontgaat.

Dat maakt wat ik van plan ben een stuk gemakkelijker. 'Toen jullie me voor het eerst zagen vroegen jullie of mijn ogen echt waren,' zeg ik. 'Kun je irissen verven?' Het klinkt pijnlijk en absurd, maar ik heb hier wel vreemdere dingen meegemaakt.

De vrouwen beginnen te lachen. 'Natuurlijk niet!' zegt de een. 'Alleen haar kun je verven. De kleur van je ogen verander je met contactlenzen.'

'Kleine stukjes plastic die je op je oog legt,' zegt de ander.

Ik vind het net zo absurd klinken als verven, maar ik vraag: 'Doet dat pijn?'

'Welnee!'

'Helemaal niet!'

'Hebben we contactlenzen?' vraag ik. 'Ik ben zo benieuwd hoe ik eruitzie met groene ogen. Of misschien met van die mooie donkerbruine.'

De bedienden doen me dolgraag dit plezier. Een van de twee loopt weg en komt terug met kleine ronde doosjes met contactlenzen erin. Ze zien er eng uit, als irissen die van oogballen gepulkt zijn, en mijn eten dreigt weer naar boven te komen. Maar ik laat me niet kennen, want als ik die vrachtauto vol meisjes kon overleven, kan ik dit ook.

Er zijn een paar pogingen voor nodig om de lenzen in mijn ogen te krijgen. Ik knipper te veel, of mijn ogen beginnen te tranen en dan spoelen ze er weer uit. Een van de bedienden geeft het zelfs op en zegt: 'Je hebt zulke mooie ogen, kindje, je man wil vast niet dat je daar iets aan doet.' Maar de ander is vasthoudender, en samen krijgen we het voor elkaar. Ik bekijk mijn nieuwe groene ogen in de spiegel.

Indrukwekkend, dat moet ik zeggen.

De bedienden juichen om hun succes. Voor ze vertrekken geven ze me nog een flesje lenzenvloeistof en een paar blauwe en bruine lenzen om mee te oefenen. Ze waarschuwen me dat ik niet met de lenzen in moet gaan slapen, want dan plakken ze aan mijn ogen vast en krijg ik ze moeilijk weer uit.

Als ze weg zijn doe ik de groene lenzen een paar keer in en uit. Ik denk aan wat Rose zei toen ze die middag zag dat ik met de lift probeerde te ontsnappen. Ze zei dat Vaughn voor mijn ogen waarschijnlijk extra had betaald. En vanavond zei Jenna dat ze bang was voor wat hij met mij zou doen. Niet met haar, niet met Cecily. Met mij. Hebben die twee dingen met elkaar te maken? En zo ja, wat betekent dat dan? Dat hij van plan is mijn ogen uit mijn hoofd te wippen en te experimenteren met heterochromie? Voor zijn antiserum? Ik zie het feest dat hij zal geven al voor me; Linden kan de aankleding ontwerpen.

Ik leg de contactlenzen in de vloeistof en val in een diepe, droomloze slaap.

De volgende ochtend bij het ontbijt beginnen Jenna en ik plannen te smeden. We zitten op mijn bed zachtjes te praten, en we denken net dat we weten hoe we Vaughn moeten afleiden, zodat ik naar de kelder kan, als we Cecily horen gillen. We rennen naar haar slaapkamer en vinden haar op haar knieën in een waterige plas bloed, met haar gezicht tegen de zijkant van de matras gedrukt. Haar rug schokt van haar snikken.

Mijn hart bonkt in mijn oren. Jenna en ik proberen haar overeind te helpen, maar het valt niet mee om haar op bed te krijgen, want ze is zo gespannen als een veer, absurd zwaar en hysterisch van de pijn. 'Het komt,' gilt ze. 'Het komt, dat is te snel. Ik kon het niet tegenhouden.'

Eindelijk hebben we haar op bed. Ze hijgt en is zo wit als een doek. Tussen haar benen kleuren de lakens rood van het bloed. 'Ik ga Huisheer Linden halen,' zegt Jenna.

Ik wil achter haar aan gaan, maar Cecily grijpt me bij mijn arm, drukt haar nagels in mijn huid en zegt: 'Hier blijven! Niet weggaan.'

Haar toestand gaat snel achteruit. Ik fluister geruststellende dingen tegen haar, maar ze lijkt me niet te horen. Haar ogen draaien ongecontroleerd omhoog en een afschuwelijk gegrom ontsnapt aan haar mond. 'Cecily.' Ik schud haar bij haar schouders heen en weer om haar bij bewustzijn te houden. Ik weet niet wat ik anders moet doen; zij is degene die al die boeken over bevallen gelezen heeft. Zij is de deskundige, en ik ben nu waardeloos. Waardeloos en doodsbang.

Ze heeft gelijk. Het is te snel. Ze heeft nog een maand te gaan en er hoort niet zo veel bloed te zijn. Ze trekt met haar benen van de pijn. Het bloed zit overal. Op haar nachtjapon. Haar witte kanten sokjes.

'Cecily.' Ik pak haar hoofd vast. Ze staart me niet-begrijpend aan. Haar pupillen zijn onnatuurlijk groot. 'Cecily, blijf bij me.' Ze legt een koud handje tegen mijn wang en zegt: 'Je kunt me niet zomaar in de steek laten.'

Er is iets vreemds aan de manier waarop ze dit zegt, alsof er een diepere betekenis achter zit, ingegeven door haar ijltoestand of iets urgenters. In haar bruine ogen lees ik een angst die ik nooit eerder heb gezien.

Vaughn komt met een stel bedienden en een ademloze Linden de kamer in gerend en neemt de leiding. Ik ga aan de kant, zodat Linden zijn rechtmatige plaats kan innemen en Cecily's hand kan vasthouden. De bedienden hebben karretjes met medische benodigdheden bij zich. Vaughn helpt Cecily overeind in bed. 'Goed zo, meisje,' lispelt hij, en hij steekt een enorme naald in haar ruggengraat. Ik word duizelig bij de aanblik, maar als de vloeistof wordt ingespoten glijdt er een griezelige kalmte over Cecily's gezicht. Ik doe een stap naar achteren, en nog een, tot ik in de deuropening sta.

'Dit is je kans,' fluistert Jenna. Ze heeft gelijk. In deze opwinding zou ik het huis in brand kunnen steken zonder dat iemand het merkte. Het is het perfecte moment om naar de kelder te gaan en Gabriel op te sporen.

Maar Cecily is zo klein in die bloedige zee van slangetjes en machines en witte rubberhandschoenen. Ze hijgt en ze kreunt, en opeens ben ik verschrikkelijk bang dat ze doodgaat.

'Het kan niet,' zeg ik.

'Ik pas wel op haar,' zegt Jenna. 'Ik zorg ervoor dat haar niets overkomt.'

Ik weet dat ze het meent. Ik vertrouw haar. Maar zij kent het verhaal over de baby van Rose niet, zij weet niet dat alleen Vaughn er was toen Rose beviel en wat voor verschrikkelijks hij deed toen ze te verdoofd was om hem tegen te houden. Na de orkaan deed hij iets dergelijks ook met mij. Hij is het gevaarlijkst als Lindens vrouwen niet in staat zijn terug te vechten. En ik ga deze kamer niet uit zolang zijn gehandschoende handen Cecily's nachtjapon omhooghouden.

Er is nog iets anders wat me aan die kamer gekluisterd houdt. Cecily is als een zus voor me geworden, en ik vind dat het mijn taak is om haar te beschermen, net zoals mijn broer en ik elkaar altijd beschermden.

Voor mijn gevoel duurt het uren. Soms ligt Cecily te schreeuwen en om zich heen te schoppen, soms ligt ze half te slapen of zuigt ze op ijsschilfers die Elle haar voert uit een kartonnen bekertje. Op een bepaald moment vraagt ze me om een verhaal over de tweeling. Ik deel mijn verhalen liever niet met een kamer vol bedienden en Linden en Vaughn, daarom vertel ik haar een verhaal van mijn moeder. Wat ik niet weet verzin ik erbij. Ik vertel over een buurt waar iedereen vliegerde. Ze hadden ook deltavliegers, grote vliegers waar mensen aan konden hangen. Ze gingen ermee naar een hoge plek, zoals een brug of een wolkenkrabber, sprongen eraf en lieten de wind onder hun deltavlieger komen. Zo vlogen ze. Cecily zucht dromerig en zegt: 'Dat klinkt als een sprookje.'

'Zo was het ook,' zeg ik. En behalve al het andere mis ik nu ook mijn moeder. Zij zou wel weten wat ze moest doen, ze heeft zo veel baby's geboren zien worden in haar tijd. Jonge zwangere vrouwen doneerden hun kinderen aan onderzoekslaboratoria en kregen in ruil daarvoor prenatale zorg, een paar maanden een warm dak boven hun hoofd. Mijn moeder was altijd zo voorzichtig met de pasgeborenen. Ze wilde alleen maar een antiserum, zodat nieuwe generaties een lang en normaal leven zouden kunnen leiden. Toen ik klein was geloofde ik dat het haar en mijn vader zou lukken, maar toen ze omkwamen bij die explosie zei Rowan dat het zinloos was. Hij zei dat deze ellendige wereld niet te redden was en ik geloofde hem. En nu zal ik met eigen ogen de geboorte van een nieuwe generatie zien, en ik weet niet meer wat ik geloof. Ik weet alleen dat ik wil dat dit kind blijft leven.

Cecily krijgt weer een wee en haar holle rug komt los van de matras. Ik houd haar ene hand vast en Linden de andere, en één onwerkelijk moment lang heb ik bijna het gevoel dat ze ons kind is. Tijdens mijn vliegerverhaal heeft hij de hele tijd dankbaar naar me zitten kijken. Nu maakt Cecily een afschuwelijk schril, jammerend geluid. Haar lippen trillen. Linden probeert haar te kalmeren, maar ze trekt haar gezicht weg van zijn kussende mond, gromt en schreeuwt als reactie op onze sussende stemmen. De tranen springen in mijn ogen als ik haar tranen over haar gezicht zie stromen, en uiteindelijk snauw ik tegen Vaughn: 'Kun je haar niet nog wat geven tegen de pijn?' Hij als genie, kenner van het menselijk lichaam, vader in spe van het antiserum dat de wereld zal redden.

Hij kijkt me neutraal aan. 'Niet nodig.'

De bedienden leggen Cecily's benen op twee vreemde verhogingen die eruitzien als fietspedalen. Ik geloof dat ze beugels heten. Vaughn buigt zich voorover, kust Cecily's bezwete voorhoofd en zegt: 'Het is bijna voorbij, schatje, je doet het fantastisch.' Ze glimlacht vermoeid.

Jenna zit op de bank in de hoek, zelf ook bleek. Een poosje geleden heeft ze Cecily's zweterige haar gevlochten, maar sindsdien heeft ze weinig meer gezegd. Ik zou wel naast haar willen gaan zitten om haar te troosten en door haar getroost te worden, maar Cecily heeft me in een ijzeren greep en laat niet los. En algauw, te gauw, zegt Vaughn dat ze moet persen.

Het siert haar dat ze niet meer klaagt over de pijn. Ze zit rechtop tegen het hoofdeinde en een nieuw soort vastberadenheid komt over haar. Ze is er klaar voor. Ze neemt het heft in handen.

Als ze begint te persen zwellen de aderen in haar hals op. Haar huid wordt zonnebrandroze. Ze knarsetandt en knijpt in Lindens hand en mijn hand. Een langgerekte, gespannen jammerklacht blijft steken in haar keel en ontsnapt als een hortende zucht. Dit gebeurt een keer, nog een keer, nog een keer, met telkens een paar seconden ertussen waarin ze op adem kan komen. Ze raakt gefrustreerd, en Vaughn zegt dat de volgende keer de laatste keer zal zijn.

Hij blijkt gelijk te hebben. Ze perst, en de baby glijdt met een akelig bloederig geluid uit haar. Maar erger is de stilte die volgt.

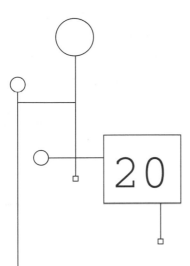

WE WACHTEN en wachten. Terwijl het witte kindje door een van de bedienden omhoog wordt gehouden, bloederig en roerloos, wil ik het liefst mijn hoofd afwenden, en Linden denk ik ook, maar we zijn verstijfd. We zijn met z'n allen verstijfd. Jenna op de bank. Cecily met onze handen in de hare. De bedienden als slapend vee.

Ik krijg amper de tijd om te denken dat Vaughn deze baby net als zijn laatste kleinkind dood zal laten gaan, want opeens komt hij in actie. Hij pakt zijn nieuwe kleinkind beet en steekt een soort pipet in zijn mondje, en een tel later klinkt er een hoog huiltje en begint de baby met zijn armpjes en beentjes te maaien. Cecily slaakt een zucht.

Vaughn houdt het kronkelende kind met twee handen omhoog. 'Gefeliciteerd,' zegt hij, 'je hebt een zoon.'

Opeens heerst er een lawaaiige drukte in de kamer. De huilende baby wordt meegenomen om gewassen en onderzocht te worden. Linden houdt Cecily's gezicht vlak bij het zijne en ze praten zacht en opgewonden, en tussendoor kussen ze elkaar.

Ik laat me naast Jenna op de bank vallen, we slaan een arm om elkaar heen en ik fluister: 'Godzijdank, dat is voorbij.'

'Misschien niet,' zegt Jenna.

De bedienden zorgen voor Cecily, die van de placenta bevallen is, die nog steeds bloedt, die nog steeds verontrustend bleek ziet. Ze wordt op een brancard gelegd en meteen sta ik naast haar. Deze keer klamp ik me aan háár vast. 'Ik ga met haar mee,' zeg ik.

'Met haar mee?' Vaughn lacht. 'Zij gaat nergens heen. We moeten de rommel alleen even opruimen.'

De bedienden zijn al bezig het bed af te halen. Vaughn staat erbij te kijken en zegt: 'Nee, dit gaat niet. De hele matras is verpest.'

'Waar is mijn kind?' fluistert Cecily. Haar ogen staan glazig en afwezig. Tranen en zweet lopen over haar gezicht. Haar ademhaling reutelt in haar borst.

'We zien hem zo, liefste.' Linden kust haar. Op dit moment ziet ze er helemaal niet uit als een kind. Als ik hen niet zou kennen, zou ik kunnen denken dat ze een gewone vader en moeder zijn, in een gewoon ziekenhuis onder gewone omstandigheden.

Maar 'gewoon' bestaat natuurlijk niet meer. Elke kans op 'gewoon' is lang geleden al kapotgemaakt, als het onderzoekslab met mijn ouders erin.

Cecily ligt er zo zwak en uitgeput bij en ziet zo bleek dat andere zorgen mijn aandacht opeisen. Stel dat ze te veel bloed verliest? Stel dat ze een infectie oploopt? Stel dat de bevalling te traumatisch was voor haar tengere lichaam en zich complicaties voordoen? Ik zou willen dat Vaughn haar naar het ziekenhuis bracht, al was het maar zijn eigen ziekenhuis in de stad. Ergens waar het licht is en veel andere dokters zijn.

Dit zeg ik allemaal niet hardop. Ik weet dat het zinloos zou zijn. Vaughn laat ons nooit van het landgoed af, en Cecily zou misschien zelfs schrikken van het idee. Ik strijk het haar uit haar bezwete gezicht en zeg: 'Nu moet je rusten, je hebt het verdiend.'

'Je hebt het verdiend, liefste,' herhaalt Linden. Hij geeft een kus op haar hand en legt die tegen zijn gezicht. Met een flauwe glimlach om haar lippen begint ze weg te zakken.

Die avond slaapt Cecily diep en zonder te snurken. Denkend aan mijn confrontatie met Vaughn na de orkaan, toen ik te zwak was om me te verdedigen, ga ik regelmatig bij haar kijken. Ze verroert zich nauwelijks, en ik ben blij om te zien dat Linden trouw naast haar zit.

Jenna gaat al voor het avondeten naar bed. Maar Vaughn komt voortdurend met smoesjes naar boven om even bij de moeder van zijn nieuwe kleinkind binnen te kunnen lopen. Het is overduidelijk dat ik voorlopig niet naar de kelder kan. Het is te riskant, en ik heb mijn sleutelkaart nog maar net. Ik wil niet dat hij nu alweer ingenomen wordt. Ik probeer mezelf te troosten met de gedachte dat het goed gaat met Gabriel. Hij heeft me immers die juniboon weten te bezorgen. Misschien weet Vaughn niets van die kus. Misschien heeft Gabriel gewoon opdracht gekregen medische apparatuur schoon te maken of de vloeren te dweilen. Maar als ik bedenk dat hij alleen is in die raamloze kelder keert mijn maag zich om. Daar komt nog bij dat ik de baby sinds ze hem wegreden niet meer gezien heb. En telkens als ik Vaughns ijdele stem op de gang hoor, denk ik dat hij komt zeggen dat hij het niet gehaald heeft.

Gabriel, pas alsjeblieft op de baby als je hem daarbeneden ziet, oké?

Na middernacht, als ik met een kop thee in mijn handen naar de sneeuw zit te kijken, komt Linden mijn kamer in. Zijn ogen en wangen stralen en hij grijnst breed. 'Ik ben net naar hem toe geweest,' zegt hij. 'Mijn zoon. Hij is zo mooi. Hij is sterk en gezond.'

'Ik ben zo blij voor je, Linden,' zeg ik. En ik meen het.

'Hoe gaat het met jou?' vraagt hij, terwijl hij de poef naar me toe trekt en gaat zitten. 'Heb je wel genoeg gegeten? Heb je nog iets nodig – wat dan ook?'

Hij is in de zevende hemel, en ik moet bekennen dat ik me daardoor ook een beetje beter voel. Alsof het allemaal wel weer goed zal komen.

Ik schud glimlachend mijn hoofd, kijk uit het raam. 'Volle maan,' zeg ik.

'Dat brengt vast geluk.' Hij steekt een hand naar me uit en pakt een streng van mijn haar. Dan komt hij naast me op de vensterbank zitten, en ik trek mijn benen op om plaats voor hem te maken. Hij glimlacht naar me en komt nog wat dichterbij. Zachtjes haalt hij mijn benen tussen ons vandaan, mijn voeten belanden op de grond en hij tilt mijn kin op en kust me. Ik protesteer niet, want ik ben eerste vrouw – door de sleutelkaart is het zo officieel als het maar zijn kan – en ik heb hem beloofd om beter mijn best te doen. Het zou verdacht zijn als ik hem nu wegduwde. En eerlijk gezegd is het ook niet het ergste van de wereld om Linden Ashby te kussen.

De kus duurt een tijdje, maar als ik voel dat hij mijn nachtjapon begint open te knopen trek ik me terug.

'Waarom niet?' vraagt hij. Zijn stem is net zo wazig als de blik in zijn ogen.

Ik maak het ene knoopje dat hij losgemaakt heeft weer dicht. 'Linden,' zeg ik blozend, maar ik kan geen goede reden bedenken, daarom kijk ik maar naar de maan.

'Omdat de deur openstaat?' vraagt hij. 'Ik doe hem wel dicht.'

'Nee, dat is het niet.'

'Wat dan wel?' Hij tilt mijn kin weer op en ik kijk hem aarzelend aan. 'Ik hou van je,' zegt hij. 'Ik wil een kind met je.'

'Nu?' vraag ik.

'Een keer. Gauw. We kunnen maar zo kort samen zijn,' zegt hij.

Korter dan je denkt, Linden. Maar ik zeg: 'Er zijn zo veel andere dingen die ik met je wil doen. Ik wil naar dingen toe. Ik wil je huizen in het echt zien. Ik wil... Ik wil naar een winterzonnewendefeest. Die zijn er toch wel?'

De romantiek verdwijnt uit zijn ogen en maakt plaats voor verwarring of teleurstelling – ik kan niet uitmaken wat. 'Ja, dat denk ik ook wel. De zonnewende is volgende week...'

'Kunnen we daar dan niet heen?' vraag ik. 'Deirdre heeft al die prachtige stoffen, en ze krijgt bijna nooit de kans om een jurk voor me te maken.'

'Als dat je gelukkig maakt.'

Ik kus hem. 'Ja,' zeg ik. 'Je zult het zien. Het zal ons allebei goeddoen om de deur uit te gaan.'

Omdat hij zo bedroefd kijkt ga ik dicht tegen hem aan zitten en vind ik het goed dat hij een arm om me heen slaat. Hij houdt van me, zegt hij, maar hoe kan dat als we maar zo weinig van elkaar weten? Ik geef toe dat het gemakkelijk is om je over te geven aan de illusie. Ik geef toe dat het onder die prachtige maan, met zijn warme armen om me heen, aanvoelt als liefde. Een beetje. Misschien.

'Je bent gewoon door het dolle heen,' zeg ik geruststellend. 'Je hebt een prachtige zoon, en meer heb je niet nodig om gelukkig te zijn. Je zult het zien.'

Hij geeft een kus op mijn haar. 'Misschien heb je gelijk,' zegt hij.

Maar al doet hij nog zo zijn best om het met me eens te zijn, ik weet dat ik ongelijk heb. Ik weet dat ik zijn voortdurende toenaderingspogingen binnenkort niet meer zal kunnen afweren zonder zijn argwaan te wekken. Hoe dan ook, ik zal snel moeten ontsnappen.

Nu Gabriel er niet is, komt de zenuwachtige eerstegeneratieman elke dag ons eten brengen. Jenna en ik lunchen op dezelfde tijd in de bibliotheek, maar zij lijkt wel onzichtbaar, bij alle aandacht die ik krijg.

'Ik hoop dat het u zal smaken,' zegt de bediende, terwijl hij het deksel van het dienblad haalt. 'Caesarsalade met gegrilde kip. Als u het niet lekker vindt, maakt de kokkin wat u maar wilt.'

'Het ziet er heerlijk uit,' verzeker ik hem. 'Ik ben niet zo kieskeurig.'

'Dat bedoelde ik ook niet te zeggen, lady Rhine. Helemaal niet. Eet smakelijk.'

Jenna zit te grijnzen boven haar bord. Als de bediende weg is zeg ik: 'Zag je dat? En dat is nog maar het topje van de ijsberg. Vanochtend vroeg een bediende of ze mijn haar moest borstelen. Er is iets vreemds aan de hand.'

'Zo vreemd is het niet.' Jenna neemt een hap sla. 'Voor een eerste vrouw.'

'Zien ze dat aan die sleutelkaart?' vraag ik.

'Daaraan,' zegt ze. 'En aan andere dingen.' Ze pakt haar glas en tikt ermee tegen dat van mij. 'Gefeliciteerd, zustervrouw.'

Ik antwoord met een bitterzoet: 'Dank je.'

Terwijl het personeel me op mijn wenken bedient, vraag ik me bezorgd af wat die sleutelkaart te betekenen heeft. Eerst dacht ik dat hij me gewoon meer vrijheid zou geven, maar nu begin ik te denken dat er een duivels plannetje van Vaughn achter zit, want met al die extra aandacht heb ik bijna geen moment voor mezelf. Ik mag naar buiten wanneer ik wil, maar ik word voortdurend gestoord door bedienden die me warme chocolademelk of thee komen brengen. Twee, drie, vier keer op een avond komen ze mijn kamer in om te vragen of ik een extra kussen wil, of het niet te veel tocht.

Onwillekeurig denk ik dat Vaughn me die sleutelkaart gegeven heeft zodat zijn personeel me kan overladen met vriendelijkheid. Misschien heeft hij Gabriel zelfs weggestopt om de draak met mij te steken.

En waar ik ook allemaal mag komen, Gabriel blijft onbereikbaar. Ik weet dat ik hem had moeten gaan zoeken toen Cecily's bevalling voor afleiding zorgde. Dat heeft Jenna sindsdien ook met zo veel woorden gezegd. Maar ik kon Cecily gewoon niet in de steek laten.

Ik maak me nog steeds zorgen om haar. Zij en haar zoon hebben de bevalling overleefd, maar ze blijft moe. In haar kamer is het altijd donker en warm, en het ruikt er naar medicijnen en vaag naar Vaughns kelder. In haar slaap mompelt ze dingen over muziek en vliegers en orkanen. Ze heeft te veel bloed verloren. Dat is Vaughns diagnose en ik ben het met hem eens, maar toch zit het me niet lekker als ze een transfusie krijgt. Ik lig naast haar terwijl ze herstelt, terwijl haar wangen langzaam weer kleur krijgen, en ik vraag me af wiens bloed er door haar heen stroomt. Misschien dat van Rose. Of dat van een onwillige bediende. Ik vraag me af of Vaughn, die ik tot zulke duistere en vernietigende praktijken in staat acht, zijn kennis ooit echt gebruikt om iemand beter te maken. Maar naarmate de dagen verstrijken begint Cecily op te knappen.

Als de baby huilt brengt Linden hem bij haar. Slaperig knoopt ze haar nachtjapon open en legt haar zoon aan haar borst. Vanuit de gang zie ik hoe Linden haar helpt om wakker te blijven. Hij praat zacht tegen haar, strijkt het warrige rode haar uit haar gezicht, en zij glimlacht om zijn woorden. Ze passen perfect bij elkaar, denk ik, zo onschuldig en onwetend, zo tevreden met het leventje dat ze samen ingericht hebben. Misschien moet ik maar geen tweelingverhalen meer vertellen, misschien is het beter voor hen om te vergeten dat er buiten dit landgoed betere dingen te vinden zijn. Dingen die niet oplossen, dingen die tastbaarder zijn dan de haaien en dolfijnen in het zwembad, de ronddraaiende huizen op Lindens beurzen. En het is beter dat hun zoon nooit te weten komt dat er daarbuiten nog een wereld bestaat, want hij zal hem nooit te zien krijgen.

Cecily draait zich om en ziet me in de deuropening staan. Ze wenkt me, maar ik schuifel terug de gang in alsof ik me ergens anders nuttig moet gaan maken. Ik wil geen inbreuk maken op hun huwelijk. Met twee andere vrouwen een man delen is niet zo ingewikkeld; het betekent voor ons alle drie iets anders om met Linden getrouwd te zijn. Voor Jenna is Lindens landhuis niets anders dan een luxueuze plek om te sterven. Voor Cecily is het huwelijk een verbintenis van 'ik hou van je' en kinderen krijgen. Voor mij is het een leugen. En zolang ik de drie huwelijken gescheiden zie en me aan mijn plan houd, zal het gemakkelijker zijn om weg te gaan. Gemakkelijker om mezelf ervan te overtuigen dat ze best zonder mij kunnen.

Ik ben blij als Cecily weer fit genoeg is om uit bed te komen. Ik ga met haar mee naar de zitkamer en kijk toe terwijl ze een plaat in het keyboard steekt en begint te spelen. Haar muziek wekt het hologram tot leven, als een zwevend televisiescherm. Een groene weide vol klaprozen en een blauwe hemel met witte wolkjes die eruitzien als straatkeitjes. Ik weet zeker dat dit een replica is van een schilderij dat ik in een bibliotheekboek gezien heb, een impressionistisch werk van een kunstenaar die langzaam afgleed naar krankzinnigheid.
De baby ligt op de grond om zich heen te kijken, het licht van de illusie danst om zijn gezichtje. Het gras en de klaprozen en de struiken in de verte zwiepen heen en weer in de wind, tot alles één grijs getinte wirwar van kleuren is. Een koortsdroom. Uitgelopen natte verf.
Cecily is zichzelf vergeten. Ze heeft haar ogen dicht. De muziek stroomt uit haar vingers. Ik concentreer me op haar jonge

gezicht, haar kleine, iets geopende mond, haar fijne wimpers. De kleuren van haar lied bereiken haar, en ik denk niet dat de illusie haar iets kan schelen. Cecily is het meest echte in deze kamer.

Haar zoon trekt onzekere gezichtjes en ligt te kronkelen op de grond, niet wetend wat te doen met al die pracht. Naarmate hij groter wordt zal hij nog veel meer illusie te zien krijgen. Hij zal schilderijen tot leven zien komen op muziek, hij zal zijn vaders huizen zien ronddraaien en tussen scholen guppy's en witte haaien in het zwembad duiken. Maar ik denk niet dat hij ooit de zee rond zijn enkels zal voelen of ooit een hengel zal uitgooien of een eigen huis zal hebben.

De muziek sterft weg, de wind gaat liggen, de illusie valt uit elkaar en verdwijnt.

Cecily zegt: 'Ik wou dat we een echte piano hadden. Zelfs in dat ellendige weeshuis hadden we een echte piano.'

Jenna, die met een hand en haar mond vol gepelde pistache-noten in de deuropening staat, zegt: '"Echt" is een vies woord in dit huis.'

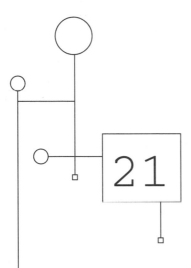

21

OP DE OCHTEND van de winterzonnewende steelt Jenna de aansteker van een bediende nadat die de wierook op de gang heeft aangestoken. Ze doet alsof ze met hem flirt, en als ze haar stapel pikante liefdesromannetjes laat vallen wil hij ze zo graag voor haar oprapen dat ze de aansteker zo uit zijn hand kan grissen. Hij is zo bekoord door haar glimlach dat hij niet merkt dat het ding weg is.

'Dag hoor,' fleemt ze als hij wegloopt. Zijn stropdas komt bijna tussen de dichtschuivende liftdeuren. Hij is nog niet weg of de verleidelijke blik verdwijnt uit haar grijze ogen en ze is weer een gewoon meisje. Ik applaudisseer in mijn deuropening en ze maakt een knicksje met haar rok.

Ze zweet een beetje, alsof de inspanning haar uitgeput heeft. Maar ze heeft de aansteker als een trofee in haar hand.

'Wat ga je ermee doen?' vraag ik.

'Geef me eens een kaars. Ik ga de zitkamer in brand steken,' zegt ze zakelijk.

'Pardon?'

'Als Huisheer Linden en de Meester en de bedienden het alarm horen, komen ze aangerend om te kijken wat er aan de hand is. En dan ga jij naar de kelder.'

Het is niet het domste plan dat er te verzinnen valt, zoals Jenna me voorhoudt, wijzend op mijn schermutseling met de dood op de midgetgolfbaan. Maar ik vraag haar om te wachten tot ik mijn groene contactlenzen in heb. 'Misschien herkennen ze me dan niet,' zeg ik. Zelfs de bedienden die me nooit ontmoet hebben weten wie ik ben. Rhine. De aardige die nooit klaagt, met die vreemde ogen.

Jenna is onder de indruk van mijn listigheid. 'Zoek een veiligheidspak,' zegt ze. 'Dan word je zeker niet herkend. Ze hangen ergens in een lab.' Ik zeg maar niet dat ik doodsbang ben om die donkere ruimten binnen te gaan. Ik knik en geef haar een van de lavendelkaarsen die me 's avonds moeten helpen inslapen. 'Jij blijft op je kamer,' zegt ze. 'En probeer onzichtbaar te zijn als het alarm afgaat.' Ze glimlacht naar me, en dan is ze weg, met een klein huppeltje in haar tred. Ik denk dat ze er al heel lang naar verlangt om dit huis in brand te steken.

Een paar seconden later begint het brandalarm te loeien. De lichtjes aan het plafond knipperen. Aan de andere kant van de gang begint de baby te krijsen, en Cecily rent met haar handen tegen haar oren haar kamer uit. De liftdeuren gaan open en bedienden stromen de verdieping op, maar Linden en Vaughn verschijnen pas als de lift voor de tweede keer naar boven komt en tegen die tijd walmen er dikke rookwolken uit de zitkamer. Er gaat geen trap naar de verdieping van de vrouwen, en ik heb me altijd afgevraagd wat er zou gebeuren als er ooit brand uitbrak, maar Vaughn kennende zou hij Lindens vrouwen gerust laten sterven en later vervangen.

Het is niet moeilijk om te ontsnappen. De sleutelkaart geeft natuurlijk geen toegang tot de kelder, daarom moet ik op de noodknop drukken. Maar in alle opwinding en met het alarm dat toch al door het huis loeit maakt het geen verschil. De deuren gaan open en ik sta in de kelder. Het is griezelig stil hier. Van sirenes is niets te horen en de lampen aan het plafond zoemen kalm.

Met mijn groene ogen schuifel ik anoniem langs de muur, terwijl ik zachtjes Gabriels naam roep en tegelijk een veiligheidspak zoek. Ik vind ze in een kast en trek er snel een aan over mijn kleren. Binnen in het pak hangt een scherpe plasticgeur, een geur van langzaam stikken. Ik haal diep adem, waardoor de klep voor mijn gezicht beslaat. Het is net een nachtmerrie. Het is net levend begraven worden.

'Gabriel!' Mijn geroep wordt steeds wanhopiger. Ik hoop dat hij straks gewoon tegen me op botst, of dat ik een hoek omsla en dat hij daar dan de vloer aan het dweilen is of voorraden aanvult voor de stormkelder. En terwijl ik bid dat ik geen deur hoef open te doen, geen deur hoef open te doen, geen deur hoef open te doen, hoor ik zijn stem. Ik denk tenminste dat het zijn stem is; ik hoor bijna niets in dit pak en het geluid van mijn eigen ademhaling wordt versterkt in de kleine ruimte.

Ik voel iets op mijn schouder en blijf geschrokken staan. 'Rhine?' Hij draait me naar zich toe, en daar staat hij. Gabriel. Helemaal heel. Niet verdoofd op een tafel. Niet gewond. Niet dood. Dood. Het woord vibreert in mijn hoofd als het brand- en het stormalarm, en ik besef dat ik daar boven alles bang voor ben geweest. Ik sla mijn armen om hem heen. Het is lastig met die helm tussen ons in, maar dat maakt me niet uit. Ik voel zijn stevige armen om me heen en verder maakt het me allemaal niet uit.

Hij tilt de helm voorzichtig van mijn hoofd, en de geluiden van de wereld buiten mijn eigen ademhaling bereiken mijn oren weer. Hij lacht een beetje. Hij laat de helm zakken, drukt me tegen zich aan en zegt: 'Wat doe jij nou?'

'Ik dacht dat je dood was,' zeg ik tegen zijn shirt. 'Ik dacht dat je dood was, ik dacht dat je dood was.'

Het voelt goed om die woorden uit te spreken. Om me ervan te ontdoen. Om te weten dat ze niet waar zijn. Hij hoort dat de angst me verlaat. En hij laat zijn hand over mijn rug omhoog gaan, langs mijn ruggengraat, en graait in mijn haar en houdt mijn achterhoofd stevig vast. Houdt me tegen zich aan. Zo blijven we een tijdje staan.

Als we elkaar loslaten strijkt hij het haar uit mijn ogen en kijkt me verbaasd aan. 'Wat is er met je gebeurd?' vraagt hij.

'Hoezo? Niets.'

'Je ogen.'

'Contactlenzen. Ik wilde niet herkend worden als ik iemand tegen zou komen, en... En met jou dan!' roep ik, me weer bewust van de situatie. 'Ik heb je in geen dagen gezien!'

Hij legt een vinger op mijn lippen om me het zwijgen op te leggen en duwt me een van die afschuwelijk donkere kamers in. Een van die kamers waar ik zo bang voor ben. Maar hij is bij me en ik weet dat het goed komt. Hij doet geen licht aan. Ik ruik koud metaal, hoor water op een harde ondergrond druppelen. In de volkomen duisternis houd ik allebei zijn handen vast en probeer zijn contouren te onderscheiden.

'Luister,' fluistert hij. 'Je mag hier niet komen. De Meester weet alles. Hij weet van onze kus. Hij weet dat je probeerde te vluchten. Als hij ons samen ziet ben ik weg.'

'Dan schopt hij je eruit?'

'Ik weet het niet. Maar ik heb het gevoel dat er een lijkenzak bij komt kijken.'

Natuurlijk. Wat stom van me. Niemand komt hier levend uit. Ik ben er zelfs niet van overtuigd dat mensen hier wegkomen als ze eenmaal dood zijn. Meer lichamen die Vaughn kan ontleden. Probeerde Jenna me daarvoor te waarschuwen? Ik zie mijn ogen al in een potje in een van Vaughns onderzoeksruimten, en ik pers mijn lippen op elkaar tegen een golf van misselijkheid. De kans is groot dat dit weer een valstrik van Vaughn is. De sleutelkaart, Gabriels verbanning naar de kelder, waar hij wist dat ik hem zou zoeken. Misschien staat hij nu om de hoek te wachten tot hij me in een van deze kamers kan opsluiten. Bij die gedachte bonkt mijn hart in mijn slapen, maar Gabriels aanwezigheid houdt mijn angst in toom. Ik had nooit met mezelf kunnen leven als ik niet naar hem op zoek was gegaan.

'Hoe?' vraag ik. 'Hoe weet hij dat?'

'Ik weet het niet, maar hij mag ons niet samen zien. Dat is gevaarlijk, Rhine.'

'Laten we samen weglopen,' zeg ik.

'Rhine, luister, we kunnen niet...'

'Ik heb een uitweg gevonden,' zeg ik. Ik pak zijn hand en breng die naar de sleutelkaart om mijn hals. 'Linden heeft me toestemming gegeven om de lift te gebruiken. En ik heb een uitweg gevonden. Er zit een gat in de bomen rond het huis. Een deel ervan is niet echt. Het is een hologram.'

Hij zwijgt, en in het donker is dat hetzelfde als verdwijnen. Ik pak hem bij zijn shirt. 'Ben je er nog?'

'Ik ben er nog,' zegt hij. Hij zwijgt weer. Ik luister naar zijn ademhaling. Ik hoor zijn lippen van elkaar gaan, en hij spreekt een fractie van een lettergreep uit en ik weet, ik weet gewoon dat hij logica tegen me wil gaan gebruiken, en daar heb ik niets aan als ik hier voor mijn dood nog weg wil komen, en daarom kus ik hem.

De deur zit dicht, en in deze afgezonderde duisternis is het net alsof we helemaal niet in de kelder zijn. We zijn in de oneindige oceaan zonder continenten in zicht. Niemand kan ons betrappen. We zijn vrij. Zijn handen gaan naar mijn haar, mijn nek, glijden verder omlaag. Het veiligheidspak kraakt, getuigt hoorbaar van zijn bewegingen.

Af en toe maakt hij zich voorzichtig los en stamelt hij een 'Maar...' of 'Luister even naar me...' of 'Rhine...', maar ik laat hem niet uitpraten en uiteindelijk geeft hij het op. En ik wens in stilte dat dit moment eeuwig zal duren. Ik wens de trouwring van mijn vinger. Ik wens ons allebei vrij.

Totdat we elkaar even loslaten en ik zijn voorhoofd tegen het mijne voel en hij zegt: 'Rhine. Het is te gevaarlijk. De Meester doet alles om zijn zoon te beschermen. Als hij je betrapt vermoordt hij je en doet hij of het een ongeluk was.'

'Dat gaat wel ver, zelfs voor hem,' zeg ik.

'Hij is ertoe in staat,' zegt hij. 'Zijn zoon is alles wat hij heeft. Hij liet jou en je zustervrouwen alleen maar komen om hem te troosten toen lady Rose op sterven lag. Geloof me, hij maakt je kapot voor je de kans krijgt zijn zoon pijn te doen.'

Als je leven je iets waard is, loop dan niet nog een keer weg. Dat zei Vaughn na mijn mislukte ontsnappingspoging. Maar hij zei ook dat ik specialer was dan ik zelf wist, dat Lindens levenskracht zou breken als hij mij kwijtraakte. En hoe slecht ik ook over Vaughn denk, ik geloof wel dat hij om zijn zoon geeft. Geen ongeluk dat hij zou kunnen verzinnen, zou mijn dood voor Linden aanvaardbaar maken. Als mij onder Vaughns hoede iets overkwam, zou Linden het zijn vader nooit vergeven. Ik word overvallen door een hevig schuldgevoel, dat ik met enige moeite van me af zet. Ik ben Lindens eigendom niet. Ik wil hem geen pijn doen, maar het kan nu eenmaal niet anders.

'Het komt wel goed. We laten ons gewoon niet betrappen,' zeg ik. 'Simpel.'

Hij lacht vol ongeloof. 'O, simpel.'

'Ik zei dat ik je aan je haren mee zou slepen, en ik doe het ook,' zeg ik. 'Snap je niet wat er aan de hand is? Je bent al zo lang een gevangene dat je niet eens meer beseft dat je naar vrijheid verlangt. En zeg niet dat het hier zo erg nog niet is. Vraag niet wat er in de wereld is dat je hier niet kunt krijgen, want het antwoord is iets wat ik je alleen maar kan laten zien. Je moet me vertrouwen. Alsjeblieft. Het moet.'

Ik kan zijn aarzeling horen. Hij windt een pluk van mijn haar om zijn vinger. 'Ik dacht dat ik je nooit meer zou zien,' zegt hij na een poosje.

'Je ziet me nu ook niet,' zeg ik, en we beginnen allebei zachtjes te lachen.

'Je bent gek,' zegt hij.

'Dat hoor ik wel vaker. Betekent dat dat je mijn plan tenminste wilt uitproberen?' vraag ik.

'En als het niet werkt?'

'Dan gaan we allebei dood,' zeg ik. Het is niet alleen maar een grapje.

Het blijft lange tijd stil. Zijn handen tegen mijn wangen. En dan zijn stem, kalm en helder. 'Goed dan.'

Op gedempte toon bespreken we de details, dicht tegen elkaar aan gedrukt in het donker. Op de laatste vrijdag van de maand brengt hij rond tien uur 's avonds het organische afval naar buiten, naar de vuilniswagen die Meester Vaughn laat komen. Hij wacht tot de wagen wegrijdt, volgt hem tussen de holo-grambomen door en wacht op mij. Mij lijkt het een waterdicht plan, maar Gabriel vraagt steeds hoe we het hek uit moeten komen, wat we moeten doen als er bewaking is.

Ik wuif zijn zorgen weg. 'Dat zien we dan wel,' zeg ik. 'Van-avond neemt Linden me mee naar een zonnewendefeest in de stad. Onderweg bestudeer ik de route. Ik zal kijken waar we heen kunnen als we eenmaal ontsnapt zijn.'

'Het is bijna de laatste week van december,' zegt hij bij het afscheid. 'Dus dan zie ik je volgend jaar.'

We kussen elkaar nog één keer, dan schuiven de liftdeuren tussen ons in.

Op de vrouwenverdieping is de brand inmiddels geblust, maar we moeten afscheid nemen van de verschroeide resten van wat de lelijkste roze gordijnen waren die ik ooit gezien heb. Ik kom de zitkamer in op het moment dat Jenna tegen Meester Vaughn zegt: '...en toen zag ik dat het gordijn vlam vatte. Ik probeerde het nog te doven, maar er was geen houden aan.'

Linden geeft een geruststellend klopje op haar schouder, en ik zie dat ze alles op alles moet zetten om hem niet weg te duwen. 'Het is jouw schuld niet,' zegt hij.

'We bestellen wel weer nieuwe gordijnen,' zegt Vaughn. 'Maar misschien moeten we maar geen kaarsen laten branden als er niemand bij is.' Om een of andere reden kijkt Vaughn strak naar mij.

Cecily, met de jengelende baby tegen haar schouder, zegt: 'Wat is er met je ogen?'

'Mijn ogen?' zeg ik.

Jenna legt een vinger onder haar eigen oog, en ik begrijp wat ze me duidelijk probeert te maken. Ik heb de groene lenzen nog in.

'Ik... wilde eens iets anders,' zeg ik. 'Het was bedoeld als verrassing. Voor het feest vanavond, Linden. Ik probeerde ze net uit toen het alarm afging, daarna heb ik er niet meer aan gedacht.'

Ik weet niet of mijn verhaal Vaughn overtuigt, maar gelukkig begint de baby te krijsen, wat iedereen afleidt. Als Cecily hem niet weet te kalmeren neemt Vaughn hem van haar over. 'Stil maar, Bowen, knulletje van me,' zegt hij, en het huilen wordt minder. Cecily staat in Vaughns schaduw en kijkt of ze iets wil gaan zeggen, haar hand uitgestoken naar haar zoon, maar om een of andere reden verroert ze zich niet.

'Volgens mij heeft hij honger,' zegt Vaughn.

'Ik voed hem wel,' zegt Cecily.

'Och schatje, maak je niet druk.' Hij geeft een tikje op haar neus, alsof ze een klein kind is. 'Daar hebben we zoogsters voor.' Voor Cecily iets terug kan zeggen loopt hij met Bowen in zijn armen de kamer uit. Haar kleine gezwollen borsten lekken door haar kleren.

De bedienden doen er een uur over om me voor te bereiden op het zonnewendefeest. Ik ben zo opgelucht dat ik Gabriel gevonden heb, zo opgewonden over ons ontsnappingsplan dat ik het niet erg vind dat ze aan mijn haar trekken en het bespuiten tot ik stik in de geparfumeerde wolk. Ze raden me de contactlenzen af en ik doe alsof ik ze met spijt uitdoe. 'Je ogen zullen vanavond hét onderwerp van gesprek zijn, geloof me,' zegt de een.

'Vooral als er camera's zijn,' zegt de ander dromerig.

Camera's. Perfect. Ik weet niet hoe groot de kans is dat mijn broer naar een zonnewendefeest op televisie kijkt. En waarschijnlijk worden er vanavond op de nieuwszenders tientallen uitgezonden. Normaal zou hij er niet in geïnteresseerd zijn, maar heeft hij naar me uitgekeken? Is er nog een kans na al die tijd? Nog maar één maand, dan kan ik naar huis. In mijn achterhoofd ben ik bang dat ik een leeg huis zal aantreffen, dat hij is vertrokken om me te zoeken of, door verdriet tot het uiterste gedreven, verhuisd omdat de herinneringen te pijnlijk waren. We hebben het zien gebeuren. Gezinnen verhuisden nadat hun zussen en dochters ontvoerd waren. En Rowan is nooit iemand geweest die passief afwachtte.

Wacht op me, probeer ik hem mijn gedachten toe te zenden, van tweelingzus naar tweelingbroer. Ik ben gauw weer thuis.

Zoals gewoonlijk komt er geen antwoord.

Ik was sceptisch toen Deirdre vertelde dat mijn jurk roze zou worden, maar als ze hem voor me uitvouwt sta ik zoals altijd versteld van haar vakmanschap. Hij is zacht, glanzend roze, met een zoom die dwarrelende sneeuwvlokjes nabootst. De omslagdoek glinstert van de parels. Ze maakt me op in een bijpassende kleur. 'Ik wil wedden dat de meeste andere vrouwen in het blauw of wit zijn,' zegt ze. 'Vanwege de winter. Ik dacht dat jij wel een beetje zou willen opvallen.'

'Hij is ongelooflijk,' zeg ik. Ze begint te stralen en houdt een dubbelgevouwen tissue tegen mijn lippen en zegt dat ik moet happen.

Linden is blij dat ik de groene lenzen uitgedaan heb.

'Het was een beetje een eng gezicht,' zegt Cecily, die met haar armen over elkaar in de deuropening staat. Haar haar zit in de war en onder haar ogen hangen paarsige wallen. Onder haar bleke huid zijn haar aderen duidelijk te zien. 'Ik dacht dat je een toeval had of zo. Niet meer indoen, oké?' Ze huivert bij de herinnering en trekt zich terug in haar kamer.

Als ze weg is frons ik mijn voorhoofd. Ze heeft niets meer van de levendige, springerige bruid die ze nog maar een jaar geleden was. Vlak voor de baby geboren werd is ze veertien geworden, en in tegenstelling tot Jenna, die in stilte jarig was, maakte zij er een hele toestand van. Er was een taart versierd met eenhoorns van glazuur en de bedienden moesten voor haar zingen, en Linden gaf haar een prachtige diamanten ketting waar ze nooit een passende gelegenheid voor zal vinden. Ze heeft hem een tijdje in huis gedragen, maar sinds de geboorte van Bowen heb ik hem niet meer gezien.

'Ze ziet er zo moe uit. Help je haar wel met de baby?' vraag ik aan Linden.

'Als ik de kans krijg,' zegt hij, ook met een lichte frons in zijn voorhoofd. We praten allebei heel zacht. 'Het valt niet altijd mee om hem van mijn vader af te troggelen. Hij is zo blij dat hij eindelijk een kleinkind heeft.' Hij kijkt me aan, en even denk ik dat hij me gaat vertellen wat ik al weet: dat hij een kind heeft gehad dat niet is blijven leven. Een stukje van Rose dat hij had moeten kunnen houden. Maar hij zegt alleen: 'Je ziet er betoverend uit,' en hij geeft me een arm.

Buiten is het ijskoud, maar Deirdres omslagdoek houdt mijn schouders warm. Linden maakt een grapje over het opendoen van het zonnedak, maar ik kruip dicht tegen hem aan en zeg dat we het dicht moeten houden. Door het getinte glas en het donker buiten kan ik niet precies zien waar het bomenhologram is. Maar eenmaal in de stad let ik goed op de straten. Ik schuif naar het raam en speur naar herkenningspunten waar Gabriel en ik na onze ontsnapping op af kunnen gaan.

Linden lacht vrolijk.

'Wat?' zeg ik.

'Jij. Je bent zo opgewonden.' Hij stopt een stijf gespoten krul achter mijn oor. 'Ik vind het wel schattig.'

Zijn opmerking overvalt me. Hij zit me te bewonderen, terwijl ik alleen maar denk aan hoe ik bij hem vandaan moet komen, zonder om te kijken. Als hij me op mijn wang kust voel ik me zo schuldig dat ik hem beloon met een glimlach. Maar ik blijf om me heen kijken.

Als eerste moeten we op zoek naar de bioscoop. Die zal overal vandaan gemakkelijk te vinden zijn; de lichtbak geeft een fel schijnsel, en volgens de neonletters op de deur is hij dag en nacht open. Verder zie ik iets wat waarschijnlijk een visrestaurant is, met rode tafeltjes en papieren lampions. En dan herinner ik me dat we vlak bij zee zijn. Als we een hoek omslaan kan ik hem goed zien, evenals de jachten op het water met al hun lichtjes. Zelfs met de ramen dicht hoor ik de muziek.

'Houden ze feestjes op het water?' vraag ik.

'De jachtclubs, denk ik,' zegt Linden met een blik over mijn schouder.

'Ben jij wel eens op het water geweest?' vraag ik.

'Eén keer, toen ik klein was,' zegt hij. 'Maar dat kan ik me niet herinneren. Mijn vader zegt dat ik dagen zeeziek ben geweest. Een of andere afwijking, zegt hij. Sindsdien mijd ik het water.'

'Dus daarom ga je nooit het zwembad in en heb je nooit leren zwemmen,' zeg ik. Hij knikt. Ik probeer mijn afschuw te verbergen. Vaughn wil zijn zoon zo strak in de hand houden dat hij hem niet eens de illusie van een echte zee in het zwembad gunt. Ik betwijfel of dat zeeziekteverhaal wel echt waar is. Eerlijk gezegd lijken zijn kinderziektes en zijn kennelijke broosheid me dingen die Vaughn verzonnen heeft om zijn zoon dicht in de buurt te kunnen houden. Ik leg mijn hand op Lindens knie en zeg: 'Als het weer warmer wordt leer ik je zwemmen. Er is geen kunst aan. Als je het eenmaal kunt, kun je niet meer zinken, al zou je willen.'

Hij zegt: 'Dat zou ik leuk vinden.'

En dan weet ik het weer. Als het weer warmer wordt zal ik ver weg zijn. Ik werp een laatste blik op de zee voor hij achter gebouwen verdwijnt. De golven rollen door tot voorbij de jachten en de lichtjes, de zwarte nacht in, de eeuwigheid in. Alleen daar kan Linden nooit achter me aan komen. En Gabriel zegt dat hij dol is op boten. Zou hij er genoeg van weten om samen met mij weg te varen?

Het feest is op de zestiende verdieping van een wolkenkrabber. Op de dansvloer verschijnen telkens voor een paar seconden schoenafdrukken in neonlicht, voor ze weer vervagen. Daarboven weerkaatsen ijspegels de kleurige lichtjes. De vloer is een sneeuwhologram, en Deirdre had gelijk: alle vrouwen dragen blauw of wit.

Linden blijft een beetje stijfjes in de deuropening staan.

'Ken je hier iemand?' vraag ik.

'Een paar collega's van mijn vader,' antwoordt hij.

Zijn schaduw schokt in het regenbooglicht van de stroboscooplampen. Ik denk aan Rose die zei dat Linden op feestjes een muurbloempje is, terwijl hij zo goed kan dansen. Op dit moment lijkt hij ook wel zeeziek. Om het gemakkelijker te maken besluit ik op een langzaam nummer te wachten voor ik hem ten dans vraag.

We gaan bij het buffet staan en proeven van de filet mignon en de verschillende soepen en het grootste assortiment gebak dat ik sinds Manhattan, waar ik op weg naar mijn werk altijd langs een bakkerij kwam, gezien heb. Ik zeg dat we een paar éclairs mee moeten nemen voor Cecily, die een zwak heeft voor alles met chocoladeglazuur.

Als er een langzaam nummer begint trek ik Linden de dansvloer op, en hoewel hij er eerst een beetje verdwaasd bij staat vergeet hij al snel iedereen om ons heen. Ik heb nog nooit van mijn leven gedanst, maar hij leidt me vlekkeloos, ook al sta ik op onmogelijke hakken. En terwijl we ronddraaien, over de dansvloer zweven, en vlak nadat hij me over zijn arm gelegd heeft en ik daarvan bijgekomen ben, glijdt er een camera langs ons. Ik probeer mijn ogen zo goed mogelijk in beeld te krijgen.

We mengen ons een tijdje onder de andere gasten. Hier zijn minder mannen die mijn hand willen kussen, want ze hebben allemaal hun vrouw bij zich. De vrouwen zijn ook minder on-uitstaanbaar. Eerste generaties praten met jongere vrouwen, en ik val midden in een gesprek over zeldzame vogels in Oost-Californië. Mijn bijdrage is gering, maar het is een welkome afwisseling na het geklets van al die vrouwen die wilden weten wanneer mijn man me nu eindelijk eens zwanger zou maken. Ik zie Linden aan de andere kant van de zaal in gesprek met een groep mannen. Af en toe kijkt hij naar me en steekt bijna onmerkbaar zijn hand op. Ik geloof dat hij zich door mij laat leiden.

'Jij bent met Linden Ashby getrouwd, hè?' vraagt een van de jongere vrouwen dicht bij mijn oor.

'Ja,' zeg ik. Op een of andere manier komt het er nu natuurlij-ker uit.

'Ik vond het zo erg toen ik hoorde dat Rose overleden was.' Ze legt een hand op haar hart. 'Ze was een vriendin van me.'

'Van mij ook,' zeg ik. Ik geloof dat ik Linden zowaar zie lachen om iets wat iemand zegt.

'Maar zo te zien gaat het wel goed met hem,' zegt de vrouw. Haar jeugdige glimlach herinnert me aan Cecily voor de ge-boorte van de baby. 'Ik ben blij dat hij weer een beetje loskomt. We – mijn man werkt in het ziekenhuis met Lindens vader samen – hoorden dat ze ziek was, en sindsdien hebben we Linden op geen enkel feest meer gezien.'

'Het is zwaar geweest, maar het gaat al veel beter,' zeg ik.

'Jij hebt vast magische krachten,' zegt ze.

Linden geeft me zwierig een arm, nog nalachend om een of

ander grapje, en begint me aan zijn vaders vrienden en hun vrouwen voor te stellen, en zelfs aan een paar mensen die hij net heeft leren kennen. Ik heb hem nog nooit zo meegemaakt. Zo gelukkig. Zo... vrij.

In de vroege uurtjes komen we thuis. Hij heeft een paar glazen wijn op en hangt tegen me aan in de lift. Hij wil nog even bij Bowen kijken, wiens wieg bij Cecily op de kamer staat. Er wordt gesproken over een kinderkamer op een andere verdieping, een enorme bron van spanning tussen Cecily en Vaughn. Ze wil niet van haar zoon gescheiden worden, maar Vaughn vindt het zonde om al die kamers leeg te laten staan. De kamer van Rose, aan het eind van de gang, is afgesloten, en zelfs Cecily is niet zo brutaal om voor te stellen daar een kinderkamer van te maken.

Ik geef de doos met éclairs voor Cecily aan Linden. Hij kijkt me een hele tijd aan en zegt: 'Wat ben je toch attent.' Voor hij haar kamer binnen gaat geeft hij me nog snel een kus.

In mijn badkamer boen ik de make-up van mijn gezicht. Ik spoel mijn haar uit boven de wasbak en trek mijn nachtjapon aan, maar besef algauw dat ik niet zal kunnen slapen. Mijn lijf wil nog steeds dansen en mijn hoofd zit vol lichtjes en muziek en gedachten aan de zee. Als ik echt een wees was, zoals Linden denkt, als ik mijn jeugd echt had doorgebracht op een school voor bruiden, zou dit best een fijn leven zijn. Ik snap hoe meisjes zich hierin kunnen verliezen.

Ik overweeg Deirdre te vragen of ze mijn stijve enkels wil masseren of een kamillebad voor me wil maken – zelf schijn ik de techniek maar niet onder de knie te kunnen krijgen –, maar als ik bedenk hoe laat het is zie ik ervan af. In plaats daarvan klop ik bij Jenna aan. Ze wordt maar half wakker. Ik vraag of ik bij haar in bed mag kruipen en kan haar in het donker net zien knikken.

'Heb je de vrijheid de groeten van me gedaan?' vraagt ze, terwijl ik mijn armen om een kussen sla en zij de dekens over me heen legt.

Ik vertel over de ijspegels en het sneeuwhologram en het eten. 'De in chocola gedoopte aardbeien waren goddelijk,' zwijmel ik. 'Er stond een enorme fontein vol met borrelende chocola. Ik wou dat je erbij had kunnen zijn.'

'Klinkt goed,' zegt ze. Ze klinkt een beetje schor, ze moet hoesten. Eerder vandaag hoestte ze ook al, en sinds een paar dagen ziet ze wat bleekjes. Ik schuif dichter naar haar toe en leg een hand op haar voorhoofd, maar Linden is niet de enige die wat gedronken heeft en ik kan niet voelen of ze koorts heeft.

'Voel je je wel goed?' vraag ik.

'Ik ben gewoon moe. En mijn neus zit een beetje verstopt. Komt door het weer.' Ze hoest weer, en ik voel iets warms op mijn wang. Ik word koud vanbinnen.

'Jenna?' zeg ik.

'Ja?'

Ik wil hier blijven, in het donker, geen enkele beweging maken in de richting van deze nieuwe angst. Ik wil gaan slapen en morgenochtend wakker worden en merken dat er niets aan de hand is.

Maar dat doe ik niet. Ik kom overeind en doe het licht aan. Jenna hoest nog een keer, en ik zie bloedspetters op haar lippen.

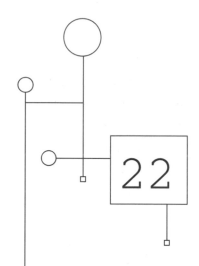

DE BABY HUILT aan één stuk door. Zijn gezichtje is knalrood en Cecily loopt heen en weer met hem op haar schouder, mompelt lieve woordjes tegen hem, hoewel er dikke tranen over haar wangen rollen. Ze doet geen poging ze te drogen.

Vaughn betast Jenna, voelt aan haar kaken, legt een wrede vinger op haar tong om in haar keel te kunnen kijken, en ik zie hoe vreselijk ze het vindt om hem zo dicht in de buurt te hebben. Maar ze maakt zo'n krachteloze indruk.

Linden neemt de baby over, die even kirt maar dan weer doorgaat met krijsen. Ik druk mijn handen tegen mijn slapen en zeg: 'Wil je hem hier alsjeblieft weghalen?'

Vaughn vraagt Jenna, voor de derde keer, hoe oud ze is. En zij antwoordt, voor de derde keer, dat ze negentien is. En ja, ze weet het zeker.

Linden loopt met de brullende baby de kamer uit, maar we horen hem nog een hele tijd.

'Wat is er?' vraagt Cecily. 'Wat is er mis?'

'Het is het virus,' zegt Vaughn. Ik geloof dat hij spijtig probeert te klinken, maar ik zie alleen een enorme tekenfilmslang met een gespleten tong. Jenna's leven betekent niets voor hem.

'Nee,' zegt iemand. En ik realiseer me dat ik het zelf ben. Cecily legt een hand op mijn arm en ik schud die ruw van me af. 'Dat slaat nergens op. Het kan helemaal niet.'

Jenna's ogen zakken dicht. Ze kan amper lang genoeg wakker blijven om zich te laten vertellen dat ze doodgaat. Hoe is het mogelijk dat ze zo snel zo ziek is geworden?

'Maar je kunt haar beter maken, toch?' zegt Cecily. Haar tranen maken vlekken op het kraagje van haar bloes. 'Je werkt aan een antiserum.'

'Ik vrees dat het er nog niet is,' zegt Vaughn. 'Maar misschien kunnen we haar leven wel zolang rekken.' Hij geeft Cecily een tikje op haar neus, maar ze vindt zijn attenties niet langer innemend, en ik zie dat ze een stap achteruit doet. Ze schudt haar hoofd.

'Waar ben je dan in godsnaam mee bezig geweest?' zegt ze. 'Al die tijd. Al die tijd dat je beneden zit!' Haar onderlip trilt en haar ademhaling krijgt iets waterigs, alsof ze verdrinkt. Ze gelooft dat Vaughn al die uren in de kelder aan een antiserum werkt en dat hij ons binnenkort allemaal zal redden. Dat zou ik ook wel willen geloven.

'Rustig, schat...'

'Nee. Nee, doe iets, en wel onmiddellijk.'

Ze beginnen op gedempte toon ruzie te maken. Hun stemmen

zingen rond in mijn hoofd en haar snikken spatten om me heen als golven. Ik kan er niet tegen. Ik zou willen dat ze allebei weggingen. Vaughn en zijn troeteldier. Ik kruip bij Jenna in bed en veeg het bloed van haar lippen. Ze begint het bewustzijn al te verliezen. 'Alsjeblieft,' fluister ik in haar oor. Ik weet niet eens wat ik vraag. Ik weet niet wat ik van haar verwacht.

Gelukkig vertrekt Vaughn even later. Cecily komt bij ons in bed. Het bed schudt onder haar dramatische gehuil, en ik bijt haar toe: 'Ze slaapt. Maak haar niet wakker.'

'Sorry,' fluistert ze. Ze legt haar hoofd op mijn schouder en geeft geen kik meer.

Jenna valt in een onbereikbare slaap, terwijl Cecily en ik van de ene nachtmerrie in de andere glijden. Cecily ligt naast me te woelen en te mompelen, maar ik kan geen van mijn zustervrouwen bereiken. Telkens weer ren ik tussen de bomen door zonder dat er een ijzeren hek te zien is. Soms verdrink ik. Ik rol om en om in de golven, tot ik niet meer weet wat boven en onder is.

Naar adem snakkend word ik wakker. De nattigheid in mijn hals komt van Cecily, die dicht tegen me aan gedrukt ligt te zweten en te huilen en te kwijlen. Ze beweegt haar lippen, probeert woorden te vormen. Tussen haar wenkbrauwen zit een diepe frons.

Verderop in de gang huilt de baby. Cecily's bloes zit onder de melk, maar nooit mag ze haar zoon voeden. Vaughn neemt hem mee. Hij heeft een zoogster aangenomen en zegt dat het zo beter is voor Cecily's gezondheid, maar ze kijkt altijd alsof ze pijn heeft. Mijn zustervrouwen verkommeren net zoals de lelies van mijn moeder, en ik weet niet hoe ik hen weer tot leven moet wekken. Ik weet niet wat ik moet doen.

Jenna doet haar ogen open en neemt me op. 'Wat zie jij er belazerd uit,' zegt ze schor. 'Wat ruik ik?'

'Moedermelk,' zeg ik.

Bij het horen van mijn stem begint Cecily zich te roeren. Ze verslikt zich in haar speeksel en klaagt dat de muziek haar niet aanstaat. Dan gaan haar ogen open en beseft ze waar ze is. Ze komt overeind. 'Wat gebeurt er allemaal? Voel je je al beter?' De baby huilt nog steeds en ze kijkt naar de deuropening. 'Ik moet hem voeden,' zegt ze. Onderweg struikelt ze over de drempel.

'Er is iets niet goed met haar,' zegt Jenna.

'Kom je daar nu pas achter?' zeg ik, en we moeten een beetje lachen.

Jenna gaat met moeite rechtop zitten en ik geef haar een slokje water. Ik geloof dat ze het alleen voor mijn plezier drinkt. Ze ziet bleek en haar lippen zijn een beetje paars. Ik probeer haar te vergelijken met Rose, die op een goede dag nog zo'n gezonde indruk maakte. Ik denk aan de junibonen, waardoor haar mond allerlei bespottelijke kleuren kreeg, en vraag me af of die een onderdeel waren van haar vermomming. Haar altijd blozende, opgemaakte gezicht. Ik denk aan de hekel die ze had aan de medicijnen, aan hoe ze smeekte om te mogen sterven.

'Heb je veel pijn?' vraag ik.

'Ik voel mijn armen en benen bijna niet meer,' zegt Jenna. Ze glimlacht flauw. 'Het ziet ernaar uit dat ik hier toch nog eerder wegkom dan jij.'

'Zeg dat alsjeblieft niet.' Ik strijk het haar van haar voorhoofd.

'Ik droomde dat ik met mijn zussen in de vrachtauto zat,' zegt ze. 'Maar toen deed iemand de deur open en ik keek naar mijn zussen, maar in plaats van hen zag ik jou en Cecily. Rhine, ik begin geloof ik te vergeten hoe ze eruitzagen. Hoe ze klonken.'

'Ik ben de stem van mijn broer ook vergeten.' Ik besef het pas als ik het uitspreek.

'Maar zijn gezicht vergeet je niet. Want jullie zijn een tweeling.'

'Dat heb je dus uitgedokterd?'

'Die tweelingverhalen van je waren te echt om verzonnen te zijn,' zegt ze.

'Maar we zijn geen eeneiige tweeling,' zeg ik. 'Een jongen en een meisje zijn nooit eeneiig. En ik weet echt niet meer zo goed hoe hij eruitziet.'

'Je ziet hem wel weer terug,' zegt ze, alsof ze het zeker weet.

'Je hebt me nooit verteld of je in de kelder bent geweest.'

Ik knik, snotter, en doe alsof ik moet hoesten. 'We hebben een plan bedacht. Volgende maand lopen we weg. Maar misschien kan ik nog wat langer blijven.'

'Ik heb die gordijnen niet voor niets in brand gestoken. Je gaat hier weg en het wordt fantastisch.'

'Ga met ons mee,' zeg ik.

'Rhine...'

'Je vindt het hier vreselijk. Wil je echt de rest van je leven in dit bed liggen?' Ik weet niet wat ik denk dat vrijheid voor haar kan betekenen. Dat ze de zee te zien krijgt. Dat we als vrije mensen naar de zonsondergang kunnen kijken. Dat we haar op zee begraven.

'Rhine, ik ben dood voor je vertrekt.'

'Niet zeggen!'

Ik leg mijn voorhoofd tegen haar schouder en ze gaat met haar vingers door mijn haar. Tranen prikken achter mijn ogen, maar ik bedwing ze. Mijn onderlip trilt van de inspanning. Ik probeer sterk te blijven voor haar, maar ze voelt mijn verdriet feilloos aan. 'Het geeft niet,' zegt ze. 'Het is goed zo.'
'Je bent gek dat je dat zegt.'
'Nee.' Ze schuift een beetje bij me vandaan, zodat ik mijn hoofd optil en haar aankijk. 'Bedenk maar hoe dicht je bij je doel bent.'
'En jij dan?' zeg ik, harder dan ik van plan was. Het trillen heeft zich uitgebreid naar mijn handen en ik graai in de dekens.
Ze glimlacht. Het is een mooie, ontspannen glimlach. 'Ik ben ook dicht bij mijn doel,' zegt ze.

In de dagen die volgen houdt Linden Jenna gezelschap. Maar het is anders dan toen hij bij mij zat na mijn ontsnappingspoging, of bij Cecily toen ze moest bevallen. In emotioneel opzicht is Jenna nooit zijn vrouw geworden. Hij zit op een stoel of op de bank, nooit bij haar op bed. Hij raakt haar niet aan. Ik heb geen idee waar ze over praten, deze man en vrouw die altijd vreemden voor elkaar zijn gebleven, maar ik stel me zo voor dat ze de verplichte sterfbedgesprekken voeren die je zou verwachten in ziekenhuizen. Dat hij haar laatste wensen probeert te vervullen. Dat hij iets wil afsluiten voor ze doodgaat.
'Wist jij dat Jenna twee zussen had?' vraagt hij me onder het eten. We zijn maar met z'n tweeën. Cecily probeert wanneer het maar kan een beetje te slapen en Vaughn werkt in de kelder aan zijn zogenaamde wondermiddel.
'Ja,' zeg ik.

'Maar ze zijn overleden, vertelde ze. Bij een of ander ongeluk,' zegt hij.

Ik probeer te eten, maar kauwen valt me zwaar. Het eten valt door mijn keel in een bodemloze put. Ik proef niets. Ik vraag me af waarom Jenna, met al haar haat, niet aan Linden verteld heeft wat er echt met haar zussen gebeurd is. Misschien is het de energie niet waard. Misschien is het haar ultieme wraak. Zij gaat straks dood, en hij zal helemaal niets van haar geweten hebben.

'Ik heb haar nooit echt begrepen,' zegt Linden, terwijl hij zijn mond afveegt aan een servet. 'Maar ik weet hoe dol jij op haar was.'

'"Was?" Ik ben nog steeds dol op haar,' zeg ik. 'Ze leeft nog.'

'Je hebt gelijk. Neem me niet kwalijk.'

We eten zwijgend verder, maar zelfs het tikken van zijn bestek op zijn bord doet me pijn. Hij is zo verschrikkelijk dom. Als ik weg ben zal Vaughn ongetwijfeld zeggen dat ik dood ben en hem zomaar wat as geven om te verstrooien. En dan blijft hij alleen achter met Cecily, die dit leven altijd gewild heeft en waarschijnlijk nog vijf kinderen zal baren om de leegte in hun leven op te vullen. En dan gaan ze allebei dood, en Vaughn zal weinig moeite hebben hen te vervangen, want hij is van de eerste generatie, en wie weet hoe lang hij nog leeft. Als wij dood en begraven zijn, zullen er weer nieuwe meisjes in onze kamers wonen. Linden en Cecily. Ze zijn allebei zo afgeschermd geweest dat ze niet eens weten wat ze missen. En dat is maar beter ook. Ze zullen afscheid nemen van Jenna en mij, ons in een donker hoekje van hun hart begraven en doorgaan met de rest van hun korte leven. Ze zullen geluk vinden in hologrammen en illusies.

Ik vraag me af wie ze in een andere tijd, op een andere plek geweest zouden zijn.

De bedienden ruimen onze borden af en Linden kijkt bedenkelijk omdat ik zo weinig gegeten heb. 'Zo word je nog ziek,' zegt hij.

'Ik ben gewoon moe,' zeg ik. 'Ik ga maar naar bed, denk ik.'

Boven staat de deur van Cecily's slaapkamer open. Ik hoor Bowen zachtjes pruttelen, ritmisch en schor ademhalen zoals alle pasgeborenen doen. Er brandt geen licht, dus misschien ligt hij wakker in zijn wiegje terwijl Cecily slaapt. Ik ken dit patroon. Als hij na zijn dutje geen aandacht krijgt, begint hij onvermijdelijk te huilen. En als hij eenmaal huilt, houdt hij nooit meer op.

Mijn plan was om wat te gaan slapen, maar ik kan Bowen maar beter uit zijn wieg halen voor hij mijn zustervrouwen wakker maakt. Maar als ik de kamer in loop zie ik Jenna op de rand van het bed zitten, beschenen door een strook licht die uit de gang naar binnen valt. Haar lange haar golft over haar ene schouder en ze kijkt neer op de baby in haar armen. Achter haar ligt Cecily onder de dekens stil te slapen.

'Jenna?' fluister ik. Ze glimlacht zonder op te kijken.

'Hij lijkt op onze man,' zegt ze zacht. 'Maar aan zijn temperament zie je dat hij precies Cecily zal worden. Jammer dat we dat we dat geen van allen zullen meemaken.'

Ze is zo mooi zo. Het donker camoufleert haar bleke teint, haar paarse lippen. Haar nachtjapon bestaat uit lagen en lagen kant, haar haar vormt een volmaakt zwart gordijn. En ik word overvallen door het pijnlijke besef dat ze eruitziet alsof ze iemands moeder zou kunnen zijn. De verzorgster, bekwaam en teder, met lange capabele vingers die de omtrek van Bowens halvemaansgezichtje volgen. Ik vraag me af of ze zo voor haar zussen zorgde voor ze vermoord werden, zoals ze ook voor Cecily gezorgd heeft. Zoals ze voor mij gezorgd heeft.

Ik weet zeker dat ik net een traan uit haar ooghoek zag rollen, maar ze veegt hem weg voor hij ver kan komen.

'Hoe voel je je?' vraag ik.

'Wel goed,' zegt ze. Ik dwing mezelf haar te geloven. Op dit moment ziet ze er zo sterk uit, zo jong. 'Hier, neem jij hem nu maar even, goed?' Ze staat op, en als ze op me af loopt zie ik dat haar knieën knikken. Het licht van de gang toont me de zweetdruppels op haar gezicht, de blauwe kringen onder haar ogen.

Ze legt de baby voorzichtig in mijn armen en loopt als een geest langs me, zweeft langs de plek waar ze met die verblufte bediende flirtte, door de gang waar ze honderden keren met haar neus in een liefdesromannetje op weg was naar haar kamer.

Ze loopt met haar hand aan de muur en doet haar deur achter zich dicht. Even later hoor ik haar benauwd hoesten.

Bowen, onberoerd door haar vertrek, is in slaap gevallen. Ik ben jaloers op zijn tevredenheid. Ik ben jaloers op de vijfentwintig jaar die hij voor zich heeft.

Later doe ik mijn slaapkamerdeur dicht. Ik doe het licht uit. Ik begraaf mijn gezicht in mijn kussen en gil en gil tot ik zo verdoofd ben dat ik mijn armen en benen niet meer voel, net als Jenna. De stilte bonkt. Rowan, mijn ouders, Rose, de haven van Manhattan. Dingen die ik mis. Dingen waar ik van houd. Dingen die ik achtergelaten heb of die door mijn vingers geglipt zijn. Ik wil dat mijn moeder me een nachtzoen komt geven. Ik wil dat mijn vader pianospeelt. Ik wil dat mijn broer de wacht houdt terwijl ik slaap, me een teug wodka geeft als de pijn te erg wordt. Ik mis hem. Lange tijd heb ik mezelf niet toegestaan hem echt te missen, maar nu kan ik het niet tegenhouden. Er is een sluis opengegaan. Ik ben zo moe en zo alleen, en ik weet niet of het me ooit echt zal lukken om te ontsnappen. Ik weet niet hoe ik dat ijzeren hek met die puntige bloem open moet krijgen. Ik droog mijn tranen met Gabriels zakdoek, die ik al die tijd in mijn kussensloop verborgen heb gehouden. In het donker voel ik het borduurwerk, en ik huil tot mijn keel zeer doet en kan alleen maar hopen, hopen, hopen dat ik weer thuiskom.

Ik droom dat ik in zee gegooid word. Ik droom dat ik kopjeonder ga, maar deze keer spartel of worstel ik niet. Ik geef me over. En na een tijdje, in de stilte onder water, hoor ik de muziek van mijn vader, en het is zo erg niet.

De volgende ochtend komt Cecily me in tranen wakker maken. 'Jenna doet haar ogen niet open,' zegt ze. 'Ze is gloeiend heet.'

Cecily heeft de neiging theatraal te doen, maar als ik nog half slapend Jenna's kamer in strompel, zie ik dat het nog erger is dan ze beschrijft. De huid van onze zustervrouw heeft een akelig gele tint gekregen. Blauwe plekken verspreiden zich over haar hals en armen. Nee, geen blauwe plekken; het zijn meer zwerende wonden. Ik voel aan haar voorhoofd en ze maakt een deerniswekkend schor geluid.

'Jenna?' fluister ik.

Cecily begint te ijsberen, balt haar vuisten en ontspant ze weer. 'Ik ga Meester Vaughn halen,' zegt ze.

'Nee.' Ik ga op het bed zitten en leg Jenna's hoofd in mijn schoot. 'Haal een natte doek uit de badkamer.'

'Maar...'

'Hij kan niets voor haar doen wat wij niet zelf kunnen,' zeg ik op geforceerd kalme toon.

Cecily doet wat ik zeg. Ik hoor haar huilen terwijl ze de kraan opendraait, maar als ze terugkomt met de natte doek heeft ze zichzelf weer in de hand. Ze slaat de dekens terug en maakt de bovenste knoopjes van Jenna's nachtjapon los om haar te helpen afkoelen. Intussen zie ik haar vechten tegen de paniek die in haar ogen te lezen staat. Staan mijn ogen ook zo? Ik zit hier kalm Jenna's haar te strelen, maar mijn hart bonkt en ik heb een wee gevoel in mijn maag. Dit is veel erger dan wat ik Rose heb zien doormaken. Veel en veel erger.

Uren gaan voorbij, en ik denk dat dit het einde zal zijn van mijn zustervrouw. Ze zal haar ogen nooit meer opendoen. Zelfs ik had niet verwacht dat het zo snel zou gaan.

Cecily slaat haar armen om me heen en begraaft haar gezicht in mijn hals. Maar ik heb geen troostende woorden voor haar. Het kost al moeite genoeg om adem te blijven halen.

'We moeten Meester Vaughn gaan halen,' zegt ze, voor de derde of vierde keer.

Ik schud mijn hoofd. 'Ze haat hem,' zeg ik.

En dan begint Jenna te lachen. 'Yep,' zegt ze. Het is een zwak, vervormd geluid, maar Cecily en ik veren op en zien het glimlachje om Jenna's paarse lippen. Haar wimpers trillen en ze doet haar ogen open. Ze zijn niet zo gevoelvol als ze ooit waren. Ze zijn spookachtig en ver weg. Maar er zit nog leven in. Ze is nog bij ons.

'Hoi,' zegt Cecily zacht en zangerig. Ze knielt naast het bed en neemt Jenna's handen in de hare. 'Hoe voel je je?'

'Prima.' Jenna's ogen draaien weg terwijl ze ze dichtdoet.

'Kunnen we iets voor je halen?' vraag ik.

Ik geloof dat ze probeert te grijnzen. 'Een tunnel met licht aan het einde,' zegt ze.

'Zulke dingen moet je niet zeggen,' zegt Cecily. 'Alsjeblieft. Ik kan je voorlezen als je wilt. Ik ben er al veel beter in.'

Jenna doet haar ogen even open om te zien hoe Cecily in een van de vele boeken op haar nachtkastje begint te bladeren. Weer moet ze lachen, en deze keer is het pijnlijker om aan te horen dan de vorige keer. 'Dat is niet echt sterfbedmateriaal, Cecily.'

Ik kan hier niet tegen. Ik kijk naar Jenna en zie alleen het virus dat haar dood wordt. Die stem klinkt niet eens als Jenna's stem.

'Kan me niet schelen. Ik lees het gewoon voor,' zegt Cecily. 'Er zit een boekenlegger in, dus daar begin ik. Je moet nog wel even horen hoe het afloopt.'

'Lees dan maar de laatste bladzijde,' zegt Jenna. 'Ik heb niet eeuwig de tijd.' Dan krimpt ze ineen en begint bloed en braaksel te spuwen. Ik leg haar op haar zij en wrijf over haar rug terwijl zij worstelt om het er allemaal uit te gooien. Cecily verstijft, de tranen schieten in haar ogen. Ik weet niet waar Cecily de energie vandaan haalt om zoveel te huilen. Ik heb nauwelijks energie om me te bewegen. Gewoon leven is al zo zwaar dat ik alleen maar onder de dekens wil kruipen en slapen. Ik begrijp niet meer hoe ik ooit de kracht heb gehad om ook maar te lopen.

Nadat mijn ouders overleden waren heb ik dagen geslapen. Weken. Tot mijn broer het niet meer kon aanzien. Opstaan, zei hij. Ze zijn dood. Wij leven nog. We hebben dingen te doen.

Jenna verslikt zich en snakt naar adem. Ik zie de inkepingen in haar ruggengraat door haar nachtjapon heen. Sinds wanneer is ze zo mager? Als ze klaar is met hoesten en overgeven zit er bijna geen leven meer in haar. Ze draait zich met gesloten ogen op haar rug en blijft roerloos liggen, alleen haar borst gaat onregelmatig op en neer. Ze beweegt niet eens als Cecily en ik de vieze lakens onder haar vandaan trekken.

Ze slaapt de hele ochtend, mompelt zwakjes als Cecily en ik haar nachtjapon uittrekken en haar betten met koele lappen. Ze zit onder de blauwe plekken, haar huid is zo doorschijnend dat de aderen eronder te zien zijn en ik haar bijna niet durf aan te raken. Sommige plekken bloeden. Het is alsof haar lichaam van binnenuit aan het rotten is. Haar haar is dun geworden en valt met plukken tegelijk uit. Ik veeg ze op. Cecily leest hardop voor uit het liefdesromannetje, dat gaat over gezonde jonge geliefden en zomerse zoenen. Af en toe stopt ze even om de brok in haar keel weg te slikken.

Als Jenna te zwak blijkt om pillen te slikken en ook verder niets meer binnenhoudt, sturen we de bedienden met hun medicijnen weg. Het wordt zo erg dat Jenna, versuft en amper in staat om te praten, haar gezicht in mijn nachtjapon of die van Cecily verbergt als ze denkt dat ze voetstappen hoort naderen. Ik weet wat ze ons duidelijk probeert te maken. Het is hetzelfde als waar Rose om smeekte. Ze wil deze ellende niet langer laten duren.

Adair is de enige tegen wie ze zich niet verzet, daarom laten we hem binnen. Haar bediende is lichtvoetig en bescheiden. Hij smeert een zalfje op haar borst dat het gereutel uit haar ademhaling haalt. En hij blijft niet langer dan nodig is. Hij raakte nooit uitgepraat over Jenna's schoonheid en begrijpt dat ze geen getuigen wil nu ze op zo'n afschuwelijke manier doodgaat.

Laat in de middag is Linden verontrust genoeg om bij ons te komen kijken. Zijn gezichtsuitdrukking verandert zodra hij over de drempel stapt. Hij kan het ruiken: de doordringende geur van verval en zweet en bloed. Ik zie in zijn ogen dat hij er vertrouwd mee is. Hij heeft de laatste dagen naast Rose' bed gezeten. Maar bij deze vrouw blijft hij uit de buurt. Ik weet dat Jenna Linden emotioneel op afstand heeft gehouden, dat hun huwelijk puur seksueel was, maar nu vraag ik me af of dat niet ook deels Lindens schuld was. Na het verlies van Rose wilde hij niet meer van een vrouw houden die hij zou overleven. Ik heb net zo veel tijd over als hij, en Cecily zal ons allebei overleven. Maar Jenna...

Linden staat er zo zielig en verontschuldigend bij. Zijn drie vrouwen liggen samen op de kale matras en een van hen gaat dood; als wij bij elkaar zijn vormen we een verbond waar hij niet tussen kan komen. Hij durft het niet eens te proberen.

'Ik ben vergeten Bowen te voeden, hè?' zegt Cecily als ze haar zoon in Lindens armen ziet.

'Geeft niet, liefje. Daar hebben we een zoogster voor,' zegt Linden. 'Ik maak me meer zorgen om jou.'

Ik kan me niet voorstellen waarom Linden zijn zoon mee hiernaartoe neemt, tenzij hij zich eenzaam voelt en hoopt dat hij Cecily zo kan verleiden om met hem mee te gaan. Het werkt niet. Cecily drukt haar gezicht tegen Jenna's arm en doet haar ogen dicht. Ik doe ook mijn ogen dicht. We zijn weer in de vrachtauto van de Verzamelaars, we verschuilen ons in het donker en zoeken troost bij elkaar.

'De bedienden zeggen dat jullie hen steeds wegsturen,' zegt Linden. 'Laat me tenminste iemand naar boven sturen met schone lakens.'

'Nee,' mompelt Cecily. 'Er hoeft niemand te komen. Zeg maar dat ze haar met rust moeten laten.'

'Kan ik iets doen?' vraagt hij.

'Nee,' zeg ik.

'Nee,' herhaalt Cecily.

Ik voel dat onze man daar in de deuropening staat. De verbondenheid van zijn vrouwen maakt hem bang, alsof één stervende vrouw de dood van alle drie zou kunnen betekenen.

Uiteindelijk vertrekt hij zonder nog iets te zeggen.

Jenna murmelt iets wat ik niet versta. Een naam, geloof ik. Ik denk dat ze haar zussen zoekt.

'Jullie zijn hier niet veilig,' zegt ze. Ik weet niet of ze het tegen haar zussen heeft of tegen ons.

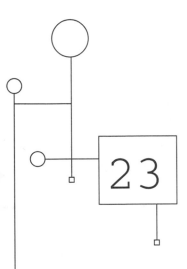

23

JENNA HAD GELIJK. Ze is eerder weg dan ik. We verliezen haar op de eerste dag van januari, vroeg in de ochtend, voor de zon opkomt. Alleen Cecily en ik zijn bij haar, en na dagen op haar bed geleefd te hebben konden we alleen nog maar een beetje tegen haar aan praten, terwijl haar ogen trillend open- en dichtgingen. We wilden haar laten merken dat ze niet alleen was. Na al die maanden samen als zustervrouwen had ik iets zinvols tegen haar moeten zeggen, maar toen ik haar zag sterven kon ik me er niet toe zetten het over iets anders te hebben dan het weer.

En nu is ze dood. Ze heeft haar ogen nog open, maar ze zijn donkerder grijs geworden. Hol. Alsof ze een machine was die uitgezet is. Ik druk haar oogleden met duim en wijsvinger dicht en geef haar een kus op haar voorhoofd. Ze is nog warm. Ze ziet er nog uit alsof ze zo weer adem zal halen.

Cecily staat op en begint te ijsberen. Ze legt een hand op haar voorhoofd, op haar borst. 'Ik snap het niet,' zegt ze. 'Het ging zo snel.'

Ik herinner me hoe blij ze was toen Rose doodging, hoe ze zich onmiddellijk opwierp als degene die bereid was Lindens kind te baren. Ze hebben het ook al over een tweede gehad.

'Meester Vaughn had toch wel...'

'Noem die naam niet,' zeg ik vinnig, al weet ik eigenlijk niet waarom ik boos op haar ben. Sinds Jenna ziek werd kan ik haar niet uitstaan, en ik begrijp zelf niet hoe dat komt. Maar dit is niet het moment om daarover na te denken.

Ik stop Jenna's lange haar achter haar oren en probeer haar roerloosheid te bevatten. Ze is net een wassen beeld, terwijl ze een minuut geleden nog een mens was. Cecily gaat weer op bed liggen en stopt haar gezicht in Jenna's hals en noemt haar naam. Jenna, Jenna, Jenna. Telkens weer, alsof dat zal helpen.

Het duurt niet lang of Vaughn komt kijken hoe het met Jenna gaat. Hij hoeft niet eens naar het bed toe te komen. Aan Cecily's tranen, aan mijn staren uit het raam kan hij zien dat onze zustervrouw dood is. Hij zegt dat het heel jammer is, maar dat hij gisteravond, toen hij bij haar kwam kijken, al wist dat ze deze wereld snel zou verlaten.

Als de bedienden met hun brancard Jenna komen ophalen, heeft Cecily haar nog steeds stevig vast. Maar als Jenna's hand uit haar greep wordt bevrijd, is ze te zeer in de war om te protesteren. 'Sterk zijn,' is alles wat Cecily zegt.

Even later hoor ik haar. In de zitkamer speelt ze een woeste Bach in D-mineur. De noten zijn als de voetstappen van de dood die de gang in stormen.

Ik lig in mijn slaapkamer op de grond te luisteren, te bedroefd zelfs om mijn bed op te zoeken. Ik zie voor me hoe die prachtige muziek uit de kleine Cecily vloeit, hoe de klanken rood en zwart om haar heen hangen, als een duistere geest die gewekt is uit zijn sluimering.

Ik wacht op het moment dat de muziek ophoudt. Ik wacht op het moment dat ze in mijn deuropening verschijnt en met betraande ogen vraagt of ze even naast me mag komen liggen, zoals ze altijd doet als ze overstuur is.

Maar ze komt niet. Door mijn deuropening komt alleen haar woedende, onverschrokken lied.

Sterk zijn, lijkt het te zeggen.

Ik wil hier weg. Ik wil nú weg. Ik houd het niet uit in dit landhuis, waar Vaughn wie weet wat uitspookt met het lichaam van mijn zustervrouw en wij geacht worden aan het avondeten te verschijnen en onze thee op te drinken. Cecily loopt met Bowen te zeulen alsof hij haar lappenpop is, en ze hebben allebei rode ogen van het huilen. Hij is de chagrijnigste baby ter wereld. Dat betekent vast dat hij de dingen goed aanvoelt.

Binnen een paar uur komt Vaughn ons Jenna's as brengen. Cecily klemt de urn in haar armen en vraagt of ze hem op een plank in haar kamer mag zetten. Daar zou ze zich beter bij voelen. Ik zeg dat ik het best vind en vervloek in stilte haar naïviteit.

Die avond in bed hoor ik iemand zacht op mijn deur kloppen, maar ik doe niet open. Voor een deel omdat ik niemand wil zien, maar vooral omdat ik miljoenen kilometers bij de aarde vandaan ben. Al een eeuwigheid lig ik in het donker te luisteren naar het ver verwijderde snikken van een meisje dat ooit in mijn lichaam woonde. Ik zweef in de ruimte.

Als ik mijn zintuigen geleidelijk weer in bezit neem, klinkt het gejammer dat uit me komt me afschuwelijk en onmenselijk in de oren.

De deur gaat open, licht stroomt mijn kamer in. Ik trek me zo ver mogelijk terug, net als toen in de vrachtauto. Ik voel opeens hoe zwaar mijn lichaam is, hoe rauw mijn keel van al het schreeuwen. Ik zie wazig door de nattigheid.

'Rhine?' zegt Linden. Ik herken zijn stem amper. Ik wil hem niet zien en probeer te zeggen dat hij weg moet gaan, maar als ik mijn mond opendoe komen er alleen maar onbegrijpelijke klanken uit. Hij komt op de rand van mijn bed zitten en aait over mijn rug. Ik probeer hem af te schudden, maar ik heb de kracht er niet voor.

'Lieverd, je maakt me bang. Zo heb ik je nog nooit gezien.'

Natuurlijk niet. Ik ben Rhine, de wees die is opgeleid tot bruid, die het heerlijk vindt om hier te wonen. Misschien vindt hij zelfs wel dat ik blij zou moeten zijn, omdat de dood van een zustervrouw betekent dat hij meer tijd overheeft voor mij. Maar ik ben altijd meer zustervrouw geweest dan de vrouw van deze man. Ik kan me niet voorstellen met hem alleen te zijn in dit huwelijk.

'Wat kan ik voor je doen?' Hij knielt naast mijn bed, strijkt het haar uit mijn gezicht. Ik staar hem door mijn tranen heen aan. Laat me gaan, denk ik. Stuur me terug naar vorig jaar. Geef Jenna haar zussen terug.

Ik schud mijn hoofd. Ik verberg mijn gezicht achter mijn vuisten, maar hij trekt ze weg en ik doe niet eens een poging om me te verzetten.

'Er is een nieuw jaar begonnen,' zegt hij zacht. 'Er is morgen-
avond een feest. Wil je daarheen?'

'Nee,' breng ik met moeite uit.

'Jawel, dat wil je best,' zegt hij. 'Deirdre is al druk bezig met je
jurk, Adair helpt haar zelfs.'

Adair. Wat moet er van hem worden nu Jenna er niet meer is?
Hij werkte uitsluitend voor haar, al had hij nooit veel te doen
– Jenna was heel zelfstandig en had bijna nooit reden om iets
nieuws aan te trekken. Misschien voelt hij zich nuttig als hij
met mijn jurk kan helpen. Dat kan ik Adair moeilijk ontzeg-
gen. Ik slik de brok in mijn keel weg en knik.

'Goed zo. Dat is beter,' zegt Linden. Maar ik zie in zijn ogen
dat hij weet dat ik pijn lijd. Misschien wel net zoveel als hij
toen hij Rose verloor. Toen zij stierf gooide hij met dingen,
schreeuwde hij tegen ons dat we weg moesten gaan. Begrijpt
hij dan niet dat ik nu ook alleen wil zijn?

Maar hij wil er niets van weten. 'Schuif eens op,' fluistert hij.
Hij tilt de dekens op en kruipt bij me in bed. Als hij me tegen
zich aan drukt, weet ik niet of hij mij of zichzelf probeert te
troosten. Maar ik schrompel ineen in zijn armen en geef me
over aan mijn tranen. Ik probeer de ruimte in te zweven, deze
ellendige wereld een tijdje achter me te laten, maar zijn tere
botten houden me de hele nacht stevig op aarde. Zelfs als ik af
en toe in een onrustige slaap val, voel ik dat hij er is en dat hij
me krachtiger tegen zich aan houdt dan ik me van hem ooit
had kunnen voorstellen.

Zoals ik al verwacht had marcheren Deirdre en Adair de volgende middag met een oogverblindende jurk mijn kamer in.
In Manhattan is er weinig reden om naar een nieuwjaarsfeest

te gaan. Het is vooral iets voor de eerste generatie, die er het geld en de vrije tijd voor heeft. Voor wezen is het tegelijk een gelegenheid om in te breken in de verlaten huizen in de betere buurten. De eerste nachten van het nieuwe jaar waren Rowan en ik altijd bezig de beveiliging op te voeren en het geweer te laden. Het is ook een soort prijsschieten voor Verzamelaars. Al die mooie, dronken, moederloze meisjes die dansen en sterretjes verkopen in het park. Van Rowan mocht ik niet eens naar mijn werk, zo onveilig was het op straat.

Rowan. Ik maak me zorgen om hem alleen in dat huis, met alleen de ratten om de wacht te houden.

De bedienden schrobben en boenen me tot ik glim, waarna Deirdre aan mijn make-up begint terwijl Adair mijn haar om een krultang wikkelt. Altijd maar krullen. 'Die maken je ogen groter,' zegt Adair dromerig. Deirdre maakt mijn lippen rood en zegt dat ik moet happen.

Cecily komt binnen en zit een tijdje op de ottomane toe te kijken. Vaughn heeft Bowen meegenomen om hem bloed af te nemen of zijn DNA te analyseren, of wat hij in naam van het antiserum dan ook doet met het arme kind, en Cecily weet zich geen raad als ze niet voor de baby kan zorgen. In de loop van maanden heb ik haar van een giechelende tienerbruid zien veranderen in een meisje met een dikke buik, zonder dat ik me kon voorstellen dat zij ooit echt moeder zou zijn. En nu opeens lijkt ze niet te weten hoe ze iets anders moet zijn dan moeder.

'Maak haar ook eens op,' zeg ik tegen Adair, die de hele tijd aan mijn jurk staat te friemelen, hoewel die al perfect zit. 'Zouden paarstinten haar niet goed staan?' Ik heb geen idee waar ik het over heb. Ik kan er alleen niet tegen dat Cecily zo verdrietig kijkt.

'Aardetinten,' roept Deirdre, die namaakgipskruid aan mijn haarspeld vastmaakt. 'Met dat haar en die ogen? Dan moet je bruin en groen nemen.' Ze knipoogt naar me in de spiegel.

Ik maak plaats voor Cecily op de poef, en met onze ruggen tegen elkaar laten we ons door de bedienden stralend mooi maken. Cecily dreigt Adair iets aan te doen als hij haar met het mascaraborsteltje in haar oog prikt, maar als ze eenmaal merkt dat hij er verstand van heeft ontspant ze zich een beetje. En dan is het eigenlijk best leuk. Alsof we echte zussen zijn, en alsof ons geen voortijdige dood boven het hoofd hangt.

'Hoe zal het zijn op dat feestje, denk je?' vraagt Cecily, nadat ze met haar gestifte lippen in het zakdoekje gehapt heeft dat Adair haar voorhoudt.

'Niet heel bijzonder,' zeg ik, omdat ik haar nog steeds niet lekker wil maken met iets wat ze toch nooit te zien zal krijgen. Misschien neemt Linden haar mee uit als ik eenmaal weg ben. De chocoladefonteinen zou ze prachtig vinden, en iets zegt me dat ze zou genieten van de aandacht van Huisheren en architecten die haar hand kussen en haar vertellen hoe mooi ze is. 'Gewoon een stel dronken rijkaards die in hun zondagse kleren over zaken staan te praten.'

'Neem je éclairs voor me mee?' vraagt ze.

'Als ze ze hebben, ja hoor.'

Ze neemt mijn hand in de hare, die klein en warm is. Een kinderhand. In deze wereld die ons de luxe van tijd niet meer gunt had ze zo'n haast om haar jeugd achter zich te laten, en ik vraag me af wie ze geweest zou zijn als ze meer jaren te leven had gehad. Wordt zij eerste vrouw als ik weg ben? Zal ze het volwassen leven dan voorgoed omhelzen? Ik heb het gevoel dat ik haar in de steek laat. Het was al zo moeilijk om Jenna te zien wegglijden, en nu ben ik ook nog van plan om te vertrekken, zonder de enige zustervrouw die ik nog heb. Ik weet niet of ze het wel aankan om mij kwijt te raken.

Maar als het nu niet gebeurt, gebeurt het later wel. Binnen vier jaar zou ze aan mijn sterfbed zitten.

Ik knijp in haar hand. 'Gaat het?' vraag ik.

'Ja,' zegt ze, en ik hoor de glimlach in haar stem. 'Dank je.'

Mijn jurk is een kort, strapless geval van glanzende blauwgroene stof, met aan één kant een vuurwerkachtig bloemenpatroon van opgenaaide zwarte pareltjes. Ik heb een strakke zwarte parelketting om, en de zwarte beenwarmers en handschoenen moeten me beschermen tegen de bijtende januarikou. Deirdre maakt het af met een zwart lint voor mijn haar, dat om het gipskruid komt te zitten, en een laagje lovertjes die me aan Cecily's trouwjurk doen denken. Ze leek zo gelukkig toen ze voor me uit naar het prieel trippelde.

Nu doet ze een stap achteruit om mijn ensemble te bewonderen. Ze ziet er opeens zo volwassen uit, met haar vakkundig in aardetinten opgemaakte gezicht. Ze heeft net als ik krullen in haar haar, en zelfs in haar verfomfaaide nachtjapon is ze beeldschoon. 'Je ziet er geweldig uit,' zegt ze. 'Je gaat ze verpletteren vanavond.'

Ik vertel haar niet dat ik helemaal niet naar dit feest wil, jurk of geen jurk. Ik zou veel liever in bed kruipen en de dekens over mijn hoofd trekken en huilen. Maar dat doet een eerste vrouw niet. En omdat Deirdre, Adair en Cecily naar me kijken zet ik de glimlach op die mijn moeder voor mijn vader bewaarde.

Het maakt me bang dat ik zo gemakkelijk kan doen alsof ik verliefd ben op dit leven, en op de man die erbij hoort.

Linden verschijnt in een zwarte smoking – de standaard outfit voor Huisheren, heb ik gemerkt. Zijn revers hebben de blauw-groene kleur van mijn jurk. Ik zie ons spiegelbeeld nog net in de stalen liftdeuren; een perfect stel. De deuren gaan open. We stappen in de lift.

'Veel plezier!' zegt Cecily.

Als de deuren dicht zijn zegt Linden: 'Doet ze niet een beetje vreemd de laatste tijd?'

Ik weet niet goed wat ik moet antwoorden, want ik heb inderdaad een verandering bij Cecily gezien. Zelfs voor Jenna's dood maakte ze al een ongelukkige indruk. Ik denk dat het iets te maken zou kunnen hebben met het feit dat Vaughn Bowen steeds bij haar weghaalt. En wie weet wat hij met het jongetje doet. Het is algemeen bekend dat pasgeboren baby's proefpersonen zijn in rijke huishoudens waar naar het wondermiddel wordt gezocht, maar Vaughn doet er heel geheimzinnig over en Bowen lijkt ongedeerd. Verder weet ik niet hoe ik Linden op een aardige manier moet zeggen dat ik het egoïstisch en verkeerd van hem vind dat hij zo'n jong meisje zwanger heeft gemaakt. En misschien ben ik ook wel bang dat hij bij mij weer op kinderen begint aan te dringen. Met mijn zestien jaar ben ik zowat een oude vrijster.

'Ze is gewoon moe,' zeg ik. 'Je moet haar vaker helpen met de baby.'

'Ik zou niets liever willen,' zegt Linden. 'Maar met Cecily en mijn vader in de buurt mag ik blij zijn als ik niet vergeet hoe mijn zoon eruitziet.'

'Linden,' probeer ik voorzichtig. 'Wat denk je dat je vader de hele tijd doet met de baby?'

'Zijn hartslag meten, bloed afnemen om te kijken of hij wel gezond is, denk ik.' Hij haalt zijn schouders op.

'En lijkt dat je normaal?' zeg ik.

'Wat is normaal?' zegt hij. 'De eerste generatie besefte niet eens dat hun kinderen doodgingen, tot het twintig jaar later gebeurde. Wie weet wat er met onze kinderen zal gebeuren?'

Daar zit iets in. Ik staar naar mijn glimmende schoenen. Hier sta ik dan in mijn mooie jurk, terwijl de wereld in elkaar stort. Ik hoor Jenna zeggen: *Vergeet niet hoe je hier terechtgekomen bent. Vergeet dat nooit.*

Linden pakt mijn hand. Op momenten als dit is hij net zo bang als ik. Ik glimlach flauw, en hij duwt met zijn schouder tegen de mijne. Mijn glimlach wordt breder. 'Dat is beter,' zegt hij.

In de limo schenkt hij voor ons allebei champagne in, maar ik drink het niet op en ik weerhoud hem ervan zijn glas wel leeg te drinken. 'Op het feest komt er nog veel meer,' zeg ik.

'Dat is taal voor een eerste vrouw.' Hij lacht en kust me op mijn slaap. Ik bloos tegen mijn zin in. Voor het eerst spreekt hij het hardop uit. Eerste vrouw. Het is nog maar voor een paar dagen, maar voor hem wil ik wel doen alsof dat niet zo is.

'Denk je dat er camera's zijn?' vraag ik.

'Massa's,' zegt hij. Hij trekt een bezorgd gezicht. 'Misschien had ik je moeten vragen die groene contactlenzen in te doen,' zegt hij. 'Ik wil niet dat de hele wereld weet hoe buitengewoon je bent.'

Ik trek zijn das recht. 'Vind je me bijzonder vanwege mijn ogen?'

'Nee,' zegt hij, zacht en dromerig. Hij strijkt de krullen uit mijn gezicht. 'Die zijn maar een rimpeling aan de oppervlakte.'

Ik glimlach. In een flits bedenk ik dat mijn vader ook zo over mijn moeder dacht, en bijna had ik kunnen zweren dat dit een echt huwelijk was. Een voorbijganger zou denken dat we al jaren bij elkaar zijn en dat we van plan zijn de rest van ons leven bij elkaar te blijven. Ik heb altijd geweten dat ik goed kon liegen, ik wist alleen niet dat ik het in me had om mezelf voor de gek te houden.

Arm in arm komen we aan op het feest, waar de muziek zo hard staat dat we ons ongemerkt tussen de mensen kunnen begeven. Het feest wordt gegeven in een chique bar met ver- schillende verdiepingen en een wenteltrap. De bovenste twee verdiepingen hebben een vloer van glas waardoor je wel naar beneden kunt kijken, maar niet naar boven. Daar ben ik blij om, want dit betekent dat er niemand onder mijn rok kan gluren. En ergens denk ik dat sommigen van die Huisheren dat best zouden willen.

Het duurt ongeveer twee minuten voor een van Vaughns col- lega's op ons af stapt, met aan zijn arm twee giechelende bru- nettes met lichtgevende glazen in hun hand. Ze zien er niet veel ouder uit dan Cecily. Ze dragen dezelfde hardroze jurk, die als plasticfolie strak om hun magere lijf zit. Hij stelt hen voor als zijn vrouwen – ze zijn een tweeling, allebei zwanger – en als hij me een handkus geeft staren ze me vol verachting aan.

'Ze zijn jaloers omdat je zo mooi bent,' fluistert Linden als ze weg zijn. 'Je ziet er betoverend uit, trouwens. Blijf dicht bij me, anders ontvoeren ze je nog.'

Juist. Eén keer in je leven ontvoerd worden is wel genoeg.

Maar ik blijf inderdaad dicht bij hem, want ik vertrouw deze mannen niet en de meeste vrouwen van mijn leeftijd lijken al aardig dronken. Dit is een nieuwjaarsfeest en Linden vertelt dat om twaalf uur het aftellen van oudejaarsavond nog eens wordt overgedaan. Als ik vraag waarom zegt hij: 'Wie zal het zeggen? Maar er komen nog maar zo weinig nieuwe jaren in ons leven. Het kan toch geen kwaad er een paar bij te verzinnen?'

'Goed opgemerkt,' zeg ik, en hij trekt me mee naar de dansvloer.

Ik ben beter in langzame dansen, waarbij je nauwelijks hoeft te bewegen, maar één blik op de stroboscooplampen maakt me duidelijk dat er vanavond geen langzame muziek gedraaid zal worden. Ik doe mijn best om Linden te volgen, die me geduldig leidt, en kan alleen maar aan Jenna denken. Hoe ze Cecily en mij haar danspasjes leerde op de middag voor de orkaan. Ze zou dit feest heerlijk vinden, ook al is ze niet dol op Linden. Wervelend over de dansvloer zou ze harten breken en onder haar hakken vermorzelen. Ik verheug me erop haar als ik thuiskom over het feest te vertellen – en dan weet ik weer dat ze dood is.

Linden laat me achteroverbuigen over zijn arm. Hij is wel heel uitgelaten, als je bedenkt hoe weinig hij gedronken heeft. Als ik weer rechtop sta drukt hij vlug een kus op mijn lippen.

'Mag ik even storen?' vraagt een man. Misschien is 'man' niet eens het goede woord. Hij kan niet veel ouder zijn dan ik. Hij is klein en mollig en zijn peentjeshaar reflecteert de regenboog van kleuren. Hij heeft zo'n bleke huid dat ik zijn gelaats-trekken nauwelijks kan onderscheiden. Naast hem staat een lange blonde vrouw in een felrode jurk die bij haar lippen kleurt. Ze maakt een nuchtere indruk en bekijkt Linden van top tot teen.

Linden kijkt onzeker naar mij.

'Kom op!' zegt de man. 'Eén dansje maar. We ruilen van vrouw.'

'Goed dan,' zegt Linden. Hij neemt de rode jurk bij de hand en overhandigt mij aan het peenhoofd. 'Maar ik ben nogal dol op mijn Rhine. Raak maar niet te veel aan haar gehecht.'

Ik word misselijk. De man ruikt naar een ongelukkige combi-natie van alle vleeswaren op de broodjesschaal, en hij heeft te veel gedronken. Hij trapt meer dan eens op mijn zwarte schoe-nen en bederft ze met vieze voetafdrukken. Hij is zo klein dat ik gemakkelijk over zijn hoofd kan kijken. Ik zie Linden dan-sen met de vrouw van deze man, die kijkt alsof ze de tijd van haar leven heeft. Ze is vast blij dat ze een man getroffen heeft die weet wat hij doet. Maar hij is niet haar man! Hij is van mij. Bij die gedachte blijf ik doodstil staan. Het mollige peenhoofd botst tegen mijn borsten en begint te lachen. 'Je bent wel on-handig, schat,' zegt hij. Maar ik hoor hem amper. Van mij? Nee. Linden is niet van mij, het is allemaal toneelspel. Deze feestjes, de sleutelkaart, zogenaamd eerste vrouw zijn – het is allemaal niet echt. Over een paar dagen lopen Gabriel en ik weg en wordt dit hele leven een vage herinnering. Waar zat ik met mijn hoofd?

Ik dwing mezelf om niet meer naar Linden en de blonde vrouw te kijken, die het duidelijk fijn vindt om te dansen met een man die net zo lang is als zij. En als de dans ten einde is ga ik gauw naar het buffet om voor Cecily éclairs en chocolade-cakejes te pakken voor de lekkerste weg zijn. Een van de bedienden biedt aan ze in de koelkast te bewaren tot ik wegga.

Ik houd me afzijdig en kijk naar de mensen die in het chaotische licht dansen. Rood, groen, blauw, wit, oranje. Afbeeldingen van kleurige sterren glijden over de muren. Ik zweef op deze glazen plaat. Onder me nog meer mensen, meer licht, meer muziek die door de vloer heen dreunt. En al kijkend krijg ik steeds meer waardering voor Deirdres modebewustzijn. De meeste vrouwen zien eruit alsof ze zich in aluminiumfolie gewikkeld hebben. Veel zilver en metallic roze en groen en lichtblauw. Plateauzolen van vijftien centimeter en overdreven parelkettingen die eruitzien alsof ze een ton wegen. De meeste vrouwen zijn zo zwaar opgemaakt dat ze onder die lampen wel radioactief lijken. Hun tanden geven licht.

Een stel vrouwen trekt me bij hun kringetje op de dansvloer. Ik protesteer niet. Zo kunnen de camera's me goed filmen. En het is in elk geval beter dan dansen met hun mannen; eigenlijk is het zelfs wel leuk. De meesten kunnen net als ik niet dansen. Hun sieraden rammelen, we trekken met onze ledematen alsof we stervende zijn, we geven elkaar een hand en ons gelach gaat onder in de muziek. Vanwege de Verzamelaars heb ik altijd reden gehad om bang te zijn voor nieuwjaarsfeestjes, ik heb me altijd zorgen moeten maken over wie er bij mij thuis zou inbreken. Maar hier ben ik veilig, kan ik genieten van het eten en mijn jurk en de muziek, kan ik giechelen om mijn onbeholpen danspasjes. Obers lopen rond met dienbladen vol drankjes in lichtgevende glazen, en zonder op te houden met dansen pak ik er een en drink het in één teug leeg.

De alcohol verwarmt mijn handen en voeten. En ik moet bekennen dat dit feest me goeddoet.

De voorspelbaarheid van dit soort feesten schenkt troost. Of het nu om een namaaknieuwjaarsfeest gaat of om een doopfeest, het thema is altijd hetzelfde: leven. Geniet ervan zolang je kunt.

Dan houdt het licht op met flikkeren, de muziek sterft weg en een stem verkondigt door de luidsprekers dat het over één minuut middernacht is. De vrouwen gaan op zoek naar hun man, en even sta ik daar alleen, tot Linden me bij mijn pols pakt en ik zijn vertrouwde borst tegen mijn rug voel drukken. 'Daar ben je,' zegt hij. 'Ik zoek je al de hele avond.'

Voor ik mezelf ervan kan weerhouden vraag ik: 'Waar is je vriendin gebleven?'

'Wie? Waar heb je het over?'

'Laat maar,' zeg ik als hij me aankijkt. 'Ik was even vergeten dat je een zwak hebt voor blondines.'

'O, die?' zegt hij. 'De vader van haar man is een aannemer met wie ik wel eens gewerkt hebt. Het leek me wel verstandig om hem te vriend te houden.'

'Oké,' zeg ik, terwijl op een enorm scherm aan de muur de seconden wegtikken. Twintig... negentien...

'Niet boos zijn.' Linden knijpt in mijn handen, die zweten in de zwarte handschoenen. 'Ik vond het ook niet leuk om jou met hem te zien dansen. Zodra de muziek ophield kwam ik sorry tegen je zeggen, maar toen was je al weg.'

Tien... negen...

Hij tilt mijn kin op, waardoor ik hem wel moet aankijken. Van alle Huisheren en Meesters hier is hij de enige die me zo mag aanraken. Hij is me vertrouwd, of ik dat nu leuk vind of niet. Mijn enige thuis zo diep in het zuiden.

'Jij bent de enige blondine voor wie ik een zwak heb,' verzekert hij me. En het klinkt zo bombastisch dat ik in de lach schiet. Hij moet ook lachen en neemt mijn gezicht in zijn handen. 'Ik hou van je,' zegt hij.

Drie... twee... een.

Hij kust me in een uitbarsting van namaakvuurwerk en namaaksterren. En we luiden dit namaaknieuwjaar samen in. En bij al deze illusies lijkt het alleen maar logisch dat de woorden zomaar uit mijn mond rollen. 'Ik hou ook van jou.'

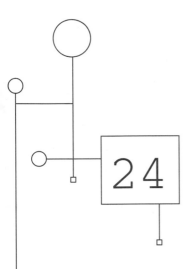

24

IN DE VROEGE ochtend komen we terug van het nieuwjaarsfeest. Door mijn slaapkamerraam valt een mistig blauw
licht. Aan de andere kant van de gang staat Cecily's kamerdeur
open. Ik hoor haar ademhalen, haar satijnen lakens ruisen.
Naast haar is een lege kamer waar geen enkel geluid uit komt.
En om een of andere reden is het die stilte die slapen onmogelijk maakt. Ik lig een tijdje te woelen, dan steek ik de gang
over naar Jenna's slaapkamer.

Haar deur gaat krakend open. In het ochtendlicht zie ik dat
haar bed is opgemaakt. Een van haar liefdesromannetjes is
achtergebleven op het nachtkastje. Het boekje is het enige wat
van haar over is. Van hieraf zie ik het snoeppapiertje tussen de
laatste bladzijden die ze ooit gelezen heeft.

Zelfs haar geur is weg. Die lichte, luchtige mengeling van par-
fums en lotions die bedienden deed blozen. In haar laatste

dagen werd hij overvleugeld door de zware zalf die Adair op haar borst smeerde om haar te helpen ademen, maar ook die medicinale geur is verdwenen. De stofzuiger is over haar voetstappen gehaald, heeft de brancardsporen van toen haar lichaam de kamer uit werd gereden weggewist.

Ik wacht. Op haar geest, op haar stem. Toen Rose overleden was kon ik haar aanwezigheid maanden later nog voelen in de boomgaard. Al was het mijn eigen fantasie, het was tenminste iets. Maar als Jenna nog ergens is, dan is het niet hier. Ik zie niet eens een schim in haar spiegel.

Ik sla de dekens terug en kruip in haar bed. De lakens ruiken nieuw, en dat zijn ze misschien ook wel, want ik herken ze niet – wit met kleine paarse bloemetjes. Dit is ook niet haar satijnen sprei, want daar zat op een hoek een kersensapvlek. Ze is weg. Geen spoor behalve het boek. Ik zal nooit weten wat er die middag in Vaughns kelder met haar gebeurd is. Ze zal nooit samen met mij weglopen en de zee zien. Ze zal nooit meer dansen of ademhalen.

Ik begraaf mijn gezicht in de matras waarop ze stierf en verbeeld me dat ze haar vingers door mijn haar haalt. Het kost me veel moeite om de herinnering aan haar stem op te roepen.

Je gaat hier weg en het wordt fantastisch.

'Oké,' antwoord ik.

Na een tijdje val ik in een genadig droomloze slaap.

Het is mijn laatste droomloze nacht. Vanaf dat moment is Gabriel, alleen in dat afschuwelijke hol onder mijn voeten, geen tel uit mijn gedachten. Ik denk aan zijn grauwe huid onder die flikkerende lampen, zijn adem die wolkjes vormt. Als ik 's avonds mijn ogen dichtdoe droom ik dat hij op een veldbed gaat liggen slapen, met mijn dode zustervrouwen naast hem in de koeling.

Ik ben voortdurend bang dat Vaughn ons plan ontdekt en hem kwaad doet. Hem vermoordt. Vaughn zegt dat hij op de dag van Lindens geboorte aan zijn antiserum begon te werken, en al geloof ik niet dat hij iets goeds in de zin heeft, dát geloof ik wel. Ik geloof ook dat Lindens leven het enige is wat hij oprecht wil redden. En Bowen is Vaughns reserve voor als hij zijn zoon niet op tijd kan genezen.

Op een nacht heb ik een afschuwelijke droom. Bowen, lang en slungelig als zijn vader, drukt zijn lippen op de mond van een onzeker bruidje dat woont in de vroegere kamer van zijn moeder. Hij zegt dat hij van haar houdt en zij, wraakgierig en mooi, heeft een mes achter haar rug en wacht op het juiste moment om hem van kant te maken. Er is niemand die hem waarschuwt. Geen moeder die van hem houdt. Alles wat hij kent is Vaughn, die in de kelder Lindens lichaam uit elkaar haalt, koortsachtig op zoek naar een geneesmiddel. En ik? Ik ben allang dood, ingevroren en perfect geconserveerd lig ik naast mijn zustervrouwen, met verbaasde open ogen en mijn handen net niet tegen de hunne aan. We vormen een rijtje van vier, met ijspegels aan onze wimpers.

Ik voel iets op mijn huid en begin te schreeuwen voor ik er iets tegen kan doen. Mijn hart roffelt in mijn borst en meteen probeer ik me uit alle macht los te maken van de lijken van mijn zustervrouwen, wanhopig weg te komen uit Vaughns kelder.

'Hé,' fluistert een zachte stem. 'Sst... Hé, hé, niets aan de hand. Je had een nachtmerrie.' Ik draai me om en daar ligt Linden naast me in bed; in het maanlicht kan ik hem maar net zien. Hij strijkt het haar uit mijn gezicht. 'Kom hier,' zegt hij. Hij trekt me tegen zich aan. Ik verzet me niet. Met trillende handen grijp ik hem bij zijn overhemd. Zijn wang ligt warm tegen de mijne, ontdooit de bevroren huid uit mijn droom.

Aan de andere kant van de gang begint de baby te piepen en vervolgens te krijsen. Ik wil uit bed stappen, maar Linden trekt me omlaag.

'Ik moet gaan,' zeg ik. 'Het is mijn schuld. Ik heb hem wakker gemaakt.'

'Je beeft helemaal,' zegt hij. Hij voelt met de rug van zijn hand aan mijn voorhoofd. 'En misschien ben je ook wel een beetje warm. Voel je je ziek?'

'Ik ben niet ziek,' verzeker ik hem.

'Blijf maar liggen,' zegt Linden. 'Ik ga wel.'

Ik wil zelf gaan. Ik wil met mijn eigen ogen zien dat Bowen nog maar een baby is, dat de slungelige jongen uit mijn droom niet echt bestaat. Nog niet tenminste. Ik stap uit bed en Linden loopt achter me aan naar Cecily's kamer. Met haar haar alle kanten op en haar ogen halfdicht probeert ze zich uit bed te slepen.

'Ik heb hem al,' fluister ik. 'Ga maar weer slapen.'

'Nee,' zegt ze, en ze duwt me weg als ik mijn handen in de wieg steek. 'Jij bent zijn moeder niet. Dat ben ik.' Ze neemt de jammerende en snikkende Bowen in haar armen. Ze maakt sussende geluidjes, neuriet iets liefs en gaat in de schommelstoel zitten. Maar als ze de bovenste knoopjes van haar nachtjapon losmaakt, keert Bowen zich dreinend van haar borst af. Linden komt achter me staan en slaat een arm om mijn schouders. 'Misschien moeten we de zoogster erbij roepen, liefste,' zegt hij tegen Cecily.

Ze kijkt hem aan en de tranen staan in haar ogen. 'Waag het niet,' snauwt ze. 'Ik ben zijn moeder. Míj heeft hij nodig.' Haar stem breekt en ze richt haar aandacht weer op haar zoon. 'Bowen, toe nou...'

'Mijn vader zegt dat dit normaal is in de eerste weken,' probeert Linden. 'Pasgeboren baby's laten zich niet makkelijk aan de borst leggen.'

'Eerst lukte het wel,' zegt Cecily. 'Er is iets mis.' Ze knoopt haar nachtjapon dicht, staat op en begint met haar zoon tegen haar borst gedrukt op en neer te lopen. Hier wordt hij rustig van; binnen een paar seconden slaapt hij.

'Hij had gewoon geen honger,' zeg ik.

Cecily legt Bowen zwijgend terug in zijn wieg, bukt zich om hem een kus op zijn voorhoofd te geven. Mijn droom van een wereld waarin haar zoon een jongeman zonder moeder is, met zijn eigen onwillige bruiden, heeft ze niet gezien, maar heeft ze misschien haar eigen nachtmerries? Is het, al is het maar één keer, bij haar opgekomen dat ze maar een heel klein deel van zijn leven zal zijn, dat ze op een dag niet meer voor hem zal zijn dan een vage herinnering aan rood haar en de trage, elegante klanken van een keyboard? Áls hij zich haar al zal herinneren.

'Mijn ouders werkten in een laboratorium waar ook een crèche was,' vertel ik, tegen mijn eigen regel in dat Linden niets over mijn leven mag horen. Maar deze woorden zijn ook niet voor hem bedoeld. 'Alle baby's waren wees, en het waren er zoveel dat er soms niet genoeg mensen waren om voor hen te zorgen. De technici speelden opnamen van slaapliedjes af om hen te troosten als ze huilden. Maar de baby's die vastgehouden werden leken altijd levendiger. Die lachten en leerden eerder om dingen te pakken dan de anderen.'

Cecily heeft terwijl ik vertelde in de wieg staan staren, maar nu tilt ze haar hoofd op. 'Wat betekent dat?'

'Ik denk dat het betekent dat baby's menselijk contact aanvoelen. Ze weten het als er iemand om hen geeft.'

'Ik herinner me niemand,' fluistert Cecily. 'Ik ben opgegroeid in een weeshuis, en ik herinner me niemand die om me gaf. Ik wil gewoon dat hij weet dat ik zijn moeder ben. Dat ik bij hem ben en voor hem zal zorgen.'

'Dat weet hij wel,' fluister ik terug. Ik sla een arm om haar heen.

Ze droogt haar tranen. 'Hij hoeft niet naar opnamen te luisteren. Hij heeft een moeder. Hij heeft mij.'

'Zo is dat,' zeg ik.

Ze slaat een hand voor haar mond om een volgende snik te onderdrukken. Cecily is altijd emotioneel geweest, maar de geboorte van Bowen en Jenna's dood hebben hun tol geëist. Ze kwijnt met de dag verder weg. Ik had gehoopt dat Linden haar zou kunnen troosten, zodat het gemakkelijker voor haar zou zijn als ik weg was, maar er zijn momenten dat hij haar niet kan bereiken, dat haar verdriet er te onredelijk uit komt of voor hem te zwaar is om te bevatten. Momenten zoals dit, waarop ze mijn hand pakt en stevig vasthoudt en onze man niet meer is dan een schim in de deuropening.

'Kom, ga nou maar weer slapen,' zeg ik. Ze laat zich naar bed brengen en ik stop haar in. Ze heeft haar ogen al dicht. Ze is altijd zo moe.

'Rhine?' zegt ze. 'Het spijt me.'

'Wat spijt je?' vraag ik. Maar ze is al vertrokken.

Als ik me omdraai zie ik dat Linden weg is. Hij is waarschijnlijk weggeglipt toen ik Cecily moed probeerde in te spreken, bang dat hij het alleen maar erger zou maken. Cecily's gemoedstoestand is een wankel iets, zeker nu ze rouwt om Jenna. Haar hevigheid maakt hem bang, ik denk omdat haar pijn hem herinnert aan de dood van Rose.

In de deuropening blijf ik nog even naar de ritmische ademhaling van mijn zustervrouw en haar zoon staan luisteren. In het maanlicht kan ik hen nauwelijks onderscheiden. En ik word overvallen door een afschuwelijk besef van vergankelijkheid. Binnenkort raakt Cecily haar laatste zustervrouw kwijt, en over nog geen vier jaar zal ze ook haar man verliezen. En op een dag zullen er op deze verdieping alleen nog lege kamers zijn, zonder ook maar een geest om Bowen gezelschap te houden. En dan gaat ook hij dood.

Het doet er niet toe hoeveel zijn moeder van hem houdt. Liefde is niet genoeg om ons in leven te houden.

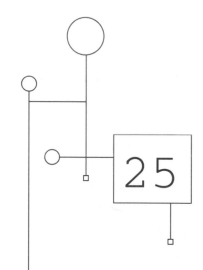

DE LAATSTE maand voor mijn ontsnapping breng ik bijna helemaal buiten door. Er ligt nog een beetje sneeuw. Ik dwaal door de sinaasappelboomgaard, speel in mijn eentje midgetgolf. En langzaam maar zeker gaat de maand voorbij.

Op de ochtend van mijn geplande ontsnapping lig ik op de trampoline naar het kraken van de veren onder mijn bewegingen te luisteren. Dit was Jenna's favoriete plekje, haar eigen eiland.

En hier vindt Cecily me. Haar rode haar vangt de laatste sneeuwvlokken. Ze zegt: 'Hoi.'

'Hoi.'

'Mag ik erbij komen?' vraagt ze. Ik klop op de lege plek naast me en ze klimt op de trampoline.

'Waar is je kleine handenbindertje?' vraag ik.

'Bij Meester Vaughn,' zegt ze een beetje ongelukkig. Een verdere verklaring is niet nodig. Ze komt naast me liggen, slaat haar armen om mijn elleboog en zucht. 'Wat nu?' zegt ze.

'Weet ik niet,' zeg ik.

Opeens zegt ze: 'Ik had echt niet gedacht dat ze zou doodgaan. Ik dacht dat ze nog een jaar had, en tegen die tijd zou er een antiserum zijn en...' Ze stopt met praten. Ik lig op mijn rug en zie haar adem en mijn adem vervliegen in de koude lucht.

'Cecily,' zeg ik. 'Er is geen antiserum. Laat dat nou eens tot je doordringen.'

'Doe niet zo pronatuur. Meester Vaughn is een briljante dokter. Hij werkt keihard. Volgens zijn theorie is het probleem dat de eerste generatie kunstmatig verwekt is. Dus als een baby op de natuurlijke manier geboren wordt, kan die baby gered worden door...' Ze probeert zich de woorden te herinneren en spreekt ze dan voorzichtig uit, alsof ze bang is dat ze zullen breken. '...externe interventie.'

'Ja, vast.' Ik lach wreed. Ik vertel Cecily niet dat mijn ouders hun hele leven gewijd hebben aan de zoektocht naar een antiserum, en dat ik moeilijk kan geloven dat Vaughn dezelfde motieven heeft als zij. Ik vertel niet over het lichaam van Rose in de kelder, of dat Jenna daar nu waarschijnlijk ook ligt, weggestopt in een vriezer of in onherkenbare stukken gesneden.

'Hij vindt wel een antiserum,' herhaalt Cecily beslist. 'Hij moet wel.' Ik begrijp dat ze haar kop in het zand steekt. Het leven van haar zoon hangt af van Vaughns denkbeeldige antiserum, maar ik ben niet in de stemming om te doen alsof. Ik schud mijn hoofd en zie intussen de sneeuw uit een spierwitte lucht dwarrelen. De wereld lijkt zo rein als je alleen maar omhoog kijkt.

'Hij moet wel,' zegt Cecily nog een keer. Ze buigt zich over me

heen, ontneemt me het zicht op de wolken. 'Je moet hier blijven en je beter laten maken,' zegt ze. 'Ik weet dat je van plan
bent weg te lopen. Denk maar niet dat ik dat niet weet.'

'Wat?' Ik ga rechtop zitten.

Ze neemt mijn hand in de hare en komt ernstig dichterbij. 'Ik
weet alles van jou en die bediende. Ik zag dat hij je kuste.'

Dat geluid op de gang. 'Was jij dat?' zeg ik. Mijn stem klinkt
vreemd en ver weg, alsof ik naar een gesprek luister tussen
twee mensen die ik niet ken.

'Hij leidde je af van je taak als vrouw. Ik dacht dat je wel zou
beseffen wat een goede man Linden is als hij eenmaal weg
was. Dat je het dan wel weer scherper zou zien. En dat is toch
ook zo? Je hebt het toch leuk gehad op die feesten?'

Opeens doet ademhalen pijn. 'Jij hebt het aan Meester Vaughn
verteld.'

'Om jou te helpen,' houdt ze vol. Ze knijpt in mijn hand. 'Hij
en ik wilden alleen maar het beste voor jou. Daarom liet Meester Vaughn die bediende naar een ander deel van het huis over-
plaatsen.'

Ik ruk mijn hand los en wil naar achteren schuiven. Ik wil zo
ver mogelijk bij haar vandaan, maar om een of andere reden
kan ik me niet verroeren. 'Wat heb je hem nog meer verteld?'

'Ik weet meer dan jij denkt,' zegt ze. 'Jij en Jenna hadden jullie
clubje waar ik nooit bij gehoord heb. Jullie vertelden me nooit
iets, maar ik ben niet achterlijk, hoor. Ik weet dat ze jou hielp
om die bediende op te zoeken. En dat is verkeerd, snap je dat
niet? Linden houdt van je en jij houdt van hem! Hij is goed voor
ons, en Meester Vaughn gaat dat antiserum maken en dan zijn
we hier nog heel, heel lang samen.'

Haar woorden dwarrelen om me heen als de sneeuwvlokken die nu steeds dichter vallen. Mijn adem komt in mistige, woedende pufjes naar buiten. In mijn hoofd hoor ik de stem van Vaughn. *Ze is nogal een koude kikker, vind je ook niet? Als het aan mij lag gooiden we haar zo terug in de vijver.* 'Heb je enig idee wat je gedaan hebt?' vraag ik.

'Ik heb je geholpen!' schreeuwt ze.

'Je hebt haar vermoord!' schreeuw ik terug. Ik druk mijn handen tegen mijn ogen en heb zin om te gillen. Ik heb zin in een heleboel dingen waar ik vast spijt van zou krijgen, daarom blijf ik maar gewoon een tijdje zitten, tot ik weer op adem ben.

Maar ik kan niet eeuwig mijn mond houden, want Cecily zegt: 'Wat?' en 'Hoe bedoel je?' en 'Waar heb je het over?' En uiteindelijk heb ik er genoeg van.

'Je hebt Jenna vermoord! Daar heb ik het over! Jij hebt Meester Vaughn verteld dat ze aan het rondneuzen was en hij heeft haar vermoord! Ik weet niet hoe, maar het is zo! Hij zocht een reden om haar uit de weg te ruimen en die heb jij hem gegeven. En Gabriel zit in zijn eentje in die... afschuwelijke kelder, en dat is allemaal jouw schuld!'

Ongeloof en tranen kruipen in Cecily's bruine ogen, en ik zie hoe ze haar best doet om te ontkennen wat ik haar vertel. 'Nee,' zegt ze. Ze wendt haar blik af en schudt beslist haar hoofd. 'Jenna stierf aan het virus, en...'

'Jenna was pas negentien,' zeg ik. 'Ze was binnen een week dood. Terwijl Rose nog maanden geleefd heeft. Als die Meester Vaughn van jou zo'n briljante dokter is, leg mij dan maar eens uit hoe ze onder zijn handen zo snel weg kon zijn.'

'E-elk geval is weer anders,' stamelt ze. En dan zegt ze: 'Wacht!

Waar ga je heen?', want ik kan niet langer naar haar kijken en ben op de grond gesprongen en heb het op een lopen gezet. Ik weet niet welke kant ik op ga, maar ze komt achter me aan. Ik hoor de sneeuw onder haar schoenen knerpen. Ze haalt me in en pakt me bij mijn arm. Ik geef haar zo'n harde duw dat ze in een sneeuwbank valt.

'Je bent net als hij!' zeg ik. 'Je bent net zo'n monster als hij, en je kind zal later ook een monster worden! Maar je zult hem niet eens zien opgroeien, want over zes jaar ben je dood. Dan ben jij dood en is Linden dood en wordt Bowen Meester Vaughns nieuwe speeltje.'

Ze heeft rode ogen van het huilen en staat hoofdschuddend 'nee, nee, nee' en 'je vergist je' te zeggen. Maar ze weet dat ik gelijk heb. Ik zie het berouw in haar gezicht. Voor ik mijn zelfbeheersing kan verliezen en haar iets vreselijks aandoe, ren ik weg. Ik hoor haar nog mijn naam schreeuwen, op een bezeten, beestachtige manier, alsof ze vermoord wordt, wat misschien ook wel zo is. Ze zal er zes jaar over doen om te sterven.

Mijn laatste dag in Lindens landhuis. Of misschien is het Vaughns landhuis. Hij heeft ervan gemaakt wat het nu is. Linden is slechts een marionet, net als zijn bruiden. Het zou gemakkelijker zijn om aan mijn oorspronkelijke haat jegens Linden vast te houden, om aan zijn wreedheid te ontsnappen zonder ooit nog om te kijken. Maar in mijn hart weet ik dat hij geen slecht mens is, en het minste wat ik kan doen is afscheid van hem nemen. Als hij morgenochtend wakker wordt zal ik er niet meer zijn. Hij zal denken dat ik dood ben en hij zal mijn as verstrooien. Of misschien zet Cecily me in een urn naast haar aandenken aan Jenna.

Cecily. Mijn enig overgebleven zustervrouw. De rest van de middag ga ik haar zorgvuldig uit de weg, al hoef ik er niet eens zo mijn best voor te doen. Ze vertoont zich niet. Die avond komt ze niet aan tafel, en natuurlijk begint Linden zich zorgen te maken omdat ze zo veel maaltijden overslaat. Hij wil weten of ik de laatste tijd iets vreemds aan haar heb gemerkt. Ik zeg dat het gezien de omstandigheden zo goed met haar gaat als je mag verwachten. Linden heeft Cecily's verdriet om Jenna's dood nooit begrepen, niet echt. Dus als ik het aanvoer als excuus voor het grillige gedrag van zijn vrouw houdt hij verder zijn mond.

Linden kende Jenna amper, en ik denk niet meer dat Vaughn ons drieën ontvoerd heeft voor zijn zoon. Ik denk dat hij een extra lichaam wilde voor zijn antiserum. Jenna was de wegwerpvrouw. Cecily is de babyfabriek. En ik had zijn oogappel moeten worden.

Na het eten, rond acht uur, vraag ik Deirdre om een kamillebad. Ze is in een sombere stemming. Na Jenna's dood is Adair op een veiling verkocht. Ik ben dus niet de enige die iemand kwijtgeraakt is. Terwijl ik lig te weken houdt ze zichzelf bezig door de make-up op mijn toilettafel te schikken en te herschikken. Ik vraag me af wat er met haar zal gebeuren als ik weg ben, of ze aan een ander landhuis verkocht zal worden. Misschien wordt ze benoemd tot Bowens verzorgster. Ze is jonger dan Cecily en zal zeker blijven leven tot hij een tiener is. Misschien kan ze hem troosten als hij verdrietig is en hem fijne dingen over de wereld vertellen, zoals over het strand dat haar vader schilderde.

'Kom even met me praten,' zeg ik. Ze komt op de rand van het bad zitten en probeert te glimlachen. Maar het algehele gevoel van treurnis op de vrouwenverdieping heeft ook haar in zijn greep.

Ik probeer te bedenken wat ik tegen haar kan zeggen. Hoe ik afscheid van haar kan nemen zonder daadwerkelijk afscheid te nemen. Maar tot mijn verbazing zegt zij: 'Jij bent anders dan de anderen, hè?'

'Hm?' zeg ik.

Mijn hoofd rust tegen een opgerolde handdoek op de rand van het bad en Deirdre begint mijn natte haar te vlechten. 'Het is je manier van doen,' zegt ze. 'Je bent... net een penseel.'

Ik doe mijn ogen open. 'Hoe bedoel je?'

'Dat is juist goed,' zegt ze. 'Er zijn goede dingen gebeurd sinds jij er bent.' Ze beweegt met haar hand alsof ze aan het schilderen is. 'Alles is lichter.'

Wat een grap. Gabriel zit opgesloten in de kelder en Jenna is dood. 'Ik snap niet wat je bedoelt,' zeg ik.

'De Huisheer is veel sterker. Gelukkiger. Vroeger was hij zo breekbaar. 'Alles gaat gewoon... beter.'

Ik snap het nog steeds niet, maar ik hoor aan haar toon dat ze het meent, en daarom glimlach ik maar naar haar.

Is het waar? Ik weet het niet. Ik denk aan wat ik zei op weg naar het feest, dat ik hem zou leren zwemmen als het water weer warm was. Misschien zou zoiets hem gelukkig gemaakt hebben, zoals Deirdre zegt. Dat zal ik dan moeten toevoegen aan mijn lijstje van niet nagekomen beloften, net als mijn belofte om voor hem te zorgen. Maar toen Rose me dat vroeg hield ze geen rekening met Cecily. Zij en Linden passen veel beter bij elkaar. Cecily is zo dol op hem dat ze er geen moeite mee had om Jenna en mij aan Vaughn uit te leveren, en ze wilde zo graag een kind van hem en ze zijn allebei zo gruwelijk naïef dat ze misschien wel goed zijn voor elkaar. Twee gekooide tortelduifjes. Ik ben niet goed voor Linden. Mijn hoofd zit vol atlassen en kaarten. Wat zou het dat ik op Rose lijk? Ik ben anders dan zij, en zelfs zij moest hem verlaten.

'Klaar om eruit te komen?' vraagt Deirdre.

'Ja,' zeg ik. Terwijl ik mijn nachtjapon aantrek slaat zij de dekens op mijn bed terug, maar ik ga op de poef zitten en zeg: 'Wil je me opmaken?'

'Nu?'

Ik knik.

En voor de laatste keer verricht ze haar wonder.

Ik laat een van de bedienden komen en vraag hem Linden voor me te zoeken. Een paar minuten later staat hij in mijn deuropening. 'Zocht je mij?' vraagt hij. Hij wil nog meer zeggen, maar hij zwijgt als hij me ziet, mooi opgemaakt en met mijn haar los, zonder haarlak erin of krullen, zoals het hoort. Ik draag een van Deirdres kabeltruien, die zo zacht is als een wolk, en een wijde zwarte rok die glinstert van de zwarte diamantjes.

'Wat zie je er mooi uit,' zegt hij.

'Ik bedacht net dat ik nog nooit op de veranda ben geweest,' zeg ik.

Hij houdt zijn arm voor me op. 'Kom maar mee dan,' zegt hij. De veranda is op de begane grond en grenst aan een balzaal die zelden gebruikt wordt. De tafels en stoelen zijn afgedekt met lakens, alsof er spoken in slaap gevallen zijn na een spectaculair feest. We zoeken in het donker onze weg, arm in arm, en blijven staan voor de glazen schuifdeuren. Tegen een inkt-zwarte hemel valt de sneeuw in een duizelingwekkende wer-veling, als miljoenen stukjes van kapotte sterren.

'Misschien is het wel te koud om naar buiten te gaan,' zegt hij.

'Waar heb je het over?' zeg ik. 'Het is juist een prachtige avond.'

De veranda is een eenvoudige uitbouw met een bankje en twee rieten stoelen die naar de boomgaard gedraaid staan. Linden veegt de sneeuw van het bankje en we gaan er samen op zitten. Om ons heen valt de sneeuw en heel lang zeggen we niets.

'Het geeft niet dat je haar mist,' zeg ik. 'Ze was je grote liefde.'

Hij slaat zijn armen om me heen. 'Niet mijn enige liefde,' zegt hij. Ik ruik de koude wol van zijn jas. Een tijdje zitten we naar de vallende sneeuw te kijken. En dan zegt hij: 'Het voelt ver-keerd dat ik zo vaak aan haar denk.'

'Je moet ook aan haar denken,' zeg ik. 'Elke dag. Je moet haar nergens anders zoeken, want je zult haar nooit vinden. Je ziet haar door een drukke straat lopen, maar als je je hand naar haar uitsteekt draait ze zich om en blijkt ze iemand anders te zijn.'

Na de dood van mijn ouders heb ik dit maandenlang gedaan. Linden kijkt me aandachtig aan. Ik tik met mijn vinger op zijn hart. 'Bewaar haar hier, oké? Alleen hier zul je haar altijd terugvinden.'

Hij glimlacht naar me en ik zie het goud glinsteren in zijn mond. Toen ik hem net kende dacht ik dat het een teken van macht en status was. Maar eigenlijk is het een litteken, het re-sultaat van een infectie die een klein jongetje zijn gebit kostte. Hij is helemaal niet bedreigend.

'Zo te horen weet jij wat het is om iemand te verliezen,' zegt hij.

'Ik weet er wel iets van, ja,' zeg ik. Ik leg mijn hoofd tegen zijn schouder. Zijn hals verspreidt warmte, en de vage geur van zeep.

'Ik weet nog steeds niet waar je vandaan komt,' zegt hij. 'Soms lijkt het wel alsof je zomaar uit de lucht bent komen vallen.'

'Dat gevoel heb ik soms ook,' zeg ik.

Hij haakt zijn vingers in de mijne. Ik geloof dat ik zijn hartslag door onze identieke handschoenen heen kan voelen. Onze handen liegen, en toch ook weer niet. Ze zien eruit als die van een man en een vrouw; je kunt het reliëf van mijn trouwring onder mijn handschoen zien. En ze passen precies in elkaar, alsof hij me niet dicht genoeg bij zich kan hebben.

Niets aan die handen wijst op het definitieve van dit moment. Nog even en we zullen elkaar nooit meer aanraken. We zullen nooit meer naar een feest gaan, geen kinderen krijgen, niet onder dezelfde kwellingen samen sterven.

Zullen we op hetzelfde moment sterven, allebei aan een andere kant van de kust? Ik hoop dat Cecily er zal zijn om zijn hoofd op haar schoot te leggen. Ik hoop dat ze hem zal voorlezen en aardige dingen influisteren. Ik hoop dat hij tegen die tijd allang niet meer aan me denkt en rust zal kunnen vinden. Ik hoop dat Vaughn niet zo harteloos is als ik denk en dat hij het lichaam van zijn zoon ongeschonden, heel, aan de vlammen zal prijsgeven, zodat Lindens as in de sinaasappelboomgaard kan worden uitgestrooid.

Wat mijn eigen dood betreft – daar probeer ik niet te veel aan te denken. Ik weet alleen dat ik mijn laatste jaren thuis wil zijn, in Manhattan, bij mijn broer, in het huis dat mijn ouders ons hebben nagelaten. Met Gabriel, misschien. Ik zal hem zoveel mogelijk over de wereld proberen te leren, zodat hij een baan zal kunnen vinden, in de haven misschien, en voor zichzelf zal kunnen zorgen als ik dood ben.

'Wat is er, lieverd?' vraagt Linden, en ik besef dat ik tranen in mijn ogen heb. Het is zo koud dat ik niet begrijp dat ze niet bevriezen.

'Niets,' zeg ik. 'Ik bedacht alleen dat er maar zo weinig tijd is.' Hij kijkt me net zo aan als wanneer hij me om mijn mening over een van zijn ontwerpen vraagt. Alsof hij in mijn hoofd probeert te kruipen. Hij wil begrijpen, en begrepen worden.

Ik vraag me af wat we in een andere tijd, op een andere plek voor elkaar geweest zouden zijn.

En dan realiseer ik me hoe dom dat is. In een andere tijd en op een andere plek zou ik niet ontvoerd zijn om met hem te trouwen. En hij zou niet in dit huis opgesloten hebben gezeten. Hij zou een beroemd architect zijn geweest. Misschien zou ik in een van zijn huizen hebben gewoond, met een man van wie ik hield en kinderen die heel oud zouden worden.

Ik probeer geruststellend te lachen en knijp in zijn hand. 'Ik bedacht dat mensen maar zo kort in jouw prachtige huizen zullen kunnen wonen.'

Hij drukt zijn voorhoofd tegen mijn slaap, doet zijn ogen dicht. 'Als het wat beter weer is laat ik je er een paar zien,' zegt hij. 'Het is leuk om de veranderingen te zien die mensen aanbrengen, en de huisdieren en de schommels en de tekenen van leven. Soms vergeet je daardoor de rest.'

'Dat zou ik fijn vinden, Linden,' zeg ik.

Daarna zeggen we niets meer. Ik laat me door hem omarmen. Na een tijdje worden de sneeuw en de kou hem te veel en brengt hij me terug naar mijn kamer. Met zijn bevroren neus tegen de mijne kust hij me nog een laatste keer.

'Welterusten, lieverd,' zegt hij.

'Dag, lieverd,' zeg ik. En het komt er zo achteloos uit, zo onschuldig, dat hij niets vermoedt. De liftdeuren schuiven tussen ons dicht en hij verdwijnt voorgoed uit mijn wereld.

De deur van Cecily's kamer staat op een kier. Ik zie haar in de schommelstoel zitten. Ze heeft haar nachtjapon losgeknoopt en houdt Bowen haar blote borst voor, maar hij ligt te spartelen en te piepen. 'Toe nou, drink nou.' Ze snikt zachtjes. Maar hij vertikt het. Vaughn loog over die zoogster. Ik heb gezien dat hij Bowen een flesje gaf, en als een baby eenmaal gewend is aan de zoete smaak van flesvoeding wil hij nooit meer de borst. Ik herinner me dat mijn ouders me dit vertelden toen ze in het lab werkten. Maar Cecily heeft geen idee. Vaughn pakt haar zoon langzaam maar zeker van haar af, begint macht over hem uit te oefenen zoals hij macht uitoefent over zijn eigen zoon. Vaughn wil dat Cecily denkt dat haar kind niet van haar houdt.

Lange tijd blijf ik in de gang naar haar staan kijken. Het opgewonden bruidje dat nu zo afgetobd en bleek is. Ik denk terug aan de dag dat ze van de duikplank in het water plonsde en we in de tropische zee zwommen en denkbeeldige zeesterren probeerden te pakken. Dat is mijn mooiste herinnering aan haar, maar het is een illusie.

Nee, misschien is dat niet de mooiste herinnering. Toen ik aan bed gekluisterd was kwam ze me lelies brengen.

Ik kan geen manier bedenken om afscheid van haar te nemen. Uiteindelijk loop ik weg, net zo stilletjes als ik gekomen ben, en laat ik haar alleen met het leven waar ze zo naar smachtte. Ik weet dat ik haar op een dag niet meer zal haten. Ik weet dat ze nog maar een kind is, een dom, naïef meisje dat het slachtoffer is geworden van Vaughns leugens. Maar als ik naar haar kijk zie ik Jenna's koude lichaam in de kelder, onder een laken, wachtend op het mes. En dat is Cecily's schuld. En ik vergeef het haar niet.

Mijn laatste stop is Jenna's kamer. Ik sta lange, lange tijd in haar deuropening. Ik kijk naar de spullen die er liggen. De borstel op de toilettafel zou van iedereen kunnen zijn, haar liefdesromannetje is weg. Alleen de aansteker die ze van de bediende heeft gestolen herinnert aan haar, duidelijk in het zicht omdat niemand goed genoeg heeft opgelet om hem te zien liggen. Ik pak hem, steek hem in mijn zak. Dit ene kleine dingetje zal ik van haar bewaren. Er is verder niets van sentimentele waarde. Het bed is afgehaald en weer opgemaakt alsof ze haar hoofd straks op het kussen zal leggen. Dat zal ze niet, maar een ander meisje binnenkort misschien wel.

Er is in deze kamer niets om afscheid van te nemen. Geen dansend meisje. Geen ondeugende grijns. Ze is weg, met haar zussen, uitgebroken, ontsnapt. En als ze nu hier was zou ze zeggen: 'Wegwezen.'

De wekker op haar nachtkastje vertelt me hoe laat het is: 21 uur 50. Het is alsof ze me de deur uit duwt.

Ik zeg geen gedag. Ik ga gewoon.

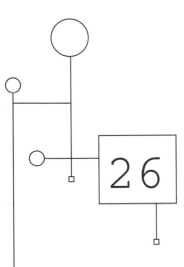

26

IK NEEM de lift naar de begane grond en loop door de keuken in de verwachting dat er niemand zal zijn. Maar als ik mijn hand op de deurkruk leg, houdt een stem me tegen. 'Beetje koud voor een ommetje, niet?'

Ik draai me geschrokken om. De hoofdkokkin komt binnen vanuit de gang en veegt het vettige haar uit haar gezicht.

'Het wordt maar een kort wandelingetje,' zeg ik. 'Ik kon niet slapen.'

'Voorzichtig buiten, Blondie,' zegt ze. 'In zo'n sneeuwbui ga je even een wandelingetje maken en voor je het weet verdwaal je en kom je nooit meer terug.' Een sluwe glimlach glijdt over haar gezicht. 'En dat willen we niet, of wel soms?'

'Natuurlijk niet,' zeg ik behoedzaam. Hoeveel weet ze?

'Voor het geval dát heb je hier iets om je warm te houden.' Als ze dichterbij komt zie ik dat ze een thermosfles bij zich heeft.

Hij is zo heet dat ik het door mijn handschoenen heen kan voelen.

'Dank u,' zeg ik.

Ze doet de deur voor me open en geeft me een klap op mijn schouder. 'Pas op,' zegt ze. 'Het is koud buiten.'

Ik stap naar buiten. Als ik me omdraai om haar nog een keer te bedanken heeft ze de deur alweer dichtgedaan.

Het is harder gaan sneeuwen. Omdat ik mijn sporen probeer te verbergen kom ik maar langzaam vooruit. Als ik ver genoeg bij het huis vandaan ben begin ik zachtjes Gabriels naam te roepen, maar de wind neemt mijn stem mee. Het is net als toen met die orkaan, maar dan in de sneeuw. Ik bots tegen een boom op en volg op de tast de rand van het bos, terwijl ik steeds harder zijn naam roep. Uiteindelijk kom ik bij het hologram. Ik steek mijn hand uit naar een boom en ga er dwars doorheen. Ik ben nu zo ver van het huis dat ik hard naar Gabriel kan roepen.

'Gabriel! Gabriel!'

Maar hij komt niet, hij komt niet. En ik weet dat ik zo een beslissing zal moeten nemen. Ik kan zonder hem richting zee lopen of door de sneeuwvlagen teruggaan om hem te zoeken. Hoe dan ook, vanavond laat ik dit huis achter me. Ook al heeft Gabriel nooit gevaren, hij weet meer van boten dan wie ook en ik heb geen flauw idee. En, belangrijker nog, ik ben bang voor wat Vaughn zal doen als Gabriel achterblijft. Vaughn zal begrijpen dat Gabriel me heeft helpen ontsnappen. Dat geeft de doorslag. Op het moment dat ik besef dat ik hem niet kan achterlaten, dat ik hem moet gaan zoeken, pakt iemand me bij mijn pols.

'Rhine.'

Ik draai me om en val hem zo in de armen. Voor de tweede keer, in een tweede storm, komt hij me opvangen. Ik heb hem zoveel te vertellen over deze laatste afschuwelijke maand zonder hem, maar daar is geen tijd voor. De wind is aangetrokken en we kunnen elkaar niet verstaan, dus beginnen we gewoon maar te rennen, hand in hand, het donker in.

Ik hoor stemmen in de wind. Ik hoor mijn vader en moeder lachen, Rowan die me wakker maakt voor mijn werk, ik hoor Cecily's baby huilen en Linden zeggen dat hij van me houdt. Ik blijf niet staan om te luisteren. Ik geef geen antwoord. Af en toe struikelen we over een tak of een sneeuwbank en trekken we elkaar overeind. We zijn niet te stuiten. En dan zijn we bij het hek, dat natuurlijk op slot zit.

Er is een lezer, maar die reageert niet op mijn sleutelkaart. Had ik echt gedacht dat het wel zo zou zijn? 'Wat nu?' schreeuwt Gabriel boven de wind uit. Ik begin langs de omheining te lopen, op zoek naar het punt waar hij ophoudt, maar al snel wordt duidelijk dat hij nergens ophoudt, dat hij waarschijnlijk helemaal om het landgoed heen loopt, in een cirkel die kilometers en kilometers breed is.

Wat nu?

Ik weet het niet. Ik weet het niet.

We zijn zo dicht bij de ontsnapping. Ik kan mijn hand door de spijlen steken en de vrije lucht aanraken. Ik kan bijna bij een boomtak aan de andere kant. Ik kijk gejaagd om me heen. In een boom klimmen is onmogelijk; de takken zitten te hoog, de omheining is te glad. Ik probeer tegen de ijzeren spijlen op te klimmen, maar glijd telkens terug. Toch blijf ik het proberen en proberen tot Gabriel me uiteindelijk vastpakt en tegenhoudt. Hij knoopt zijn wollen jas los en drukt me tegen zijn borst, slaat de jas om me heen. We gaan samen tegen een sneeuwbank aan zitten, en ik denk dat ik weet wat hij wil zeggen. We komen er niet uit. We zullen doodvriezen.

Maar ik voel niet de aanvaarding die ik tijdens de orkaan voelde. Die avond wist ik zo zeker dat ik dood zou gaan, en toch zei iets me niet op te geven, en toen ik op de vuurtoren klom zag ik de uitgang. Ik geloof niet dat dit voor niets was.

Ik voel dat Gabriel me op mijn voorhoofd kust. Maar zelfs zijn anders zo warme lippen zijn koud geworden. Ik richt me een beetje op, trek zijn kraag op rond zijn oren. Hij steekt zijn handen onder mijn haar, aan weerszijden van mijn hals, en zo geven we elkaar warmte.

Ik haal Jenna's aansteker uit mijn zak, maar in de wind is het bijna onmogelijk een vlammetje te maken. Ik moet me uit Gabriels jas wurmen, en hij houdt zijn handen rond de vlam zodat de wind hem niet kan uitblazen. Het doet me denken aan een verhaal dat ik in Lindens bibliotheek gelezen heb, over een stervend meisje dat lucifers aanstak om warm te blijven. Bij elk nieuw vlammetje kwam er een andere herinnering aan haar leven. Maar de enige herinnering nu is die aan Jenna, haar nietige, gloeiende leventje dat flikkert in onze handen. Het is het enige licht in al deze duisternis en ik zou niets liever willen dan dit oord in brand steken. Het te zien afbranden als die lelijke gordijnen. Een boom aansteken en toekijken hoe het vuur om zich heen grijpt. Maar het waait te hard. Ik heb het gevoel dat Vaughn op een of andere manier voor deze sneeuwstorm gezorgd heeft. Ik ben bang dat hij Gabriel en mij hier morgen zal vinden, doodgevroren, zo wanhopig dicht bij onze ontsnapping.

Dat mag niet gebeuren. Dat plezier gun ik hem niet.

Net als ik overweeg een boom aan te steken, hoor ik een stem in de wind. Ik denk dat ik het me weer verbeeld, maar Gabriel kijkt ook op. Met moeite onderscheiden we een schim die op ons lichtje af komt.

Ik spring op en trek Gabriel mee. Het is Vaughn. Vaughn die ons komt vermoorden, of erger nog, die ons naar zijn kelder komt slepen om ons te martelen, te verminken, op operatietafels vast te binden in de kamer met de lichamen van Rose en Jenna. Ik begin te rennen, maar Gabriel houdt me tegen. De man komt dichterbij. Het is Vaughn helemaal niet.

Het is de zenuwachtige bediende die Gabriels plaats ingenomen heeft. Degene die zei dat ik de aardigste van de drie was, degene die zei dat er een juniboon in mijn servet verstopt zat.

Hij zwaait met iets. Een sleutelkaart. Zijn mond beweegt, maar door de wind en de sneeuw kan ik hem niet verstaan. Daarom kijken we stil toe, Gabriel en ik, terwijl hij de kaart voor de lezer houdt. Het hek blijft een beetje steken in de sneeuw, maar het gaat open.

Een hele tijd sta ik daar alleen maar, niet wetend wat hiervan te denken. Niet wetend of ik dit wel moet vertrouwen. Ik verwacht nog steeds dat Vaughn... ik weet het niet, achter een boom vandaan komt en ons doodschiet of zoiets.

Maar de bediende wenkt ons, en ik denk dat hij zegt: 'Lopen, lopen!'

'Waarom?' vraag ik. Ik ga dicht bij hem staan zodat ik hem

beter kan horen. Ik schreeuw om boven de wind uit te komen. 'Waarom help je ons? Hoe wist je dat we hier waren?'

'Uw zustervrouw vroeg me u te helpen,' zei hij. 'Die kleine. Met het rode haar.'

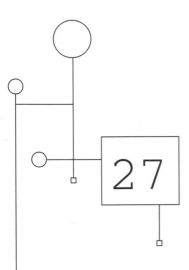

27

VOOR MIJN gevoel rennen we de hele nacht door. Voor mijn gevoel is de wereld opgehouden te bestaan en zijn er alleen nog deze weg en deze bomen en deze besneeuwde duisternis. We blijven staan om op adem te komen, maar de ijskoude lucht geeft onze zwoegende longen weinig verlichting. We zijn verkleumd en uitgeput, en de wind raast maar door.

In de bibliotheek heb ik een boek gelezen dat *De goddelijke komedie* heette, over de vele kringen van een plek die de hel heet, in het hiernamaals. In een van de kringen zaten twee geliefden die als straf voor hun overspel voor eeuwig vastzaten in een storm, niet in staat te praten, niet in staat elkaar te horen, zonder een moment rust.

Dat zouden wij kunnen zijn, denk ik. En het trieste is dat we niet eens de kans hebben gekregen geliefden te worden. We zijn een bediende en een onwillige bruid die niet één moment de vrijheid hebben gehad om te onderzoeken wat ze voor elkaar voelen. Ik heb zelfs mijn trouwring nog om onder Deirdres gebreide handschoen.

Als we ver genoeg bij het hek vandaan zijn vertragen we onze pas. Ik begrijp niet waarom deze weg zo lang is. In de limousine deden we er maar een paar minuten over. Zijn we ergens verkeerd gelopen? Er ligt zo veel sneeuw dat ik niet eens zeker weet of we nog wel op de weg lopen. Rond het moment dat ik tot de conclusie kom dat de wereld is opgehouden te bestaan, of dat we in onze eigen kring van de hel zijn beland, zien we lichtjes. Er klinkt gerommel, en even later rijdt er een grote gele vrachtwagen langs, die de sneeuw in de straat opzijschuift.

En we hebben het gered. We zijn er. De lichtjes en de gebouwen duiken voor ons op alsof er een gordijn opgetrokken is. Er zijn meer sneeuwploegen, en onder de straatlantaarns lopen zelfs een paar mensen. De lichtbak van de bioscoop kondigt een zombienacht aan.

Terwijl wij door die witte woestenij ploeterden, denkend aan ons onvermijdelijke einde, draaide de wereld een paar kilometer verderop gewoon door. Ik begin een beetje hysterisch te lachen, schud Gabriel door elkaar, wijs en zeg: 'Zie je? Zie je wat je gemist hebt?'

Hij zegt: 'Wat is een zombie?'

'Geen idee. Maar dat kunnen we uitzoeken. We kunnen doen wat we willen.'

We gaan de bioscoop in, waar het warm is en naar gesmolten boter en tapijtreiniger ruikt. We hebben geen van beiden geld. Al zou ik op het idee gekomen zijn wat te stelen, ik had niet geweten waar ik moest zoeken. In het landhuis heb je geen geld nodig; zelfs Linden had het nooit op zak.

Maar het is druk in de bioscoop en we weten ongezien een van de zalen in te glippen. In het donker kruipen we bij elkaar, omringd door vreemdelingen. We zijn anoniem, en in die anonimiteit zijn we veilig. De films zijn schokkend, de special effects smakeloos en mal, en ik voel een enorme blijdschap.

'Zo gaat het in Manhattan ook,' fluister ik.

'Kruipen de mensen uit hun graf in Manhattan?'

'Nee. Ze betalen om naar dit soort films te gaan.'

De marathon gaat de hele nacht door, met de ene bizarre film na de andere. Af en toe val ik in slaap. Ik heb geen besef meer van tijd, van dag of nacht. Ik hoor het geschreeuw en gejammer in mijn onderbewuste, maar mijn geest registreert dat de verschrikkingen niet echt zijn. Hier ben ik veilig. Gabriel houdt mijn hand vast. Op een gegeven moment word ik wakker doordat hij met zijn vinger over mijn trouwring gaat. De ring heeft zijn betekenis verloren. Ik ben Linden Ashbeys vrouw niet meer, als ik dat ooit al was. Ik heb altijd geleerd dat twee mensen pas echt getrouwd zijn als ook de bruid haar zegje gedaan heeft.

'Mijn echte achternaam is Ellery,' zeg ik slaperig.

'Ik heb geen achternaam,' zegt Gabriel.

'Dan moet je er maar een verzinnen.'

En daar is die grijns van hem weer, verlegen en breed en stralend. Het scherm werpt een flikkerend wit licht op zijn gezicht, en ik besef dat de films afgelopen zijn en er verder niemand meer in de zaal zit. 'Waarom heb je me niet wakker gemaakt?' vraag ik.

'Je zag er zo lief uit,' zegt hij. Hij kijkt me even onzeker aan. Dan komt hij dichterbij om me te kussen.

Het is een heerlijke kus, nu we ons geen zorgen meer hoeven te maken om open deuren. Zijn hand ligt onder mijn kin en ik sla mijn armen langzaam om zijn nek en we geven ons over aan deze flikkerende duisternis, in een zee van lege stoelen, en we zijn definitief, volkomen vrij.

Als de klapdeuren kraken laten we elkaar los. De medewerker van de bioscoop, een man van de eerste generatie met een bezem, zegt: 'Hé, de voorstelling is afgelopen. Ga naar huis.'

Ik kijk Gabriel aan. 'Zullen we dan maar gaan?' zeg ik.

'Waarheen?'

'Naar huis, natuurlijk.'

Het is zo'n eind naar huis dat ik geen idee heb hoe we er moeten komen. We hebben geen telefoon thuis, dus ik kan Rowan niet bellen om te zeggen dat ik nog leef. Maar als we Florida eenmaal uit zijn, ga ik wel op zoek naar een openbare telefoon en bel ik de fabriek waar hij werkte toen ik hem voor het laatst zag. De kans is groot dat hij daar nog steeds werkt. Aan die gedachte moet ik me vasthouden, al zegt een wee gevoel in mijn maag me dat hij daar allang weg is, dolend op zoek naar mij.

Buiten verkeert de stad in een wazige, vluchtige toestand tussen slapen en waken. Het is stil op straat, maar niet helemaal. Er rijden nog steeds auto's en ploegen door de papperige brij die van de sneeuw over is. Er zijn nog steeds mensen op weg van hier naar daar, maar minder verwachtingsvol en met minder haast. De hemel begint roze en geel te kleuren, ik weet dat we niet veel tijd hebben. Het is bijna ochtend, en dan zal Vaughn ontdekken dat Gabriel en ik weg zijn. Als hij het niet al weet, als Cecily ons op een of andere manier gedekt heeft. Cecily. Zij heeft gisteravond die bediende naar ons toe gestuurd. Ik vertrouwde het niet. Hoe kon het ook anders? Maar er zitten geen politieauto's met loeiende sirenes achter ons aan. Er wordt niet op ons gejaagd. Gabriel en ik staan hier, hand in hand, naar een vredige stad te kijken.

Waarom heeft ze me geholpen?

Gistermiddag op de trampoline gebruikte ze dat woord. Geholpen. Ik heb je geholpen, riep ze. En de afschuw op haar jonge gezicht was zo enorm toen ze besefte dat het tegenovergestelde waar was.

'Wat nu?' Gabriels vraag haalt me uit mijn gedachten.

'Kom mee,' zeg ik. Ik trek hem mee over de stoep. Dikke zoutkorrels knarsen onder onze voeten. Zeker tien mensen passeren ons, een of twee knikken gedag, de rest slaat geen acht op ons. We zijn gewoon twee mensen in wollen jassen, op weg naar huis.

We komen bij de haven, die in het echt heel anders is dan hij er vanuit de limo uitzag. Levendiger. We ruiken het zout, horen de branding, het zachte bonken van de boten tegen de steigers. Ik wil zo snel mogelijk weg, gauw een boot stelen voor we ontdekt worden, maar ik zie het ontzag in Gabriels ogen en gun hem even de tijd. Deze overrompelende vreugde.

'Is het zoals je je herinnert?' vraag ik.

'Ik...' Zijn stem stokt. 'Ik dacht dat ik me de zee herinnerde, maar dat is helemaal niet zo.'

Ik blijf afwachtend naast hem staan en hij slaat een arm om me heen en drukt me opgewonden tegen zich aan.

'Denk je dat je ons op een van die boten hier weg krijgt?' vraag ik.

'Geen probleem,' zegt hij.

'Weet je het zeker?'

'En als ik het mis heb gaan we dood.'

Ik moet lachen. 'Daar doe ik het voor.'

Er is geen tijd om kieskeurig te zijn. Ik laat Gabriel de boot kiezen, want hij is de kenner. Hij heeft alleen maar foto's van boten gezien, en de modellen die hier liggen zijn veel nieuwer dan die waarover je in Lindens bibliotheek kunt lezen, maar zijn kennis is altijd nog een stuk grote dan de mijne. We kiezen een kleine vissersboot met een hut waarin het stuur zit – ik ken de technische term niet en Gabriel heeft geen tijd om het uit te leggen, maar zo hebben we tenminste beschutting tegen de kou en de wind. Het is verrassend gemakkelijk om het touw los te gooien, om de boot af te duwen. En ook al kent Gabriel deze nieuwere modellen niet, hij is er heel handig mee. Ik probeer te helpen, maar loop alleen maar in de weg, en uiteindelijk zegt hij dat ik op de uitkijk moet gaan staan. Dat lukt me wel.

En dan zijn we onderweg.

Gabriel staat aan het stuur, zo ernstig en gewichtig, zo anders dan de onzekere bediende die met lunchkarretjes over de vrouwenverdieping liep. Hij tuurt naar de horizon. Zijn ogen zijn net zo blauw als het water en ik weet dat hij is waar hij hoort te zijn. Misschien waren zijn ouders zeelieden. Misschien stonden zijn voorvaderen er honderd jaar geleden, toen de mensen nog natuurlijk en vrij waren, net zo bij.

Eindelijk zijn we vrij, en ik heb hem zoveel te vertellen. Jenna. Cecily. En ik weet dat hij mij ook van alles te vertellen moet hebben. Maar dat kan wachten. Ik sta hem van een afstandje te bewonderen, gun hem dit moment. Ik laat me door zijn vaardige handen de eeuwigheid in sturen, over verzonken continenten, tot Florida verdwenen is. Gewoon verdwenen is, alsof het opgeslokt is.

Misschien, denk ik, komen we wel op het strand terecht dat Deirdres vader geschilderd heeft. Misschien zien we echte zeesterren die we in onze handen kunnen houden, waar we niet dwars doorheen graaien. We moeten hoe dan ook ergens aan land. We moeten de weg naar Manhattan vragen. Maar als we aanleggen, doen we dat ergens waar niemand ons kent, waar ik niet Linden Ashby's vrouw ben en hij geen bediende is, waar niemand ooit van Vaughn of zijn landhuis gehoord heeft. We varen langs de kust naar het noorden en de wind trekt aan. Gabriel slaat zijn arm om me heen en ik leg mijn hand op de zijne, voel de krachtige weerstand van het stuurwiel. 'Kijk,' zegt hij in mijn oor.

In de verte zie ik een vuurtoren. Het licht zwiept over ons heen en vervolgt zijn baan. Deze keer weet ik niet waar het licht ons heen leidt.

Dankbetuiging

Dank aan mijn fantastische familie voor al hun steun, liefde en warmte. En extra veel dank aan mijn kleine neefjes en nichtjes omdat ze zo magisch zijn en mijn fantasie prikkelden en me opmonterden toen ik dat het meest nodig had.

Dank aan mijn leerkrachten van klas 5 en 7, die mijn eerste schrijfsels lazen zonder ze te verbranden en me het idee gaven dat ik een boek zou kunnen uitbrengen.

Dank aan dr. Susan Cole, professor Rafferty en mijn voormalige klasgenoten op Albertus Magnus College voor alle schrijfworkshops, en aan Deborah Frattini en dr. Paul Robichaud, die me bekendmaakten met nieuwe schrijvers die tot op de dag van vandaag invloed hebben op alles wat ik schrijf.

Dank aan het stralende, bovenaardse wezen dat mijn agent is, Barbara Poelle, voor haar genialiteit en optimisme. Zonder haar zou dit verhaal nooit tot stand gekomen zijn. Aan mijn geweldige redacteur, Alexandra Cooper, die deze droom met me deelde. Aan Lizzy Bromley voor de adembenemende cover. Aan iedereen bij Simon & Schuster Books for Young Readers voor het harde werk en hun geweldige enthousiasme.

Dank aan Allison Shaw, die in klaslokalen en restaurants en koffiehoekjes in boekwinkels over mijn manuscript gebogen heeft gezeten en nooit halfslachtig commentaar leverde – alles wat ik schrijf wordt er beter van. Aan Larry Lam voor de lange telefoongesprekken waarin hij me hielp de details op een rijtje te krijgen, en omdat hij zo logisch nadacht en me altijd uit-daagde. Aan Amanda Ludwig-Chambers, de ultieme en meest poëtische fan denkbaar. Aan April Plummer, die de eerste ver-sie van dit verhaal las, voor haar suggesties en bemoedigende woorden. Aan Laura Smith, mijn gekwelde medekunstenaar die me altijd wist op te vrolijken. En aan alle anderen die mijn streven steunden en in chats en e-mails delen van dit verhaal lazen en hun gedachten en ideeën met me deelden. Alleen had ik dit nooit gekund.